ULLSTEIN

Das Buch

Dem »Wohlsein für die Füße« widmet sich die Dr. Wolff GmbH, in der die ambitionierte Simone seit kurzem für PR zuständig ist. Mit ihren innovativen Ideen erntet sie jedoch bei Geschäftsführer Peter Krüger nur ein mildes Grinsen. Sie hofft, endlich freie Hand zu haben, als sie von ihrem Schwiegervater Anteile an der Firma erbt. Doch Krüger sieht keinen Grund, seinen Schreibtisch zu räumen. Statt sie zu unterstützen, geht ihr Mann Arno ins Ausland und läßt sie alleine in der Villa seiner Eltern zurück. Dort findet sich mit ihrer mobilen Habe unversehens Simones Mutter ein. Die lebhafte Schauspielerin becirct mit ihrem rustikalen Charme bald nicht nur die Nachbarschaft, sondern auch den Geschäftsführer …
In rasantem Tempo entwickelt Martina Mettner, die Erfolgsautorin von *Karriere in Aspik* und *Das Blaue vom Himmel*, ein Karriere- und Mutter-Tochter-Drama, vor dessen sublimer Komik es keine Rettung gibt.

Die Autorin

Martina Mettner arbeitete nach ihrer Promotion in Soziologie als Chefredakteurin in einem Zeitschriftenverlag, bevor sie sich ganz dem Schreiben widmete. 1996 veröffentlichte sie ihren ersten Roman *Karriere in Aspik*, der gleich ein Erfolg wurde. Simone landet darin als PR-Chefin in einer Wurstfabrik. 1997 folgte der Urlaubsroman *Das Blaue vom Himmel*, dessen Protagonisten Mona und Robert am Rande auch ins *Fiasko für Fortgeschrittene* verwickelt werden. Die 1956 geborene Autorin wohnt in Frankfurt am Main.

Martina Mettner

Fiasko für Fortgeschrittene

Roman

Ullstein

Der Ullstein Taschenbuchverlag ist ein Unternehmen der
Econ Ullstein List Verlag GmbH & Co. KG, München
1. Auflage 2001

Umschlagkonzept: Lohmüller Werbeagentur GmbH & Co. KG, Berlin
Umschlaggestaltung: Bauer + Möhring, Berlin
Titelabbildung: Mauritius, Mittenwald/Nonstock
Gesetzt aus der ITC Slimbach
Satz: Dörlemann Satz, Lemförde
Druck und Bindearbeiten: Elsnerdruck, Berlin
Printed in Germany
ISBN 3-548-25018-1

Überraschung

Das konnte ja heiter werden! Simone sah von ihrem Schreibtisch aus Dr. Hansernst Wolff im Vorzimmer stehen. Strahlend reichte er ihrer Assistentin Ellen die Hand.

Es war das erste Mal, daß der Firmeninhaber unangekündigt aus der Schweiz anreiste. Er betrat ihr Büro.

»Da staunst du!« sagte er zur Begrüßung. »Ich würde dich gerne umarmen, aber ich denke, das verschieben wir lieber. Die Augen deiner Mitarbeiter ruhen auf uns.«

»So ein transparentes Unternehmen hat Nachteile!« sagte Simone mit Blick auf die Glastrennwand zwischen ihrem Raum und dem Sekretariat. »Wie schön, dich zu sehen. Geht's dir gut?«

Sie setzten sich an Simones großen weißen Besprechungstisch. Hansernsts Vollbart war ein wenig grauer geworden, und dank der Sonnenbräune sah er vermutlich gesünder aus, als er war.

»Du wunderst dich sicher, daß ich hier bin. Ich wollte mich nur vergewissern, ob meine Firma noch steht. Yolanda hat sich kurzfristig entschlossen mitzufahren, und deshalb bleiben wir bis morgen. Es macht dir hoffentlich nichts aus.«

»Nein, gar nicht«, antwortete Simone aus reiner Höflichkeit. »Wo ist denn Yolanda?« Sie befürchtete, ihre Schwiegermutter könne bereits zu ihrer Villa gefahren sein, in der nun Simone wohnte, seit sie bei der Dr. Wolff GmbH arbeitete.

»Sie macht mit dem Chauffeur die Boutiquen auf der Kö unsicher, keine Sorge«, sagte Hansernst augenzwinkernd. »Und jetzt würde ich gerne die neuen Anzeigen für die Deo-Produkte sehen.«

Simone nahm drei Andrucke vom Sideboard unter dem Fenster zum Vorzimmer, in dem ihre beiden Mitarbeiter tuschelten, und legte sie vor Hansernst auf den Tisch.

»Ein spärlich bekleideter Mann, sieh an«, sagte er.

»Ja, ich denke, das ist ein Eyecatcher für unsere weibliche Zielgruppe und dient zugleich den männlichen Adressaten als Identifikationsfigur.«

»Du redest schon wie die Leute von der Werbeagentur! Und was sagt Krüger dazu? Wie kommst du mit ihm aus?«

»Ganz gut.«

Das Gegenteil war der Fall. Sie wollte jedoch Hansernst, der bereits zwei Herzinfarkte hinter sich hatte, nicht unnötig mit einem Lamento über ihre Probleme mit dem Geschäftsführer aufregen.

»Hervorragender Mann!« sagte Hansernst. »Und es ist noch nicht durchgesickert, daß du meine Schwiegertochter bist?«

»Nein, aber mir wäre lieber, wir würden es bald aufklären«, sagte Simone.

»Sicher. Bis dahin kannst du das Unternehmen ungestört kennenlernen.« Hansernst schien ihr kleines Geheimnis zu genießen. Er stand auf. »Ich gehe jetzt zu Krüger. Wir sehen uns heute abend. Mach dir aber bitte keine Umstände!«

Simone öffnete die Tür zum Vorzimmer, um ihren Schwiegervater zum Ausgang zu begleiten. Ellen und Attenfeldt taten schnell so, als gingen sie die Post durch. Simone nannte Otto-Paul von Attenfeldt im stillen nach seinen Initialen Opa, denn der Pressereferent gehörte mehr zum Inventar als zur aktiven Belegschaft der Dr. Wolff GmbH. Seit Januar war sie als Leiterin der neugegründeten Abteilung »Communications and Public Relations«, abgekürzt CPR, seine Vorgesetzte. Von diesem Schock hatte er sich bis heute nicht erholt.

»Attenfeldt, altes Schlachtroß!« sagte Dr. Wolff und reichte ihm die Rechte. »Immer auf dem Posten.«

»Jawoll!« sagte von Attenfeldt urigerweise, gleich würde er salutieren.

»Machen Sie weiter so!« Der Inhaber gab ihm schon wieder die Hand. »Frau Doktor Störmer«, sagte Hansernst zu Simone und streckte ihr die von Attenfeldt noch feuchte Handfläche entgegen, »hat mich gefreut.«

Chefsache

Etwa zwei Stunden nach dem Besuch ihres Schwiegervaters betrat Simone mit Attenfeldt den sogenannten Großen Sitzungssaal. Das war ein langgezogener Raum mit vergilbten Tapeten, die noch aus der Zeit stammten, als bei Konferenzen geraucht werden durfte. Um den dunklen Holztisch für zwanzig Personen standen abgesessene Hochlehner mit braunen Polstern. An der Stirnseite des Saales befand sich eine von Simone angeschaffte raumhohe Glasvitrine, in der die Dr. Wolff-Fußpflegeprodukte ebenso ausgestellt waren wie das Angebot der Mitbewerber.

Der Raum wirkte muffig. Simone öffnete ein Fenster.

»Ich weiß gar nicht«, maulte Otto-Paul von Attenfeldt, »warum ich um vier Uhr an einer Sitzung teilnehmen soll. Normal habe ich um fünf Feierabend.«

»Keine Sorge, wir machen es kurz. Ich muß heute ausnahmsweise früher gehen.« Mit Sorge dachte sie an den ins Haus stehenden Besuch der Schwiegereltern.

»Apropos«, sagte Attenfeldt, »ich finde es nicht richtig, daß Sie dauernd Überstunden von mir verlangen. Früher konnte ich immer pünktlich Schluß machen.«

»Entweder Sie kümmern sich um die Fußpilz-Aktion, oder Sie bekommen die Entwicklung der Internet-Seiten übertragen«, sagte Simone, um das Altherrengejammer abzustellen.

»Seit dreißig Jahren arbeite ich im Dienst des Unternehmens«, greinte Attenfeldt, »da können Sie mich nicht einfach auf die Datenautobahn schicken. Ist dazu überhaupt der Betriebsrat gefragt worden?«

Hölprich, der Productmanager HbF, Hilfe bei Fußproblemen, grüßte und schloß das Fenster.

»Krüger beabsichtigt«, sagte Simone leise zu Attenfeldt, um ihn zu ärgern, »alle Mitarbeiter über achtundfünfzig in den Vorruhestand zu schicken. Der Betriebsrat hat nichts dagegen.«

»Dann soll er sich zuerst selbst pensionieren«, flüsterte Attenfeldt und wies zur Tür. »Wenn man vom Teufel spricht!«

Der Geschäftsführer der Dr. Wolff GmbH nahm auf der anderen Seite des Tisches Platz, neben ihm sein Assistent Oliver Prinz.

Peter Krüger, der sich selbst für jovial hielt, was er durch häufiges Schulterklopfen unterstrich, begann mit seinem Ritual. Er hängte das Jackett über die Stuhllehne, fuhr mit der Hand über seine kurzgeschnittenen grauen Haare und krempelte die Ärmel auf.

Oliver Prinz nahm das als Startzeichen, nun ebenfalls

sein Sakko abzulegen. Die »Prinzenrolle«, wie Krügers jugendlicher Assistent aufgrund seiner Leidenschaft für Süßigkeiten genannt wurde, trug neuerdings farbenfrohe Hosenträger.

Gegen die Vereinbarung fehlte Krügers Sekretärin.

»Und wer führt das Protokoll?« fragte Simone.

»Immer der, der fragt«, antwortete Krüger.

»Herr Prinz wird das sicher gerne übernehmen«, sagte sie.

»Ach?« sagte die Prinzenrolle.

»Eigentlich heißt es ja ›Ladies first‹, aber wir wollen mal nicht so sein, was, Prinz?« sagte Krüger.

»Aber abtippen muß es die Tanja.« Schmollend griff Oliver Prinz in das hinter ihm hängende Sakko und zog einen Kugelschreiber hervor.

»Wir müssen heute Promotion-Maßnahmen für unsere Fußpilz-Produkte beschließen und über Wolff im Internet sprechen«, begann Simone.

»Sozusagen über den virtuellen Fußpilz!« sagte die Prinzenrolle.

In jeder Sitzung mußte er sich wichtig machen.

»Mit einem attraktiven Online-Auftritt können wir gezielt junge Zielgruppen ansprechen«, fuhr Simone fort. »Es geht nun darum, ein Briefing für die Agentur zu erarbeiten, in dem wir unsere Zielsetzungen darlegen. Wir wollen uns im Internet als den kompetenten Ansprechpartner rund um die Fußpflege darstellen. Wer an Füße denkt, muß sich bei Wolff einklicken.«

Krüger gähnte. »Klingt nach eingeschlafenen Socken! Frau Doktor Störmer, so was kostet nur und bringt nichts.«

»Unsere Mitbewerber schlafen jedenfalls nicht und haben bereits eine Homepage. Herr von Attenfeldt, bitte!«

»In der Fachpresse«, sagte Attenfeldt, »stand ein Artikel ›Zu Fuß durch den Cyberspace mit Tretus und Co.‹. Ich weiß allerdings nicht, ob ich nach dreißig Jahren …«

»Vielen Dank, Herr von Attenfeldt, für diesen erhellenden Beitrag. Ich schlage vor, wir gründen eine Arbeitsgruppe.«

»Das ist bloß Zeitverschwendung!« sagte Krüger. »Wer soll denn daran teilnehmen? Ich bin für einen solchen Unsinn zu beschäftigt.«

»Herr Prinz, Herr von Attenfeldt und ich«, antwortete Simone.

»Ich habe oft Termine außer Haus!« sagte Attenfeldt.

»Auf jeden Fall die Productmanager!« sagte Krüger. »Und jetzt zu den wichtigen Dingen: Der Fußpilz lauert. Herr Hölprich hat dazu eine kleine Ausarbeitung gemacht.«

Der Productmanager HbF zeigte auf dem Overheadprojektor eine Statistik über die Verbreitung von Fußpilz und ein Tortendiagramm der Gefahrenquellen.

»Wir müssen«, sagte Simone nach Hölprichs Vortrag, »Präventivmaßnahmen vor allem in Freibädern promoten.«

»Ich schlage die Verteilung von Produktproben vor«, sagte Hölprich.

»Haben Sie bedacht, was das kostet?« fragte Krüger.

»Überschlägig«, antwortete er. »Genau kalkulieren kann man das erst, wenn wir eine konkrete Maßnahme beschlossen haben.«

»Und? Was hat es überschlägig ergeben?« Krüger hackte mit dem Kuli ein herrisches Stakkato auf die Tischplatte.

Der Productmanager nannte einen Betrag und erläuterte weiter: »Wir sprechen hier von unserem Lead-Produkt. Da müssen wir gezielt investieren.«

»Und jetzt mein Vorschlag«, mischte Prinz sich ein, »eine Tour mit dem Fußpilzmobil durch Deutschland. In den großen Schwimmbädern verteilen scharfe Mädels unsere Produktproben.« Er hielt inne, um seinen Vorschlag wirken zu lassen.

»Fußpilzmobil?« sagte Simone. »Ein Bus mit Anstekkungsgefahr oder was? Das können Sie gleich haken.«

Die Prinzenrolle sah Krüger an. Der hatte seine feucht glänzende Unterlippe vorgeschoben.

»Leichtbekleidet?« fragte von Attenfeldt.

»Definitiv!« sagte die Prinzenrolle.

»Na, ob das unser Firmengründer und oberster Chef genehmigen würde?« zweifelte von Attenfeldt.

»Sicher!« sagte Simone. Die Herren guckten sie wie auf Kommando an. Wie hatte sie sich nur zu einer derart unvorsichtigen Äußerung hinreißen lassen können?

»Sicher, wollte ich sagen, würde Herr Dr. Wolff daran erinnern, daß dies ein seriöses Unternehmen ist«, versuchte sie, die Fehlleistung auszubügeln. »Da er im Haus ist, können wir ihn ja fragen.«

»Soweit kommt es noch«, sagte Krüger, sich selbstbewußt zurücklehnend. »Nachdem er den ganzen Betrieb aufgehalten hat, weil er jeden Mitarbeiter einzeln begrüßen mußte, hat er sich Gott sei Dank wieder vom Acker gemacht. Wo waren wir stehengeblieben?«

»Shorts und T-Shirts, höchstens. Mit Baseballcaps«, sagte Simone.

»Bikinis!« rief Prinz.

»Blaue Badeanzüge«, warf der Productmanager ein.

»Wenn schon, denn schon!« sagte Krüger.

»Und wir suchen sie persönlich aus«, meinte die Prinzenrolle genüßlich grinsend.

»Danke, daß ich dabeisein darf«, sagte Attenfeldt.

»Geil!« sagte Prinz. »Wir reisen durch die Republik, und nur die Schönsten werden engagiert.«

Krüger lehnte sich im Stuhl zurück. »Bikinis, lange Beine, lange Haare. Blond oder braun ist egal, aber lange Beine, das ganz sicher«, sagte er, legte die Hände hinter den Kopf und zeigte Schwitzflecken unter den Achseln.

»Und solche Dinger.« Die Prinzenrolle signalisierte sein Interesse an Busen, Marke Dolly Buster.

Simone wurde das zu bunt. »Vor allem mit großen Füßen, damit viel Platz für die Anwendungsvorführung ist!« sagte sie. »Aber im Ernst. Ich möchte zu bedenken geben, daß man auf Bikinis schlecht eine Werbebotschaft transportieren kann.«

»Auf nicht, aber mit … oh, là, là!« meinte Attenfeldt.

»Lassen Sie das unsere Sorge sein!« sagte Krüger.

»Moment mal«, protestierte Simone, »das fällt in mein Ressort.«

»Jetzt nicht mehr!« Krüger ließ die Ärmel herunter und knöpfte die Manschetten zu. »Chefsache!« Er klopfte seinem Adlatus auf die Schulter. »Aus Ihnen wird noch was!« Und sein Jackett überziehend, sagte er zu Simone: »Nehmen Sie sich daran ein Beispiel. Und denken Sie an die Synergieeffekte. Die Fußpilz-Mädels im Internet. Damit könnte selbst ich mich anfreunden.«

Vier Gänge

Keine Umstände! Keine Umstände! echote es in Simones Kopf, während sie in aller Eile die Einkäufe erledigte. Hoffentlich schaffte sie es, vor Yolanda im Haus zu sein, um wenigstens die gröbste Unordnung zu beseitigen.

Kontrollbesuch bei der Schwiegertochter!

Simone parkte den alten Volvo vor der Garage an der Wolffschen Villa und trug die Lebensmittel in die Küche.

Großzügig hatten ihr die Schwiegereltern das Haus in der Nähe von Düsseldorf angeboten, da sie ja nun in der Schweiz lebten. Leider vergaßen sie zu erwähnen, daß es komplett eingerichtet war und sie beabsichtigten, es gelegentlich selbst zu nutzen. Simones und Arnos Möbel lagerten seit ihrem Auswanderungsversuch in einem alten Schuppen der Firma Wolff.

Mit einem Staubwedel wischte Simone rasch durchs teakgetäfelte Eßzimmer, deckte den Tisch, sammelte im Wohnzimmer die herumliegenden Zeitungen ein, räumte ihre Kosmetika aus dem großen Bad am Elternschlafzimmer ins indische Bad um, putzte sämtliche Waschbecken und stand knapp zwanzig Minuten später wieder in der Küche, um eine Rum-Zimt-Creme anzurühren, die mindestens eine Stunde kaltstehen mußte.

Die großzügig bemessene Küche war der einzige Raum im Haus, den Simone mit eigenem Zubehör ausgestattet hatte: Töpfe, Pfannen, Geschirr und Messerblock wurden in dieser fremden Umgebung zu vertrauten Komplizen. Yolandas Herd und Backofen entsprachen leider nicht dem Stand der Technik, auch die beigebraunen Kacheln und die gemütlichen Holzschränke waren nicht nach Simones Geschmack. Sie erinnerten sie unangenehm an den chaotischen und verrauchten Treffpunkt der Wohngemeinschaft, in der sie aufgewachsen war. Sehnlichst wünschte Simone sich eine echte Profiküche, hell und clean wie ein Operationssaal.

Für den Salat pochierte sie Wachteleier und rührte eine Vinaigrette an. Als sie die Aprikosen-Sauce für die glasierten Perlhuhnbrüstchen vorbereitete, klingelte es.

Wahrscheinlich, dachte Simone und wusch sich die Hände, hatte Hansernst Yolanda davon abgehalten, einfach aufzuschließen.

Yolandas Parfümwolke drang durch die Türritzen. Simone öffnete und wurde von einer geballten Ladung Coco Chanel erschlagen.

»Simone!« sagte Hansernst fröhlich und umarmte sie.

Yolanda reichte ihr die Hand. »Du siehst angegriffen aus, meine Liebe!« sagte sie statt einer Begrüßung und musterte auf dem Weg durch den Flur jede dunkelblau-beige gestreifte Tapetenbahn von oben bis unten.

»Einen Aperitif?« fragte Simone, als sie im Wohnzimmer ankamen.

»Gerne!« sagte Hansernst.

»Auf keinen Fall!« sagte Yolanda und befummelte ihre Delfter Vasen, als hoffe sie, einen Sprung zu finden. »Du hast die Sofas umgestellt?« bemäkelte sie die einzige Veränderung.

Simone konnte Sitzecken nicht leiden und hatte die Sofas einander gegenübergerückt.

»Wir können gleich essen!« kündigte sie an.

»Du solltest dir doch …«, sagte Hansernst.

»Ach was!« fiel ihm Yolanda ins Wort und ging hinter Simone her in die Küche.

»Wir können sofort mit dem Salat beginnen, den Hauptgang bereite ich zwischendurch zu.«

»Salat?« Yolanda legte tiefste Mißbilligung in dieses Wort. »Der Doktor ist eine Suppe gewohnt.«

»Kein Problem!« antwortete Simone gutmütig. »Nehmt bitte im Eßzimmer Platz.«

Aus der Speisekammer holte sie zwei Gläser selbst eingekochte Ochsenschwanzsuppe, erhitzte sie, schmeckte sie mit Sherry ab und füllte sie in angewärmte Suppentassen.

»Hast du kein Tafelsilber?« fragte Yolanda, als Simone die Tassen auf einem Tablett hereintrug.

Das war eine von Yolandas typischen Anspielungen auf Simones Herkunft. Obdachlose und Schauspieler rangierten für ihre Schwiegermutter auf einer Stufe. Wenn Yolanda so viel Wert auf silberne Löffel legte, hätte sie ihr ja Besteck zur Hochzeit schenken können!

»Besteck und Geschirr habt ihr mitgenommen«, sagte Simone und setzte sich.

»Soll das ein Vorwurf sein? Wir stellen dir immerhin ein mit wertvollen Möbeln vollständig eingerichtetes Haus zur Verfügung. Jetzt willst du auch noch das Familiensilber.«

Bevor Simone antworten konnte, sagte ihr Schwiegervater: »Man macht sich keine Vorstellungen, was bei einer Unternehmensnachfolge bedacht werden muß.«

»Reg dich bitte nicht auf!« sagte Yolanda.

»Warum sollte ich?« sagte er zu seiner Frau und fragte dann Simone: »Hast du Arno mal wieder in New York besucht?«

»Nein, ich war vier Wochen lang mit den Außendienstlern unterwegs. Von sich aus kommt er nicht her.«

»Ich werde mit Arno ein ernstes Wort reden«, sagte Yolanda.

Simone wunderte sich über Yolandas Anteilnahme. Sie war doch so stolz darauf, daß ihr Sohn einen Kurs für Stilllebenfotografie am *International Center of Photography* abhalten durfte. Simone trug die Suppentassen ab, schob die Perlhühnchen in den Ofen und balancierte die drei Salatteller ins Eßzimmer.

Sie war mit Arno nach New York ausgewandert, weil man ihr dort einen Job versprochen hatte, und jetzt war er dort, während sie sich seit fast vier Monaten in der Firma seines Vaters einen Wolf arbeitete. Alleingelassen mit seinen Eltern, vermißte sie Arno noch mehr als sonst.

»Wir möchten mit dir über etwas reden«, sagte Hansernst.

»Laß mich das machen«, sagte Yolanda. »Simone, wir fragen uns langsam ...«

»Yolanda, bitte!« wurde sie von ihrem Mann unterbrochen. »Ich weiß, ich habe euch gedrängt zu heiraten. Aber immerhin wart ihr da schon gut zehn Jahre zusammen. Ich halte große Stücke auf dich, Simone, und ich weiß, du wirst dich um die Firma kümmern, wenn ich nicht mehr bin. Aber da ist noch etwas.«

Simone ahnte, worauf ihre Schwiegereltern hinauswollten, und überlegte, ob es eine reelle Chance gab, das Thema abzubiegen.

»Es ist nun einmal wichtig für ein Familienunternehmen wie das unsere ...«

»Ich muß nach den Perlhuhnbrüstchen sehen!« sagte sie, stand auf und verließ das Eßzimmer.

Hansernst kam ihr in die Küche nach, wo sie die Brüstchen im Backofen wendete.

»Ist das denn wirklich zuviel verlangt?« fragte er.

»Ja!« sagte Simone, Fleischgabel und Pfannenwender in den Händen. »Das ist ganz allein Arnos und meine Entscheidung.«

Wieso erwartete jeder von ihr, perfekt zu sein? Sie konnte kochen, nähen und Videorecorder programmieren; sie hatte erfolgreich eine Zeitschrift geleitet, kannte sich mit Public Relations aus, und vielleicht würde sie auch eine gute Geschäftsführerin. Warum verlangte Hansernst zusätzlich von ihr, einen Erben zu produzieren? Arno hatte nie den Wunsch nach einem Kind geäußert, und ihr war der Beruf stets wichtiger gewesen – nicht wichtiger als Arno, aber als Nachwuchs.

»Außerdem«, sagte Simone, die Perlhühnchen mit der Aprikosen-Sauce anrichtend, »könnte ich mich kaum gleichzeitig um ein Kind und um die Firma kümmern.«

»Na ja«, sagte Hansernst und kratzte sich am Bart, »wenn du dich mit dem Schwangerwerden beeilst … Jetzt behalte ich die Firma noch im Auge, und wenn mein Enkel im Kindergarten ist, kannst du dich wieder mehr dem Unternehmen widmen.«

»Das hast du dir alles schon genau überlegt. Hoffentlich verkalkulierst du dich nicht.«

»Selten! Ganz selten! Sonst wäre die Dr. Wolff GmbH nicht Marktführer in Sachen Fußpflege.«

»Dann hast du sicher auch schon Informationen zum Thema Fernbefruchtung eingeholt.«

Heimlichkeiten

Nach dem Essen ermunterte Hansernst nachdrücklich seine Frau, ihre Freundin Chantal Schulte-Freising, die im Haus nebenan lebte, zu besuchen. Simone und er setzten sich etwas später in sein altes Arbeitszimmer und tranken, damit Yolanda nichts merkte, gemeinsam an einem Glas Cognac.

»Schade, daß Robert noch in Urlaub ist!« sagte Hansernst. »Habe ihn lange nicht gesehen. Wie geht es denn unserem Beiratsvorsitzenden?«

»Ich habe mich ein wenig mit Viktor Vonhof angefreundet, eigentlich mehr mit seinem Hund, wir führen ihn öfter zusammen aus.«

»Das freut mich. So nette Nachbarn findet man selten. Ich hoffe, du fühlst dich hier wohl.«

»Offen gesagt«, antwortete Simone, »überlege ich schon, ob ich eine Bleibe für Arno und mich suchen soll.«

»Kommt überhaupt nicht in Frage. Ihr werdet das Haus sowieso erben. Yolanda kann sich schlecht trennen. Ich fürchte, sie langweilt sich in Luzern und vermißt ihre Freundinnen. Aber ich spreche mit ihr. Wir könnten es euch überschreiben, dann kannst du es einrichten, wie du magst.«

»Ich wollte nicht drängen«, sagte Simone.

»Ach was! Wie wär's jetzt«, fragte Hansernst, sie anzwinkernd, »mit einer guten Zigarre? Hast du noch eine Cohiba?«

»Du darfst doch nicht rauchen«, sagte Simone besorgt.

»Was meinst du, warum ich Yolanda weggeschickt habe? Gönn mir die Freude!«

Simone holte mit schlechtem Gewissen eine Cohiba Lanceros aus dem Humidor im Schreibtisch. Genüßlich rollte Hansernst die Havanna am Ohr, roch daran, schnitt das Mundstück an, befeuchtete es und drehte die Zigarrenspitze über der Streichholzflamme.

»Kann ich mit dir«, fragte Simone, »noch ein bißchen über die Firma sprechen?«

»Sicher«, sagte Hansernst, zufrieden die Havanna anpaffend. Entspannt lehnte er sich im Sessel zurück. »Ich finde es gut, daß du im Außendienst warst. Aus Sesselpupsern werden nie gute Geschäftsleute. Solltest du regelmäßig machen. Nur wenn man die Kunden von Angesicht zu Angesicht kennt, kann man das Unternehmen richtig steuern. Ich bin froh«, sagte er und legte die Hand auf ihren Arm, »daß ich bei dem Sohn zum Ausgleich eine so talentierte und verantwortungsbewußte Schwiegertochter habe! Du weißt, wie gerne ich dich in der Unternehmensleitung sehen möchte. Aber die Bestellung von Geschäftsführern wurde bewußt dem Beirat übertragen. Der ist, im Unterschied zu mir, frei von väterlichen Gefühlen. Ich bin ganz sicher, du wirst die drei Herren überzeugen.«

»Hoffentlich!« sagte Simone. »Du hast mich schließlich mit dem Geschäftsführerposten geködert. Deinetwegen habe ich meinen Traumjob in den USA ausgeschlagen.«

»Krüger ist ein guter Verkäufer, und ich bin zufrieden, daß wir ihn haben, aber er klebt am Althergebrachten. Als Unternehmer muß man risikofreudig sein, neue Märkte entdecken, ein Gespür für Bedürfnisse haben, von denen die Kunden erst wissen, wenn das Produkt auf dem Markt ist.«

Glücklich schaute er einer blauen Wolke nach, als sehe er darin die Zukunft.

»Und deshalb hast du mich aufgefordert, mir Gedanken über neue Geschäftszweige zu machen. Ich würde vorschlagen«, sagte Simone ein wenig aufgeregt, »unsere Kernkompetenz Fuß auf das Bein auszuweiten.«

»Inwiefern?« fragte ihr Schwiegervater interessiert.

»Wenn Frauen an ihre Beine denken, dann an drei Dinge: Cellulite beseitigen, Beinbehaarung entfernen, Fußnägel lackieren.«

»Da sieht man, daß eine Frau einfach praktischer denkt. Und weiter?«

»Die Käufer unserer Produkte sind überwiegend ältere Leute. Mit einem Enthaarungsmittel und mit einem innovativen Mittel gegen Cellulite, das wir von einem Kosmetikhersteller übernehmen und unter unserem Markennamen vertreiben, sprechen wir eine jüngere, körperbewußte weibliche Zielgruppe an, die wir so auch auf unsere traditionellen Fußpflegeprodukte aufmerksam machen. Ich würde das gerne«, schwärmte Simone weiter, »mit einem Gymnastikband und einer Übungsbroschüre anbieten.«

»Hervorragende Idee! Das machen wir. Nur gegen Nagellack hätte ich was. Aber die Idee mit dem Enthaarungsmittel ist gut, und dieses Cellulite-Dings sollten wir prüfen. Simone! Das ist unternehmerisches Denken, wie ich es von meiner Nachfolgerin erwarte. Weiter so.«

»Ja, ich hätte da noch was«, sagte Simone zögerlich. Die Idee war reichlich mutig und noch recht vage. »Fußbekleidung!« Sie ließ das Stichwort wirken.

Hansernst zog nachdenklich an der Cohiba.

»Findest du das abwegig?« fragte sie.

»Gar nicht. Aber ich glaube nicht, daß für uns Gesundheitsschuhe profitabel wären. Der Markt ist besetzt und insgesamt zu klein. Obwohl er ja leicht wächst, soviel ich weiß.«

»Eben. Im Sinne der Diversifikation dachte ich auch nicht zwangsläufig an orthopädisches Schuhwerk.«

»Wenn wir eine Mehrheitsbeteiligung an einer Schuhfabrik erwerben könnten …«

Sie hörten die Haustür zufallen.

»Yolanda ist zurück!« sagte Hansernst und versuchte den Rauch wegzuwedeln.

Simone nahm ihm die Zigarre ab und zog daran. Yolanda trat ein.

»Hier seid ihr!« Sie sah von Hansernst zu Simone, als habe sie beide in flagranti im Bett erwischt. »Das ist ja wohl die Höhe!«

Yolanda riß Simone die Havanna aus der Hand und quetschte sie in den Aschenbecher. Mit dieser unwürdigen

Behandlung der schönen Zigarre fügte sie Hansernst sichtlich Qualen zu.

»Wie konntet ihr nur?« fragte sie empört. »Du bist erschöpft«, diagnostizierte sie mit einem Blick auf ihren Mann, »wir gehen zu Bett.«

Mit einem Schulterzucken sich in sein Schicksal fügend, stand Hansernst auf. »Verfolge deine Ideen unbedingt weiter, und halte mich auf dem laufenden! Meinen Segen hast du.«

Doping

»Na, auch schon auf?« wurde Simone am Morgen von einer perfekt gekleideten und geschminkten Yolanda in der Küche begrüßt.

»Kommt Hansernst heute noch einmal in die Firma?« fragte Simone betont beiläufig und schüttete Müslimischung in eine Schale.

»Ich mag es nicht, wenn du den Doktor Hansernst nennst! Niemand nennt ihn so«, giftete Yolanda.

»Ich schon«, antwortete sie und goß Milch auf die Flokken. »Und du kannst mich ruhig weiterhin Simone nennen.«

»Wie denn sonst?«

»Na, die Doktorin?«

»Pffft!« machte Yolanda. Als sie sich endlich eine Retourkutsche überlegt hatte, sagte sie: »Dein altes Auto ist unmöglich. Genierst du dich nicht, damit in die Firma zu fahren? Was sollen denn die Leute von uns denken?«

»Von euch sicher gar nichts, denn in der Firma weiß niemand, daß ich die Inhaber-Schwiegertochter bin. Und das Auto gehört nicht mir, sondern ist Arnos geliebter alter Volvo.«

Yolanda guckte beleidigt.

Mit halbvollem Mund sagte Simone, bemüht schwülstig: »Und so arbeite ich unerkannt, deinen Wohlstand zu schützen und zu mehren, auf daß du reich und zufrieden in der Schweiz leben kannst. Bei diesem großen Ziel muß man die eigene Eitelkeit hintanstellen können.«

»Du wagst es hoffentlich nicht, dich über mich lustig zu machen.«

»Aber Yolanda. Nie würde ich mir etwas derart Respektloses erlauben.« Sie stellte die Müslischüssel noch halbvoll in die Spüle. »Sag Hansernst bitte, ich sei ins Büro gefahren. Schönen Tag!«

Gutgelaunt erreichte Simone das Firmengelände. Wie üblich suchte sie eine Weile, bis sie einen Parkplatz fand. Auch das konnte ihre Stimmung nicht trüben. Sie würde gleich einen Termin mit dem Productmanager der Pflegeprodukte vereinbaren, um ihm ihre Ideen zu erläutern.

Auf dem Gang roch es nach Kaffee. Simone öffnete schwungvoll die Tür zum ehemaligen Schreibsaal, der für ihre Abteilung durch Glastrennwände in Parzellen unterteilt worden war. Man betrat ihn an der Längsseite. In der vorderen Hälfte saß Ellen Pfeiffer, Simones Assistentin. Die hintere Hälfte war Simones Refugium. An der schmaleren Seite, vom Eingang aus rechts, befand sich Attenfeldts Kabäuschen, dahinter, neben Simones Büro, ein Materialraum. Warum man dem langjährigen Pressereferenten ein Büro in Größe der Abstellkammer zugewiesen hatte, war ihr ein Rätsel. Attenfeldt schien nicht viele Freunde im Unternehmen zu haben. Wie üblich telefonierte er. So viel konnte gar nicht über Schweißfüße geschrieben werden, wie er Kontakte zur Presse hielt.

»Hallo, Ellen!« grüßte Simone. »Machen Sie mir bitte einen Termin beim PM Pflegeprodukte.«

»Sie sollen gleich zu Krüger kommen. Er hat schon zweimal nach Ihnen gefragt.« Ellen zog ihre sommersprossige Nase kraus, als könne sie den Geschäftsführer nicht riechen. »Vorher einen Schluck Kaffee?«

»Auf jeden Fall!« Ohne Dopingmittel war Krügers herablassende Art noch schwerer zu ertragen.

Das Büro des Geschäftsführers befand sich am entgegengesetzten Ende des Flures. Simone betrat das Vorzimmer.

»Wo brennt's denn?« fragte sie Krügers elfenhafte Sekretärin Tanja Müller.

»Der Chef ist in Eile. Gehen Sie gleich rein.«

»Frau Störmer, pardon, Frau Doktor Störmer«, sagte Krüger in seiner bewährt mokanten Art, »unser Inhaber singt ja wahre Lobeshymnen auf Sie. Na ja, er hat Sie schließlich eingestellt. Davor sind wir ganz gut ohne CPR-Abteilung ausgekommen.«

Krüger konnte es einfach nicht verwinden, daß Hansernst die Werbemaßnahmen der Marketingabteilung entzogen und in ihre Hände gelegt hatte. Dabei behielt Krüger als Geschäftsführer und Marketingchef nach wie vor die Entscheidungsbefugnis.

»Wenn noch irgendwas Wichtiges ist, sagen Sie es jetzt, ich bin dann nämlich für vierzehn Tage in Urlaub.«

»Angeln?« fragte Simone mit Blick auf den präparierten Lachskopf über Krügers Besuchersofa.

»Fischen!« sagte Krüger barsch.

»Darf ich fragen, warum ich das nicht früher erfahren habe?« erkundigte sich Simone.

»Wieso? Wollten Sie mitkommen?«

Schlaflos

Simone versuchte abends gegen dreiundzwanzig Uhr zum fünftenmal bei Wolffs in der Schweiz anzurufen. Die Leitung war ständig besetzt. Immerhin schienen sie wieder zu Hause zu sein. Trotzdem verspürte sie eine unerklärliche Unruhe. Sie hatte fest damit gerechnet, Hansernst noch einmal in der Firma zu sehen. Noch nie vorher waren ihre Schwiegereltern unerwartet erschienen und ebenso plötzlich wieder verschwunden.

Simone lag im Bett – in Arnos Jugendzimmer, weil sie sich ihm dort näher fühlte. Zur Ablenkung las sie noch ein paar Seiten in einem Krimi, dann löschte sie das Licht.

Das Läuten des Telefons holte Simone aus einem unruhigen Schlaf.

Sie war sofort hellwach und knipste die Nachttischlampe an. Es war kurz vor vier Uhr. Voll banger Ahnungen meldete sie sich.

Sie hörte das Echo ihrer Stimme und wußte sofort, es mußte Arno aus New York sein.

»Ich bin's«, sagte Arno nur. Schon der Tonfall sorgte für ein flaues Gefühl im Magen.

»Was ist passiert?« fragte sie. »Passiert?« fragte das Echo.

»Yolanda hat mich eben angerufen. Mein Vater ist …« Arno brach ab. Wie gerne wäre sie jetzt bei ihm gewesen.

»Was ist mit ihm?« fragte sie panisch und verfluchte das Echo.

»Ganz plötzlich«, hörte sie Arno aufschluchzen. »Er hat sich nach dem Abendessen hingelegt. Yolanda dachte noch, die Fahrt habe ihn angestrengt. Als sie eine Stunde später nach ihm sah, war er … Simone, er lebt nicht mehr.«

Das konnte nicht sein, dachte Simone. Sie hatte gestern abend noch mit ihm zusammengesessen! Und geraucht! Glücklich hatte er ausgesehen und mit ihr Pläne geschmiedet – bis Yolanda ihn wie ein Kind ins Bett schickte. Da er sich das widerspruchslos gefallen ließ, mußte er seine Frau innig lieben.

»Arno«, flüsterte sie, »Arno, ich kann es nicht fassen. Er war gestern hier.«

»Ach, Schneckchen«, seufzte Arno. »Er hatte sich endlich zu einer Bypaß-Operation entschlossen. Nun ist es zu spät.«

Sie schwiegen über den Ozean.

Ein schwarzes Loch. Eine Leerstelle in ihrem Lebensgefüge. Simone dachte an diesen Verlust, aber sie konnte ihn sich nicht vorstellen. Hansernst war so gegenwärtig. Im Kleiderschrank hingen seine Geschäftsanzüge, im großen Bad roch man sein Rasierwasser. Und in der Firma, die er aufgebaut hatte, stand überall und auf jedem Produkt sein Name. – Sie mußte eine Pressemitteilung schreiben, schoß es Simone durch den Kopf. Sogleich schämte sie sich für diesen praktischen Gedanken.

»Ich habe mich nicht von ihm verabschiedet!« sagte sie leise.

Warum war sie so übereilt ins Büro gefahren? Anstatt sich mit Yolanda einen kleinen verbalen Schlagabtausch zu liefern, hätte sie lieber nach Hansernst sehen sollen. Es hatte lange gedauert, bis er sie in sein Herz schloß, seltsamerweise erst, als es sich durch einen Infarkt bemerkbar machte. Seitdem war er der Vater für sie gewesen, den sie als Kind stets vermißte. Ihre lebenslustige Mutter hatte sich von einem amerikanischen Besatzungssoldaten schwängern lassen, von dem Simone nur wußte, daß er gut aussah und als Stand-up-Comedian aufgetreten war.

Schon vor ihrer Geburt war er nach Los Angeles zurückgekehrt. Vielleicht war sie aufgrund ihrer Herkunft so erpicht darauf gewesen, einen Job in den USA anzunehmen, obwohl es sie überhaupt nicht interessierte, ihren Erzeuger kennenzulernen. Nur Arno machte sich manchmal beim Betrachten amerikanischer Komödien den Spaß, auf einen älteren Schauspieler zu deuten und zu sagen, der sähe ihr ähnlich.

Und jetzt blieb ihr nicht einmal Hansernst …

»Ich habe ihn enttäuscht, und ich habe mich nicht um ihn gekümmert«, sagte Arno. »Alles habe ich dir überlassen.«

»Mach dir bitte keine Vorwürfe«, antwortete Simone. »Er war gestern noch voller Optimismus.«

»Ich versuche gleich, eine Maschine nach Zürich zu bekommen.«

»Soll ich sofort losfahren?«

»Besser nicht, Schneckchen. Laß mich vorerst mit Yolanda alleine. Ich melde mich bei dir, sobald ich in Luzern bin.«

Als würde es den Tod von Hansernst Wolff endgültig besiegeln, zögerten beide das Gesprächsende hinaus. Schließlich gab der Akku auf.

Die Stille war erschreckend.

In T-Shirt und Wollsocken lief Simone durch das dunkle Haus. In der Küche stand noch der Cognacschwenker mit Hansernsts Lippenspuren. Sie nahm ihn mit ins Arbeitszimmer, goß sich reichlich ein. Die Knie angezogen, saß sie in seinem Sessel und schaute unbewegten Blicks das Glas an.

Yolanda lebte. Aber er würde nie mehr dem Rauch einer Havanna hinterherschauen.

Warum starben die Guten zuerst?

»Ist das dein letztes Wort?« fragte Simone, den Blick auf den See gerichtet. Langsam durchpflügte ein Boot die felsengraue Fläche. Auf den Bergen im Hintergrund lag noch Schnee.

Simone beobachtete, wie sich die Wellenausläufer dem Ufer näherten.

»Mich hat die Firma nie interessiert, das weißt du«, antwortete Arno endlich. »Zu Lebzeiten hat Hansernst es nicht geschafft, aus mir einen Geschäftsmann zu machen. Jetzt tritt bitte nicht in seine Fußstapfen.«

»Aber wir haben die Firma geerbt!« sagte Simone. »Ich muß morgen wieder dort arbeiten. Es wäre so schön, wenn wir das Unternehmen gemeinsam führen könnten!«

»Als was sollte ich dort arbeiten? Als Pausenclown?« Arno nahm Simone in den Arm. »Schneckchen, du machst dir Illusionen. Ich habe nicht deine Erfahrung. Ich bin bloß ein erfolgloser Fotokünstler. Ohne mich bist du besser dran.«

»Unsinn!« protestierte Simone. »Laß uns noch mal darüber reden, wenn du nach Hause kommst, ja?«

Simone sah Arno an, daß sein Entschluß endgültig war.

»Wie lange bleibst du bei deiner Mutter?«

»Ein paar Tage auf jeden Fall.«

Sie küßten sich zum Abschied, gingen dann ums Haus herum auf die Einfahrt zu, in der Robert Vonhof abfahrbereit neben seinem Jaguar stand und sich mit der in kompromißloses Schwarz gehüllten Yolanda unterhielt.

Simone blieb voll plötzlicher Angst, eines Tages Arno zu verlieren, abrupt stehen, umklammerte ihren Mann mit aller Kraft, flüsterte ihm zu, wie sehr sie ihn liebe und ihn vermisse.

»Ich dich auch«, sagte Arno leise. »Du schaffst das.«

»Können wir?« rief Robert zu ihnen herüber und küßte Yolanda links, rechts, links auf die Wangen.

Simone überlegte, auf ihre Schwiegermutter zugehend, was sie sagen sollte. Eigentlich war es gleichgültig.

»Mach dir um die Firma keine Sorgen. Wenn ich sonst noch etwas für dich tun kann ...«

»Ich glaube kaum!« sagte Yolanda. »Du hast schon genug Unheil angerichtet.«

Yolanda warf Simone vor, ihren Mann ins Grab geraucht zu haben. In den letzten Tagen hatte Arno alle Mühe gehabt, die sich gegen Simone richtende Verbitterung seiner Mutter in Grenzen zu halten.

Simone reichte ihrer Schwiegermutter die Hand. »Ich lass' dir ja Arno zum Trost hier.«

»Das ist wohl das mindeste!« antwortete Yolanda, ohne die Verabschiedung zu erwidern.

Im Jaguar

»So schweigsam?« sagte Robert zu Simone nach dem ersten Tankstopp auf der Autobahn in Richtung Basel. »Ich mache mir Vorwürfe, daß ich Hansernst und Yolanda nie in der Schweiz besucht habe. So ein Haus direkt am Vierwaldstätter See ist ja ein Traum. Ich hätte Hansernst gewünscht, es länger genießen zu können.«

»Er hat mir tatsächlich ein Viertel der Dr. Wolff GmbH vermacht!« sagte Simone. »Ich weiß gar nicht, wie ich dieser Verantwortung gerecht werden soll. Arno ist jedenfalls nicht begeistert davon, jetzt Mehrheitsgesellschafter zu sein.«

»Einmal im Jahr zur ordentlichen Gesellschafterversammlung zu erscheinen sollte ihn nicht überfordern.«

Wieso es Hansernst nicht geschafft hatte, seinen Sohn zu einem ordentlichen Studium zu bewegen, sondern ihn seinen von Yolanda immer geförderten künstlerischen Flausen überließ, war Robert ein Rätsel. Immerhin war Hansernst klug genug gewesen, testamentarisch dem Beirat alle wichtigen Befugnisse in der Firma zu übertragen und sie nicht der mit Yolanda, Arno und Simone besetzten Gesellschafterversammlung zu überlassen. Allerdings hatte Hansernst ihm als Beiratsvorsitzenden nun noch mehr Verantwortung aufgebürdet.

»Morgen werde ich offiziell mein Inkognito lüften«, sagte Simone.

»Davon rate ich ab«, antwortete Robert und scheuchte mit der Lichthupe einen BMW von der Überholspur. »Hansernst hat sich schon was dabei gedacht, daß er Sie nicht als Schwiegertochter präsentiert hat.«

»Sie vergessen, daß der Beirat darüber entscheiden soll, ob ich Geschäftsführende Gesellschafterin werde. An unserem letzten gemeinsamen Abend habe ich Hansernst meine Ideen vorgestellt, und er war sehr angetan. Wie soll ich denn aus der Position der PR-Tante unternehmerische Kompetenz beweisen und Projekte anleiern, die das Marketing betreffen? Krüger greift sich sowieso an den Kopf, wenn ich ihm mit Vorschlägen komme.«

Die Vorstellung der Schwiegertochter, unternehmerische Kompetenz zeige sich im »Anleiern von Projekten«, war ja rührend. Mit der Entscheidung für oder gegen Simone hatte ihm sein lieber Nachbar neben einigen Flaschen Bordeaux auch einen erstklassigen Konfliktstoff überlassen.

»Wären Sie gerne in der Geschäftsführung? Was haben Sie studiert?«

»Kunstgeschichte«, antwortete seine Begleiterin kleinlaut.

Na, da war sie ja bestens qualifiziert, dachte Robert. Was hatte Hansernst nur auf die Idee gebracht, Simone könne Mitgeschäftsführerin werden? Er glaubte sich zu erinnern, Hansernst habe gemeint, in den USA sei es inzwischen durchaus üblich, Kommunikationsfachleute in den Vorstand oder die Geschäftsführung einzubeziehen; das Image würde in Zukunft immer wichtiger. Hielt Hansernst die Fußpflegebranche für den Schrittmacher der deutschen Wirtschaft?

»Er hat mich geradezu bekniet, in seiner Firma zu arbeiten. Arno war das nicht einmal recht. Ich mochte Hansernst«, sagte Simone traurig. »Im Gegensatz zu Arno hätte ich ihn gerne als Vater gehabt.«

Sein Freund Hansernst hatte ihm bei einem der letzten Telefonate gestanden, er habe zu Simone ein herzlicheres Verhältnis als zu seinem Sohn. Erst jetzt fiel Robert auf, daß Simones Mutter nie erwähnt wurde. Er versuchte, seine Feststellung beiläufig und nicht allzu indiskret klingen zu lassen.

»Ihre Mutter war gar nicht auf der Beerdigung.«

»Um Himmels willen!« sagte Simone erschrocken. »Meine Schwiegereltern haben meine Mutter zum Glück nie kennengelernt. Barbara ist imstande, dramatischer zu trauern als die Witwe. Yolanda wäre vor Wut geplatzt!«

Simones Emphase ließ Robert schmunzeln.

»Eine Schauspielerin zur Mutter zu haben ist keineswegs komisch!« sagte Simone. »Ich habe eine Traueranzeige an die Adresse ihres Agenten geschickt, weil ich nicht weiß, wo Barbara sich aufhält. Wahrscheinlich wirft meine Mutter sie weg. Bestimmt erinnert sie sich nicht, wer Hansernst Wolff überhaupt war.«

»Aber bei Ihrer Hochzeit mit Arno müssen sich die Wolffs und Ihre Mutter begegnet sein«, wandte Robert ein.

»Das war kurz nach seinem zweiten Infarkt. Er bestand auf der Trauung, aber Yolanda wollte aus naheliegenden Gründen keine Feier. Also haben wir letzten November ohne Familie in New York geheiratet und anschließend auf Hawaii geflittert. Sie waren doch gerade erst dort. Ist es nicht wunderschön?«

»Zum drittenmal«, antwortete Robert. »Eigentlich wollte ich nur ganz in Ruhe Golf spielen …«

Der Gedanke an Hawaii löste angenehme Empfindungen bei ihm aus, so daß er auf die rechte Fahrspur wechselte und entspannt den Fuß vom Gas nahm.

»Müssen wir schon wieder tanken?« fragte Simone.

»Wie kommen Sie darauf?«

»War nur ein Scherz! Was ist denn auf Hawaii Spannendes passiert?«

»Ich wurde sozusagen Opfer des *Aloha Spirit*.«

»Aha«, sagte Simone, »sie ist jung, blond und ledig.«

»So alt wie Sie, dunkelhaarig und verheiratet«, antwortete Robert.

Gerade angesichts des Todes seines besten Freundes erschien ihm die Begegnung mit Mona als Wink des Schicksals. Nicht, daß er abergläubisch gewesen wäre, aber seit dem Urlaub hoffte er, die bessere Hälfte seines Lebens noch vor sich zu haben.

»Sie ist eine ganz wunderbare Frau. Es könnte gut sein, daß wir heiraten, sobald wir beide geschieden sind.«

»So ernst? Da kommen die zusätzlichen Verpflichtungen gegenüber der Dr. Wolff GmbH natürlich ungünstig. Aber zur Betriebsversammlung kann ich doch mit Ihnen rechnen?«

Dr. Wolff GmbH

»Mir bleibt die Spucke weg!« sagte von Attenfeldt und deutete im Sitzen einen Diener an. »Da gratuliere ich aber.«

Otto-Paul von Attenfeldt trug außer einem Trauerbändchen im Reversknopfloch auch seinen goldenen Ehrenring, der zur fünfundzwanzigjährigen Betriebszugehörigkeit verliehen wurde.

Simone hatte ihre beiden Mitarbeiter zu sich gerufen, um ihnen zu erklären, daß sie nun Mitgesellschafterin der Firma sei. Daß sie die Schwiegertochter des Firmengründers war, wußten sie inzwischen. Vor ihnen hatte sie weder ihre Erschütterung über Hansernsts Tod verheimlichen können noch daß sie zur Beerdigung in die Schweiz fuhr.

Die Sache wäre sowieso rausgekommen, wenn Yolanda nicht Simones Namen in der Todesanzeige unterschlagen hätte. Simones Doktortitel war ihr ein Dorn im Auge, und so ließ sie einfach *Arno Wolff und Familie* setzen, als hätten sie ein Dutzend Kinder. Zunächst regte sich Simone furchtbar darüber auf, inzwischen fand sie es nur noch grotesk.

»Ich hoffe, Sie nehmen mich mit, wenn Sie in die Geschäftsführung wechseln!« sagte Ellen.

»Davon kann keine Rede sein!« antwortete Simone.

»Was?« sagte Ellen enttäuscht.

Simone schmunzelte. Daß der Beirat über ihre Berufung in die Geschäftsführung entscheiden würde, war natürlich *top secret.* Nicht einmal Krüger würde davon erfahren. Falls man sie ablehnte, konnte sie zumindest weiter in der bisherigen Position arbeiten.

»Ich bleibe, wie gesagt, für Werbung und PR zuständig. Krüger ist schließlich Geschäftsführer.«

»Ausgerechnet!« sagte Ellen.

»Fräulein Pfeiffer, also bitte!« empörte sich von Attenfeldt. »Herr Krüger ist zwar erst drei Jahre im Hause, aber er wurde von Dr. Wolff persönlich für die Aufgabe des Geschäftsführers ausgewählt. Das wollen wir nicht vergessen!«

»Wenn schon«, sagte Ellen, »jeder kann sich irren. Krüger trifft bestimmt der Schlag, wenn er morgen aus dem Urlaub zurückkommt. Die Nachricht, daß Sie mit Wolffs verwandt sind, wird ihn umhauen.«

»Frau Doktor Störmer ist angeheiratet«, korrigierte von Attenfeldt. »Verwandt ist man nur in direkter Linie. Im übrigen finde ich diese neumodische Sitte, daß Frauen bei der Eheschließung ihren Namen behalten, sehr verwirrend.«

Ellen wischte seine Bemerkung beiseite. »Warum haben Sie verheimlicht, daß Dr. Wolff Ihr Schwiegervater war?«

»Ich habe das immer geahnt!« sagte von Attenfeldt, bevor Simone antworten konnte.

Ellen wedelte wie ein Scheibenwischer mit der flachen Hand vor ihrem Gesicht herum. Attenfeldt entging nicht, daß sie diese Behauptung für schwachsinnig hielt. Simone grinste.

»Doch«, insistierte von Attenfeldt, »Dr. Wolff hat mir gegenüber so was erwähnt. Ich hatte eine besondere Vertrauensstellung.«

»Als ich hier anfing«, ging Simone auf Ellens Frage ein,

»wollte ich nicht protegiert werden oder irgendwelchem Klatsch Nahrung geben.«

Simone rechnete damit, daß die Bekanntmachung ihrer familiären Bindung an die Inhaberfamilie zu Unruhe und einem wahren Spießrutenlauf für sie werden würde. Jeder der zweihundertfünfundfünfzig Mitarbeiter würde sich fragen, was er freimütig geäußert habe, das nun gegen ihn verwendet werden konnte.

»Wenn ich mir das vorstelle«, sagte Ellen schwärmerisch und wies mit ausholender Geste hinter sich auf die Glastrennwand, die Simones Büro vom geräumigen Vorzimmer, Attenfeldts Bürokabine und dem Abstellraum trennte. »Das gehört jetzt alles Ihnen! Ist ja wie im Märchen. Bekommen Sie eigentlich zusätzlich ein Gehalt?«

»Äh«, sagte Simone, verdutzt über diesen geistigen Schlenker ihrer Mitarbeiterin, »ich hoffe es.«

»Wann geben Sie uns einen aus?«

»Fräulein Pfeiffer!« sagte Attenfeldt streng. »Der Chef ist noch keine Woche unter der Erde, und Sie wollen feiern!«

»Ich werde jetzt den Betriebsrat informieren«, sagte Simone, »und für morgen nachmittag eine Betriebsversammlung ansetzen.«

»Als Dienstältester behalte ich mir das Recht vor, zu einer Schweigeminute für den Chef aufzurufen«, sagte Attenfeldt.

Simone nickte.

»Und ich darf die Durchsage machen«, fügte Attenfeldt an.

»Nur ausnahmsweise!« gab Simone schweren Herzens nach. »Aber brüllen Sie bitte nicht wieder in diesem Aufseherton ›Achtung, Achtung, eine dringende Durchsage‹. Ein Drittel der Belegschaft hat letztens fluchtartig das Haus über die Notausgänge verlassen und die nächste Kneipe aufgesucht.«

Krüger kommt

Da sie besonders zeitig eintraf, fand Simone ausnahmsweise einen freien Parkplatz auf dem Firmengelände. Längst hätte ihr als Führungskraft auch ein reservierter Platz an der Kantine zugestanden. Davon gab es jedoch nur fünf, wovon einer aus Tradition für Dr. Wolff freigehalten wurde, obwohl er in den letzten drei Jahren nur noch sporadisch hier erschienen war.

Simone blieb so lange in Arnos Volvo sitzen und entfernte Einkaufszettel, Kassenbons und Kaugummipapier aus ihrer Aktentasche, bis sie Krügers Mercedes aufs Gelände fahren sah. Daß der silbergraue Lack des Wagens der Farbe seiner Stoppelfrisur entsprach, war, wie sie fand, das einzig Harmonische an seiner Erscheinung.

Simone stieg aus.

Peter Krüger ging jedoch nicht in Richtung Eingang, sondern wieder zurück zu seinem Auto, um zu prüfen, ob auch wirklich alle Türen geschlossen waren. Das wirkte ziemlich zwangsneurotisch.

»Morgen, Herr Krüger!« rief sie über den Hof. Wahrscheinlich sprangen jetzt drei Dutzend Mitarbeiter an die Fenster, um sie zu beobachten.

Krüger ließ die Zentralverriegelung aufschnappen, öffnete den Kofferraum, guckte hinein, als suche er etwas, schloß ihn, drückte die Fernbedienung. Er überzeugte sich wiederum handgreiflich davon, daß der Kofferraum verriegelt war.

Simone trat frierend von einem Bein aufs andere. Im Frühling war man immer falsch angezogen, morgens zu dünn und mittags zu warm.

»Ach, Frau Doktor Störmer«, sagte Krüger, als habe er sie vorher nicht bemerkt. »Wie geht's denn so?«

»Danke. Ich hoffe, Sie haben sich gut erholt. Ich muß dringend mit Ihnen sprechen.«

»Lassen Sie sich von der Müllerin einen Termin geben«, sagte Krüger und beschleunigte seinen Schritt in Richtung des Eingangs für die Angestellten.

»Es gibt gewisse Veränderungen, über die ich Sie informieren möchte!« Der Satz kondensierte für einen Moment vor Krügers Rücken zu Nebel. Scheinbar unbeirrt zog Krüger seinen Ausweis durch das Kontrollgerät, das die Tür öffnete und gleichzeitig die Anwesenheit registrierte.

Er blieb auf der Schwelle stehen, drehte sich um und raunzte sie schlechtgelaunt an: »Wenn Sie was wollen, kommen Sie gefälligst in mein Büro!«

Die Tür schnappte zu.

Verdutzt blieb sie zurück und suchte in ihrer Tasche nach der Karte, die ihr Einlaß verschaffte.

Wie lange würde es dauern, bis Krüger über die neuen Besitzverhältnisse im Bilde war?

»Guten Morgen, Ellen!« sagte Simone und wunderte sich, daß der überpünktliche Attenfeldt noch nicht in seinem Kabäuschen saß.

»Wahrscheinlich hat er einen Hexenschuß«, sagte Ellen. »Bei der Betriebsversammlung war ich schon kurz davor, den Sanitäter zu holen, weil er sich dauernd vor Ihnen und Herrn Doktor Vonhof verbeugt hat.«

Das Telefon vermeldete einen internen Anruf, Ellen nahm das Gespräch entgegen.

Simone öffnete gerade die Tür zu ihrem Zimmer, als aus dem Lautsprecher die Stimme von Tanja Müller, Krügers Sekretärin, klang. Ellen hatte offenbar auf Mithören gestellt.

»… ist stinksauer wegen der Betriebsversammlung.«

Simone ging zurück zu Ellens Schreibtisch.

»Hast du ihm etwa schon alles gesagt?« fragte Ellen ihre Kollegin.

»Weiter als bis ›Betriebsversammlung‹ bin ich gar nicht gekommen.« Tanja Müller kicherte. »Bestimmt hat er mal wieder keinen einzigen Fisch an die Angel gekriegt. Er ist zu euch unterwegs.«

»Danke für die Warnung.«

Simone setzte sich hinter ihren Schreibtisch, von wo aus sie durch die Trennwände das Vorzimmer im Blick hatte.

Krüger stürmte herein und knallte die Tür so heftig hinter sich zu, daß der Luftzug Ellens Haare fliegen ließ.

»Was bilden Sie sich eigentlich ein?« brüllte Krüger ihr entgegen, kaum daß er ihr Zimmer betreten hatte.

Simone stand auf, zeigte auf einen Stuhl an ihrem Besprechungstisch.

Krüger blieb stehen und stützte die Arme auf die Stuhllehne.

Simone schaute ihm offen in sein stark gerötetes Gesicht. War er so empört, oder hatte er sich beim Angeln einen Sonnenbrand zugezogen?

»Ich glaube, Sie setzen sich besser«, sagte Simone.

»Das lassen Sie meine Sorge sein«, antwortete Krüger. »Ihr selbstherrliches Benehmen wird Ihnen noch vergehen.«

»Es ist mir leider nicht gelungen, Sie als erste über die gravierenden Veränderungen zu informieren.«

In Anbetracht von Krügers Aversion gegen Neuerungen wunderte sie sich nicht, daß er sich entnervt auf dem Stuhl niederließ, ganz so, als ahne er, was komme.

Simone sah Attenfeldt das Büro betreten. Er schien etwas unter seinem Trenchcoat zu verstecken.

»Während Sie in Urlaub waren«, begann Simone, um einen unpersönlichen Ton bemüht, und setzte sich ebenfalls, »ist unerwartet der Firmeninhaber Dr. Wolff verstorben. Die Familie hätte Sie natürlich gerne auf der Beerdigung gesehen. Leider waren Sie nicht zu erreichen.«

»Dieses verdammte Funkloch!« fluchte Krüger leise. »Aber Sie haben hoffentlich für einen Kranz gesorgt, Anzeigen in der regionalen und überregionalen Presse und so weiter.«

»Selbstverständlich!« sagte Simone. Wollte Krüger ihr mal wieder ihren Job erklären, oder was? »Ich war auf der Beerdigung.«

»Bitte?« fragte Krüger verwundert. In Gedanken schien er jedoch mit ganz anderen Fragen beschäftigt zu sein. Er schaute Simone an, als sei sie durchsichtig.

»In der Belegschaft herrschte natürlich Unruhe. Gerüchte über eine Schließung kamen auf, das Übliche eben in einer solchen Situation.«

»Trotzdem hätten Sie mit der Versammlung bis zu meiner Rückkehr warten müssen.«

»Die Erben bestanden darauf.«

»Sein nichtsnutziger Sohn und diese arrogante Schachtel, nehme ich an? Oder sonst noch wer?«

Simone schluckte trocken. »Vorerst bleibt alles beim alten. Das erklärte Herr Doktor Vonhof, der stellvertretend für die Familie auftrat.«

»Ich habe nie begriffen, wieso ausgerechnet der Aufsichtsratsvorsitzende der *Geysir AG*, immerhin das marktführende Unternehmen für Heizungs- und Klimatechnik, im Beirat eines kleinen Familienbetriebs sitzt, der sich dem ›Wohlsein für die Füße‹ verschrieben hat.«

»Da wäre noch etwas«, sagte Simone und holte tief Luft.

»Herr Dr. Wolff ist, ich meine, war, also, na ja«, stotterte sie herum.

Krüger wurde ungeduldig. Eigentlich war es ein Triumph, Krüger, der sie so gerne gönnerhaft behandelte, sagen zu können, daß er nun ihr als Gesellschafterin Rechenschaft schuldig war. Aber solange sie Abteilungsleiterin war, blieb er ihr Vorgesetzter. Eine prekäre Situation.

»Ich habe nicht den ganzen Tag Zeit!« sagte Krüger.

»Herr Dr. Wolff wollte das in Kürze aufklären, aber leider ist es dazu nicht mehr gekommen. Ich bin mit seinem, wie Sie es eben so nett formulierten, nichtsnutzigen Sohn verheiratet.«

»Wie bitte?« Krüger wurde blaß um die Nase.

»Und mein Schwiegervater hat mir großzügigerweise eigene GmbH-Anteile vermacht.«

»Wie viele?« fragte Krüger.

Sie überlegte, ob sie ihm das überhaupt sagen müsse, aber er würde es sowieso erfahren.

»Fünfundzwanzig Prozent.«

»Wie schön für Sie«, sagte Krüger nach einer Bedenkpause. »Die können Sie sogar einkommenssteuerfrei verkaufen. Dann sind Sie ja fein raus und werden sicher gleich kündigen.«

Die Idee, ihren Beruf aufzugeben, war Simone nie gekommen. Die Kunst des Zeitvertreibs beherrschte nur ihr Arno.

»Wie ich schon sagte, es bleibt alles beim alten. Das ist sicher auch in Ihrem Sinne. Wir wollen nicht noch mehr Unruhe verursachen.«

Sie stand auf. Krüger erhob sich ebenfalls.

»Auf eine weiterhin gute Zusammenarbeit!« sagte Simone und reichte ihm die Hand.

»Mein Beileid!« sagte Krüger.

Kaum war Krüger gegangen, kam Attenfeldt in Simones Büro.

»Wo der geschätzte Dr. Wolff ihn nun nicht mehr brauchen wird, dachte ich, es wäre nur recht, wenn Sie seinen Parkplatz bekommen. Schließlich steht Ihnen sowieso längst einer zu.«

Er zog ein Blechschild in Form eines Autokennzeichens unter seinem Jackett hervor, in das *Dr. Störmer* geprägt war.

Simone fand Attenfeldts Aufmerksamkeit rührend und bedankte sich herzlich. »Trotzdem muß ich Sie dringend bitten, von derartigen Gunstbezeigungen abzusehen. Ich möchte kein Aufsehen und keine Extrawürste.«

Attenfeldt deutete mit seinem großen schlanken, etwas steifen Altherrenkörper eine Verbeugung an. »Ich nehm's wieder mit.«

Sohnespflicht

Kurz bevor Simone Feierabend machen wollte – ihre Mitarbeiter waren längst zu Hause –, rief Arno an.

»Du bist noch im Büro?« fragte er, als ob daran Zweifel bestünde.

»Ja, nun«, sagte Simone. Erstens war sie meist bis abends um sieben Uhr im Büro, und zweitens war das um so selbstverständlicher, wenn einem der Laden neuerdings gehörte.

»Alles klar?« fragte Arno.

»Was ist denn mit dir los?« sagte Simone. »Streß mit Yolanda?«

»Macht's dir arg viel aus, wenn ich noch nicht wieder zurückkomme?«

»Geht's deiner Mutter schlecht?«

»Das hat sie alles sehr mitgenommen. Sie braucht dringend Luftveränderung. Du weißt ja, wie sie ist.«

»Allerdings«, seufzte Simone. »Und weiter?«

»Sie möchte, daß ich sie begleite.«

Simone hielt die Luft an.

»Nur ein paar Wochen«, sagte Arno, dem sie sein schlechtes Gewissen anhörte. »Mir ist das ja auch nicht recht, aber ich kann es ihr kaum abschlagen.«

»Klar!« sagte Simone verärgert. »Aber mich kannst du hängenlassen.«

»Nimm's nicht persönlich. Yolanda hat nur noch mich.«

»Und wen habe ich außer dir? Wo fahrt ihr hin?«

»Wir fliegen erst für ein paar Tage nach New York, damit ich meine Angelegenheiten dort regeln kann, und dann ans Mittelmeer.«

»Wie kann ich euch erreichen?«

»Na ja«, druckste Arno, »wir werden viel unterwegs sein. Ich melde mich natürlich regelmäßig.«

»Und wie lange genau bleibst du weg? Wir haben jetzt Verantwortung für die Firma.«

»Also komm, Schneckchen«, sagte Arno. »Die Klitsche läuft doch einwandfrei. Und wenn wirklich etwas ist, hast du ja Robert.«

»Danke für den Tip. Also, wann kommt ihr zurück?«

»Das hängt natürlich davon ab, wie sich Yolanda fühlt. Sie hat die letzten Jahre auf Hansernst Rücksicht genommen, ihn gepflegt und so. Sie braucht einfach Abstand.«

»Arno!« sagte Simone drohend.

»So etwa acht Wochen«, antwortete Arno und fügte

rasch an: »Kannst du mir ein paar Sommersachen hierher schicken? Tennisschläger, Badehose und so.«

»Aber sicher!« sagte Simone. »Sonst noch Wünsche?«

»Du weißt besser als ich, was ich brauche«, sagte Arno treuherzig. »Ich verlasse mich wie immer ganz auf deine Umsicht.«

Krügers Schild

Am nächsten Morgen auf dem Weg ins Büro überlegte Krüger, daß er nun guten Gewissens endlich den für den Inhaber freigehaltenen Parkplatz für sich beanspruchen konnte.

Als er seinen Wagen wie gewohnt abstellte, glaubte er einen Moment, er leide an Paranoia. Diese Störmer verfolgte ihn.

Das war eine dreiste Provokation. An der Außenwand der Kantine glänzte direkt neben seiner Parkbucht ein neues Schild mit ihrem Namen. Auf dem leeren Parkplatz von Dr. Wolff!

Vom Autotelefon aus rief er den Hausmeister herbei.

Während Krüger auf den Mann im blauen Kittel wartete, knöpfte er die linke Manschette auf, holte das Blutdruckmeßgerät aus dem Handschuhfach und legte es am Puls an. 200 zu 130 zeigte die digitale Anzeige. Alarmierend!

Im Rückspiegel sah er Karl Asche über den Hof eilen. Krüger ließ das Seitenfenster herunter.

»Tach auch«, grüßte der Hausmeister. »Tut's der Wagen nich, oder wat is?«

»Sie schrauben sofort dieses Schild ab!« Krüger wies auf *Dr. Störmer.*

»Aber dat is doch janz neu«, sagte der Hausmeister.

»Nun machen Sie schon!« drängte Krüger. »Ich habe nicht den ganzen Tag Zeit. Und dann bringen Sie mein Schild dort an.«

»Und wat machen wir mit dem neuen? Soll ich dat tauschen?«

»Unterstehen Sie sich! Die Störmer parkt ihre Rostlaube nicht neben meinem Benz.«

»Ja, wat denn nu?«

Krüger stieg aus, trat vom Auto zurück, um die fünf Parkplätze im Blick zu haben. Er würde das jetzt von Grund auf neu organisieren.

»Hierarchie, nicht Anarchie«, sagte er zum Hausmeister.

Sein Platz war nun der nächste zum schräg gegenüber gelegenen Eingang, im Sommer schattig. Neben sich, wies er Asche an, sein Vertreter, der Kaufmännische Leiter. Die Hand am Kinn überlegte er weiter: der Marketingmanager, daneben der Personalchef, dessen Auto war auch nicht mehr das neueste, und am Schluß, in der prallen Sonne, Frau Doktor Störmer.

Karl Asche stand da, die Hände in den Kitteltaschen, und hörte sich das an.

»Worauf warten Sie?« fragte Krüger ungeduldig.

Als sein Namensschild angebracht war, stellte Krüger seinen Wagen hochzufrieden auf den ehemaligen Inhaberplatz und stieg aus.

»Der adelige Attenfeldt hat mir wenigstens 'n Bier spendiert!« rief der Hausmeister ihm hinterher.

Krüger zog seinen Firmenausweis durch den Schlitz im Kontrollgerät und betrat das Gebäude.

Jetzt hatte dieses Gezeter der Störmer wegen des Parkplatzes wenigstens ein Ende. Was brauchten sie überhaupt eine Abteilung für Werbung und Öffentlichkeit? Attenfeldt hatte das bißchen Pressearbeit all die Jahre bestens allein erledigt. Und dann kam Dr. Wolff eines Tages mit dieser Störmer an. Schleuste hier inkognito seine Schwiegertochter ein! Das hatte man davon, wenn man sich mit einem Familienbetrieb abgab. Eine Gesellschafterin als Angestellte! Das war ein echter Lachschlager. Wahrscheinlich würde sie sich anmaßen, in seine Kompetenzen einzugreifen. Aber da war sie bei ihm richtig.

Er betrat sein Vorzimmer.

»Morgen, Müllerin! Was gibt's denn da draußen zu sehen?«

Krüger trat neben seine Sekretärin ans Fenster und beherrschte sich gerade noch, ihr auf den knackigen Po zu klapsen.

»Morgen, Chef«, sagte Tanja Müller. »Der erste April ist schon vorbei, oder?«

Krüger sah, wie der Mann im blauen Kittel ordentlich die Parknamenschilder austauschte. Gestikulierend standen der Marketingmanager und der Personalchef daneben. Der Hausmeister wies über die Schulter mit dem Daumen zu Krügers Fenster. Krüger trat einen Schritt zurück.

»Müllerin, Rundschreiben an die betreffenden Abteilungsleiter bezüglich Neuordnung reservierter Parkplätze.«

Ehrenplatz

»Sie sollen sofort zu Krüger kommen!« wurde Simone von Ellen begrüßt. »Er wartet schon auf Sie.«

»Och nee«, sagte Simone leicht gereizt. »Was denn jetzt schon wieder?«

»Keine Ahnung, aber Sie müssen sich ja nichts gefallen lassen«, meinte Ellen. »Kaffee steht schon bereit.«

Simone trank einen Schluck aus dem Becher, den Ellen ihr reichte, legte ihre Aktentasche ab, nahm den Terminplaner heraus, grüßte zu Attenfeldt hinüber, als er beim Telefonieren aufsah, und verließ das Büro.

»Gerade Sie sollten ein Vorbild an Pünktlichkeit sein«, sagte Krüger statt einer Begrüßung und wies auf den Besucherstuhl an seinem Schreibtisch. Simone holte schon Luft, um zu ihrer Rechtfertigung zu sagen, daß sie erst drei Straßen weiter einen Parkplatz gefunden habe, als Krüger fortfuhr: »Ihre Pressemitteilung zum Tod von Dr. Wolff«, er tippte auf das Blatt vor sich, »habe ich mir gründlich angesehen.« Er hielt die Seite hoch.

Von den fünfunddreißig Zeilen waren ungefähr dreißig mit blauer Tinte durchgestrichen. Krüger hatte bisher hier und da eine Formulierung in ihren Pressetexten mit einem Fragezeichen versehen. Aus Prinzip. Auch jetzt waren keine Änderungen an den Rand notiert. Er hatte einfach nur die Zeilen gestrichen.

»War sie Ihnen zu lang?« fragte Simone kühl.

»Zu emotionslos!« antwortete Krüger und schob ihr das Blatt hin. »Da hätte ich gerne bis morgen einen neuen Entwurf.«

»Ich bin für Verbesserungsvorschläge jederzeit offen, Herr Krüger«, antwortete Simone, »aber in diesem Fall wäre das reine Zeitvergeudung.«

»Wie bitte?« sagte Krüger. »Sie weigern sich?«

»Ja sicher. Die Pressemitteilung liegt dort zu Ihrer Information. Sie ist natürlich längst raus.«

»Ohne meine Genehmigung?«

»Wenn der Inhaber ausgerechnet in Ihrem Angelurlaub

das Zeitliche segnet, ist das schlechtes Timing, aber nicht meine Schuld.«

»Sie lassen nichts anbrennen, was? Jahrelang halten wir den Platz in Ehren, und kaum liegt der Mann unter der Erde, haben Sie ihn sich gekrallt.«

Simone fragte sich, wovon Krüger sprach. Ihr dämmerte, es könne mit Attenfeldt und seinem geprägten Präsent zu tun haben.

»So geht das natürlich nicht!« regte sich Krüger auf. »Für die Vergabe der Parkplätze ist die Geschäftsleitung zuständig. Und die bin immer noch ich!«

Wenn das seine einzige Sorge war!

»Selbstverständlich«, sagte Simone. »Wenn ich Ihre Empörung richtig deute, hat Herr von Attenfeldt gegen meine ausdrückliche Anweisung ein Schild anbringen lassen. Ich bedaure das. Selbstverständlich werde ich ihn bitten, das Schild zu entfernen. Ich bin ganz Ihrer Meinung, daß man es dem Ansehen von Dr. Wolff schuldet, seinen Platz unbesetzt zu lassen. Es ist schließlich eine Lücke mit symbolischem Wert. Sie gemahnt uns daran, wie sehr wir Dr. Wolff vermissen. Ich werde das in einem Aushang am Schwarzen Brett entsprechend kommunizieren.«

»Also, das hielte ich nun doch für übertrieben«, sagte Krüger zu Simones Verwunderung. »Ihnen steht ein Platz an der Kantine zu. Ich habe das bereits veranlaßt.«

Lang gelaufen

»Jetzt lauf doch mal langsamer!« Simone hielt Viktor Vonhof am Rückenteil seines Sweatshirts fest. Seit sie hier am Rhein wohnte, begleitete sie Viktor und seinen Hund vornehmlich am Wochenende beim Auslauf, aber wie sollte man sich bei dem Tempo unterhalten? Viktor rannte die alte Deichallee entlang, als trainiere er für die Olympiade.

Viktor, der speziell samstags als ihr Kummerkasten herhalten mußte, wischte sich mit dem Handtuch über das Gesicht.

Kein Wunder, dachte Simone beim Anblick des schweißnassen Mannes, daß er keine Freundin hatte. Aber vielleicht fand sie ihn so wenig attraktiv, weil sie glücklich verheiratet und neun Jahre älter war.

»Dein Vater könnte ruhig mehr auf Krüger achten«, brachte Simone stoßweise hervor.

Viktor pfiff nach seinem Hund Burano, der einem Radfahrer hinterherrannte.

»Mein Alter hat genug damit zu tun, mich zu kontrollieren.«

»Krüger ist prinzipiell gegen alles Neue, und sein Hobby ist, mich zu schikanieren.«

»Du übertreibst!« sagte Viktor.

Eine Reiterin nickte ihnen huldvoll zu. Viktor grüßte.

»Gestern«, sagte Simone schnaubend, »erfahre ich per Zufall von der Agentur, daß er alle Fernsehspots storniert hat. Die komplette Deokampagne für den Sommer! Der hat wirklich einen an der Waffel. Ich solle das mit Produktpresseinformationen machen, hat er gemeint, das bringe zwar ebenfalls nichts, koste aber wenigstens kaum etwas. Und dann fügt er noch süffisant hinzu, die Gesellschafter wären ja besonders an einer Gewinnmaximierung interessiert. Als ob er nicht selbst eine gewinnabhängige Vergütung erhielte.«

»Bestimmt ist Krüger eben mehr handelsorientiert«, sagte Viktor. »Die Leistungen des Marketings werden gerne unterschätzt.«

Simone dachte, das sage er nur, weil er selbst Marketingdirektor war.

»Ich muß zugeben«, fuhr Viktor fort, »daß Werbung zwar zum klassischen Marketingmix gehört, ich aber von Fernsehspots und vor allem von diesem PR-Kram auch nicht allzuviel halte. Das ist ganz nett, ja, aber vom guten Image allein kann kein Unternehmen leben.«

»Danke, daß du mich so hervorragend unterstützt!« sagte Simone. »Du vergißt, daß man eure Investitionsgüter nicht mit unseren Konsumgütern vergleichen kann. Außerdem denke ich, daß Krüger mit der Stornierung der Fernsehwerbung seine Vierteljahreszahlen schönen will.«

Sie blieb an einer Bank stehen, um ein paar Dehnungsübungen zu absolvieren. Mit schräggelegtem Kopf sah ihr Burano dabei zu. Viktor dribbelte auf der Stelle.

Etwas anderes als Sport und sein Beruf schien Viktor nicht zu interessieren, was die Unterhaltung gelegentlich ein wenig zähflüssig gestaltete.

Simone wechselte das Thema. »Seit einer Woche ist Arno mit Yolanda schon bei deiner Mutter in Marbella. Ich finde das eine Gemeinheit.«

»Wieso?«

»Weil Yolanda Arno überredet hat, mit ihr zu verreisen, da sie alleine völlig aufgeschmissen sei. Und dann fahren sie ausgerechnet zu Yolandas bester Freundin Lore. Ich habe Arno natürlich gefragt, was er dort treibt. Und weißt du, was er geantwortet hat? Er genieße das süße Nichtstun!«

Viktor schlug Simone freundschaftlich auf den Rücken. »Nimm's nicht so tragisch. Wollen wir weiter?«

»Lieber zurück. Es sieht nach Regen aus. Typisches Aprilwetter.«

Burano lief voraus, einer Dalmatinerhündin hinterher.

»Wie ich es hasse«, keuchte Simone, »alleine in dem Haus meiner Schwiegereltern zu wohnen.«

»Wenigstens hast du nette Nachbarn!« sagte Viktor.

»Abends alleine im Haus ist mir, als wäre ich versehentlich in einem Yolanda-Museum eingeschlossen worden.«

»Du brauchst dringend Gesellschaft«, meinte Viktor. »Jetzt kommst du auf jeden Fall mit zu mir.«

Barbara in Fahrt

In einer halben Stunde würde der Zug in Düsseldorf sein. Barbara Roderich klappte das Reclam-Bändchen zu, verließ den Speisewagen und suchte ihr Abteil. Es war nicht mehr leer.

Was machte diese elegante junge Frau in der zweiten Klasse?

Barbara schob die Tür auf. Sie erntete einen bösen Blick.

»Sie sitzen in meinem Abteil«, bemerkte Barbara, wie gewohnt jede Silbe betonend, und wies auf zwei große Koffer.

Ihre voluminöse Umhängetasche schwang sie auf den Mittelplatz und setzte sich ans Fenster.

Die Frau gegenüber entsprach mit dem eleganten hellen Kostüm, der frischen Sonnenbräune und den streng nach hinten gebundenen Haaren genau dem Bild einer verwöhnten Tussi aus gutem Hause.

Noch wich sie ihrem Blick aus.

Auf dem Sitz neben ihr stand eine kleine Reisetasche, darauf lag eine Illustrierte. Die Beschläge einer geräumigen hellbraunen Henkelhandtasche glänzten arrogant Barbaras abgeschabten Lederbeutel an. Instinktiv legte sie schützend ihren Arm über diesen. Stammte die Frau aus einer Familie, die seit Generationen im Geld schwamm, aber zu geizig war, sich ein Erster-Klasse-Ticket zu leisten? Das ließ sich feststellen. Barbara Roderich räusperte sich.

»Es macht Ihnen sicher nichts aus, mit mir den Platz zu tauschen. Ich sitze lieber in Fahrtrichtung.« Barbara ergriff ihre Tasche und stand auf.

Zögernd, unwillig und stumm erhob sich ihr Gegenüber.

Was für eine konfliktscheue Pute, dachte die Roderich. Dazu, ihrem Ansinnen zu widerstehen, gehörte doch nur ein Minimum an Selbstbewußtsein. Reich geboren war die jedenfalls nicht!

Barbara spürte die Körperwärme des Polsters.

»Im Speisewagen«, erzählte sie ungefragt, »ist nichts los. Ich fahre bis Düsseldorf, und Sie?«

Ihre Mitreisende schaute demonstrativ aus dem Fenster. »Ich auch«, antwortete sie, ohne sie anzusehen, und massierte ihre Finger, als stünde sie kurz vor dem Erfrieren.

»Wie schön. Sie wirken, als hätten Sie Lampenfieber. Besuchen Sie Ihre Mutter?«

Barbara erhielt keine Antwort und mutmaßte weiter: »Na, dann haben Sie sicher ein Rendezvous, stimmt's?«

Ihr Gegenüber wurde verlegen. Barbara genoß es, durch ihre direkte Art andere zu verunsichern.

Demonstrativ nahm die scheue Pute ihre Illustrierte zur Hand und blätterte darin. Barbara beobachtete, wie sie stutzte, den Blick konzentriert auf die Seite heftete und dann, ohne den Kopf zu heben, zu ihr herüberschielte.

»Steht was über mich drin?« Barbara streckte die Hand nach dem Magazin aus, das ihr die Frau verdutzt und daher umstandslos überließ.

Auf den Klatschseiten war ein Foto von ihr abgedruckt, das sie, überrascht vom Regen und dem Blitzlicht des Fotografen, beim Verlassen eines Lokals zeigte. Die markante graue Strähne in ihren langen schwarzen Haaren und ihr Gesicht wiesen einen deutlichen Grünstich auf. In Wippermanns grünen Trenchcoat gehüllt, sah sie aus wie eine Biotonne auf der Flucht. Darunter stand:

Barbara Roderich ließ die Proben zum ersten Musical des bekannten Regisseurs Claus Wippermann platzen. Wie aus Ensemblekreisen verlautet, war ein heftiger Streit Auslöser für den Eklat. Der agile Starregisseur und die alternde Aktrice sollen seit Jahren ein Verhältnis haben. Wippermann kündigte überraschend seine bevorstehende Heirat mit der Nachwuchsschauspielerin Lydia Leinen an, die von ihm ein Kind erwartet.

»Ein wirklich grottenschlechtes Foto, finden Sie nicht? Na ja, damit muß man sich abfinden.« Sie legte die Illustrierte beiseite, griff in ihre Umhängetasche und zog ein Porträtfoto von sich aus einer kreuz und quer mit Telefonnummern bekritzelten Papiertasche. »Sehen Sie, professionell fotografiert, komme ich ganz gut.«

Die Frau betrachtete flüchtig das schwarzweiße Bild, das vor gut zehn Jahren entstanden war, und meinte, es sei ein gelungenes Porträt.

»Wenn es Ihnen so gut gefällt, dann behalten Sie es«, bot Barbara großzügig an.

»Ach, ich weiß nicht«, flüsterte die Frau und hielt es Barbara hin.

»Sie haben recht.« Lachend nahm Barbara das Bild.

»Ohne Autogramm ist es natürlich wertlos.« Sie kramte einen Filzstift hervor. »Wie heißen Sie denn?«

Ihr Gegenüber zögerte, die eigene Anonymität aufzugeben. »Mona Hallstein.«

Sie schrieb *Für Mona, herzlichst Barbara Roderich* unten schräg in die Ecke.

»Danke«, sagte Mona und steckte die Karte in ihre Handtasche.

»Sie fahren also zu einem Rendezvous«, startete Barbara Roderich einen neuen Versuch, mehr von ihr zu erfahren.

»Ja«, sagte Mona erstaunlich verbindlich, »das stimmt tatsächlich.«

»Interessant«, antwortete die Roderich, »sieht er gut aus?«

»Das kann man sagen!« bestätigte Mona. In ihren Augen zeigte sich ein lebhafter Ausdruck, und ihre Stimme wurde etwas voller. »Er wird oft mit Sean Connery verwechselt«, sagte sie so stolz, als färbe dessen Prominenz auch auf ihren Lover ab.

»Nein! Wie kommt eine Frau in Ihrem jugendlichen Alter überhaupt auf Sean Connery? Der ist doch entschieden mein Kaliber«, befand Barbara. »Wo kann man denn so einen Mann treffen? Das müssen Sie mir unbedingt verraten.«

»Wir haben uns im Urlaub auf Maui kennengelernt, Hawaii. Er war zum Golfspielen dort«, sagte Mona.

»Na ja, unter solchen Voraussetzungen ist es vermutlich leicht, einen reichen, gutaussehenden Mann zu treffen. Und Sie waren auch Golf spielen, und dann hat er Ihnen gezeigt, wie man perfekt einlocht.«

Hatte diese Mona die beabsichtigte Zweideutigkeit bemerkt?

»Nicht so ganz«, antwortete sie. »Ich spiele gar nicht Golf. Nur mein Mann.«

»Ach, Sie waren mit Ihrem Mann in Urlaub? Und Mister Connery hat Sie Ihrem Mann ausgespannt?«

Sie war nicht der vergnügungssüchtige Typ, dachte Barbara. Sie hatte einen ernsthaften, fast leidenden Zug um den Mund.

»Mein Mann kam nach, aber im Grunde war da schon alles zu spät. Er hätte mich eben nicht alleine nach Hawaii fliegen lassen sollen. Ist ja auch egal, jetzt.«

»Sie sehen gar nicht aus wie eine Frau, die sich einen Liebhaber hält«, sagte die Roderich. »Ihrem Mann haben Sie bestimmt erzählt, Sie besuchen übers Wochenende eine Freundin, stimmt's?«

»Wir sind gleich da, nicht?« fragte Mona, aus dem Fenster schauend. »Ich bin schon ewig nicht mehr mit dem Zug gefahren, aber vor einer Woche habe ich mein Auto verkauft.«

»Gute Entscheidung. Mit der Bahn zu reisen ist viel ökologischer.«

»Und Sie, was haben Sie nun vor, beruflich, meine ich?« fragte Mona und strich über ihren Rock.

Barbara schmunzelte. Sie hatte beim Gedanken an einen Mann noch nie feuchte Hände bekommen.

»Ich bin sozusagen obdachlos«, sagte Barbara. »In den Koffern ist meine mobile Habe. Wenn man ständig unterwegs ist, wird alles zum Ballast. Möbel besitze ich nicht. Daß man keine Wohnung hat, können Sie sich bestimmt nicht vorstellen«, fügte sie an.

»Doch, durchaus«, antwortete Mona.

»Das glaube ich nicht. Sie haben mit Sicherheit ein Haus im Grünen, pflegen tagsüber Ihre Möbel und abends Ihren gestreßten Gatten.«

»Ich lebe keineswegs in einer Putzmittelwerbung!« antwortete Mona.

»Sondern?« fragte Barbara mitten hinein in die Durchsage, daß sie in wenigen Minuten Düsseldorf erreichen würden.

»Wieso interessiert Sie das?« sagte Mona schroff, offenbar nicht bereit, sich weiter aushorchen zu lassen. »Und wohin gehen Sie jetzt, wenn Sie kein Zuhause haben?«

Barbara Roderich überspielte ihre Irritation mit dem Zurückwerfen ihrer Haare, lächelte und sagte: »Ich bin entschlossen, eine Weile bei meiner Tochter zu wohnen.«

»Hat Ihre Tochter Sie eingeladen?«

»Sie weiß noch nichts von ihrem Glück! Die wird staunen!«

Die Tasche

Der große Magnolienbaum in Vonhofs Vorgarten war fast verblüht. Simone mochte das imposante Gründerzeithaus mit dem hohen schwarzen Dach über der gegliederten, hellgelb abgesetzten Fassade. Die drei kleinen Fenster im Giebel gehörten zur Wohnung von Vonhofs resoluter Hausdame Hella Schmitzke. Sie hatte Viktor wohl kommen sehen, denn sie öffnete die Tür und hielt ihm das Telefon entgegen.

»Der Doktor ist dran, dringend.«

Simone nahm Burano die Leine ab, aber statt sich in sein Körbchen in der Eingangshalle zu verziehen, folgte er ihr in die Bibliothek. Simone wußte, daß Burano wegen Robert Vonhofs Allergie nicht in die Zimmer durfte, und der Hund wußte, daß Simone ihn nicht verscheuchte.

Während Viktor noch in der Halle telefonierte, bediente sich Simone am Barwagen mit Mineralwasser und goß auch für Viktor ein Glas ein.

Mit hochrotem Kopf kam er gestikulierend auf sie zu.

»Was ist denn passiert?« fragte Simone und hielt Viktor das Glas hin.

»Vollbremsung und peng! Robert hat auf dem Weg zum Bahnhof den Jaguar geschrottet! Damit nicht genug: Vermutlich sitzt seine Urlaubsbekanntschaft schon im Taxi hierher. Er hat die Stirn, sie zu uns einzuladen!« sagte Viktor empört. »Wenn das Mutter erfährt!«

»Du mußt es ihr ja nicht erzählen! Schließlich wohnt Lore in Marbella.«

»Wegen des Klimas! Mein Vater kann ja ohne Arbeit nicht leben. Sein neuestes Faible sind übrigens Immobilien. Wenigstens hält ihn das davon ab, sich dauernd im Betrieb einzumischen.«

»Jetzt setz dich und trink was«, sagte Simone mütterlich. »Dann werden wir uns die Freundin deines Vaters mal ansehen.«

Wie aufs Stichwort klingelte es an der Tür, und wenig später kündigte die Schmitzke den erwarteten Besuch an.

Eine Frau in hellem Kostüm trat ein und blieb nahe der Tür stehen. Die Tasche! Simone bestaunte ebenso fasziniert die echte Kelly-Bag der Besucherin, wie diese offensichtlich von der ballsaalgroßen Bibliothek beeindruckt war. Simone konnte sich gut erinnern, wie einschüchternd sie den Raum mit den deckenhohen Regalen beim ersten Betreten gefunden hatte.

Viktor erhob sich und ging auf die Frau mit den streng nach hinten gebundenen Haaren zu.

»Viktor Vonhof. Sie müssen Frau Hallstein sein.«

Mit großen Augen sah sie ihn an. Vielleicht, dachte Simone, war sie nur verwundert, daß Viktor einen Trainingsanzug trug. Das wirkte in der Bibliothek deplaziert.

»Wir kommen gerade vom Joggen«, sagte Viktor und wies auf Simone, die ihre halb liegende Position im Sessel aufgab, um die Besucherin zu begrüßen. »Doktor Simone Störmer«, stellte Viktor vor.

Simone spürte kühle kräftige Finger in ihrer Hand. Sie genierte sich für ihren verschwitzten Jogginganzug. ›Dunkelhaarig, genauso alt wie Sie und verheiratet‹, hatte Robert seine Urlaubsliebe beschrieben. Davon, daß sie offensichtlich schüchtern war, hatte er nichts gesagt.

»Ich dachte, Robert wollte mich vom Bahnhof abholen«, sagte sie mit leiser Stimme zu Viktor. »Haben wir uns verpaßt?«

»Er ist unterwegs in einen Auffahrunfall geraten.«

»O Gott!« stöhnte Mona und setzte sich.

»Es ist ihm nichts passiert. Er bittet Sie um Entschuldigung für die Unannehmlichkeit. Es dauert ja meist, bis die Formalitäten erledigt sind. Sicher kommt er bald. Eine kleine Erfrischung?«

Während Viktor ihr ein Mineralwasser einschenkte, fragte Simone: »Hatten Sie eine gute Fahrt?«

»Sicher, aber ich lasse mir nur ungern ein Gespräch aufzwingen«, antwortete Mona, ohne sie anzusehen.

Simone fühlte sich brüskiert. Sie hatte nur nett sein wollen. Was für eine arrogante Ziege! Im Grunde paßte das zu Robert: der gleiche Typ wie Lore Vonhof, nur jünger.

Mona wandte sich mit ihrer zaghaften Stimme erneut an Viktor: »Und Robert, ich meine Herr Vonhof, ist wirklich unverletzt?«

»Er wird gleich hier sein«, sagte Viktor, als sei ihm ihre

Frage lästig, und fügte seufzend hinzu: »Nur der Jaguar hat etwas abbekommen.«

»Oh, das tut mir leid!« sagte sie teilnahmsvoll. »Sind Sie sein Sohn?«

Simone fand die Frage reichlich eigenartig. Viktor nickte bloß.

Das Ticken einer Uhr markierte die verstreichenden Sekunden.

Roberts Freundin griff nach ihrem Glas, drehte es in der Hand und schaute sich um, während sie es zum Mund führte. Da sie gleichzeitig trank und den Kopf hob, um die Regalwände mit den ledergebundenen Bänden zu betrachten, rann ein Tropfen Wasser an ihrem Kinn entlang. Hastig suchte sie in ihrer Kostümjacke nach einem Taschentuch und tupfte verlegen um den Mund herum.

Arrogant, aber unsicher, dachte Simone. Rein äußerlich war sie perfekt auf Gattin getrimmt. Ihr fehlte nur das nötige Selbstbewußtsein, die Souveränität, auf die man in diesen Kreisen soviel Wert legte. Vermutlich stammte sie aus einfachen Verhältnissen.

Simone folgte Monas Blick zum Kamin, dessen Feuerstelle von einem ziemlich häßlichen Trockenblumengesteck ausgefüllt war. Hoch über dem Sims hingen gemalte Porträts finster blickender Herren, darunter Familienfotos in silbernen Rähmchen. Gegenüber, zur Stirnseite des Raumes, stand eine Chaiselongue mit abgeschabtem rotem Samt, daneben das neueste Hi-Fi-TV-Center von Bang & Olufsen. Zu den Sitzgelegenheiten waren jeweils kleine Tischchen mit goldenen Verzierungen an den gebogenen Beinen gruppiert.

Mona stellte ihr Glas ab und strich über das brüchige Leder des Sessels.

Burano war wach geworden, ging auf Mona zu und schnüffelte an ihren Beinen.

»Laß das, Burano!« kommandierte Viktor. »Du weißt, daß er eigentlich nicht hier rein darf«, sagte er zu Simone.

Simone zog ihn zu sich, um ihn hingebungsvoll zu kraulen.

»Ich habe eine Katze«, sagte Mona.

»Mein Vater ist allergisch gegen Katzenhaare«, sagte Viktor.

»Was ist das für eine Rasse?« fragte Mona.

»Ein Rhodesian Ridgeback«, antwortete Simone. »Sehen Sie, hier auf dem Rücken verläuft der Haarstrich in die entgegengesetzte Richtung.«

»Das ist doch ein Kampfhund, oder?« fragte Mona.

»Unsinn, das ist ein ganz Lieber!« Simone drückte ihren Kopf an Buranos Hals, um den hübschen braunen Hund mit der schwarzen Schnauze gegen diese Unterstellung in Schutz zu nehmen.

»Waren Sie lange unterwegs?« fragte Viktor nach einer weiteren kleinen Ewigkeit des gemeinsamen Schweigens.

»Mit dem Auto wäre man aus Frankfurt sicher kaum schneller dagewesen.«

»Sagen Sie bloß, Sie leben in Frankfurt?« fragte Simone.

»Ja, wieso?«

»Da habe ich bis vor kurzem auch gewohnt. Erst will man nicht hin, aber wenn man wegzieht, vermißt man die Hochhäuser und die Kleinmarkthalle. In welchem Stadtteil?«

»Sachsenhausen.«

»Ist ja verrückt! Da waren wir praktisch Nachbarinnen. Wo denn genau?«

»Aber hier ist es sicher viel schöner«, antwortete Mona ausweichend.

Warum wollte sie nicht sagen, wo sie lebte? Was hatte sie zu verbergen?

»Recht ländlich ...«, sagte Simone gedehnt. »Aber man kann am Rheinufer langjoggen, gell, Burano, und das ist ein bißchen wie am Meer.«

Burano schüttelte sich, bewegte sich zur Tür und setzte sich.

»Tja, ich denke, ich sollte nach Hause gehen.« Simone trank ihr Glas aus.

»Du mußt unbedingt zum Essen bleiben!« sagte Viktor nachdrücklich.

Simone verspürte einen starken Niesreiz, wandte den Kopf ab und suchte in den Taschen ihrer Jogginghose nach einem Taschentuch.

Mona öffnete ihre Handtasche und reichte Simone ein Papiertuch-Päckchen. Dabei fiel die Autogrammkarte von Barbara Roderich auf den Teppich.

»Oh, wie dumm.« Mona griff danach, hielt jedoch inne.

Entsetzt fixierte Simone das Bild.

»Wie, wie kommen Sie an dieses Foto?«

Schönheitsfehler

Als sie aus dem Taxi stieg, hörte Barbara Roderich Pferde wiehern. Wo war sie bloß gelandet? Die reinste Provinz! Keine Autos auf der Straße. Samstägliche Ruhe, aber gute Luft.

Düsseldorf sei der Schreibtisch des Ruhrgebietes, hatte der Taxifahrer sie wissen lassen, als sie ihn fragte, ob sie heute noch ankämen, und hier, links des Rheins, wo die Bosse wohnten, sei das Schlafzimmer. Da war sie ja goldrichtig.

Erleichtert, das Vorgartentörchen offen zu finden, nachdem auf ihr Läuten keine Reaktion erfolgt war, zog Barbara ihre Koffer vors Haus. Die weiße Villa hatte sie sich noch größer vorgestellt. Im Parterre waren alle Jalousien heruntergelassen. Daran, daß ihre Tochter übers Wochenende verreist sein könnte, wollte sie lieber gar nicht erst denken.

An der weißgestrichenen Haustür hing ein vertrockneter Buchsbaumkranz über einem Klopfer aus Messing. Barbara legte die Illustrierte ihrer Reisebegleiterin auf die oberste der leicht bemoosten Natursteinstufen vor der Eingangstür und setzte sich.

Ihre Tochter hatte sie mindestens zwei – nein, fast drei Jahre nicht mehr gesehen. Aber sie waren eben zwei vielbeschäftigte Frauen!

Barbara öffnete die Handtasche, entnahm ihr einen braunen Umschlag, über dessen Adreßaufkleber dick *Ausgaben* stand, steckte Fahrkarte und Taxiquittung hinein.

Da hatte ihre Tochter ja ein goldenes Näschen bewiesen! Heiratete einen armen Künstler und bekam einen reichen Erben. Simones sozialer Aufstieg kam ihr sehr zupaß. Zudem würde sie ihre gesellschaftlichen Kontakte für sich nutzen.

Das aufgeklappte Kosmetiktäschchen mit dem Innenspiegel auf den Knien balancierend, zog sie mit einem Stift die Konturen ihres Mundes nach, drehte einen Pinsel aus seiner Metallhülle, bohrte ihn in die kraterartige Höhlung des Lippenstiftes und malte dann die konturierte Fläche kirschrot aus.

Diese unsichere Frau im Zug schaffte es, sich im Urlaub einen Typ wie Sean Connery zu angeln! Kaum zu glauben. Vermutlich handelte es sich lediglich um einen Schnauzbartträger mit Haarkranz. Trotzdem. Über solch kleine Schönheitsfehler war auch sie bereit, jederzeit hinwegzusehen. Sie verstand es, sich zu arrangieren. Und das war heute nötiger denn je: kein Mann, kein Geld, kein Engagement – ganz zu schweigen von einer eigenen Wohnung.

In der Nachbarschaft wurde ein Rasenmäher angeworfen. Das Geräusch nervte sie.

Barbara Roderich seufzte und begann ihre Tasche nach Eßbarem zu durchforsten. Drei zerfledderte Reclam-Heftchen. Ein Foto von Wippermann, das sie sofort zerriß. Ein Röhrchen Diätpillen. Ein weich gewordenes Kaugummi. Sie wickelte das Silberpapier ab, schob den Streifen in den Mund und betrachtete versonnen ihren Reisepaß, mit Visa vollgestempelt bis zur vorletzten Seite.

Das Unstete lag ihr im Blut.

Kalte Dusche

Viktor stand mit Simone in der Halle und bekniete sie hierzubleiben.

»Hast du Angst alleine, oder was?«

Mit seinem Vater und dessen Freundin zu essen, hatte er wirklich keine Lust.

»Das ist irgendwie lockerer, wenn noch jemand dabei ist.«

»Vor allem jemand im Jogginganzug!« sagte Simone.

»Dann behalte ich meinen auch an«, versprach Viktor, obwohl sein Vater das sicher nicht billigen würde.

»Also gut, ich laufe schnell nach Hause und ziehe mich um.«

Nachdem Simone gegangen war, kehrte Viktor in die Bibliothek zurück. Er fand Mona mit geschlossenen Augen im Sessel sitzend vor und registrierte erstaunt an ihren regelmäßigen Atemzügen, daß sie eingeschlafen war.

Er verließ den Raum, um endlich zu duschen. Als er die Tür zur Halle vorsichtig schloß, betrat sein Vater das Haus. Robert zeigte auf die am Tisch stehende Reisetasche und stellte mehr fest, als daß er fragte, ob Mona schon eingetroffen sei.

»Ist der Jaguar in der Werkstatt?« wollte Viktor wissen.

»Ich habe mir ein Taxi genommen – da fällt mir ein, ich habe die Blumen in die Werkstatt gebracht. Wie dumm von mir. Hat sie lange am Bahnhof gewartet?«

»Ich glaube kaum, sie ist schon eine Weile da und schläft bereits.« Viktor grinste.

»Wie bitte?«

»In der Bibliothek. Ich war nur einen Moment draußen, um Simone zu verabschieden, und als ich zurückkam, war sie eingeschlafen. Besonders aufregend scheint sie das Wiedersehen mit dir nicht zu finden.«

»Jetzt werd nicht frech. Ich hoffe, du hast sie höflich behandelt. Du hättest dich zumindest umziehen können. Leider hatte ich ja keine Chance, sie auf dich vorzubereiten.«

»Na hör mal! Mich hast du ja auch nicht darauf vorbereitet, daß dein Urlaubsflirt hier aufkreuzt. Rufst zwei Minuten vorher aus dem Auto an. Also echt! Noch dazu«, er wies auf die Reisetasche, »scheinst du sie auch gleich über Nacht eingeladen zu haben. Findest du das nicht reichlich geschmacklos?«

»Viktor!« antwortete Robert drohend. »Du gehst jetzt besser unter die kalte Dusche, vielleicht bringt dich das zur Vernunft. Wir essen in einer halben Stunde auf der Terrasse. Sag der Schmitzke Bescheid!«

»Aye, aye, Sir!« antwortete Viktor, grüßte seemännisch und eilte die Treppe hinauf.

Tochterrolle

O nein, dachte Simone auf dem kurzen Weg zur Wolffschen Villa, wenn Barbara in Düsseldorf ein Engagement antrat, dann würde sie sicher früher oder später bei ihr aufkreuzen. Ihre Mutter fehlte ihr gerade noch.

Wie üblich hatte Simone das Tor zum Vorgarten nicht abgeschlossen. Sie erschrak. Morticia von der *Addams Family* saß auf den Stufen, neben sich zwei große Koffer. Ein Rückzug war zwecklos. Wo hätte sie auch hingehen sollen? »Hallo, Mutter!« sagte Simone ohne Begeisterung und versenkte die Hände in den Taschen ihrer Jogginghose.

»Wie siehst du denn aus?« antwortete Barbara. »Und nenn mich nicht Mutter!«

»Sicher. Darf ich dich duzen?«

»Sei nicht albern.«

Ihre Mutter erhob sich, schüttelte die sie umgebenden schwarzen Kleidermassen zurecht und küßte Simone auf beide Wangen.

»Dafür, daß du vom Joggen kommst, bist du aber nicht gerade verschwitzt. Du mußt deinen Puls richtig beschleunigen, sonst nutzt es nichts. Schwitzen ist gesund.«

Sie bewegte dabei die Ellenbogen, als ahme sie eine Ente nach. Die Method-Acting-Kurse waren an ihr wirklich spurlos abgeperlt, dachte Simone und schloß die Haustür auf.

»Es ist etwas …, na ja, hier drin. Ich habe halt wenig Zeit zu putzen und so.«

»›Na ja‹ trifft es nicht ganz«, meinte Barbara beim Eintreten in den dunkel tapezierten, mit schweren Orientteppichen ausgelegten Flur. »Du könntest wenigstens ab und zu lüften!«

Im Erdgeschoß hatte sie seit der Abreise ihrer Schwiegereltern die Jalousien nicht mehr geöffnet, da sie sowieso erst abends nach Hause kam.

Ihre Mutter verschwand sogleich im ganz in Dunkelblau gehaltenen Gäste-WC. Die Tür ließ sie offen und redete weiter, als hätten sie sich gestern zuletzt gesehen.

»Hast du in der Zeitung gelesen, daß ich dem Claus die Rolle vor die Füße geknallt habe?«

»Nei-hein«, rief Simone aus dem Wohnzimmer, wo sie ein Fenster öffnete.

»Komisch. Stand aber überall. Lydia Leinen, die dumme Gans. Soll er sehen, wie er ohne mich klarkommt. Falls er auf die Idee verfällt, hier anzurufen: Du hast mich seit Jahren nicht gesehen und keine Ahnung, wo ich mich aufhalte. Ich bin für niemanden zu sprechen. Außer für meinen Agenten, natürlich.« Sie betätigte die Spülung und sprach munter weiter. »Noch bin ich nicht im Grab«, sie trat in den dunklen Flur, »höchstens in einer Gruft.«

So gruftig, wie ihre Mutter aussah, war dies ja durchaus eine passende Umgebung, dachte Simone.

»Heißt das, du willst länger bleiben?« fragte sie.

»Freust du dich? Wir machen es uns schön gemütlich, wir beiden Weiber. Wo ist eigentlich dein Mec? Noch in New York?«

»Der ›Mec‹ heißt Arno Wolff und ist dein Schwiegersohn!«

»Sei nicht so empfindlich. Auch bloß ein Mann. Wo ist er?«

»Arno reist mit Yolanda durch die Welt.«

»Der kümmert sich wenigstens um seine Mutter, hoffentlich gründlich! Oder erwartest du ihn bald zurück?«

Simone schüttelte traurig den Kopf.

»Dann laß uns die Hütte besichtigen!« sagte Barbara unternehmungslustig.

»Muß das sein?«

»Ja sicher, ich will mir ein Zimmer aussuchen.«

»Im Gästezimmer müßte nur kurz Staub gewischt werden.«

Barbara tippte sich an die Stirn. »Du willst mich im Gästezimmer einquartieren? Ich bin deine Mutter!«

»Ach nee, auf einmal?«

Als Barbara den Arm um sie legte, fühlte Simone sich am Genick gepackt. Katzengleich ließ sie sich ins halbdunkle Wohnzimmer schleifen. Dort machte sie sich frei und öffnete die Jalousien.

»Gott, ist das grell!« lamentierte ihre Mutter.

»Ja, was nun?« fragte Simone.

»Schon gut, setz dich endlich!« Barbara wies neben sich auf das dunkelblaue Sofa. Simone zog es vor, in sicherem Abstand auf der Couch gegenüber Platz zu nehmen. Dabei konzentrierte sich ihre Aufmerksamkeit auf den Raum: königsblaue Übergardinen mit goldenen Ranken vor goldgelben Wänden mit goldgerahmten Ölschinken über königsblauen Plüschsofas mit goldenen Troddeln. Die nahezu blinden Fenster müßten unbedingt geputzt werden! Die Ankunft ihrer Mutter ließ sie dieses königsblau durchgestylte Ambiente bewußt wahrnehmen. Das war jetzt ihr Zuhause!?

»Simone, hallo, hier bin ich!« machte sich Barbara bemerkbar, wobei sie das ›hallo‹ mit langem ›o‹ aussprach. An ihre theatralische Sprechweise mußte man sich erst gewöhnen.

Simone wandte sich zwar ihrer Mutter zu, nahm jedoch nur beiläufig auf, daß deren Verhältnis mit Claus beendet sei, er sich sein Musical in die dünnen Haare schmieren könne, und schreckte aus ihren Gedanken an die Wohnsituation erst auf, als Barbara sagte: »Und da dachte ich, besuche ich meine Tochter, die einsam und allein in dieser«, sie schaute sich um, »muffigen Villa hockt.«

»Ach was?«

»Ja, in Krisenzeiten muß die Familie zusammenhalten«, fuhr ihre Mutter fort. »Und für mich ist das eine Krisenzeit, das kannst du mir glauben. Heute wäre ich froh, wenn ich die Winnie in *Happy Days* von Beckett spielen könnte.«

»Wieso?«

»Eine Frau um die Fünfzig, eingegraben«, antwortete Barbara mit sich überschlagender Stimme, »aber künstlerisch eine Herausforderung.« Dann, wieder ruhiger: »In meinem Alter muß man schon kämpfen, da gibt's sowieso kaum noch gute Rollen, und die fliegen einem keineswegs zu.«

»Sind sie das je? Du hast doch meist ein Verhältnis mit dem Regisseur gehabt!«

Barbara schluckte. »Kritik steht dir nun wirklich nicht zu. Wer hat denn in eine Unternehmerfamilie eingeheiratet, um in diesen schweren Zeiten einen sicheren Job zu bekommen? Das ist viel berechnender als ein Verhältnis, das immerhin auf gegenseitigem Einverständnis beruht und keinerlei Sicherheit bietet.«

Simone setzte sich kerzengerade hin. »Weil Arno mit seiner Fotokunst nichts verdient hat, haben wir jahrelang überwiegend von meinem Geld gelebt. Und bei Dr. Wolff muß ich hart arbeiten. Außer um die Öffentlichkeitsarbeit kümmere ich mich zusätzlich um die Werbung!«

»So schlimm wird es schon nicht sein«, meinte Barbara leichthin. »Du könntest deine Kenntnisse ruhig mal zur Förderung meiner Karriere einsetzen.«

Das alte Spiel. Sie biß die Zähne zusammen. Barbara dachte nur an sich. Was *sie* leistete, wurde von ihrer Mutter heruntergespielt.

»Erst hofierte Schwiegertochter des Firmeninhabers, jetzt gehätschelte Ehefrau des Erben, da bist du fein raus!«

Nach Jahren tauchte Barbara unversehens auf, wußte aber am besten, wie der Alltag ihrer Tochter aussah! Es war zum Davonlaufen.

»Hast du eine Ahnung!« sagte Simone, bemüht, ihre Verärgerung zu verbergen. »In der Firma wußte bis zu Hansernsts Tod niemand, daß ich mit seinem Sohn verheiratet bin.«

Barbara sah sie einen Augenblick fassungslos an und lachte dann dröhnend.

»Beinahe«, ächzte sie vor Heiterkeit, »hätte ich das wirklich geglaubt!«

Klößchen

»Herr Vonhof, wo bleiben Sie denn? Die Herrschaften möchten speisen!« rief die Schmitzke von unten aus der Halle.

»Wir warten auf Frau Doktor Störmer«, antwortete Viktor aus dem ersten Stock. »Moment noch.«

Viktor nahm sein Handy und wählte Simones Nummer. »Wo bleibst du denn? Beeil dich bitte.«

»Ich habe selbst überraschend Besuch bekommen«, antwortete Simone.

»Wie lästig!«

Verstimmt ging Viktor ins Parterre, durchquerte das mit Erbstücken möblierte Wohnzimmer und kehrte wieder um, die Schmitzke zu suchen.

»Essen Sie mit uns?« fragte er. »Sie haben sicher schon für vier Personen gedeckt.«

»Gern!« sagte die Schmitzke. »Obwohl ich heute frei hätte!«

»Ich weiß«, sagte Viktor. »Danke, daß Sie sich opfern.«

Er betrat die Terrasse, auf der sein Vater und diese Mona bei Tisch saßen.

Mona bewunderte gerade die Sitzgruppe am anderen Ende der von einem alten, auf schmiedeeisernen Pfählen ruhenden Glasdach überspannten Terrasse. Dort waren, wie am Tisch, Sessel und Sofa aus »ofenlackiertem Edelstahl«, wie Robert ihr erläuterte, mit weißen Polstern ausgestattet.

»Da muß man wirklich nicht mehr in den Süden fahren! Herrlich!«

Diese Mona begeisterte sich, als zöge sie hier ein.

»Es freut mich, wenn es dir gefällt«, antwortete Robert. »Wir nutzen es kaum. Aber ich dachte, wenn du kommst, dann soll es hier ein wenig sein wie im Urlaub.«

Viktor hatte seinen Vater noch nie derartigen Sülz reden hören.

Mona lächelte Robert liebevoll an.

Er ergriff ihre Hand.

Es war peinlich.

»Wer kommt denn noch?« fragte Mona mit Blick auf das vierte Gedeck und bereute garantiert ihre vorlaute Neugier, als die Schmitzke hinter ihr schneidend »ich!« bemerkte und sich ebenfalls setzte.

»Und was hat Frau Antje Köstliches vorbereitet?« fragte Viktor die Schmitzke, die ihn daraufhin fragend anschaute.

»Klare Rinderbrühe mit Markklößchen ...«

Bei dem Wort »Markklößchen« verzog Mona angewidert das Gesicht.

»... Rheinischer Sauerbraten mit Klößen und Rotkohl, Bayerische Creme mit Erdbeeren.« Beifallheischend schaute die Schmitzke in die Runde.

»O Mann«, sagte Viktor, »ich wollte heute noch in den Club, 'ne Runde spielen.«

»Ich hoffe, das ist dir recht?« fragte Robert in Monas Richtung. »Normalerweise essen wir am Wochenende gar nicht zu Mittag. Aber heute, wo du kommst, ist das natürlich etwas anderes.«

»Das wäre nicht nötig gewesen!« antwortete sie formelhaft.

Frau Antje betrat die Terrasse mit einer großen Suppenterrine. Ihr blonder Zopf schwang in ihrem Rücken hin und her wie ein Metronom.

Die Suppe war ausgezeichnet. Mona ließ jedoch die Markklößchen in der Tasse zurück. Beleidigt registrierte es die Schmitzke und warf Viktor einen vielsagenden Blick zu.

Mona betrachtete ausführlich das Geschirr. Es wurde nur noch selten gedeckt, denn die breite Efeulaubranke war an einigen Stellen schon etwas abgeschabt.

»Wedgwood«, sagte die Schmitzke mit Besitzerattitüde, während Frau Antje die Suppentassen abtrug, »für Napoleon entworfen.«

»Und seitdem in Benutzung«, sagte Mona spontan, und es war ihr sichtlich unangenehm. Sie wurde rot.

Robert aß schweigend, lächelte Mona nur hin und wieder an.

Viktor fragte sich, was seinen Vater veranlaßt hatte, sich ausgerechnet auf diese Frau einzulassen, die so gar nicht zu ihm paßte.

»Sie haben meinen Vater im Urlaub kennengelernt, nicht?« fragte Viktor in die Stille hinein.

Sie nickte.

»Meine Eltern haben sonst auf Maui gemeinsam ihren Urlaub verbracht. Alleinstehende Frauen fahren üblicherweise nicht gerade nach Hawaii.«

Mona bemühte sich um ein Lächeln, ganz so, als beträfe sie diese beabsichtigte Anfeindung nicht.

Robert schaute Viktor an, als wolle er ihm gleich das Fleischmesser, das auf der Platte mit dem Sauerbraten lag, in die Rippen rammen.

Er war selbst überrascht, daß er seinen Vater anfuhr: »Letztes Jahr warst du noch mit Mutter dort!«

»Frau Hallstein lebt, genau wie ich, in Scheidung«, sagte Robert in einem Ton, der das Thema für beendet erklärte.

Viktor legte sein Besteck ab.

»Du hast schon die Scheidung eingereicht?« fragte er. »Interessant zu wissen. Mutter wird begeistert sein. Kaum läßt sie dich alleine in Urlaub fahren, schon hast du eine Neue und erklärst deine Ehe für beendet. Das hätte ich nicht von dir gedacht. Du solltest dich schämen! In deinem Alter!«

Mona würgte an einem Bissen Kloß in säuerlicher Rosinensauce.

»Du wolltest in den Club«, sagte Robert mühsam beherrscht. »Dann geh am besten gleich, und laß dich vorläufig nicht mehr blicken. Wenn du dich wieder im Griff hast, unterhalten wir uns weiter.«

Viktor stand auf.

»Und vergiß nicht, dich von unserem Gast zu verabschieden!«

Viktor nickte Mona zu und ging.

Im Schlafzimmer

Barbara Roderich warf sich gewichtig auf das Wolffsche Ehebett und wippte mit dem Po.

»Die Matratzen sind okay. Zumindest quietscht das Bett nicht. Ich hasse Betten, die Geräusche von sich geben. Du glaubst nicht, worauf ich schon geschlafen habe. Nette Abwechslung zu einem Hotel.« Sie setzte sich auf die Kante. »Holst du die Koffer rauf?«

»Du kannst nicht im Schlafzimmer meiner Schwiegereltern bleiben!«

Simone war unentschlossen nahe der Tür stehengeblieben. Wenn ihre Mutter sich hier einquartierte, konnte sie das zugehörige Bad nicht mehr benutzen und mußte auf das viel kleinere indische Bad ausweichen.

»Wieso denn nicht? Yolanda bleibt sicher am Gardasee, also was soll's?«

»Vierwaldstätter See«, korrigierte Simone. »Das bezweifle ich. Yolanda wird irgendwann vor der Tür stehen und wieder einziehen wollen. Es ist schließlich ihr Haus. Komm jetzt da raus. Es ist peinlich, in anderer Leute Ehebetten zu nächtigen.«

»Dir ist alles peinlich. Möchte wissen, von wem du das hast. Dieses Zimmer ist schön geräumig, mit Balkon und großem Bad. Und wenn du meinst, kann ich ja frische Bettwäsche aufziehen.«

»Sag bloß, das würdest du tun?« fragte Simone sarkastisch.

»Was glaubst du, was für unmögliche Sachen diese jungen Theaterregisseure von mir verlangen.« Barbara stand auf, ging zum Wandschrank und öffnete alle Türen. »Die haben ihre alten Klamotten hiergelassen! Wo soll ich denn meine Kleider unterbringen? Die müssen weg!«

»Spinnst du? Laß die Finger von den Sachen.«

Simone schloß die Schranktüren. Ihre Mutter öffnete sie erneut und lachte.

Die gewohnte Rollenverteilung: Sie war empört. Ihre Mutter ignorierte es. Das machte sie wütend. Ihre Mutter quittierte ihre Wut mit einem Lachen. Also war sie im Unrecht.

»Jetzt hab dich nicht so.« Barbara faßte ein Jackett von Hansernst Wolff an und roch am Ärmel. »Sowieso total muffig. Wie das ganze Haus. Die Anzüge packen wir schön ein und geben sie dem Roten Kreuz. Wenn ich mir das vorstelle: So ein ganzes Flüchtlingslager voller barfüßiger bärtiger Männer in Maßanzügen! Ist das nicht eine ganz wahnsinnig spannende Vorstellung?«

»Wahnsinnig! In der Tat!« antwortete Simone. Das Leben war doch kein modernes Theaterstück!

»Oder gibt's hier auch Schuhe von Hansernst?« fragte Barbara erstaunlich praktisch.

»Allein der Gedanke, Hansernsts Anzüge wegzugeben, ist pietätlos!«

»Stell dir vor, wie schmerzlich es für die Witwe ist«, sagte Barbara, triefend vor Betroffenheit, »die Sachen des Geliebten zu sehen, die Höhen und Tiefen der letzten Jahre noch einmal zu durchleben. Die Fasern dieser Anzüge«, Barbara griff mit beiden Armen in den Schrank, umarmte die Jacketts, »sind getränkt mit wehmütigen Erinnerungen!« Naserümpfend ließ sie die Kleider los, wechselte abrupt Ausdruck und Stimmlage: »Riecht wie aus dem Fundus!« Um dann ins gemäßigt Theatralische zurückzuwechseln: »Und das, liebe Tochter, wollen wir der guten Yolanda ersparen! Man reiche mir Säcke!«

»Es langt jetzt!« sagte Simone. Sie trauerte wirklich um Hansernst und fand es geschmacklos, wie sich ihre Mutter aufführte.

»Leerräumen muß ich's. Du kannst die Sachen ja nach Genf schicken.«

»Du meinst Kastanienbaum.«

»Kind, du redest irre!«

»Das Haus der Wolffs steht in Kastanienbaum bei Luzern. Am Vierwaldstätter See.«

»Kochst du noch so oft und gut?« fragte ihre Mutter und inspizierte weiter den Kleiderschrankinhalt. »Ich liebe es, in fremde Schränke zu schauen. Man lernt so viel über die Leute. Hier haben wir es zum Beispiel mit der Kategorie der knickrigen Reichen zu tun. Von nichts kommt nichts. Die halten ihre Pfennige zusammen und leiden unter Verstopfung. – Woran ist dein Schwiegervater gestorben?«

»Herzinfarkt«, antwortete Simone lakonisch.

»Gutes Material, die Anzüge, aber altmodisch. Die typische Anschaffung fürs Leben. Verklemmt und genußfeindlich, guck dir nur die Unmengen von Nexalotte an, die sie reingehängt haben! Spießer! Sieht man gleich!«

»Deine Küchenpsychologie nervt!«

»Apropos!« Barbara wandte sich zu ihrer Tochter um. »Ich habe Hunger. Laß uns Mittag essen!«

»Mama«, sagte Simone und wunderte sich selbst über diese kindliche Anrede, »es ist schon halb vier!«

»Na also«, Barbara legte den Arm um sie, »jetzt bist du wieder mein liebes, kleines Mädchen. Weißt du noch, wie du früher in meiner Garderobe mit den Kostümen gespielt hast? Bist hocherhobenen Hauptes als Prinzessin umherstolziert. Und ich war die Königin.«

Die böse Fee, dachte Simone.

»Aber du hattest nie Zeit für die Prinzessin. Außer ich habe dein Make-up benutzt, dann hast du mir eine geknallt.«

»Simone! Nie in meinem ganzen Leben habe ich dich geschlagen! Wie kannst du so etwas behaupten?«

»Ja, ja«, sagte Simone, weil ein Beharren auf der Wahrheit ohnehin müßig war, »ich mache uns Crêpes mit frischen Erdbeeren zum Kaffee.«

Früher Sonntagmorgen

Viktor, der die Nacht auf der Liege im Sanitätsraum der Geysir-Werke verbracht hatte, näherte sich kurz nach sechs Uhr morgens raschen Schrittes der Villa. Er wollte ein paar Sachen aus seinem Zimmer holen, ohne seinem Vater oder dessen Freundin zu begegnen. Sie anstelle von Mutter in diesen Räumen zu wissen, die seit zwei Generationen in Familienbesitz waren, kam ihm wie ein Sakrileg vor. Wenn sich sein Vater unbedingt amüsieren mußte, dann diskret. Diese Mona war doch sowieso nur auf sein Geld aus. Bei dem Altersunterschied!

Er schloß die Eingangstür auf. Sein Hund sprang freudig jaulend an ihm hoch.

»Pscht, Burano«, zischte Viktor. »Sitz!«

Auf dem Weg zur Treppe standen Taschen. Er drehte

sich um. Flach hinter die Tür gedrückt, stand Roberts Freundin, weiß wie die Wand.

»Frau äh, was machen Sie denn hier?« Er ging auf sie zu. »Kippen Sie bloß nicht um. Sie sehen ja zum Fürchten aus.«

»Der Hund hat mich nicht rausgelassen.«

»Ist ja auch nicht die feine Art, sich davonzustehlen.« Für eine Diebin sah sie zu verängstigt aus. Und wenn Robert sie rausgeschmissen hätte, dann bestimmt nicht um diese Uhrzeit. »Was ist passiert?«

»Nichts!« flüsterte Mona, den Tränen nah.

Auf dem Rock ihres Kostüms war ein großer Fleck. In Höhe des Schritts. Das sah irgendwie unanständig aus, so als ob Robert ... Viktor verwarf diesen Gedanken.

»Ich möchte bitte gehen«, sagte Mona. »Gibt's in der Nähe einen Taxistand?«

»Ich kann Sie zum Bahnhof fahren. Warten Sie einen Moment.«

Viktor eilte, zwei Stufen auf einmal nehmend, die Treppe hinauf. Ganz so gut schien die Sache nicht gelaufen zu sein. Vermutlich war Robert klargeworden, was er sich eingehandelt hatte. Viktor schmunzelte. Trotzdem war es besser, Robert vorerst aus dem Weg zu gehen. Er packte eine Sporttasche und legte sich Anzug, Hemd und Krawatte für morgen über den Arm.

»Sie wollten Robert aber auch nicht begegnen«, sagte Mona zu Viktor, als er ihr voraus zu seinem Auto ging, das auf der Straße stand.

»Ganz recht. Und warum verlassen Sie uns so früh?«

Sie fuhren durch die sonntagmorgendlich leeren Straßen.

»Es war ein Fehler, überhaupt herzukommen«, antwortete sie und ließ eine Pause entstehen. »Ich dachte, er wohne alleine. Er hat nie von Ihnen erzählt. Ich wußte nur, daß er von seiner Frau getrennt lebt. Und dann hat er mich im Gästezimmer untergebracht.« Mona schluchzte trocken. »Wenn ich geahnt hätte, daß mein Besuch so störend ist ...«

»Ich glaube übrigens nicht, daß meine Eltern sich scheiden lassen.«

»Aber Ihre Eltern leben getrennt.«

»Meine Mutter wohnt in unserem Haus in Marbella und wartet darauf, daß Robert endlich nachkommt. Er kann sich schlecht von seinen Geschäften losreißen.«

»Soweit mir bekannt ist, hat Ihre Mutter die Scheidung eingereicht. Ihr Vater nahm an, daß Sie das längst von Ihrer Mutter erfahren hätten.«

»Ach?« sagte Viktor und brauste mit achtzig durch die Innenstadt. »Und das bespricht er mit Ihnen?«

»Sagen Sie ihm bitte, es täte mir leid«, bat sie ihn, als er am Bahnhof hielt. »Es war alles ein Mißverständnis.«

Wie beruhigend, dachte Viktor.

»Ich sehe meinen Vater frühestens morgen abend«, antwortete er.

»Bitte!« sagte sie flehend. »Rufen Sie ihn an, und sagen Sie ihm, mir ginge es gut. Er macht sich sonst Sorgen.«

»Kann ich mir kaum vorstellen.«

»Ich muß los!« sagte sie und stieg rasch aus. »Danke fürs Bringen.«

Vor dem Frühstück

»Na, mein Süßer!« sagte Simone zu Burano, der ihr am Rheinufer entgegensprang, und fütterte ihn wie gewohnt mit Hundekuchen. Sie hatte ihre Inline Skates an und hoffte, auf Viktor zu treffen. Aus aktuellem Anlaß brauchte sie heute schon wieder jemanden zum Reden.

Es war die Vonhofsche Hausdame, die ihr aus einiger Entfernung zunickte und sogar stehenblieb, als suche auch sie ein Schwätzchen.

»Morgen, Frau Schmitzke. Schon so früh unterwegs. Nutzen Sie auch das herrliche Wetter?«

»Diese Aufregung! In meinem Alter nimmt einen das mit!«

Durch die Skates war sie einen Kopf größer als die etwa sechzigjährige Hausdame mit Hut. Simone paßte sich dem Tempo der Schmitzke an.

»Sie haben sie ja gesehen. Die junge Freundin vom Doktor. Einfach verschwunden, heute nacht. Kein Benehmen!«

»Was ist denn passiert?«

»Ach!« stöhnte die Schmitzke und machte dabei eine die Sinnlosigkeit ihrer Klage unterstreichende Geste. »Mir tut der Doktor leid. Erst läuft ihm die Frau davon, dann die Freundin. Dabei ist er ein so vornehmer Mensch. Ich verstehe die Frauen nicht.«

»Wo ist Viktor? Er geht doch sonntags mit Burano raus.«

»Auch verschwunden! Ich sage Ihnen! Um alles muß ich mich kümmern. Dabei habe ich am Wochenende frei. Verhältnisse sind das. Jetzt sitzt er in der Bibliothek und grämt sich. Die hat sich aufgeführt! Erbricht sich auf der Terrasse! Und wer mußte es wegmachen?« Die Schmitzke sah Simone unter ihrer Hutkrempe auffordernd an.

»Sie natürlich!« sagte Simone.

»Richtig. Ich bringe sie ins Gästezimmer, mache ihr einen Kamillentee, und sie liegt den ganzen Nachmittag im Bett.«

»Vermutlich nicht alleine!« sagte Simone.

»Unsinn!« protestierte die Schmitzke. »Der Doktor ist ja so rücksichtsvoll, eben ein Gentleman. Er hat den ganzen

Nachmittag lesend in der Bibliothek verbracht, und abends hat er sie früh zu Bett gehen lassen.«

»Na, ob das nicht zu viel Rücksicht war?« sagte Simone.

»Wie meinen Sie das?« fragte die Schmitzke, ihren Sonntagshut mit einer Hand auf dem Kopf haltend.

Burano scheuchte einen Schwarm Möwen auf und bellte ihnen hinterher.

»War nur so eine Idee«, sagte Simone. »Ich meine, sie ist ja wohl kaum aus Frankfurt gekommen, um sich hier mal gründlich auszuschlafen.«

»Seltsame Person!« sagte die Schmitzke nachdenklich.

»Ich fand sie auch merkwürdig«, stimmte Simone ihr zu. »Auf meine Frage, ob sie eine gute Fahrt gehabt hätte, antwortet sie: ›Ich lasse mir kein Gespräch aufzwingen.‹ Dabei wollte ich nur nett sein.«

»Ungefähr Ihr Alter«, sagte die Schmitzke, als ob das irgendwas erkläre.

»Vielleicht ist sie krank. Oder schwanger.«

»Ich bitte Sie! Alles nur Anstellerei. Die sehen wir hoffentlich nie wieder!« Frau Schmitzke zog ihren Hut tiefer in die Stirn und stemmte sich gegen eine Windböe. »Der Doktor kann froh sein, daß er mich hat.«

Amüsiert über Frau Schmitzkes Eigenlob verabschiedete sich Simone und lief nach Hause. Ihr lieber Besuch würde leider nicht über Nacht verschwunden sein.

Sie schloß die Haustür auf. Barbara saß, in einen buntbedruckten Seidenkimono gehüllt, auf der obersten Treppenstufe und hielt sich den Kopf.

»Simone«, sagte sie, das Leid dieser Welt in ihrer Stimme vereinigend, »Simone, das ist nicht auszuhalten. Dieses Vogelgekreische macht mich wahnsinnig. Wie soll ich denn dabei schlafen?«

»Es hat dich niemand gezwungen, hier zu übernachten.«

Sie stieg die Treppe hinauf, um im kleinen Bad zu duschen. Barbara hielt sie fest und lehnte theatralisch den Kopf an Simones Beine. Der Körperkontakt ließ sie frösteln. Ihre Mutter klammerte sich an ihre Fesseln, als müsse sie eine Bettlerin darstellen.

»Leg bitte deine Hand auf meine Stirn! Ich habe Kopfschmerzen.«

»Ich habe einen Hund angefaßt«, antwortete Simone und versuchte, einen Schritt zu machen, um sich aus der Umklammerung zu lösen.

»Schon als Kind hast du jeden Hund gestreichelt«, sagte Barbara und preßte ihren Kopf noch fester an Simones Hose.

»Ich durfte nie einen eigenen haben.«

»Hunde sind eklig. Sie stinken. Sie haaren. Außerdem bist du gar nicht der Typ, der sich kümmert. Du läßt selbst mich verhungern.«

»Wenn du mich endlich loslassen würdest, könnte ich duschen.«

»Ja, geh nur, und laß mich hier sitzen! Alle lassen mich sitzen. Niemand interessiert sich für mich. Was soll ich nur machen?«

»Frühstück!«

Präsentierteller

Simone sah Ellen und Attenfeldt zur Frühstückspausenzeit das Büro verlassen und verspürte Heißhunger auf ein fettiges Fleischsalatbrötchen. Sie entschloß sich, den beiden in die Kantine zu folgen.

Kaum war sie an die Theke getreten, schien das Gesumme der Stimmen in ihrem Rücken leiser zu werden. Aber das war vielleicht Zufall.

Sie legte eine Brötchenhälfte auf einen Porzellanteller und schob das Tablett an den Getränken und Süßigkeiten vorbei bis zur Kasse.

Als sie bezahlt hatte, drehte sie sich zum gut besetzten Saal um. Sie sah Attenfeldt in einer Altherrenrunde sitzen. Ellen unterhielt sich angeregt mit Tanja Müller und zwei anderen Sekretärinnen. Da wollte sie ungern stören, aber ewig konnte sie hier nicht mehr stehen bleiben. Langsam ging sie durch den Mittelgang zwischen den Tischreihen auf der Suche nach einem Platz.

Sie schnappte das Wort »Spionin« auf und wäre am liebsten in einem Mauseloch verschwunden. Hansernst hatte sie durch ihre Inkognitotätigkeit unmöglich gemacht. Sie trat hier für eine offene Kommunikation zwischen den Abteilungen, vor allem zwischen der Führung und den unteren Ebenen, ein und galt selbst als verdeckter Ermittler. Wie dumm sie gewesen war, sich darauf einzulassen!

Ellen lächelte sie an. Simone steuerte auf ihre Assistentin zu.

»Frau Doktor Störmer!« rief man sie mit einemmal von der anderen Seite des Mittelgangs.

Oliver Prinz winkte ihr zu. Warum nicht? dachte Simone. Er war alleine, also setzte sie sich zu ihm.

»Ganz schön mutig!« sagte Prinz, der vor einer Tasse Tee und einem Berg leerer Süßriegelverpackungen saß.

»Was?« fragte Simone und biß gierig in den Fleischsalatbelag.

»Sie sorgen jedenfalls dauernd für Gesprächsstoff.«

»Kommunikation ist mein Job!« antwortete Simone,

sich die Mayonnaise mit einer Serviette aus den Mundwinkeln wischend.

»Dann kommunizieren Sie mir bitte, ob Ihre Assistentin noch zu haben ist.«

»Wollen Sie sie kaufen oder leasen?« fragte Simone.

»Entschuldigen Sie, daß ich gefragt habe!« sagte die Prinzenrolle beleidigt. »Alle sind scharf auf Ellen!«

»Hört sich an wie der Titel eines Jugendbuches.«

»Hat man selten, daß sich Frauen eine so geile Mitarbeiterin einstellen. Konkurrenz im eigenen Stall, sozusagen. Wenn ich da an Krügers blasse Elfe denke. Vielleicht könnten Sie und Krüger tauschen?«

»Sagen Sie mal, Prinz, haben Sie einen im Tee?«

Prinz redete schon genauso dumm daher wie Krüger. Simone erinnerte sich, wie Krüger nach dem ersten Rundgang durch ihre Abteilung bemerkt hatte: »Das Fräuleinchen hat ja Beine wie ein Reh, so schlank und so behaart.« Ellen hegte eine Vorliebe für rutschige, transparente Nylonsöckchen. Deren Gummirand und ein Stück nacktes Bein darüber wurden sichtbar, sobald sie saß. Aber davon abgesehen war Ellen mit ihren braunen Locken und ihrer hellen Haut ausgesprochen apart. Und wenn sie bald die Enthaarungscreme auf den Markt brachten, würde sie Ellen ein Muster zum Testen geben. Schließlich durfte man erwarten, daß die Mitarbeiter die Produkte zu Hause verwendeten. Apropos, dachte Simone, Prinz wußte bestimmt, wie weit die Sache gediehen war.

»Wie sieht's denn mit der Enthaarungscreme aus? Kommt die noch in diesem Jahr?«

»Was?« fragte Prinz, der zu Ellen hinübergestarrt hatte. »Ach so, ja. Ist noch nicht raus. Krüger ist von der Idee der weiblichen Beinpflege jedenfalls ganz begeistert.«

»Das freut mich«, sagte Simone.

»Und Nägele erst. Seit Jahren hat keiner mehr den Bonus für innovative Ideen eingestrichen. Dr. Wolff hat den noch zu seiner Zeit ausgesetzt. Krüger wußte angeblich nichts davon, aber Nägele hat ihm gleich eine vier Jahre alte Hausmitteilung unter die Nase gehalten. Und dann hat er Attenfeldt ein Paßfoto von sich gegeben und gesagt, das wäre einen Bericht wert in unserer Hauszeitschrift.«

Nägele, der alte Schwabe, hatte also ihre Idee als seine verkauft. Na prima! Und sie konnte ihm nicht einmal etwas nachweisen. In ihrem Enthusiasmus hatte sie dem Productmanager Fußpflegeprodukte mit dem treffenden Namen mündlich – und unter vier Augen – die Stichworte »Kompetenz für das Bein«, »Enthaarungsmittel« und »Cellulitebehandlung« frei Haus geliefert. Und Hansernst, der ihr Copyright hätte bezeugen können, lebte nicht mehr.

Simone fragte sich ernstlich, ob sie für diese Machtspielchen nicht zu gutgläubig war. Kreativ, aber dusselig!

Krüger wurde garantiert nie von Zweifeln angenagt. Vermutlich brauchte man als Geschäftsführer ein eisernes Selbstbewußtsein. Keine Schwächen zeigen, nie Fehler zugeben und gar nicht erst hinhören, was hinter dem eigenen Rücken geredet wurde.

Sie stand auf und fühlte sich von allen Seiten angeguckt. Es war ihr unangenehm, soviel Aufmerksamkeit auf sich zu ziehen. Sie war eben ganz das Gegenteil ihrer Mutter.

»Und legen Sie bei Ellen ein gutes Wort für mich ein«, sagte Prinz und stand ebenfalls auf. »Ich hoffe, sie kommt gleich mit zum Meeting.«

Rotwein

»Na endlich! Ich war im Zweifel, ob du überhaupt nach Hause kommst!« wurde sie nach einem langen, frustrierenden Tag im Büro von ihrer Mutter begrüßt.

»'n Abend!« sagte Simone und stellte erschöpft ihre Aktentasche ab.

»Du hättest mir wenigstens einen Schlüssel dalassen können! Den ganzen Tag war ich im Haus eingesperrt!«

»Entschuldige, habe ich vergessen!« Simone öffnete den Zählerkasten im Flur und entnahm ein Schlüsselbund. »Törchen, Haustür, Garage, Geräteschuppen, Zugang zum Keller von außen. Und jetzt entschuldige mich bitte, ich will mich umziehen.« Sie ging die Treppe hinauf.

»Sag bloß, du hast heute abend noch was vor?« rief ihre Mutter hinter ihr her. »Ich dachte, du kochst, und wir reden ein bißchen.«

»Geh schon in die Küche«, antwortete Simone aus dem oberen Stockwerk, »ich komme gleich nach.«

Nachdem sie ihr Geschäfts-Outfit mit Jeans und Pullover vertauscht hatte, fand Simone ihre Mutter in der Küche vor einem Glas Wein sitzend.

»Du hättest ruhig anfangen können.«

»Aber ich kenne mich hier gar nicht aus! Außerdem hatte ich den ganzen Tag damit zu tun, das Schlafzimmer umzuräumen. Ich bin völlig fertig. Der Keller müßte übrigens ausgemistet werden!«

»Was um Himmels willen hast du im Keller zu suchen?« fragte sie, stellte den Backofen an und setzte einen Topf mit Wasser und drei Eiern auf den Herd. »Wolltest du eine Leiche verstecken?«

»Wen denn? Meinst du, Claus sei vorbeigekommen? Nee, bloß die alten Klamotten deiner Schwiegereltern. Den ganzen Tag treppauf, treppab. Mir tun die Beine weh.« Barbara modulierte gekonnt einen langanhaltenden Stöhnlaut und legte zugleich die Füße auf einen Stuhl. »Und gegessen habe ich auch nichts.«

»Selbst schuld!« sagte Simone und trug ein Ciabatta vom Tiefkühlschrank in den Ofen. »Du hättest dir ein Fußbad mit unserem belebenden Badesalz einlassen können.«

Wieso fragte ihre Mutter nicht, wie ihr Tag gewesen war? Soviel Anteilnahme konnte man von einer Schauspielerin vermutlich nicht verlangen. Ihr kamen die Tränen.

»Nimm bitte die Butter aus dem Kühlschrank.«

»Was machst du da?« fragte Barbara, als habe sie Simones Bitte nicht gehört.

»Ich schneide Schalotten, wie du siehst!«

»Aber das sind doch bloß Zwiebeln!« Barbara lachte. »Ich dachte schon, du hättest einen Gefühlsausbruch! Ich kann ja auf Kommando heulen, ehrlich. Überhaupt kein Problem. Der Claus fand das faszinierend. ›Professionell‹, hat er gesagt, und ›so mußt du das machen!‹ zu Lydia. ›Das muß ganz natürlich kommen!‹ Sie ist dann flennend rausgerannt. Natürlich wußte sie, daß wir ein Verhältnis hatten. Jeder wußte das. Stand ja auch in der Zeitung. Dafür hat Claus schon gesorgt. Richtig pressegeil ist der! Der geht zum Abendessen aus und ruft vorher bei der Lokalredaktion an, daß die jemanden schicken. Schon genial, irgendwie. – Und was wird das?«

»Salat Niçoise: Bohnen, Tomaten, Thunfisch, Oliven, Eier. Ich habe kaum was da, außer dem Rest Buschbohnen von gestern. Konnte doch nicht wissen, daß du mich besuchst.«

»Thunfisch?« sagte Barbara theatralisch. »Bist du des Wahnsinns?«

»Wieso?«

»Na wegen der Delphine in den Schleppnetzen! Es ist unmoralisch, Thunfisch zu essen.«

Sie kramte die Konservendose aus dem Abfall und hielt ihrer Mutter das Etikett unter die Nase. »Siehst du, ohne Schleppnetze gefangen, und der Fisch ist ohnehin schon tot.«

»Nein, da hungere ich lieber!«

»Von mir aus!« Simone schmeckte den Salat mit Cayennepfeffer ab und nahm das Ciabatta aus dem Backofen.

Das krosse Brot krachte appetitlich beim Schneiden. Als sie für sich den Tisch gedeckt hatte und sich Wein aus der Karaffe eingoß, meinte ihre Mutter prompt: »Also gut, auf deine Verantwortung. Dann gib mir auch einen Teller.«

Simone fiel ein, daß die Butterdose noch im Kühlschrank war, und stellte sie auf den Tisch.

»Die Butter ist steinhart!« reklamierte Barbara beim Versuch, das Weißbrot damit zu bestreichen.

»Vielleicht läßt sie sich mit einer kleinen dramatischen Improvisation erweichen«, antwortete Simone.

Kaum daß sie den ersten Bissen im Mund hatten, klingelte es an der Tür.

»Wer kann das sein? Erwartest du Besuch?« fragte Barbara aufgeregt. »Ich bin nicht geschminkt! Und wenn es Claus ist: Für einen Leichnam bin ich nicht zu Haus!«

»Wie bitte?«

»Faust! Nun mach schon auf!« antwortete Barbara.

Simone wunderte sich, Viktor in Anzug und Krawatte vor der Tür stehen zu sehen. »Waren wir verabredet?«

»Kann ich kurz reinkommen?«

Sie ging vor zur Küche. »Viktor Vonhof. Meine Mutter, Barbara Roderich. Setz dich. Wir wollten gerade essen.«

Barbara musterte Viktor wohlwollend und sah dann sie an.

»Wir sind nur befreundet!« fühlte Simone sich dadurch aufgefordert zu erklären. »Viktor ist der Sohn von Doktor Vonhof, dem besten Freund von Hansernst Wolff, und wohnt zwei Häuser weiter. Wir joggen zusammen.«

»Verstehe!« sagte ihre Mutter grinsend.

»Barbara!«

Viktor wunderte sich vermutlich über ihren entrüsteten Ton, aber warum mußte Barbara die sachliche Erklärung mimisch in Frage stellen?

»Ich wußte nicht, daß du noch Besuch hast«, sagte Viktor.

»Magst du etwas essen?« fragte Simone.

Viktor bejahte. Sie schnitt noch zwei Tomaten in den Salat, öffnete eine weitere Dose Thunfisch und würzte nach.

»Barbara, hol Viktor bitte ein Gedeck aus dem Schrank.«

»Der junge Mann kennt sich in der Küche sicher besser aus als ich«, antwortete ihre Mutter, als spreche sie einen Rollentext.

Viktor schaute erstaunt, stand auf und ging an den Küchenschrank. »Bin lange nicht mehr hier gewesen. Hat sich nichts verändert.«

»Ja, ich weiß«, antwortete Simone und hatte schon wieder ein schlechtes Gewissen, weil sie das Haus vernachlässigte. »Aber ich habe so viel um die Ohren.« Jetzt fing sie schon an, sich vor Viktor zu rechtfertigen.

»Arbeiten Sie auch in Simones Firma?« fragte ihre Mutter.

»Ich bin Marketingdirektor in unserer Firma, den Geysir-Werken. Unsere Heißwasserbereiter kennen Sie sicher.«

»So jung und schon Direktor, alle Achtung!« sagte Barbara und sah dabei sie an.

Das war typisch Mutter. Was andere erreichten, bewertete sie immer höher als die Leistungen ihrer eigenen Tochter. Dabei war Viktor bloß einem vorgezeichneten Karriereweg gefolgt: Studium der Betriebswirtschaft im Schnelldurchgang, Tätigkeit im Ausland und dann ratzfatz in die oberste Etage im eigenen Unternehmen. In Viktors Alter hatte sie nicht mal ihr Kunststudium beendet, sich danach von der Leitung einer Wohnzeitschrift über die PR für die Zipfel Wurstfabrik bis zu Dr. Wolff – Wohlsein für die Füße – hochgearbeitet. Oder sollte man besser sagen: runter? Tiefer als bis zu den Füßen konnte es kaum mehr gehen.

»Lecker!« sagte Viktor. »Kann ich ein Wasser bekommen?«

Barbara reichte ihm die Flasche und sah ihm dabei kokett in die Augen.

Am liebsten hätte Simone schon wieder mahnend »Barbara!« gesagt, riß sich jedoch zusammen. Was sollte Viktor sonst von ihr denken? Der schien tatsächlich von diesem plumpen Anbiederungsversuch beeindruckt zu sein und errötete leicht.

Nachdem sie aufgegessen hatten, schlug Simone Viktor vor, ins Wohnzimmer zu gehen. Sie wollte auf diese Weise ihre Mutter abhängen.

»Wo wir hier gerade so gemütlich sitzen!« protestierte Barbara. »Die Karaffe ist schon halb leer. Hol uns lieber noch eine Flasche von diesem ausgezeichneten Bordeaux aus dem Keller!«

»Hast du den Weinkeller geplündert?« fragte sie, entsetzt über die Eigenmächtigkeit ihrer Mutter.

»Geplündert, also bitte! Wozu ist das Zeug da? Die Flasche war sowieso total eingestaubt.«

»Was ist es denn?« fragte Viktor interessiert.

»Keine Ahnung, irgend so ein Château Dingsbums, Mouton-Rothschild, glaube ich. Claus hat gesagt, Rotwein muß man dekantieren.«

»Guter Griff!« sagte Viktor. »Den 82er Jahrgang haben sich Hansernst und Robert als Wertanlage in den Keller gelegt. Der wurde zuletzt mit knapp 1200 Mark gehandelt. Das Fläschchen, wohlgemerkt.«

Simone schaute resigniert ihre Mutter an. Die winkte ab, als sei Viktors Angabe maßlos übertrieben.

»Hansernst hat den Bordeaux meinem Vater vererbt. Robert wird die Flaschen kaum nachzählen.« Viktor bat Simone um ein Weinglas und probierte genießerisch den teuren Tropfen.

»Ich habe mich schon gewundert, woher du den Rotwein hast«, sagte Simone, an ihre Mutter gewandt.

Sie genoß den nächsten Schluck viel bewußter als die ersten.

»Sag mal«, Viktor wies auf die Glaskaraffe, »sieht die nicht etwas eigenartig aus? Ist die von dir?«

»Nein, wieso?« fragte Simone.

»Sie erinnert stark an ein Urinal.«

»Wo hast du die her?« fragte Simone erschrocken ihre Mutter.

»Na, hier aus der Küche, selbstverständlich. Habe lange genug gesucht, bis ich sie gefunden habe.« Barbara wies auf den Unterschrank des Waschbeckens.

»Ach du Schande!« Simone wurde ganz anders zumute.

»Du hast einen 1200 Mark teuren Wein in die Pißflasche von Hansernst gefüllt!«

Viktor guckte erst betreten und lachte dann schallend.

»Was machen wir jetzt?«

Den Wein weiterzutrinken war eklig, ihn wegzuschütten die reine Verschwendung.

»Meine Güte, ihr stellt euch an. Die Karaffe war sauber.« Barbara goß sich nach. »Weißt du noch, Simone, wie wir früher am Tisch in unserer Wohngemeinschaft gesessen haben und Guido immer sagte, ›den Bordeaux hab ich alleine bezahlt, ihr könnt ja den Lambrusco trinken‹?« Sie lachte. »Der alte Geizhals! Trotzdem, es waren schöne Zeiten, nicht, Simone?«

»Es geht. Außerdem war ich ja die meiste Zeit bei Omi!«

»Du bist in einer Wohngemeinschaft aufgewachsen?« fragte Viktor so, als erschiene sie ihm nun in völlig neuem Licht.

»Hat sie Ihnen das nicht erzählt?« mischte sich Barbara ein. »Wissen Sie, wir haben damals mit den Konventionen gebrochen. Wir hatten ja alle unsere Erfahrungen mit der Kleinfamilie und wollten nicht die Fehler unserer Eltern wiederholen. Die familiäre Enge muß zu Neurosen führen!«

»Ach, meinen Sie?« fragte Viktor.

»Nehmen Sie nur die ödipale Triade«, legte sich Barbara ins Zeug.

»Ich glaube, das interessiert jetzt nicht so«, unterbrach Simone sogleich. »Außerdem ist Viktor mit Personal groß geworden, das ist wie Wohngemeinschaft, nur bequemer.«

»Im Internat!« korrigierte Viktor.

»Noch besser!« sagte Simone rasch. »Das Leben mit Gleichaltrigen stärkt den Gemeinschaftssinn!«

Viktor sah sie skeptisch von der Seite an.

»Egal! Sag lieber, warum du hergekommen bist!«

»Also, die Sache ist die …« Viktor stockte angesichts des aufmerksamen Blicks ihrer Mutter. »Könnten wir in dein Zimmer …«

»Jetzt seien Sie nicht so schüchtern!« ermunterte ihn Barbara. »Mir ist nichts Menschliches fremd. Ich bin Schauspielerin. Sie dürfen ruhig von meiner Lebenserfahrung profitieren. Außerdem haben Simone und ich keine Geheimnisse voreinander. Also, wo drückt der Schuh?«

»Ich wollte fragen, ob ich eventuell hier übernachten kann. Aber jetzt, wo Sie da sind …«

Barbara erzählte nun stundenlang Schwänke aus ihrem bewegten Leben. Viktor kam kaum zu Wort, schien sich jedoch gut zu amüsieren. Simone gähnte.

»So, Kinder«, sagte Barbara schließlich, »ich brauche meinen Schönheitsschlaf und lasse euch alleine.«

»Wurde auch Zeit!« bemerkte Simone, als ihre Mutter die Küche verlassen hatte. »Ich bin todmüde und muß morgen früh raus. Du kannst im Gästezimmer schlafen.«

»Ich dachte, da schliefe deine Mutter. Wieso heißt sie nicht Störmer?«

»Roderich ist ihr Künstlername, abgeleitet von den germanischen beziehungsweise althochdeutschen Bezeichnungen für *Ruhm* und *reich*. Nomen est omen, hat sie sich sicherlich gedacht.« Simone räumte die Gläser in die Spülmaschine. »Laß uns raufgehen.«

Im Gästezimmer zog sie die Tagesdecke vom Bett, legte sie zusammen und setzte sich auf einen der Cocktailsessel, die in den Zimmern der oberen Etage verteilt waren und dringend auf den Sperrmüll gehörten. Viktor nahm auf dem Bett Platz.

»Ursprünglich war das als zweites Kinderzimmer gedacht«, sagte er, sich umblickend, »aber die Wolffs haben es, wie die Vonhofs, nur zu einem Kind gebracht. Dabei haben meine Eltern rumprobiert wie blöd, bis sich dann rausstellte, daß Robert – du weißt schon!«

»Impotent ist?« fragte sie, obwohl sie es für unwahrscheinlich hielt.

»Quatsch, aber mit seiner Zeugungsfähigkeit ist irgendwas nicht in Ordnung. Dabei hätte ich gerne eine Schwester. So eine wie dich!«

Viktor kicherte albern. »Ich bin vermutlich vom Storch abgeworfen worden.«

Sie fragte sich, ob das bißchen Wein, das er getrunken hatte, eine derart anhaltende Wirkung zeitigen konnte.

»Und nachdem du diese, wie hieß sie gleich, Mona Hallstein zum Bahnhof gefahren hast, bist du nicht wieder zu Hause gewesen?«

»Wie kann man sich nach dreißig Jahren Ehe trennen? Kannst du mir das verraten? In dem Alter! Ich dachte, Sex spiele da sowieso keine Rolle mehr.«

»Du spinnst, so alt sind deine Eltern gar nicht. Außerdem mußt du das gerade sagen. Dein Vater hat vermutlich ein aufregenderes Liebesleben als du. Oder irre ich mich?«

»Du bist ja schon verheiratet.«

»Viktor, also wirklich! Was hat das mit mir zu tun?«

»Mona – Simone klingt unheimlich ähnlich. Ich muß unbedingt verhindern, daß sie meine Stiefmutter wird, wie soll ich euch denn sonst auseinanderhalten? Wo du doch meine Schwester bist, nicht?«

»Red keinen Schwachsinn!« Jetzt mußte sie, als die Ältere und Vernünftigere, wirklich energisch werden. »Daß du deinem Vater aus dem Weg gehst, ist total kindisch. Bei dem Verhalten mußt du dich nicht wundern, wenn er dich bevormundet! Morgen redest du mit ihm, okay? Und jetzt sollten wir schlafen.«

Sie stand auf und legte die Decke auf den Sessel.

»Nacht, Schwester!« murmelte Viktor und ließ sich angezogen aufs Bett fallen.

»Ich bin nicht die Nachtschwester, ausziehen mußt du dich alleine!« Sie schloß die Tür.

Werden Männer je erwachsen? Der Marketingdirektor der Geysir AG lag in ihrem Gästezimmer, weil er sich nicht mehr nach Hause zu seinem Papi traute. Nicht zu fassen! Sie stellte den Wecker, legte sich ins Bett und schlief sofort ein.

Von Mann zu Mann

Am folgenden Abend betrat Viktor die Villa mit gemischten Gefühlen. Die Schmitzke empfing ihn. Sie trug ein Blümchenkleid mit weißem Gürtel.

»Ein Segen, daß Sie wieder da sind!« rief sie gestikulierend, als sei er wochenlang im Dschungel verschollen gewesen. »Wir haben uns solche Sorgen um Sie gemacht!«

»Schon gut, Frau Schmitzke. Neues Kleid?« Und auf die Markierung einer Taille weisend, fügte er an: »Sagen Sie nur, Sie haben abgenommen?«

»Sie sind mir schon ein Schlimmer!« antwortete die Schmitzke geschmeichelt. »Der Doktor ist in der Bibliothek. Soll ich Ihnen ein paar Sandwiches richten? Der Doktor hat schon gegessen.«

Viktor antwortete, das wäre nett, und betrat das Bücherzimmer.

»Hallo, Paps, schön, daß du Zeit für mich hast«, begrüßte Viktor seinen Vater, der am Barwagen stand und sich einen Martini mixte. Er trug eine Halskrause, was seiner ohnehin aufrechten Haltung etwas betont Strenges gab.

»Viktor«, antwortete Robert knapp. »Auch einen?«

»Du weißt, daß ich kaum Alkohol trinke.«

Sein Vater zuckte mit den Schultern.

»Na gut, einen Kleinen«, sagte er versöhnlich.

Sie setzten sich mit den Gläsern in die Ohrensessel, und er fand, sein Vater schaue ihn durchdringend an.

Viktor zeigte auf die hautfarbene Schaumstoffkrause um Roberts Hals. »Was Ernsthaftes?«

»Nein. Nur zur Sicherheit, für ein paar Tage«, antwortete Robert. »Lästig.«

»Cheers!« sagte Viktor und trank einen Schluck. »Es tut mir leid, wenn du dir Sorgen gemacht hast. Dazu bestand kein Anlaß.«

»Wo warst du?«

War er seinem Vater darüber wirklich Rechenschaft schuldig? Mit siebenundzwanzig? Er überging die Frage.

»Hat sich deine Flamme gemeldet?«

»Du meinst Frau Hallstein. Ich wüßte gerne von dir, was vorgefallen ist. Ich werde das Gefühl nicht los, daß du sie hinausbefördert hast.«

»Schon, aber anders, als du denkst. Sie stand in der Halle, als ich am frühen Morgen kam, um mir ein paar Sachen zu holen. Du hattest mich ja vor die Tür gesetzt. Ich habe sie zum Bahnhof gefahren.«

»Und es war dir natürlich unmöglich, sie zum Bleiben zu bewegen?«

»Sicher.«

»Kein Wunder, so wie du dich aufgeführt hast. Du konntest sie nicht schnell genug aus dem Haus expedieren, habe ich recht?«

»Sie tat so, als wolle Mutter die Scheidung.«

»Weißt du, ich verstehe deine Mutter nicht. Vermutlich habe ich sie nie verstanden, sicher wird sie das behaupten. Sie telefoniert jede Woche mit dir. Und sie hat dir nichts gesagt?«

»Kein Wort. Bestimmt irrst du dich.«

»Ich hab's schwarz auf weiß. Das Schreiben vom Gericht lag auf meinem Tisch, als ich aus dem Urlaub kam. Erinnerst du dich noch an ihre amerikanische Freundin, Deedee Andersen-Smith?«

»Wer könnte die vergessen?« Viktor lachte und schlug bewußt einen kumpelhaften Ton an. »Mutter war ja wie ausgewechselt, als die hier aufkreuzte. Weißt du, daß die beiden zu Männer-Strip-Shows gegangen sind?«

»Lore? Das glaube ich nicht.«

»Tja ... Deedee war schon recht munter.«

»Sie kam eines Tages in mein Hotel, um mir die frohe Botschaft zu überbringen.«

»Was?«

»Ja, Lore hat Deedee vorgeschickt, um mir schonend beizubringen, daß sie die Scheidung eingereicht habe. Und sie ist mit diesem Pascual zusammen. Deine Mutter!«

Sein Vater spülte mit Martini seinen Verdruß hinunter. »Auch noch einen?«

»Um Himmels willen! Wer weiß, mit wem ich mich dann verbrüdere.«

»Wie meinst du das?« fragte Robert und goß sich nach.

»Letzte Nacht habe ich bei Simone geschlafen und wollte sie unbedingt zu meiner Schwester machen. Dabei hatte ich kaum etwas getrunken. Ihre Mutter ist da, Barbara Roderich, eine bekannte Schauspielerin – mit einer grauen Strähne in den schwarzen Haaren. Deine Generation. Die hat Sachen erlebt! Simone ist übrigens in einer Wohngemeinschaft aufgewachsen. So richtig alternativ erzogen.«

»Du meinst antiautoritär«, verbesserte Robert.

»Genau. Und sieht man ihr das an? Überhaupt nicht. Käme man nie drauf, oder? Ihre Mutter ist eine interessante Frau. Im Ernst. Ich habe gefragt, ob sie Lust hätten, gelegentlich vorbeizukommen. Es ist dir doch recht?«

»Von mir aus. Aber mußt du dich so oft mit Simone treffen? Sie ist älter als du und mit Arno verheiratet.«

»Na und? Du triffst dich doch auch mit einer verheirateten Frau. Und du bist viel älter als sie. Sie könnte deine Tochter sein!«

»Wohl kaum!« protestierte Robert. »Du machst mich älter, als ich bin. Womit wir übrigens wieder beim Thema wären. Hat Frau Hallstein noch etwas gesagt, bevor sie gefahren ist?«

»Du sollst dir keine Sorgen machen. Irgendwas in dieser Richtung. Warum rufst du sie nicht an, wenn dir so viel an ihr liegt.«

»Sie ist gerade umgezogen und hat noch kein Telefon.«

Er lachte. »Dann schick ihr ein Handy.«

Frau Schmitzke brachte eine Platte mit Schnittchen herein.

»Gute Idee, wirklich. Ihre Adresse habe ich allerdings auch nicht. Aber die der Praxis müßte rauszufinden sein.«

»Sie ist Ärztin?« fragte Viktor erstaunt.

»Masseurin«, antwortete sein Vater.

»Na, hoffentlich ist das eine seriöse Praxis!«

Sein Vater sah ihn mit einem kalten Blick an, so als stünde ihm diese Frau bereits näher als sein eigener Sohn.

»Wie läuft's im Betrieb? Vor allem, wie steht's mit dem China-Geschäft? Hast du endlich Nachricht aus Shanghai?«

Warum, dachte Viktor, mußte er seinem Vater jeden Tag rapportieren?

Spielen

Es war der erste sommerlich warme Tag im Jahr, und Barbara Roderich beschloß, sich auf die Terrasse zu setzen.

In dem rückwärts an die Garage angebauten Schuppen fand sie die Gartenmöbel unter eingestaubten Plastikhauben. Sie zog sich eine Holzliege auf die Terrasse, entfernte mit spitzen Fingern die schmutzige Folie von der dunkelblauen Auflage und machte es sich mit einem Drehbuch, das ihr Agent geschickt hatte, mehr oder weniger gemütlich.

Nach einigen Seiten war ihre Rolle noch nicht vorgekommen. Das war nicht weiter schlimm, denn sie hatte sowieso nicht ernsthaft vor, jetzt schon ein Engagement anzunehmen. Gelangweilt überlegte sie, wen sie anrufen könnte. Das Telefon unschlüssig in der Hand, hörte sie Wasser schwappen. Ob die Nachbarn einen Pool hatten? Womöglich gar Kinder? Das konnte leicht zur Dauerbelästigung werden.

Sie erhob sich von ihrer Liege und versuchte, durch die Hecke irgend etwas zu erkennen. Zu ihrem Bedauern konnte sie lediglich die fensterlose Schmalseite des Nachbarhauses sehen.

Am Rande der Terrasse stand eine unbepflanzte große

Schale – Simone kümmerte sich wirklich um nichts. Breitbeinig stellte sie sich auf den Rand, um derartig erhöht einen Blick auf die frühlingshaften Badefreuden der Nachbarn zu ergattern. Gerade als sie durch das Blattwerk der Bäume erkennen konnte, daß eine schlanke Frau aus dem Pool stieg, knirschte und krachte es unter ihr. Kreischend landete sie in den Tonscherben.

»Aua!« rief sie noch einmal laut, obwohl sie sich nur erschrocken hatte.

Von jenseits der Hecke fragte eine Frauenstimme ängstlich: »Wer ist da? Ist was passiert?«

»Hallo?« sagte Barbara in Richtung Hecke.

»Ja. Haben Sie sich verletzt?«

Vorsichtig trat Barbara aus dem Scherbenhaufen und untersuchte ihre Fußknöchel. »Glaube nicht. Wer ist denn da?«

»Yolanda? Bist du zurück?«

Yolanda? Sie war doch kein Pferd! Da fiel ihr wieder ein, daß Simones Schwiegermutter Yolanda hieß. »Nein«, rief sie, »Barbara Roderich, die Mutter von Frau Wolffs Schwiegertochter.«

Barbara staunte selbst über diese Erklärung. Als Mutter von einer Schwiegertochter hatte sie sich noch nie vorgestellt.

»Und wer sind Sie?«

»Moment, ich komme rüber«, antwortete die Frau vom Nachbargrundstück.

Barbara setzte sich wieder auf die Liege und tat, als lese sie. Wenig später stand wie aus dem Boden gewachsen eine Blondine in einem auffällig bunt gemusterten Bademantel vor ihr.

»Ich bin durch den Zaun gekommen«, sagte sie und

wies hinter sich. »Da ist eine Pforte drin. Die haben Yolanda, Lore Vonhof und ich zwischen unseren Gärten einbauen lassen, damit wir nicht den Umweg über die Straße nehmen müssen. Hallo!« Sie reichte ihr die Hand. »Chantal Schulte-Freising. Wohnen Sie jetzt hier?«

Barbara, die sich schon fragte, ob sie auch zu Wort käme, bejahte dies. »Zumindest vorübergehend. Ich bin Schauspielerin, wissen Sie. Und bei den vielen Engagements ist man meist unterwegs. Im Moment entspanne ich mich bei meiner Tochter.«

»Kann ich verstehen«, sagte die Blonde, von ihr auf Mitte Vierzig geschätzt. »Ich würde mich gerne setzen. Drüben ist mehr Platz. Wollen Sie einen Moment mit zu mir kommen?«

Barbara, die neugierig war, wie es nebenan aussehen würde, folgte Frau Schulte-Freising durch das hinter einem Busch versteckte Törchen.

»Wow!« entfuhr es Barbara, als sie das Grundstück betrat, das mindestens doppelt so groß war wie das der Wolffs. »Was für ein toller Pool!«

Rundherum standen Statuen und auf der riesigen Terrasse Gartenmöbel wie in der Ausstellung eines Einrichtungshauses.

Chantal Schulte-Freising legte sich in ihrem schwarzgoldenen Bikini dekorativ auf eine der Liegen und rief nach Marie-Laure, ihrem französischen Dienstmädchen, dem sie auftrug, Campari Orange zu bringen.

Barbara war beeindruckt. »Schön haben Sie's hier!«

»Man tut, was man kann«, antwortete die Nachbarin. »Sie sind Schauspielerin? Wie interessant. Dann kennen Sie sicher den Intendanten unseres Schauspielhauses.«

»Nicht persönlich.«

»Merkwürdig. Na ja, Handicap 20 und lernt es nie.«

»Bitte?«

Chantal Schulte-Freising lachte. »Muß man also wirklich nicht kennen. Welches Handicap haben Sie denn?«

»Ich hoffe, keines.«

»Sagen Sie nur, Sie spielen nicht?«

»Im Moment«, antwortete sie ausweichend, »liegen mir zwar jede Menge Angebote vor, es ist jedoch nicht leicht, das richtige zu finden. Man will sich nicht in Serien verschleißen lassen. Serien! Ich sage Ihnen, da könnte ich jeden Tag eine Rolle annehmen. Ich aber brauche den direkten Kontakt zum Publikum. Diese unmittelbare Resonanz. Sich eine Rolle richtig erarbeiten. Jeden Abend eine neue Herausforderung.«

»Von Arbeit war keine Rede.« Eine leichte Irritation schwang in Chantals Stimme mit. »Wenn Sie schon nicht golfen, haben Sie eventuell Lust, bei unserer Pokerrunde mitzumachen?«

»Bei was? Ich habe lustigerweise Pokerrunde verstanden.«

»Seit Yolanda in der Schweiz lebt, sind wir unterbesetzt und könnten Verstärkung gebrauchen«, antwortete Chantal. »Für Lore ist Frau Schmitzke eingesprungen, das ist die Hausdame von Vonhofs. Wir sind liberal, wie Sie sehen. Aber für Yolanda haben wir bisher keinen Ersatz gefunden.«

»Jetzt sagen Sie nur, die Schwiegermutter meiner Tochter spielt um Geld! Das ist illegal.«

Chantal Schulte-Freising lachte. »Seit die Schmitzke mitmacht, sind die Einsätze geringer. Die Gewinne haben wir natürlich für einen guten Zweck gestiftet. Macht viel mehr Spaß, als bloß einen Scheck auszuschreiben. Außerdem kann der Gewinner die Spendenquittung von der Steuer absetzen. Na, was meinen Sie?«

»Also, ich weiß nicht«, antwortete sie in Gedanken an ihre finanzielle Flaute. Etwas Abwechslung war jedoch verlockend, und wenn selbst eine Hausangestellte mithalten konnte ... Außerdem war sie schließlich die Schwiegermutter eines reichen Erben. Das hatte sie beinahe vergessen. »Nur Frauen?« fragte sie nach.

»Es ist wirklich gemütlich. Ein netter Nachbarinnentreff, bei dem wir so richtig über die Männer herziehen.«

Der Campari wurde gebracht.

»Klingt gut.«

Besser wäre natürlich eine gemischte Runde, aber Hauptsache, sie lernte überhaupt Leute kennen.

»Also dann!« Chantal hielt Barbara ihr Glas hin, und sie stieß mit ihr an.

Haushaltsgeld

»Da du dich vorläufig hier einquartiert hast«, sagte Simone abends zu ihrer Mutter, »könntest du dich ruhig am Haushalt beteiligen.«

»Kennst du die Nachbarn?« fragte Barbara.

»Flüchtig. Ich bin ja kaum hier.« Sie räumte die Küche auf.

»Was machen denn die Schulte-Freisings?«

»Er ist Vermögensverwalter, soweit ich weiß, sie Hausfrau. Wieso fragst du?«

»Die leben jedenfalls nicht schlecht vom Geld anderer Leute! Hast du den Pool gesehen?«

»Nee, wieso?«

»Groß, mit Statuen drumherum. Ich dachte erst, das wären Schwule, aber sind bloß Neureiche. Total protzig alles. Vergoldete Armaturen im Gästeklo.«

»Vermutlich Messing. Was hast du bei denen auf dem Klo gemacht?«

»Dämliche Frage. Außerdem wollte ich ins Haus gukken. Und wieso ist deren Grundstück viel größer als unseres?«

»Wieso interessiert dich das? Kümmere dich lieber um unseren eigenen Kram.«

»Ich habe gerade erst Lebensmittel besorgt«, wandte Barbara ein. »Du könntest mir übrigens mehr Haushaltsgeld geben!«

»Wenn du im Feinkostgeschäft kaufst, ist es kein Wunder, daß das Geld nicht reicht.«

Sie hielt ihrer Mutter ein Geschirrtuch hin, um sie zum Abtrocknen der Töpfe aufzufordern. Widerwillig nahm Barbara es entgegen.

»Ich habe den Taxifahrer gefragt, was am nächsten wäre.«

»Bist du bescheuert?« Simone hielt beim Spülen inne. »Du bist mit dem Taxi zum Einkaufen gefahren?«

»Ja sicher. Wie hätte ich denn sonst hinkommen sollen? Ich kenne mich hier nicht aus. Und wenn vor der Kasse keine Schlange gewesen wäre, hätte das Taxi nicht so lange warten müssen.«

»Du hast Nerven!«

»Und du bist kleinlich. Du könntest gleich morgen eine Kreditkarte für mich beantragen. Es ist würdelos, daß ich dich um Geld bitten muß!«

Simone seufzte und nahm Barbara das Handtuch wieder ab, um die Töpfe selbst abzutrocknen. »Mit anderen

Worten, ich soll mich auf einen längeren Aufenthalt von dir einrichten.«

»Wo sollte ich denn hin? Ich habe ja niemanden außer dir.«

»Das fällt dir reichlich spät ein. Als ich dich gebraucht hätte, hast du dich nie um mich gekümmert. Ich war dir bloß ein Klotz am Bein. Du hast mich regelrecht verleugnet.«

»Das stimmt nicht. Dauernd mußt du damit anfangen. Es ist unfair von dir, mir ständig Vorwürfe zu machen. Du weißt ja nicht, wie es ist, wenn man ein Kind hat. Ich war so jung, als ich schwanger wurde. Im Prinzip sind wir«, sagte Barbara munter und legte ihr die Hand auf die Schulter, »mehr wie Schwestern, stimmt's?«

»So alt bin ich nun auch wieder nicht!«

Ins Bett gebracht

Simone stand vor dem Regal, in dem sie zwischen Arnos zerfledderten Time-Life-Fotobüchern und alten, nicht mehr funktionstüchtigen Kameras, die er als Jugendlicher auf Flohmärkten gekauft hatte, einige ihrer Bücher aufbewahrte. Sie entschied sich für einen Krimi und legte sich ins Bett.

Immer mußte sie darauf warten, daß Arno anrief. In manchen Dingen war er altmodisch. Er weigerte sich, ein Mobiltelefon zu benutzen. Zur Zeit war er mit seiner Mutter Gast auf einer Yacht.

Sie lag in seinem Bett, inmitten von Arnos Vergangenheit, und sehnte sich nach seiner Gegenwart. Die beiden ungegenständlichen Gemälde über dem Bett stammten aus seiner Zeit auf der Kunstakademie in Paris. Bei der schönen

Aktzeichnung über dem Biedermeiersofa fragte sie sich, ob dafür eine ihrer Vorgängerinnen Modell gestanden hatte. Das frühe Schwarzweißfoto einer Pariser Pferdemetzgerei im Stil der dreißiger Jahre mochte sie ganz besonders.

Simone öffnete das Buch, las den ersten Abschnitt. Die Tür ging auf, Barbara kam herein.

»Kannst du nicht anklopfen?« sagte Simone, ärgerlich darüber, daß ihre Mutter sie nicht einmal nachts in Ruhe ließ.

»Weißt du«, sagte Barbara und setzte sich, »daß ich nach der Vorstellung oft an dein Bett gekommen bin? Nur um meine hübsche kleine Tochter anzuschauen.«

»Wie rührend!« antwortete Simone und klappte das Buch zu.

»Und jetzt bist du erwachsen und hast alles, was man sich nur wünschen kann!«

Barbara strich sinnend über die Bettdecke, als spiele sie die Sentimentale.

»Eher nicht«, sagte Simone. »Ich hatte mir das ganz anders vorgestellt.«

»Wie meinst du das? Du hast es schön: wohnst in einer Villa, hast einen gutbezahlten Job, einen reichen Mann, der dir nicht auf die Nerven geht, weil er unterwegs ist … Und ich, was habe ich denn schon? Ruhm ist vergänglich.« Sie seufzte. »Kein Mann, kein Job, kein Haus.«

Simone mußte unwillkürlich schmunzeln. »Das ist typisch für dich! Erst fragst du mich was, und dann redest du von dir.«

»Erzähl mir alles!« Ihre Mutter zog die Beine aufs Bett und kreuzte sie zum Schneidersitz. »Was hast du dir anders vorgestellt?«

»Weißt du«, sagte Simone, »daß ich manchmal nach der Arbeit in das Lagerhaus fahre, in dem unsere Möbel und Bücherkisten stehen?«

»Wenn du so daran hängst, dann schmeiß den ganzen Yolanda-Plunder raus, und räume deine Sachen rein. Ein paar stramme Möbelpacker erledigen das in zwei Tagen.«

»Ja schon, aber ich bin hier bloß Gast. Außerdem müßte man vorher renovieren, eine neue Küche planen, Tapeten und Kacheln aussuchen, neue Vorhänge anmessen lassen, und überhaupt – wann sollte ich das machen? Ich bin den ganzen Tag in der Firma.«

»Das könnte ich übernehmen«, bot Barbara großzügig an. »Wenn du gerne deine eigenen Schlafzimmermöbel aufstellen willst, dann müßten wir für mich eine andere Lösung finden.« Sie machte eine Pause.

Da ihre Mutter offenbar selbstlos auf das von ihr belegte Zimmer verzichten und ausziehen wollte, gewann die Idee erheblich an Attraktivität. Sie sollte mit Yolanda reden.

Was waren das für schöne Zeiten gewesen, damals, als Chefredakteurin einer Wohnzeitschrift! Sie blickte zur Decke und sah sich im Geiste schon in ihrem Element, als Barbara sie aus ihren *Schönere Häuser*-Träumen riß.

»Wir könnten zum Beispiel das Dachgeschoß für mich ausbauen!«

»Um Himmels willen!« Die Vorstellung, auf Dauer mit ihrer Mutter in diesem Haus zu leben, war beängstigend. Aber was, wenn Yolanda auf die Idee kam, hier einzuziehen? Arno, der unerwartet Muttersöhnchenqualitäten entwickelte, hielt das womöglich gar für eine gute Idee.

»Noch gehört das Haus Yolanda«, erklärte Simone ihre schroffe Ablehnung, »und über deren Eigentum kann ich schlecht verfügen.«

»Und wie lange muß sich die Dame noch vom Verlust ihres Gatten erholen, bis sie weiß, was sie will?«

Simone zog die Schultern hoch.

»Ewig kann sie uns aber nicht hinhalten«, sagte Barbara. »Vielleicht solltest du dich nach einem neuen Haus umsehen. Du bist jetzt reich und kannst es dir leisten.«

»Ach ja?« sagte Simone. »Nur weil ich ein Viertel der Firma geerbt habe?«

»Das hast du mir noch gar nicht gesagt!« rief Barbara begeistert. »Genial! Da brauchen wir uns um unsere Zukunft ja keine Sorgen mehr zu machen.«

»Laß mich bitte ausreden«, versuchte Simone ihre Mutter zu bremsen. »Und behalt es für dich.«

»Also, Liebes«, sagte Barbara, »wem sollte ich denn was erzählen?«

»Schon gut. Hansernst wollte, daß jemand von der Familie an leitender Stelle im Unternehmen tätig ist. Und da Arno sich weigert, hatte er mich ausgeguckt. Nun hat er mir zwar ein Viertel des Unternehmens vermacht, was übrigens im Falle einer Scheidung an die GmbH zurückfiele, jedoch leider in seinem Testament nicht festgelegt, daß ich damit automatisch Geschäftsführende Gesellschafterin werde. Verstehst du?«

»Warum willst du überhaupt arbeiten?« fragte Barbara.

»Was soll ich denn sonst machen? Klorollen umhäkeln?« fragte Simone zurück. »Dir war die Karriere sogar wichtiger als ich.«

»Wovon hätten wir denn deiner Meinung nach leben sollen?«

»Schon gut. Die Berufung von Geschäftsführern wurde einem neutralen Beirat übertragen. Der wird dann entscheiden, ob er mich für befähigt hält. So ist das eben, wenn man bloß angeheiratet ist.«

»Meine Güte, wie philiströs!« empörte sich ihre Mutter. »Das hätte ich mir denken können, da muß man nur die Schränke öffnen.«

»Und bis dahin arbeite ich weiter als Abteilungsleiterin bei Wolffs. Wenn ich mir vorstelle, was Krüger – das ist der Geschäftsführer und mein Vorgesetzter – sagen würde, wenn er wüßte, daß er Gefahr läuft, seine Macht mit mir zu teilen!«

»Warum das denn?«

»Der Krüger hat gegen alles, was ich vorschlage, grundsätzlich Einwände. Entweder kostet es ihm zuviel, oder es ist ihm zu modern.«

Ihr fröstelte bei dem Gedanken an Krüger. Sie versuchte, die Bettdecke höher zu ziehen, was jedoch nicht ging, da Barbara draufsaß.

»Den müßtest du sehen! Ein Choleriker, der sich für lokker und leutselig hält. Krempelt sich dauernd so pseudodynamisch die Ärmel auf und schlägt mir kumpelhaft auf die Schulter.«

»Und warum entläßt du ihn nicht?«

»Oh, Mama!« stöhnte sie. »Krüger ist als Geschäftsführer mein Vorgesetzter! Nicht umgekehrt. Das habe ich dir doch eben erklärt. Er kann nur durch einen Beschluß des Beirats entlassen werden.«

»Schon, aber der Mensch ist dir doch im Weg. Und wenn du mit diesem Geschäftsführer redest? Unter Umständen geht er freiwillig.«

Simone strich sich seufzend die Haare aus der Stirn. »Lassen wir das lieber. Ich hoffe, Arno meldet sich noch.« Sie nahm demonstrativ das Telefon vom Boden auf und legte es neben ihr Kopfkissen. »Der Dödel könnte ruhig öfter anrufen!«

»Männer!« sagte Barbara. »Was willst du da erwarten?« Sie stand auf. »Oder soll ich mal mit diesem Geschäftsführer sprechen?«

Mittagspause

Simone sah, wie Attenfeldt den Hörer aus der Hand legte und zur Tür ging. Bestimmt wollte er in die Kantine. Sie stand auf, um ihn abzufangen.

»Herr von Attenfeldt!«

»Mahlzeit!«

»Ja, Ihnen auch«, sagte sie gedankenlos, »ich möchte Sie bitten, eine Pressemeldung zu unserem Spray gegen Fußpilz zu schreiben.«

»Schön«, antwortete er, die Hand schon an der Klinke, »ich gebe einen Auftrag an die Agentur raus.«

»Moment!« sagte Simone energisch. »Das machen Sie selbst. Und zwar bis morgen.«

»Unmöglich. Ich habe so viel unerledigte Arbeit auf meinem Schreibtisch. Ganz unmöglich. In drei Wochen, wenn alles glattläuft. Das hat sicher noch Zeit. Sie haben selbst gesagt, ich soll mich um die Schuhfachpresse kümmern. Und morgen habe ich einen Termin außer Haus, den ganzen Tag. Ich muß jetzt in die Kantine, sonst ist der Rollbraten aus. Mahlzeit!«

»Mahlzeit!« antwortete Simone erstaunt. Attenfeldt war seine devote Haltung wohl zu anstrengend geworden! Seine Rückkehr zur Normalität hatte durchaus ihr Gutes. Schlecht war nur, daß es sich dabei um einen Rückfall in den alten Schlendrian handelte.

Alles muß man selbst machen!

Vor ihr lag der Salesfolder. Sie dichtete am Pressetext herum, als es an ihren Glasverschlag klopfte. Sie hatte gar nicht bemerkt, daß jemand ins Büro gekommen war. Ellen saß in der Kantine.

»Barbara! Was machst du denn hier? Wieso hat dich niemand angemeldet?«

»Die am Empfang war so nett, mir den Weg zu zeigen. Ich habe gesagt, ich wolle dich überraschen.«

»Das ist dir gelungen! Setz dich.«

Ihre Mutter ließ sich am Besprechungstisch nieder und holte eine Feinkostladentüte aus ihrer schwarzen, abgeschabten Umhängetasche.

»Ich habe dir etwas zu essen mitgebracht. Du verhungerst ja sonst.«

»Wir haben eine Kantine. Trotzdem vielen Dank.«

Simone holte Geschirr aus dem Wandschrank und bot ihrer Mutter Mineralwasser an.

»Ich hoffe, du läßt nicht wieder ein Taxi warten.«

»Keine Sorge, ich hab's nicht eilig. Wollte schon die ganze Zeit sehen, wo du arbeitest. Zu Hause ist es unendlich langweilig. Da dachte ich, ich komme vorbei und schaue mir diesen ...« Barbara stockte, was nicht ihre Art war.

»Ja?«

»... schönen Arbeitsplatz von dir an«, ergänzte ihre Mutter, strich über die weiße Tischplatte und fügte hastig an: »Wieso bist du denn ganz alleine? Hast du keine Sekretärin?«

»Die ist in der Mittagspause.«

Simone probierte die Salate und biß in ein trockenes Brötchen. Ihr schwante Übles. Ihre Mutter war total scharf darauf, Krüger zu sehen, von dem sie leichtfertig erzählt hatte. Leider hatte Barbara einen siebten Sinn für richtiges Timing. In zehn Minuten würde Krüger erscheinen, um mit ihr über Einlegesohlen zu reden. Und wenn der sah, daß ihre Mutter zu Besuch war, würde er mit Sicherheit die nächsten hundert Jahre Anspielungen darauf machen. Dies sei zwar ein Familienunternehmen, das hieße jedoch nicht, daß man seine Familie mitbringen könne … und gerade sie als Vorbild … oder ob sie nichts zu arbeiten hätte. Irgendwas in dieser Preislage.

»Schmeckt es?«

»Gut!« antwortete Simone mit vollem Mund.

Kurz darauf kam Ellen aus der Pause zurück und fragte, ob sie Kaffee kochen solle. Sie wunderte sich sichtlich über den Besuch, denn angekündigt war keiner.

»Sonst alles in Ordnung?« fragte sie.

»Danke, bestens.« Simone, die keine Lust hatte, die Belegschaft der Dr. Wolff GmbH mit ihrer Mutter bekannt zu machen, hoffte, Ellen würde nicht weiter fragen und ihre Mutter bald gehen.

»Sie sind also die Sekretärin meiner Tochter!« sagte Barbara.

Simone hustete.

»Frau Störmer?« fragte Ellen.

»Barbara Roderich, sicher kennen Sie mich. Ich bin Schauspielerin. Sie hätten gerne ein Autogramm? Kein Problem!« Sie griff in ihre Tasche. »Da ist es schon. Wie heißen Sie denn, dann schreibe ich eine Widmung drauf.«

»Ellen Pfeiffer.«

Ihre Mutter griff nach einem Dr. Wolff-Kuli und reichte dann Ellen die Karte. Simone blieb gar nichts anderes übrig, als diese Aktion säuerlich lächelnd zu betrachten.

»Danke«, sagte Ellen, »ich bringe gleich den Kaffee.«

»Du mußt jetzt gehen!« sagte Simone eindringlich zu ihrer Mutter.

»Unsinn, Kind, du hast ja noch nicht aufgegessen, und außerdem bekomme ich gleich Kaffee. Ich störe dich nicht. Du mußt sowieso eine Pause machen.«

Ob Attenfeldt ausnahmsweise pünktlich aus der Kantine kam? Dann würde sie ihm Barbara anvertrauen. Ihre Mutter hatte ein stilles Faible für Blaublütige, und er konnte ihr die neuen Hochregale im computergesteuerten Lager vorführen. Das wenigstens machte er gut. Da war sie ihre Mutter für mindestens eine Stunde los. Attenfeldt erschien aber nicht.

Statt dessen sah sie Krüger das Vorzimmer betreten – gut fünf Minuten zu früh.

»Störe ich Sie etwa bei der Mittagspause?« fragte er mit seiner falschen Freundlichkeit beim Hereinkommen. »Ich dachte, wir Führungskräfte arbeiten durch.«

»Das hatte ich vor«, antwortete Simone, »aber mir wurde ein Imbiß gebracht.«

»Ich bin die Mutter, Barbara Roderich!« Sie streckte ihm die Hand entgegen.

»Sehr erfreut, gnädige Frau.« Krüger schmatzte ihr mit seinen feuchten Lippen einen Kuß auf den Handrücken.

Barbara fand es entzückend, man sah es ihr an.

»Diese Stimme, dieser Charme, ich kenne Sie irgendwoher«, sagte Krüger, ihre Mutter musternd.

Simone faßte es nicht.

»Wahrscheinlich haben Sie mich im Fernsehen gesehen«, vermutete Barbara, denn auch sie konnte Krüger kaum für jemanden halten, der ins Theater ging.

»Glaube nicht. Eher von der Bühne, könnte das sein?«

Barbara strahlte Krüger an. »Natürlich! Ich bin Theaterschauspielerin.«

»Letztes Jahr in Salzburg, bei den Festspielen?«

Ihre Mutter war tatsächlich im vergangenen Jahr in Salzburg in einer winzigen Rolle als Köhlersfrau Marthe Glühwurm aufgetreten, aber daß Krüger zu den Festspielen fuhr beziehungsweise eine der teuren Karten kaufte, konnte sich Simone beim besten Willen nicht vorstellen. *Das weiße Rößl* in St. Wolfgang anzuschauen würde zu ihm passen. Aber *Der Alpenkönig und der Menschenfeind* in einer wenig gelobten Inszenierung von Peter Stein? Wollte Krüger dazulernen und setzte den Festspielbesuch als berufliche Fortbildung von der Steuer ab?

Ihre Mutter blühte förmlich auf.

»Wie wunderbar, endlich ein kultivierter Mensch! Wissen Sie, seit ich hier bin, habe ich noch niemanden getroffen, der das Theater liebt.«

Theater liebt der Krüger, dachte Simone, das stimmt.

»Verehrte, gnädige Frau, welch ein Glanz in der Fußpflegebranche. Wohlsein für die Seele, sozusagen. Würde es Ihnen eine Freude machen, wenn ich Ihnen mein kleines Reich zeige?«

Krüger führte sich auf, als gehöre ihm der Laden. Hoffentlich rutschte er auf seiner Schleimspur aus.

»Meine Mutter möchte Sie sicher nicht von der Arbeit abhalten. Sie wollten dringend mit mir über die Einlagen reden«, wandte Simone ein.

»Aber das hat Zeit!« winkte Krüger ab. »Ich vergaß ganz, mich vorzustellen, können Sie mir verzeihen? Peter Krüger, Geschäftsführer. Bitte folgen Sie mir.« Er hielt die Tür auf.

»Gern!« sagte Barbara, hängte sich ihre Tasche um und zwinkerte Simone über die Schulter hinweg zu. Dann rauschte sie mit wehendem Rock aus dem Büro.

Gute Figur

Beim gemeinsamen Abendessen gab es für Barbara nur ein Thema: Peter Krüger.

»So ein gebildeter Mensch! Reich mir bitte die Butter. Und gut sieht er aus.«

»Wenn man davon absieht, daß er stets feuchte Lippen und einen Bauch hat, schon.«

»Ein wenig Embonpoint«, sagte Barbara. »In unserem Alter braucht man was zum Anfassen.«

Simone sah ihre füllige Mutter an und dachte an die spindeldürren Gattinnen in der Nachbarschaft. »Wenn du meinst. Noch Tee?«

Barbara hielt ihr die Tasse hin. »Die Firma hatte ich mir größer vorgestellt.«

»Hühneraugenpflaster nehmen nicht viel Platz ein«, sagte Simone.

»Was bekommt Herr Krüger denn so an Gehalt?«

»Mehr, als er verdient.«

»Simone!« sagte Barbara. »Mach diesen reizenden Mann nicht schlecht. Er war ganz begeistert von mir. Was hat er denn gesagt?«

»Wozu?«

»Na, was er über mich geredet hat. Ihr habt euch doch noch gesehen, nachdem ich weg war.«

»Barbara, ich bin noch mit Robert Vonhof verabredet.«

»Das sind die neben Schulte-Freisings, nicht? Wann lerne ich die endlich kennen?«

»Heute jedenfalls nicht. Wir haben was Geschäftliches zu besprechen.«

»Herr Krüger war bestimmt überrascht, daß du eine berühmte Schauspielerin zur Mutter hast.«

»Er war so beeindruckt von dir, daß er die Besprechung auf einen anderen Tag verschoben hat. Zufrieden? Kann ich jetzt gehen?«

Arno läßt grüßen

Grafische Darstellungen über die Umsätze auf dem Schuhmarkt und erste Berechnungen zu Kosten und Nutzen einer eigenen Schuhkollektion lagen auf dem Mahagonitisch im Vonhofschen Eßzimmer ausgebreitet. Wenn Simone sich über die glänzende Tischplatte beugte, war ihr, als blicke sie in einen See.

Diesmal ging sie auf Nummer Sicher und zeigte die Idee zuerst dem Beiratsvorsitzenden. Wie sollte der Beirat ihre Qualifikation erkennen, wenn sich andere mit ihren Vorschlägen die Lorbeeren verdienten?

Über der halbhohen Täfelung der Wände hingen dunkle Landschaftsgemälde auf den roten Stofftapeten. Sie entdeckte sogar einen kleinen Corot – sicher ein Vermögen wert. Selbst im warmen Licht des Kristalleuchters war der altehrwürdige Raum bedrückend, was allerdings auch daran liegen konnte, daß Robert ihr nicht eben Mut machte.

»… alles ganz nett«, sagte Robert, »aber ich bin der falsche Adressat. Da müssen Sie schon Krüger überzeugen. Er ist schließlich Geschäftsführer.«

»So was habe ich schon befürchtet«, sagte Simone. »Krüger steht meinen Vorschlägen generell nicht besonders aufgeschlossen gegenüber.«

»Sich durchzusetzen gehört im Berufsleben nun mal dazu. – Einen Martini?«

»Nein, danke«, sagte Simone. »Die Bedürfnisse ändern sich. Junge Leute kaufen keine Hühneraugenpflaster. Dr. Wolff sterben die Kunden weg. Hansernst hat mir bei unserem letzten Treffen ausdrücklich grünes Licht gegeben.«

»Das will ich gerne glauben«, sagte Robert rauchend, »aber das nützt Ihnen nichts. Die Geschäfte werden von Krüger geführt. Ein erfahrener Mann. Und ich würde mich in Ihrem eigenen Interesse, und vor allem in Arnos, auf Krügers Urteil verlassen.«

»Kann ich auch eine Zigarre haben?« fragte Simone, frustriert, keine Rückendeckung vom Beiratsvorsitzenden zu erhalten.

Robert schaute erstaunt, wählte jedoch, ohne eine Bemerkung zu machen, aus seinem Humidor eine schlanke, lange Montecristo Especiales aus und fragte, ob er sie für Simone entzünden solle.

»Ich bitte darum«, sagte Simone.

Als Robert ihr die Havanna reichte, sah sie genau, wie er sie beobachtete. Bestimmt wartete er darauf, daß sie anfing zu husten. Da mußte sie ihn enttäuschen. Hansernst hatte ihr das Zigarrerauchen beigebracht, als ihm dieser Genuß verboten wurde.

Simone schaute einem Rauchkringel hinterher.

»Nur mal angenommen«, sagte Robert.

»Ja?« sagte Simone, auf einen ermunternden Vorschlag hoffend.

»Rein hypothetisch könnte es doch passieren, daß Sie, jetzt, wo Arno nicht da ist, einen anderen Mann kennenlernen.«

Wollte der Beiratsvorsitzende sie anbaggern?

»Wohl kaum!« sagte Simone entschieden. »Ich liebe meinen Mann.«

»Sicher«, sagte Robert schroff. »Aber gesetzt den Fall, Sie begegnen der großen Liebe – Sie entschuldigen diesen pathetischen Ausdruck –, würden Sie dann zu diesem Mann ziehen, oder müßten Sie erst – wie sagt man gleich – zu sich selbst finden?«

»Wozu die Umschweife? Sie sprechen von Ihrer Freundin Mona. Sie ist ein völlig anderer Typ als ich. Was ich an ihrer Stelle täte, weiß ich beim besten Willen nicht. Hat sie gesagt, sie wolle erst mal alleine leben?«

Robert nickte.

»Klingt ganz vernünftig. Sich zu gedulden gehört in Liebesdingen nun mal dazu!« Innerlich triumphierte Simone, Robert nun eine Retourkutsche für seine Belehrung über das Berufsleben geben zu können, und Mona stieg in ihrer Achtung.

»Ich bin keine Dreißig mehr«, sagte Robert.

Auch das noch: ein Beiratsvorsitzender mit Liebeskummer! Statt sich auf die Zukunft der Dr. Wolff GmbH zu konzentrieren, dachte er an seine Affäre. Simone räusperte sich, um den Themenwechsel anzukündigen.

»Schöne, aber bequeme Schuhe sind ein Trend. Ich sage nur: Diego della Valle!«

»Bitte wer?« fragte Robert.

Simone legte die Zigarre ab und nahm die Hände zu Hilfe. »*J.P.Tod's* – die Schuhe mit den Noppen. Traditionelle Schuhformen modern recycelt und dann die sensationelle Idee, eine Werbekampagne mit alten Fotos von Hollywoodstars aufzuziehen. Bis dann tatsächlich alle Prominenten seine Schuhe trugen. Er hat sie ihnen allerdings umsonst geschickt.«

»Clever«, sagte Robert anerkennend. »Ich besitze auch solche Slipper.«

»Siehst du!« sagte Simone, Robert im Überschwang ihrer Visionen duzend. »Der beste Beweis!«

»Wofür?« fragte Robert.

Blöde Frage, dachte Simone und zog an der Havanna.

»Investitionen in dieser Größenordnung werden Sie sicher nicht durchbekommen«, sagte Robert.

»Dann warte ich eben, bis ich Geschäftsführerin bin.«

Robert sagte daraufhin seufzend »Simone«, und ihr Elan war wie weggeblasen. »An Ihrer Stelle wäre ich vorsichtig. Sie könnten eine herbe Enttäuschung erleben, wenn ich das, als Ihr väterlicher Freund, andeuten darf.«

»Wieso?« fragte Simone verwundert. »Jetzt deuten Sie nicht an, sagen Sie lieber, was Sie meinen.«

»Selbst wenn Sie zur Geschäftsführenden Gesellschafterin aufrücken sollten, was ja, wie Sie wissen, noch offen ist, hätten Sie einen klar umrissenen Geschäftsbereich. Und die Kommunikation umfaßt keineswegs den Verkauf von Schuhen.«

»Arno und ich haben als Gesellschafter eine Zweidrittelmehrheit. Das sollte genügen«, sagte Simone trotzig.

»Sie wissen selbst, daß Hansernst solche Entscheidungen dem Beirat übertragen hat.«

»Wollen Sie damit sagen, wir haben als Gesellschafter gar nichts mehr zu melden?«

Robert wedelte mit der Zigarre in der Hand den Rauch beiseite und sah Simone mit einem Lächeln an, das sein Bedauern ausdrückte.

»Yolanda hat mich übrigens heute angerufen.«

Er machte eine Pause. Wollte er ihr damit Zeit geben, sich auf weitere Nackenschläge einzustellen? Oder wollte er sie nur wissen lassen, daß er Yolanda regelmäßig über Simone und die Firma berichtete?

»Nicht, daß es einen Einfluß auf die Entscheidung des Beirats hätte, aber Yolanda ist gegen Ihre Berufung in die Geschäftsführung.«

»Und was sagt Arno dazu?« fragte Simone.

»Er läßt schön grüßen.«

Damenkränzchen

Pokern am hellen Nachmittag! Barbara stand vor dem Geldautomaten und zog sich mit Hilfe von Simones Geheimnummer, die das Kreditkartenunternehmen ihr vorausschauenderweise übersandt hatte, einen Vorrat Bares.

Die, wie es aussah, konspirative Sitzung fand im fensterlosen Partykeller von Frau Professor Wurz statt. Sie war Hausfrau, beanspruchte jedoch, mit dem Titel ihres Mannes, eines Chirurgen an der Uniklinik, angesprochen zu werden.

Chantal Schulte-Freising stellte Barbara die maskuline Irmgard Pauly vor, ehemals leitende Chemikerin in einem Waschmittelkonzern, jetzt im Vorruhestand, sowie Hella Schmitzke, die taillenlose Hausdame von Vonhofs.

Dafür, daß Chantal sie als »die bekannte Schauspielerin Barbara Roderich« präsentierte, hätte sie ihre Nachbarin küssen mögen.

Die Damen musterten sie ausgiebig. Sie war kurz davor, den Rock zu heben, damit sie auch ihre Beine beurteilen konnten. Renate Wurz forderte sie auf, am Spieltisch Platz zu nehmen.

Ein nettes Kaffeekränzchen, bei dem nebenher ein wenig Karten gespielt würde, schien das keineswegs zu werden. Die Gastgeberin löschte das Deckenlicht. Der Raum versank im Dunkeln. Nur der mit grünem Tuch bezogene runde Tisch wurde von der darüberhängenden Lampe beleuchtet. Wie in einer Spelunke. Es gab ohnehin keinen Kaffee, sondern Whisky pur, wahlweise ein klebrig-süßes Getränk, das sie »Whisky Sangaree« nannten. Vermutlich der Kalorienersatz für Sahnetörtchen.

Als sich Hella Schmitzke, die heute die Bank hielt, eine grüne Schirmmütze in die Stirn zog, mußte Barbara herzlich lachen.

»Ist was?« fragte die Schmitzke pikiert.

»Das erinnert mich an einen *Tatort* im Zockermilieu.«

»Habe ich nicht gesehen, wann lief der?« fragte Irmgard Pauly und stopfte sich eine Pfeife.

»In dem habe ich die Puffmutter gespielt«, antwortete die Roderich. »Hier wird geraucht?«

»Das ist meine Glückspfeife«, antwortete die Pauly.

»Dann kennen Sie ja die Regeln«, sagte die Schmitzke ungeduldig. »Wir spielen ganz normalen Draw, mit einem Minimum von fünf. Können wir dann endlich?« Sie verteilte verschiedenfarbige Chips.

Bemüht, ihr amüsiertes Grinsen zu unterdrücken, richtete Barbara das Spielgeld zu einem ordentlichen Häufchen. Sie hatte tatsächlich befürchtet, hier würde richtig gezockt. Was für eine lustige Veranstaltung! Gemütlich ruckelte sie sich in ihrem Armlehnstuhl zurecht und wartete, daß Karten ausgegeben würden. Alle schauten sie an.

»Also, was ist jetzt?« sagte die Schmitzke zu ihr.

»Was ist jetzt womit?«

»Die anderen haben ihren Einsatz schon entrichtet, nur Sie nicht. Zahlen Sie die dreihundert per Scheck oder in bar?«

Gold

»Frau Zeitz!« kommandierte Hella Schmitzke, auf ihrer Loggia im Dachgeschoß stehend. »Kommen Sie mal her!«

Ihr Ausguck befand sich an der Schmalseite des Hauses über dem Eingang. Von der etwas vorspringenden Balustrade hatte sie rechts die strategisch wichtigen Bereiche Auffahrt und Garagen im Blickfeld, links, wenn sie sich vorbeugte, den Garten. Unpraktisch war es nur im Winter, wenn sie hinaus in die Kälte mußte, sobald sie ein Motorengeräusch hörte. Sie überlegte ernsthaft, sich im nächsten Herbst einen Spiegel auf der Brüstung anbringen zu lassen, der ihr erlauben würde, bei geöffneten Gardinen vom Fernsehsessel aus das Ankommen und Abfahren zu kontrollieren. Schließlich mußte sie wissen, wer im Haus war.

Die Putzfrau hielt beim Polieren der Kommode inne und trat zu ihr auf den Balkon.

»Sehen Sie auch, was ich sehe?«

»Der Doktor sitzt auf dem Rasenmäher und fährt Schlangenlinien«, antwortete die Zeitz brav.

»Ganz genau! Wo kommen wir denn da hin? Der alte Jupp wird wunderlich! Früher hätte er das nie zugelassen. Aber so geht das nicht. Das wollen wir gar nicht erst einreißen lassen. Erst mäht der Doktor den Rasen, und dann mischt er sich womöglich noch in die Haushaltsführung ein.«

»Männer!« sagte die Zeitz. »Mein Alter weiß auch alles besser.«

»Ich hoffe, er hat das Trinken aufgegeben!« sagte Frau Schmitzke und trat wieder ins Zimmer. »Oder müssen Sie Ihren Lohn nach wie vor in Spirituosen umsetzen?«

Sie sah dem dürren Körper der Zeitz förmlich an, wie sich ein Seufzer aus der Mitte seinen Weg bahnte und beim Ausatmen entwich.

»Und jetzt hat auch noch unser Sohn die Arbeit verloren. Wären wir nur drüben geblieben!«

»Ja, so was muß man sich natürlich früher überlegen. Seit uns Ihre kommunistischen Brüder und Schwestern auf der Tasche liegen, ist es aus mit dem goldenen Westen! Apropos Gold: zwei Häuser weiter, in der Villa von Dr. Wolff, Sie wissen schon, der Wohlsein-für-die-Füße-Wolff, da wohnt jetzt eine Schauspielerin. Daß die Wolffs ihre Villa so einer überlassen! Die müssen es ja wissen. An sich sind die Wolffs wirklich vornehme Leute, lebten leider seit einiger Zeit in der Schweiz. Der Doktor war eng mit ihnen befreundet, also besser gesagt mit ihm, und das ist für ihn ein großer Verlust, daß Herr Dr. Wolff verstorben ist. Schon bei seinem ersten Infarkt, also dem vom Dr. Wolff, hat das unseren Doktor so mitgenommen, daß er auch aus seiner Firma ausgestiegen ist, damit ihm nicht das gleiche passiert.«

»Das weiß ich alles«, sagte die Zeitz, »ich arbeite schließlich schon viel länger hier als Sie«, und setzte sich frecherweise aufs Sofa.

»Nicht in Ihrem schmuddeligen Kittel!«

Stöhnend stand Frau Zeitz wieder auf und nahm auf der Trittleiter Platz, die sie ihr schon bereitgestellt hatte, damit die Zeitz auch oben auf dem Kleiderschrank, der als Raumteiler zwischen Bett und Sofa fungierte, Staub wischte.

»Was wollte ich sagen?« fuhr sie, von der Vertraulichkeit der Putze aus dem Konzept gebracht, fort. »Ach ja, also Frau Roderich, das ist die Schauspielerin, die sucht eine Putzhilfe für ihr Haus – nicht ihr Haus, das von Wolffs. Ich fühle mich da natürlich verantwortlich und habe an Sie gedacht.«

»Sehr gütig«, antwortete Frau Zeitz, als spiele sie eine Rolle in einem Adelsfilm der fünfziger Jahre. »Wann darf ich anfangen?«

Wenn die Zeitz diese betonte Unterwürfigkeit an den Tag legte, wurde Hella Schmitzke unsicher, ob die Zeitz es wagte, sich über sie lustig zu machen. Waren Domestiken der Ironie überhaupt fähig?

»Ich hatte den Eindruck, es sei ihr dringend. Die sieht jedenfalls nicht aus, als würde sie einen Lappen in die Hand nehmen. Aber Ihre Arbeit bei uns geht vor.«

»Natürlich!« bestätigte die Zeitz.

»Drüben putzen Sie nur, wenn Sie bei uns nicht gebraucht werden. Ach, da fällt mir ein, Sie arbeiten doch für die Schulte-Freisings?«

Die Zeitz nickte.

»Ist deren Tochter noch in dieser Sekte?«

»Ich denke schon.«

»Verstehe. Sicher schlimm für die Eltern.«

»Sie hatte neulich ganz rote Augen, richtig verweint. Man merkt gleich, die Frau leidet.«

»Was Sie nicht sagen!«

»Würde mich nicht wundern, wenn die zu trinken anfängt. Wie mein Alter. Ich habe 'ne Nase für so was.«

»Wir wollen aber nicht klatschen, was, Frau Zeitz«, sagte sie streng und fuhr mit dem Finger über die Schnitzereien an der Kommode. »Hier müssen wir noch mal rüber! Rufen Sie diese Frau Roderich gleich heute an, und sagen Sie einen schönen Gruß von mir. Und wenn's klappt, Sie wissen schon!«

»Ich soll die Ohren aufhalten«, sagte die Zeitz pflichtschuldig.

»Das sowieso, aber das meinte ich jetzt nicht.«

»Die Provision, ich weiß. Zehn Prozent.«

»Dann sind wir uns ja einig, meine Beste«, stellte Hella Schmitzke zufrieden fest und trat wieder auf den Balkon.

»Ein Blutsauger wie mein Alter«, murrte Edith Zeitz deutlich hörbar hinter ihr und bearbeitete das Schnitzwerk der Kommode mit dem eigens dafür angeschafften Rasierpinsel.

Schühchen

»Na, schönes Wochenende gehabt?« Peter Krüger verzog seine feuchten Lippen zu einem breiten Grinsen und legte Simone auf dem Weg in die Besprechung seine Hand auf die Schulter, anstatt ihr die schwere Mappe abzunehmen, die sie unter dem Arm trug. Diese Tatscherei sollte sie sich umgekehrt erlauben, er würde sich das verbitten.

»Lustige Idee, das mit den Schühchen«, sagte er, als ob es sich nicht um einen zukünftigen Geschäftszweig der Firma, sondern um ihr Hobby handeln würde.

Krüger hatte es gerade nötig. Er trug wieder seine ausgelatschten Slipper mit den schiefgelaufenen Absätzen. Man sah bei ihm gleich, daß die korrigierende Hand einer Ehefrau fehlte. Krüger war, soweit sie wußte, frisch geschieden gewesen, als er vor etwa drei Jahren bei der Dr. Wolff GmbH anfing.

Krüger schlug seinem Adlatus Oliver Prinz auf den Rükken, zog, wie üblich, das Jackett aus und krempelte die Ärmel auf. Krügers Sekretärin vermeldete, der Marketingleiter sei verhindert. Das war typisch, dachte Simone. Wenn's darauf ankam, hatte der einen wichtigen Termin außer Haus. Dabei hätte sie Unterstützung gut gebrauchen können.

Ellen schloß den Laptop an den Beamer auf dem Overhead-Projektor an, damit Simone gleich die Charts präsentieren konnte.

Krüger liebte Charts. Damit konnte man ihm nahezu alles verkaufen. Dabei waren die projektierten Umsätze für eine eigene Dr. Wolff-Schuhkollektion natürlich rein fiktiv. Man mußte lediglich aufpassen, daß man sie nicht zu optimistisch gestaltete, denn Krüger war genau der Typ, der einen später auf die Phantasiezahlen bis zur zweiten Stelle hinter dem Komma festnagelte.

Sie präsentierte die Hochrechnungen für die potentiellen Verkäufe in den Sales-Points des Orthopädie-Fachhandels, sagte aber gleich dazu, daß sie diese konservative Lösung für wenig effektiv hielte. Krüger lächelte überheblich.

Dann kam die Kosten-Nutzen-Rechnung für die Einrichtung eigener Fachgeschäfte in 1B-Lagen der Innenstädte.

Krüger grinste eine Spur süffisanter und sagte: »Sie nehmen sich ja ganz schön was vor!«

Simone stellte die dritte Möglichkeit vor, den Vertrieb über den Schuhfachhandel, und beendete nach einem kurzen Resümee ihre Präsentation.

»Hübsch«, sagte Krüger, »aber unrealistisch. Wissen Sie, mit Dr. Wolff – Wohlsein für die Füße – verbinden die Leute Hühneraugenpflaster und Fußpuder. Wie wollen Sie denn mit dem Image Schuhe verkaufen?«

»Ich denke«, sagte Simone betont freundlich, »unser Image ist ausgezeichnet, und damit eröffnen sich für uns neue Märkte und Umsatzzuwächse.«

»Machen Sie sich darum nicht soviel Gedanken«, sagte Krüger von oben herab. »Ich bremse Ihren Elan nur ungern. Sie sollten jedoch im Auge behalten, daß Sie für die PR- und Werbeleitung zuständig sind. Gibt's da nichts zu tun?«

»Das habe ich im Griff!« stellte sie klar. »Können wir jetzt wieder zum Thema kommen?«

»Wo wollen Sie die Latschen denn produzieren lassen? Etwa bei den Schlitzaugen?« Er zwinkerte der Prinzenrolle zu.

»Fernost ist eine Möglichkeit, Ungarn eine andere. Dazu sollte die Marketingabteilung Stellung nehmen. Die recherchiert das gerade.«

»Hübsch, aber nun zeigen Sie die Entwürfe.«

Simone nahm die Mappe zur Hand und hielt das erste Blatt hoch.

»Sie kennen ja die Badeschlappen von Adidas, genannt Adiletten. Das wäre dann unser Pendant.« Sie wies auf die Zeichnung. »Wir könnten sie mit einer Schutzimprägnierung gegen Fußpilz versehen.«

Die Prinzenrolle ließ die Hosenträger schnalzen und sagte, als alle guckten: »Die nennen wir dann Wolffiletten!«

Krüger schlug der Prinzenrolle auf den Rücken und schüttelte sich vor Lachen.

Als er sich wieder so halbwegs beruhigt hatte, fragte Tanja Müller, von ihrem Protokoll aufsehend, ob man »Wolffiletten« mit einem oder zwei ff schreibe. Krüger brüllte vor Begeisterung, und der Prinzenrolle kamen die Tränen.

Simone sah zu Ellen hinüber und zog die Augenbrauen hoch.

»Können wir dann wieder?«

»Ich bin schon gespannt, was Sie uns als nächstes für einen Lachschlager präsentieren! Meine Güte, wie witzig!«

Zu High-Tech-Turnschuhen mit eingebautem Schrittzähler meinte Krüger, so was habe er ja noch nie gesehen, in welchem Zirkus sie denn damit auftreten wolle.

Sandalen mit Tieffußbett, die, auf der Zeichnung zumindest, gar nicht so plump wirkten, veranlaßten ihn zu der Äußerung: »Glauben Sie, Dr. Wolff will unter die Müslifresser gehen?«

Und Schuhe, die zugegebenermaßen wie Doc Martens aussahen, verunglimpfte er als »Tretoletten, wo der hintritt, wächst kein Gras mehr. Nee, meine Liebe, das war hübsch, wirklich. Jetzt muß ich mich aber loseisen, auch wenn es schwerfällt, denn so lustig wie diese Sitzung wird die nächste nicht.«

Krüger krempelte die Ärmel herunter, stand auf und zog sein Jackett an.

»Müllerin, tippen Sie hübsch das Protokoll – für jeden eine Kopie, eine für die Akten, und vergessen Sie den Marketingleiter nicht.«

»Ich danke Ihnen für Ihre freundliche Aufmerksamkeit«, sagte Simone trocken. »Ich werde Sie über die Fortschritte auf dem laufenden halten.«

»Ich bitte darum!« sagte Krüger. »Etwas Aufheiterung können wir alle gebrauchen.«

Sie kehrte mit Ellen in ihr Büro zurück.

»Das war ja die Härte!« sagte Ellen. »Und Sie haben sich so viel Arbeit mit den Charts gemacht!« Sie legte den Laptop ab und setzte sich schräg an den Besprechungstisch. Dabei rutschten wie üblich ihre ohnehin kurzen Hosenbeine hoch.

Großflächig verteilte Simone die Zeichnungen auf ihrem Arbeitstisch.

Schon wieder war sie zu voreilig gewesen.

»Mir ist dummerweise erst in der Sitzung aufgefallen, daß die Entwürfe durchgängig Plagiate sind. Nichts Eigenständiges: Adidas, Nike, Birkenstock, Doc Martens ... schlichtweg abgekupfert.«

Krüger hatte sie, nicht einmal zu Unrecht, ausgelacht, und Simone fühlte sich blamiert.

»Stimmt!« bestätigte Ellen. »Jetzt, wo Sie's sagen. Deshalb kommen einem die Sachen so vertraut vor.«

»Sagen Sie dem Designer, er soll uns die Rechnung schicken, wir suchen uns jemand Neues. Wenn ich eine Schuhlinie einführe, dann eine richtige. Ich bin nicht zu Krügers Amüsement hier!«

Die Stones

Als Simone abends nach Hause kam, schallte ihr »I can't get no ... I can't get no ... satisfaction« entgegen. Sie nahm zwei Stufen auf einmal zu Arnos Zimmer und stellte die Musik leiser. Prompt kam ihre Mutter aus dem Schlafzimmer.

»Hey, was machst du da? Ich war gerade so gut in Schwung.«

»Guten Abend. Du hast in Arnos Sachen gewühlt.«

»Na und?« antwortete Barbara. »Richtig nostalgisch, ich fühle mich um Jahre jünger.«

»Schön für dich. Was machst du eigentlich?«

»Ich stehe vor dem Kleiderschrank und überlege, was ich Freitag anziehe.«

»Hast du was Spezielles vor?«

»Herr Krüger hat mich eingeladen.« Ihre Mutter bewegte sich rhythmisch zur Musik. »Er besorgt Karten für das Stones-Konzert im Rheinstadion.«

»Das ist nicht dein Ernst! Du willst mit Krüger – wir reden hier von Ärmel-aufkrempeln-Speckrollen-Krüger – zum Stones-Konzert? Das ist zum Glück längst ausverkauft.«

»Er hat seine Quellen. Kannst du mir 'ne Jeans von dir leihen? Und hat dein Arno 'ne Lederjacke hiergelassen?«

»Als ob dir meine Jeans passen würden! Du in Hosen, das ist ja ganz neu!« Simone musterte ihre Mutter.

»Du bist nur neidisch, weil ich eine Verabredung habe.«

»Überhaupt nicht! Aber mußt du dich unbedingt mit Krüger treffen? Wenigstens bin ich froh, wenn ich mal wieder für mich sein kann.«

»Jetzt sag bloß noch, ich würde dich stören. Wir sehen uns doch kaum, nur abends ein paar Stunden. Ich habe ja sonst niemanden, mit dem ich mich unterhalten kann.«

»Nach der Telefonrechnung zu urteilen, unterhältst du dich den ganzen Tag, und zwar quer durch die Republik und das angrenzende Ausland.«

»Mißgönnst du mir den Kontakt zu meinen Freunden und Kollegen?«

»Du übertreibst, wie mit allem. Was veranlaßt Krüger dazu, dich einzuladen?«

»Wir verstehen uns eben gut. So ein kultivierter Mann! Er ist richtig charmant und sieht gut aus. Ich verstehe immer weniger, wieso du über ihn herziehst.«

»Du mußt nicht mit ihm arbeiten. Ich halte das sowieso für keine gute Idee, mit ihm auszugehen.«

»Wieso, ist er verheiratet?«

»Das nicht.«

»Aber? Hast du selbst ein Auge auf ihn geworfen?«

»Um Himmels willen, nein!« beeilte sie sich zu versichern. »Aber ich mag es nicht, wenn Privates mit Geschäftlichem vermischt wird. Schlimm genug, daß du überhaupt bei mir im Büro aufgetaucht bist. Das gehört sich nicht. Wenn das jeder machte!«

»Nun sei nicht schon wieder so super-protestantisch.

Das nervt. Mutter hätte dich ruhig etwas liberaler erziehen können.«

»Siehst du, das hast du nun davon, daß du mich zu Omi abgeschoben hast!«

»Fang nicht wieder davon an! Guck lieber nach einer Jeans.«

»Wer hat denn damit angefangen? Ich jedenfalls nicht.« Simone stand auf und ging zum Kleiderschrank. »Vielleicht paßt dir eine von Arno.«

Sie zog eine schwarze Levis 501 heraus und reichte sie ihrer Mutter. Barbara verschwand mit der Hose im Schlafzimmer, und sie nutzte die Gelegenheit, um sich endlich etwas Legeres anzuziehen.

Wenig später kam Barbara zurück und hielt ihr die Hose entgegen.

»Paßt sie etwa nicht?« Simone konnte ein süffisantes Lächeln kaum unterdrücken.

»Steht mir nicht.«

»Ach so.«

»Du siehst selbst, ich muß mir dringend etwas zum Anziehen kaufen.«

Simone seufzte.

Kleine Komödie

Als Simone am Freitag abend aufschloß, glaubte sie, sich in der Tür geirrt zu haben. Ein künstlicher Zitronenduft schlug ihr entgegen. Böden und Möbel strahlten, als sei Mr. Proper persönlich durchs Haus gefahren. Die Teppiche wiesen noch Streifen vom gründlichen Saugen auf, und sogar die beigebraun geflieste Küche wirkte nur noch halb so schrecklich.

»Barbara?«

»Ich bin im Wohnzimmer!« trällerte ihre Mutter.

Ganz in schwarzes Leder gekleidet, saß sie auf dem Sofa, als würde sie gleich mit den *Hell's Angels* auf Tour gehen. Die graue Strähne in ihrem Haar wirkte wie frisch gebleicht, und die schwarze Mähne war zudem toupiert, was ihr ein hexenhaftes Aussehen verlieh.

»Na, was sagst du?«

»Ich bin geplättet! Wie hast du das gemacht?«

»Ich war einkaufen, beim Friseur und so. Steht mir gut, nicht?«

»Ich meine das Haus. Du mußt ja Stunden geputzt haben!«

»Tja«, sagte Barbara, so als sei das eine Kleinigkeit für sie, »Peter Krüger kommt mich gleich abholen. Dem konnte ich keinen Saustall präsentieren. Das wäre dir sicher nicht recht gewesen.«

»Daß du daran gedacht hast, ist echt süß von dir!« Simone gab ihrer Mutter einen Kuß.

»Da bin ich aber froh, daß es dich freut.« Barbara holte einen Zettel aus der Tasche ihrer Lederjacke. »Dann macht es dir sicher nichts aus, gleich morgen das Geld hinzuschicken. Wir haben jetzt eine Putzfrau. Die ist in der Nachbarschaft so begehrt, daß es eine Warteliste gibt.«

Simone nahm das Blatt mit einer handgeschriebenen Aufrechnung entgegen.

»Was? Drei Leute à sechs Stunden?«

»Frau Zeitz hat ihren Mann und ihren Sohn mitgebracht. Und alle Reinigungsmittel. Die Fenster sind geputzt und sogar der Rasen gemäht. Und das alles, während ich unterwegs war. Toll, was es alles an Dienstleistungen gibt.«

Ihre Mutter war sichtlich hochzufrieden, daß sie das Problem so elegant gelöst hatte.

»Machst du uns jetzt noch ein Häppchen zum Wein? Du kannst das so gut. Um den Wein brauchst du dich nicht zu kümmern, den habe ich schon …«

»Dekantiert?« fragte Simone.

Barbara lachte. »Geöffnet! Ein fünfundneunziger Côtes du Rhône, der muß jetzt ohnehin dringend weg.«

»Da bin ich aber beruhigt.«

Simone richtete in der Küche Kanapees und Fleischstückchen an Spießen, die ihre Mutter vorsorglich aus dem Feinkostladen besorgt hatte, auf einer Platte an.

Es klingelte.

Das mußte Krüger sein.

»Gehst du bitte!« rief ihre Mutter aus dem Wohnzimmer.

»Ich habe fettige Hände«, antwortete sie.

»Nun laß den armen Mann nicht vor der Tür stehen!« konterte ihre Mutter.

Notgedrungen öffnete sie.

»Guten Abend, Herr Krüger«, sagte Simone förmlich. »Treten Sie ein, ich bin noch in der Küche beschäftigt.«

»Daß wir uns privat begegnen würden, hätten Sie nicht gedacht, was, Frau Doktor Störmer?«

»Meine Mutter ist im Wohnzimmer.« Sie wies die Richtung und schaute ihm nach. Krüger trug Cowboystiefel, eine Jeanshose, wie er das unförmige Beinkleid mit Bundfalten sicherlich bezeichnen würde, und eine braune Lederjacke. Als wollte er zum Bullenreiten.

Simone ging wieder in die Küche.

Als sie mit der Snackplatte ins Wohnzimmer kam, saßen ihre Mutter und Krüger vertraulich nebeneinander auf dem Sofa.

»Simonchen«, sagte ihre Mutter, als sei sie drei Jahre alt, »Simonchen, gibst du uns bitte die Gläser?«

Krüger feixte.

Kein Wunder! Wie konnte Barbara sie nur derartig bloßstellen? Wenn sie in Zukunft versuchen würde, sich gegen Krüger zu behaupten, würde er daran denken, daß sie bloß das »Simonchen« war. Sie überlegte, ob sie Barbara in die Küche bitten solle, um ihr die Meinung zu sagen, verzichtete aber darauf, denn der Schaden war sowieso nicht mehr zu beheben.

Verärgert holte sie aus der Küche ein sauberes Geschirrtuch und trat an das Sideboard, in dem sich noch ein Teil des Wolffschen Familienkristalls befand. War sie hier das Dienstmädchen, oder was?

»Ich wußte gar nicht«, sagte Krüger zu ihr, »daß Sie so häuslich sind!«

Sie setzte sich den beiden gegenüber.

»Tja, sie ist eben ganz meine Tochter, nicht, Simonchen?«

Sie guckte ihre Mutter drohend an. Wenn sie noch einmal »Simonchen« sagte, ging sie ihr an die Gurgel.

»Ein wirklich schönes Haus! Und so gemütlich eingerichtet. Da merkt man gleich Ihre künstlerische Hand!« schmeichelte sich Krüger bei Barbara ein.

Ihre Mutter schlug die Augen nieder.

Krüger war offenbar nie bei Wolffs eingeladen gewesen.

»Es freut mich, daß es Ihnen gefällt. Wir hoffen, Sie von nun an häufiger zu Gast zu haben«, sagte Barbara.

Das Talent ihrer Mutter, alles zu ihrem Vorteil auszulegen, war beneidenswert.

»Sie machen mich glücklich«, sagte Krüger und ergriff ekligerweise Barbaras Hand.

Simone konnte dieses Geturtel nicht länger mit ansehen.

»Wollen Sie nicht lieber hier zugreifen?« Sie hielt ihm die Kanapee-Platte hin. Krüger, der vermutlich niemanden hatte, der ihn beköstigte, griff zu.

»Der Wein ist ganz ausgezeichnet. Eine erstklassige Wahl. Da merkt man gleich, daß man es mit kultivierten Menschen zu tun hat. Wissen Sie, den ganzen Tag die Fußprobleme anderer Leute vor Augen zu haben ist eine richtige Qual. Da braucht man die Kultur, ein gutes Essen und natürlich einen edlen Tropfen als Ausgleich.«

»Sie sagen es!« bestätigte Barbara. »Wir haben es uns verdient, das Leben zu genießen, stimmt's?«

Krüger nickte begeistert und nahm sich zwei Häppchen auf einmal.

»Ach, wissen Sie noch«, lachte Barbara, »früher, in jungen Jahren, als man mit einer Pizza und einem Glas Lambrusco zufrieden war. Was haben wir da nächtelang über Politik diskutiert!«

»An der Uni, das waren noch Zeiten!« sagte Krüger versonnen, als sei er bei Demos in der ersten Reihe mitgerannt und sein wöchentliches Vollbad von Wasserwerfern erledigt worden.

»Ich war ja im SDS«, behauptete Krüger nun mit stolzgeschwellter Brust.

Wenn alle über Fünfzigjährigen, die heute behaupteten, im SDS gewesen zu sein, tatsächlich drin waren, dann hatte der mehr Mitglieder als die Evangelische Kirche, dachte Simone.

»Natürlich nur kurz, in meiner marxistischen Phase, man will sich ja seine Zukunft nicht verbauen.«

»Verständlich«, sagte ihre Mutter, »ich habe mich schon früher lieber für Peter Stein als für Peter Zadek entschieden.«

»Und jetzt entscheiden Sie sich hoffentlich für Peter Krüger!«

Simone hörte sich diesen Dialog zunehmend amüsiert an.

»Ich wollte damit sagen, ich habe mich nie wirklich auf experimentelles Theater eingelassen. Weiß man, ob man dann noch für die großen klassischen Rollen besetzt wird? Politisiert waren wir natürlich alle. Ich habe schließlich mit Peter Stein gegen die Notstandsgesetze unterschrieben! – Ach ja, schön, daß wir soviel gemeinsam haben! Wollen wir uns duzen, ganz so, wie es zu unseren Zeiten üblich war?«

»Aber natürlich, ich heiße Peter. Wie Stein und Zadek.«

»Barbara.« Sie prostete Krüger zu.

Simone fühlte sich im Boulevardtheater – die kleine Komödie.

Krüger wandte sich unversehens ihr zu. »Bei uns bleibt es aber beim Sie. Wegen der Kollegen, Sie wissen schon.«

»Auf jeden Fall!« Nicht im Traum käme sie auf die Idee, Krüger zu duzen.

»Bestellst du uns ein Taxi?« bat ihre Mutter. »Ich denke, wir müssen dann langsam. Die Stones warten!«

»Fahren Sie nicht mit dem Auto?« fragte Simone.

»Ich dachte, ich lasse meinen Wagen bei Ihnen stehen. Man findet bei solchen Massenveranstaltungen so schlecht seinen Parkplatz wieder.«

Simone telefonierte nach dem Taxi.

»Es kann spät werden«, sagte ihre Mutter, die Türklinke in der Hand. »Du schläfst sicher schon, wenn wir zurückkommen. Laß einfach das Licht an, wenn es dir alleine unheimlich ist im Haus.«

»Barbara!« preßte Simone leise hervor.

Ritter Robert

Am Samstag mittag fand Robert nahe beim rückwärtigen Ausgang des Bonner Bahnhofs eine Möglichkeit zu halten. Die Passage zu den Bahnsteigen im Blick, wartete er neben seinem Jaguar stehend. Die Vorkriegsmietshäuser in der Straße schienen die Frühlingssonne zu verschlucken. Er hatte Mona vorgeschlagen, sich auf neutralem Boden zu treffen – dieser hier war vornehmlich trist.

Seit er ihr das Mobiltelefon in die Praxis geschickt hatte, telefonierten sie jeden Abend miteinander, meist akustisch untermalt vom Conga-Rhythmus ihres trommelnden Nachbarn. Er fand, er habe die Pflicht, Mona aus diesem asozialen Wohnsilo zu befreien. Leider verschwieg sie ihm die Adresse. Lore hätte eine Entführung romantisch gefunden – Robert, der rettende Ritter. Lore war jedoch nie in eine Lage geraten, aus der er sie hätte befreien müssen. Und die jungen Frauen heute wollten keinen Ritter, sondern selbst entscheiden.

Es war nicht leicht, sich richtig zu verhalten. Auf die Idee, daß Mona ihm sein gutes Benehmen vorwerfen könnte, wäre er nie gekommen. Er liebe sie nicht, weil er sie im Gästezimmer untergebracht und ihr nicht das Haus gezeigt habe!

Seine Zurückhaltung interpretierte sie als Desinteresse.

Aus der Unterführung quollen Rentner in kittfarbenen Jacken, Frauen mit prallen Einkaufstüten auf dem Weg zum Parkhaus und Jugendliche, die aussahen, als müßten sie Hosen und Shirts des übergewichtigen großen Bruders auftragen.

Mona winkte.

Sie schien noch schöner geworden zu sein.

Er ging die paar Schritte über die Straße auf sie zu, küßte sie auf die Wangen, was nicht einfach war, da sie einen breitkrempigen Hut trug. »Danke, daß du gekommen bist.«

»Danke, daß du mich überredet hast. Wohin entführst du mich?«

Ihre Formulierung empfand Robert als schönen Zufall. »In eine Burg am Rhein.«

Mit ihnen traf im Hotel eine Gruppe japanischer Touristen ein. Das erinnerte beide an ihre Zeit auf Hawaii, wo es vor Japanern nur so wimmelte.

Im Zimmer angekommen, schloß Robert sie in die Arme. Mona befreite sich und entschwand ins Bad.

Was wollte sie dort? Er setzte sich aufs Bett und wartete.

»Du mußt jetzt nicht, wenn du nicht wirklich willst!« sagte Mona, zurück im Zimmer. »Ich meine, du mußt mir nichts beweisen. Wir können auch so ein schönes Wochenende haben.«

Sie tat gerade so, als hätte er beim letzten Mal nicht gekonnt. Er zog sie an sich. »Entspann dich, und mach dir nicht so viele dumme Gedanken«, sagte er leise und küßte ihren Nacken, in dem sich die Härchen aufrichteten. »Stell dir vor, wir wären in meinem Hotelzimmer auf Maui.« Er öffnete den Reißverschluß ihres Kleides, fuhr mit einem Finger ihren Rücken entlang bis zu dem kleinen Flaum am Beginn des Gesäßes. Mit den Lippen tastete er sich an ihrem Nacken bis zum rechten Ohr entlang. Ihr Perlenohrstecker hielt ihn davon ab, das Ohrläppchen zu liebkosen. Er ließ die linke Hand an ihrem Nacken entlang zu den Brüsten gleiten und öffnete mit der rechten die Haarspange. Mit einer fließenden Bewegung streifte sie sich das Kleid von den Schultern, hob die Hüfte etwas an, zog es über die Beine und schleuderte es in den Raum. Dann drehte sie sich zu ihm um, küßte ihn, als sauge sie Kraft aus seinem Mund, und öffnete seine Hose.

Ihre eruptive Sinnlichkeit überraschte und faszinierte ihn jedesmal aufs neue.

Sie lenkte ihn sanft durch die Wogen der Erregung, und ein wenig verwundert ließ er es geschehen.

Er roch ihr Haar, als sie eng umschlungen beieinanderlagen, und fühlte sich wie ein Jüngling neben einer erfahrenen Frau.

Am Abend half er Mona, ihr Kleid zu schließen, und sagte, hinter ihr stehend: »Ich glaube, sie sind größer geworden.« Er betrachtete über ihre Schulter hinweg ihr Dekolleté.

»Das kommt dir nur so vor, weil du entwöhnt warst«, antwortete sie.

»Wahrscheinlich hast du recht. Ich habe jetzt mächtig Appetit, du auch?«

»Mmh.« Sie knabberte an seinen Fingerspitzen. »Laß das Essen aufs Zimmer kommen!«

»Bis es kommt, könnten wir schwimmen gehen«, schlug er vor.

»Ich habe keinen Badeanzug dabei.«

»Da ist um diese Zeit bestimmt niemand mehr.«

»Bist du sicher?«

»Laß uns nachsehen.«

Nur mit den Hotelbademänteln bekleidet, fuhren sie im Aufzug. Mona kicherte in einer Mischung aus Verlegenheit und Erregung.

Das grünlich schimmernde Schwimmbad war in den

Fels gebaut. Ein Panoramafenster bot bei Tag vermutlich einen herrlichen Blick auf den Rhein, der jetzt im Dunkeln lag. Aber sie sahen eine angestrahlte Burg auf der anderen Uferseite.

Sie schwammen einige Bahnen um die Wette. Außer Atem holte Mona ihn ein.

»Wo bleibt mein Siegerkuß?« fragte Robert, bemüht lässig am Beckenrand lehnend.

»Du hast auch keine Puste mehr!« sagte sie und spritzte ihm Wasser ins Gesicht.

»Hey! Das ist unfair!«

Er griff nach ihren Händen. Sie küßten sich, im beleuchteten Pool stehend. Das überschwappende Wasser gluckste. Sie schlang ihre Beine um seine Hüfte und schloß die Augen.

Durch ein vernehmliches Hüsteln aufgeschreckt, bemerkte Robert, daß ein anderes Pärchen offenbar die gleiche Idee hatte. Allerdings trugen sie Schwimmkleidung unter den offenen Bademänteln. Als er abrupt in seinen Bewegungen nachließ, wurde er von Mona, die den anderen Badegästen den Rücken zuwandte, angefeuert. Er räusperte sich nun seinerseits. Die Blondine am Beckenrand, die erst jetzt so richtig mitbekam, was da vor sich ging, kreischte.

»Wenn Sie uns für einen Moment entschuldigen, haben Sie den Pool gleich ganz für sich!« sagte Robert zu dem Dicken mit der Glatze, der mit glasigem Blick seine Begleiterin vor sich her in die Männer-Umkleidekabine schob.

Er zog Mona mit sich aus dem Wasser und reichte ihr den Bademantel. Stumm und mit hochrotem Kopf folgte sie ihm aufs Zimmer.

Robert erwähnte den Vorabend mit keinem Wort. Da Mona jedoch befürchtete, ihre Erotikvorstellung im Hotelpool könne sich herumgesprochen haben, bestand sie darauf, auf dem Zimmer zu frühstücken und das Hotel anschließend zu verlassen.

Sie wanderten durch Weinberge, als er sie fragte, wo sie sich am nächsten Wochenende treffen wollten, und sie erneut in sein Haus einlud.

»Falls du dir Gedanken wegen Viktor machst, der ist auf einer Tagung. Ich habe also sturmfreie Bude.«

»Ich weiß nicht«, sagte Mona. »Ich käme mir trotzdem wie ein Eindringling vor.«

»Du hast ja noch Zeit zum Überlegen. Ich komme gerne zu dir, wenn dir das lieber ist.«

»In meiner Wohnung? Bloß nicht! Ich bin froh, wenn ich da rauskomme.«

»Dann zieh zu mir. Was hält dich in Frankfurt?«

»Dazu ist es noch zu früh. Wir kennen uns kaum. Wer weiß, ob wir im Alltag harmonieren. Zumal wenn ich mich in deinem Haus breitmache. Das muß dir doch unangenehm sein.«

»Ich denke, ich könnte mich daran gewöhnen«, sagte er schmunzelnd, »aber wenn du dir vorerst lieber eine eigene Bleibe suchen möchtest – egal wo –, dann mach das. Ich übernehme die Miete und auch sonst, wenn du Geld brauchst ...«

Mona blieb stehen. Ihr Gesicht verfinsterte sich.

»Du scheinst ein eigenartiges Bild von mir zu haben. Bin ja selbst schuld, was lasse ich mich auch auf so ein Treffen in einem Hotel ein! Das mag in deinen Kreisen durchaus üblich sein, aber aushalten, aushalten lasse ich mich ganz bestimmt nicht!«

»Schon gut!« sagte Robert. »Ich wollte dich nicht beleidigen.«

»Das sagst du jetzt, aber in Wirklichkeit denkst du, du kannst mich kaufen, stimmt's?«

Er verstand nicht, was er nun wieder falsch gemacht hatte. In ihren Augen standen Tränen. Er wollte sie an sich drücken. Sie wehrte sich.

»Faß mich bloß nicht an. Das ist so billig. Du denkst, du kannst alles haben, wenn du willst. Aber mich nicht. Wenn du mich lieben würdest, hättest du mich nicht heimlich in einem Hotel getroffen, wo dich keiner kennt, und mir diese Szene im Swimmingpool erspart. Du hättest wissen müssen, daß jemand kommen kann …« Sie schniefte.

Robert versuchte einen Einwand, sie schnitt ihm das Wort ab.

»Außerdem passen wir nicht zusammen«, sagte sie entschieden. »Das ist ganz offensichtlich. Da muß man frühzeitig einen Schlußstrich ziehen. Unsere Wege trennen sich hier!«

»Gleich hier? Oder erst am Bahnhof? Ich könnte dich hinfahren.«

Königsblau

Simone vermutete, Krüger ginge ihr aus dem Weg, seit er mit Barbara total zugedröhnt aus dem Stones-Konzert zurückgekommen war und deshalb bei ihr im Gästezimmer übernachten mußte. Morgens war sie vom Wasserrauschen wach geworden und, als sie nachsah, Krüger, nur mit einer Unterhose bekleidet, auf dem Gang begegnet. Simone empfand den intimen Anblick als kleinen Ausgleich für die Blöße, die sie sich ihm gegenüber durch Barbaras kindische Behandlung gegeben hatte.

»Was willst du denn schon wieder hier?« stöhnte Simone, als ihre Mutter am Dienstag spätnachmittags im Büro auftauchte.

»Ich bin mit Peter verabredet, aber er hat noch zu tun, und da dachte ich, guck mal, was Simone macht.«

»Ich arbeite!«

»Arbeiten nennst du das?« Barbara setzte sich neben sie an den großen Tisch und fing an, die Andrucke der Firmenzeitschrift durchzublättern, die vor ihnen lagen. »Du guckst dir Illustrierte an und bekommst Geld dafür.«

»Ich kontrolliere die Seiten. Und dazu muß ich mich konzentrieren. Die müssen heute noch in die Druckerei.«

»Ach, sieh mal, da ist ja ein Bild von Peter!«

Fasziniert schaute ihre Mutter das Editorialfoto an.

»Er schreibt sogar! Ein wirklich gebildeter Mann!«

»Das hat nicht er geschrieben. Das Editorial schreiben wir für ihn. Der kann gar nicht ...«

»Aber Kind, da ist seine Unterschrift drunter, das muß er geschrieben haben!«

Simone seufzte.

»Immer mußt du widersprechen. Ich weiß, was ich sehe.« Sie las den Schluß der Rubrik. »Das ist original Peter: *So fördern wir denn die Fortbildung unserer Mitarbeiter nach dem Motto: Wer auf die Leiter will, muß den Verstand in den Füßen haben.* Hübsch gesagt, von wem ist das?«

Simone zuckte mit den Schultern.

»Wenn du es geschrieben hättest, wüßtest du es!«

»Sein wahres Motto ist: *Auch wer keinen Kopf hat, der hat Füße.* Damit meint er, jeder Idiot kauft …«

»Das mußt du mir nicht erklären!« fuhr Barbara dazwischen. »So was äußert er sicher nur im Scherz.«

»Wenn du es sagst.«

Barbara blätterte weiter durch die Andrucke. »Findest du diese blaue Farbe überall nicht recht aufdringlich? Also ich würde lieber etwas Heiteres nehmen wie Orange zum Beispiel. Es wird bald Sommer, hoffentlich!«

»Das ist unsere Unternehmensfarbe.«

»Dann ändere sie. Ich denke, das ist dein Job.«

»Mein Job ist, unter anderem darauf zu achten, daß die Farbe verwendet wird. Und zwar genau dieses Königsblau.«

Simone betrachtete den gelben Dr. Wolff-Schriftzug auf blauem Grund. Ob Yolanda ihr Haus absichtlich in den Firmenfarben eingerichtet hatte? Oder hatte Hansernst seiner Frau zuliebe das Logo in deren Lieblingsfarben gestalten lassen und dabei das Gold durch Gelb ersetzt?

»Simonchen«, sagte ihre Mutter, »du hast so was Kleinliches an dir. Ich verstehe das nicht. Als Kind warst du ganz anders. Dieses Blau, jenes Blau, sei ein bißchen lockerer!«

»Nenn mich nicht Simonchen! Und vor allem nicht in Gegenwart von Krüger. Es war so demütigend, wie ein Kleinkind behandelt zu werden.«

»Dauernd mußt du an mir rumkritisieren. Ich habe es nur nett gemeint.«

»Um so schlimmer. Wenn du es das nächste Mal nett meinst, dann behandle mich wie eine Erwachsene!«

»Schon gut, Frau Doktor Störmer! Aber das Blau ist trotzdem zu kalt.«

Sie wies auf die farbigen Headlines, stand auf und ging

zur Tür. Die Klinke in der Hand, sagte sie: »Überleg's dir mit der Farbe. War ja nur ein Tip. Ich glaube, Peter würde mir zustimmen, daß es anders hübscher wäre!«

»Untersteh dich!« rief sie ihrer Mutter hinterher.

Jetzt hatte Barbara »hübsch« schon als Lieblingsattribut von Krüger übernommen. Wo sollte das noch hinführen?

Malen

Ausnahmsweise war Simone abends alleine zu Hause. Sie wärmte sich den Rest Möhren-Kokos-Suppe mit Mango vom Vortag auf und setzte sich anschließend in Hansernsts ehemaliges Arbeitszimmer. Das sei, fand sie, der richtige Ort, um sich Gedanken zu machen, wie die Schuhe aussehen sollten, die sie am liebsten anbieten wollte.

Bequem, aber schick, schrieb sie auf einen Zettel, kaute am Bleistift und fand, sie brauche einen großen Bogen Papier.

In Arnos Zimmer fand sie einen Zeichenblock und Aquarellfarben. Er war jetzt in Florenz. Sie wunderte sich, wie lange er es mit seiner Mutter aushielt.

Zurück am Schreibtisch, begann sie, ohne groß zu überlegen, einen braunen Pumps in einer seitlichen Draufsicht zu malen.

Den Pinsel zwischen den Zähnen, betrachtete sie ihr Werk und fand, der Schuh sähe aus wie für Daisy Duck. Simone war sichtlich aus der Übung, ließ sich jedoch nicht entmutigen.

Das Wasser im Glas nahm eine graubraune Färbung an, auf dem Boden lagen bunte Skizzen verstreut. Simones Wangen glühten. Die Schuhgebilde wurden mutiger und entfernten sich dabei immer weiter vom orthopädischen Ideal.

Das Läuten des Telefons riß sie aus ihrem Malrausch.

Viktor rief an, um Barbara und sie für Freitag einzuladen.

Was würde Robert von ihr denken, wenn er ihre Mutter kennenlernte? Wenn Barbara sie in seiner Gegenwart wieder »Simonchen« nannte, konnte sie den Traum vom Geschäftsführerinnendasein begraben.

»Robert ist ganz gespannt, deine Mutter kennenzulernen. Ich habe ihm von ihr erzählt.«

Auch das noch!

»Barbara hat am Freitag schon was vor«, sagte Simone. Sie mußte versuchen, ein Treffen zwischen Robert und Barbara bis nach der Sitzung des Beirates zu verzögern. »Tut mir leid. Vielleicht später einmal.«

Cocktail

»Wo bleibst du denn?« sagte Barbara zur Begrüßung, als Simone am Freitag kurz vor achtzehn Uhr nach Hause kam. »Wir sind um sechs bei Vonhofs eingeladen, beeil dich bitte!«

»Davon weiß ich ja gar nichts«, sagte Simone.

Barbara erklärte ihr, sie habe Viktor auf der Straße getroffen, als er den Hund ausführte. Offenbar arbeitete Viktor freitags nur bis mittags. Wie ärgerlich!

»Ist so eine kleine, spontane Party nicht reizend?« jubilierte Barbara.

»Wie kommst du dazu, eine Verabredung zu treffen, ohne mich vorher zu fragen? Ich bin müde und habe keine Lust auf Konversation.«

»Zieh dich endlich um!« kommandierte ihre Mutter.

»Wenn überhaupt, gehe ich so«, sagte Simone.

»Ich bitte dich!« regte sich Barbara auf. »Erst sagst du die Einladung ab, und nun willst du auch noch in so einem schrecklichen Hosenanzug gehen! Du machst mich unmöglich!«

»Was, bitte, ist an einem Hosenanzug schrecklich?« fragte Simone.

»Zum Cocktail geht man im Cocktailkleid! Und wenn du nichts anzuziehen hast, dann leihe ich dir was. Oder sieh unter den Klamotten von deiner Schwiegermutter nach etwas Passendem.«

Simone zeigte ihrer Mutter einen Vogel, zog aber bereits das Jackett aus. »Ich denke, die hast du in den Keller gebracht?«

»Nur seine Anzüge, nicht ihre Kleider. Falls man mal was braucht, hat man es zur Hand.«

»In die Sachen von Yolanda paßt du gar nicht rein. Die trägt Größe achtunddreißig.«

»Und ich? Was meinst du, was ich trage?«

Simone zog ein kurzes schwarzes Etuikleid über den Kopf und sah ihre Mutter abschätzig an. »Achtundvierzig? Wenn's reicht.«

»Frechheit! Ich bin eben groß. Vierundvierzig, höchstens.«

»Du solltest Sport treiben. Komm gelegentlich mit zum Joggen. – Mist, jetzt muß ich auch eine andere Handtasche nehmen!«

»Können wir endlich?« fragte Barbara. »Ich bin so gespannt, die beiden Herren kennenzulernen. Wurde höchste Zeit, daß sie uns einladen.«

»Ich sehe garantiert overdressed aus. Viktor und Robert tragen Polohemden, wenn sie zu Hause sind.«

»Man wird sehen!«

»Mußt du wie ein Pfingstochse rumlaufen?« rief sie ihrer Mutter hinterher, die scheppernd die Treppe ins Parterre hinunterging. »Daß du dir pfundweise Eingeborenenschmuck umhängst, ist auch nicht die feine Art.«

»Das ist mein Stil! Komm jetzt!«

Daß sie sich ausgerechnet für Vonhofs mit ihren Reisemitbringseln herausputzte, die sie für wenig mehr als einen warmen Händedruck und ein Autogramm armen Frauen in Drittweltländern abgeschwatzt hatte!

Frau Schmitzke öffnete die Tür. Simone überreichte ihr eine ganze Plastiktüte voller Produkte: Badesalz und Pflegebalsam, Aktivcreme und Hühneraugengelpolster.

Die Schmitzke schaute kurz rein und sagte dann: »Hühneraugenpflaster?«

»Was Sie nicht selbst brauchen, können Sie gerne weiterverschenken.«

»Ich bin ja an sich viel auf den Beinen«, sagte die Schmitzke und legte die Tüte mit untergeschlagener Öffnung auf den Tisch in der Halle, als befürchte sie, es könne etwas abhanden kommen.

»Und was ist mit mir?« fragte Barbara. »Mir hast du noch nichts mitgebracht.«

Verlegen lächelte Simone der Schmitzke zu, die sie durch das mit Antiquitäten bestückte Wohnzimmer auf die Terrasse führte.

Hoffentlich waren sie die einzigen Gäste.

Robert und Viktor in Polohemden und Jacketts begrüßten sie artig. Neben den Sitzmöbeln stand der Barwagen.

Simone schaute an sich herunter. Noch war sie sichtbar. Bald würde sie von Robert und Viktor nicht mehr wahrgenommen werden. Ihre Mutter brachte sie bei gemeinsamen Auftritten regelmäßig zum Verschwinden.

»Nein, wie hübsch Sie es hier haben!« flötete Barbara. »Ganz anders als bei uns. Sehr feudal. Das ist schon ein Unterschied zwischen den richtig Reichen und solch Pipireichen wie den Wolffs!« meinte sie zu ihr.

Schnell sagte Simone »Ja, bitte!« zu Robert, obwohl sie seine Frage akustisch gar nicht verstanden hatte.

»Oder lieber ein Glas Champagner?«

»Ja, bitte!« sagte sie noch einmal.

»Martini und Champagner?« fragte Robert grinsend.

»Schampus ist recht!« entschied Barbara.

»Die Wolffs«, sagte Robert, der offenbar den Vergleich mitbekommen hatte, »besitzen ein schönes Haus in der Schweiz, mit Zugang zum See. Ich habe den alten Kasten hier bloß geerbt.«

»Sie stapeln tief!« kokettierte ihre Mutter.

Robert reichte ihnen Champagner und seinem Sohn Mineralwasser. Er trank, wie üblich, einen Martini.

Ganz selbstverständlich ließ sich Barbara kettenrasselnd auf dem zweisitzigen Sofa nieder und bedeutete Robert, neben ihr Platz zu nehmen, so daß für Viktor und sie die Sessel blieben.

Frau Antje erschien mit Käsehäppchen.

»Komparsen! Ich meine natürlich, Personal! Wie angenehm. So läßt es sich leben.«

Viktor wandte sich an Barbara. »Wir nennen sie Frau Antje, weil sie so holländisch aussieht, und nun bringt sie auch noch Käse. Lustig, nicht?«

Barbara lächelte Viktor gönnerhaft an.

»Na, und dann ist da noch unsere Frau Schmitzke, der Hausdrachen.« Viktor beugte sich vertraulich vor. »Sie zockt!«

»Ach?« antwortete Barbara verschwörerisch. »Wirklich?«

»Was ich Ihnen sage, bei Pferderennen! Und dann haben wir noch einen hinkenden Gärtner und eine Putzfrau aus der Ex-DDR!«

»Sie sind Schauspielerin?« fragte Robert.

Barbara nutzte das Stichwort, um sich nun ausschließlich Robert zuzuwenden.

»Haben Sie mich auf der Bühne erlebt? Ich habe sogar hier in der Stadt gastiert.«

»Was Sie nicht sagen!«

»Gehen Sie oft ins Theater?«

»Kaum.«

»Hamlet. Ich war die Ophelia.«

Simone war kurz davor, »Barbara!« zu rufen. Sie hatte natürlich nicht Ophelia, sondern die Königin gegeben, und auch das war schon zehn Jahre her.

»Könnte Schönheit wohl bessern Umgang haben als mit der Tugend?« rezitierte Barbara.

»Wie bitte?«

»Ophelia zu Hamlet, dritter Akt, erste Szene. Wunderbar. So was steht heute kaum noch auf dem Spielplan. Ewig Heiner Müller und Thomas Bernhard!« stöhnte Barbara.

»Bei der Finanznot der Städte kein Wunder. Noch ein Gläschen?«

»Gerne, wie charmant!« Barbara schaltete ihr breites Bühnenlächeln ein. »Sie haben sicher viele Beziehungen.«

»Kommt darauf an, wie das gemeint ist«, antwortete Robert verschmitzt.

»Na, als Unternehmer verstehen Sie sich bestimmt als Mäzen der Schönen Künste und kennen den hiesigen Kulturbetrieb aus dem Effeff.«

»Ach wissen Sie«, antwortete Robert, »dafür war meine Frau zuständig. Sie ging gerne auf Vernissagen. Ich glaube, ich bin Mitglied im Kunstverein. Das könnte ich jetzt endlich kündigen. Man ist in so vielen Vereinen Mitglied, daß man den Überblick verliert. Wieso fragen Sie?«

»Ich dachte nur«, sagte Barbara und warf ihre Mähne zurück, »Sie hätten Kontakte zum Theater. Die Schulte-Freisings verkehren jedenfalls mit dem Intendanten der hiesigen Bühnen.«

Robert schmunzelte. Simone lächelte wissend zurück, denn von Viktor kannte sie die Geschichten über Mölius, den Schrecken aller Golfspieler.

»Ich lebe zurückgezogen«, sagte Robert. »Der Freundeskreis schrumpft, wenn man seine ganze Energie in den Ausbau der Firma steckt. Meine Frau und ich hatten ein Premierenabonnement, aber meistens ist mir ein wichtiger Termin dazwischengekommen. Ich hab's offen gesagt nicht gerade bedauert.«

Als er Barbaras ungnädigen Gesichtsausdruck sah, fügte Robert an: »Oh, ich wollte Ihnen nicht zu nahe treten! Ich bin eher sportlich als kulturell interessiert«, sagte er entschuldigend. »Aber ich lese jetzt recht viel.«

»So!« bemerkte Barbara spitz. »Na ja, die klassische Bildung wird heute generell nicht mehr so geschätzt. Das ist nicht zuletzt die Schuld unserer Generation. Die Lektüre der Mao-Bibel hat sich eben mit dem Studium des Faust nicht vertragen. Wo haben Sie studiert?«

»In München. Was man damals so studieren nannte.«

»Ja, ständig diese politischen Diskussionen, da kam man zu wenig mehr. Eine ganz wichtige Phase – individuell und für die Republik. Stellen Sie sich nur vor, es hätte achtundsechzig nicht gegeben!«

Barbara machte eine Kunstpause und taxierte die Umgebung.

»Waren Sie auch für die Abschaffung des Privateigentums?«

»Mehr für die Vernichtung des Kapitals. Behauptete zumindest mein alter Herr, wenn ich einen Totalschaden fabriziert hatte.«

»Ach so einer waren Sie«, sagte Barbara neckisch. »Ein richtiger Playboy! Wer zweimal mit derselben pennt, gehört schon zum Establishment. Einem attraktiven Mann wie Ihnen lagen die Frauen reihenweise zu Füßen, stimmt's?«

Simone konnte kaum glauben, wie sich ihre Mutter aufführte. Sie war kurz davor, das Gespräch zu unterbrechen, zögerte jedoch, ihrerseits unhöflich zu sein.

»Ganz so war es nicht. Ich habe dann ja auch gleich nach dem Studium geheiratet. Was sollte ich machen? Uschi Obermaier war mit Langhans nach Berlin gezogen.« Er schmunzelte. »Sie sehen ihr übrigens ein klein wenig ähnlich, vom Typ her.«

»Schmeichler! – Einen schönen Park haben Sie. Würden Sie ihn mir zeigen?«

»Wenn Sie möchten, bitte.« Robert wies mit der Hand ins Grüne und verschwand kurz darauf mit ihrer Mutter hinter den blaßrosa blühenden Rhododendronbüschen.

»Und was machen wir beiden Hübschen?« fragte Viktor. »Soll ich dir meine Sporttrophäen zeigen?«

»Nee, danke!«

»Solange die beiden im Garten sind, könnte ich noch ein paar Telefonate erledigen. Es macht dir nichts aus?«

»Nö«, antwortete Simone. »Ich bin es gewohnt, ignoriert zu werden.«

Barbara Roderich schritt klimpernd neben Robert Vonhof durch den Garten.

»Das Grundstück ist gar nicht so groß«, sagte er.

»Ich find's riesig«, widersprach sie. »Und alles so gepflegt. Sicher beschäftigen Sie Gärtner.«

»Einen, wie mein Sohn schon erwähnte.«

Immerhin, dachte sie. Robert Vonhof war nicht nur stinkreich, er sah auch noch verdammt gut aus. Allein seine Schuhe hatten garantiert ein Vermögen gekostet. Das war die Chance, auf die sie gehofft hatte. Mit ihm liiert, war sie auf Almosen ihrer Tochter nicht mehr angewiesen. Er wäre nicht nur die ideale Altersversicherung, mit ihm säße sie endlich in der Loge des Lebens. Wenn sie dagegen an Peter Krüger dachte: allenfalls Parkett.

»Und Sie leben quasi ganz alleine hier?«

»Mit meinem Sohn.«

»Ich meine natürlich, es muß schwierig sein, ohne Frau im Haus.«

»Ach wissen Sie«, sagte Robert, »Frau Schmitzke, unsere Hausdame, kümmert sich um alles.«

»Hausdame ist lustig. Klingt jedenfalls viel vornehmer als Haushälterin oder Dienstmädchen.«

»Eine Hausdame«, erklärte Robert lehrerhaft, »ist im Prinzip eine angestellte Dame des Hauses. Das heißt, sie organisiert die Wäsche, das Essen, erledigt die Einkäufe und so weiter. Sie überwacht das Personal, führt das Haushaltsbudget.«

»Im Grunde«, antwortete Barbara halb ernst, halb im Scherz, »ist das viel reeller, als eine Ehefrau unentgeltlich die gleichen Arbeiten machen zu lassen. Ach, zeigen Sie mir bitte die Garage?«

»Sie meinen diesen häßlichen Kasten? An dem ist aber nichts zu sehen.«

»Mich interessiert mehr der Inhalt«, gab sie offen zu. Sie fragte sich nämlich, ob er der Sportwagentyp war oder bequeme Limousinen bevorzugte.

»Ich denke, wir sollten wieder zu den anderen gehen. Ihre Tochter wundert sich womöglich schon, wo wir bleiben«, wich Robert aus.

»Nun seien Sie nicht so bescheiden. Haben Sie einen Chauffeur?«

»Jetzt nicht mehr.«

»Schade.«

Sie stand noch vor den Garagentoren, wünschte, sie würden vom längeren Hinstarren durchsichtig. Diese vornehme Zurückhaltung war langweilig. Wenn es nach ihr ginge, wäre als gesellschaftliche Regel längst ein »Tag der offenen Tür« für Privathaushalte eingeführt worden.

Robert ging demonstrativ weiter. Es blieb ihr nichts anderes übrig, als zu folgen.

»Eine hübsche Skulptur!« Sie wies auf einen großen, an den Flügeln bemoosten Engel in einer dunklen Ecke des Gartens neben dem Garagenbau.

»Das ist ein Grabstein«, erläuterte Robert.

»Ich werd' verrückt!« rief sie aus und ging näher. »Und wer liegt darunter?« Sie berührte die gemeißelten Falten und erschauerte.

»Das hier«, er wies auf das Gebäude, »war die Villa meiner Großeltern, so nannte man im neunzehnten Jahrhundert das Wochenendhaus auf dem Land. Da war das hier alles noch freies Feld mit Koppeln für die Pferde. Den Engel hat meine Großmutter für das Grab ihres Lieblingspferdes in Paris anfertigen lassen. Sie war eine ausgezeichnete Reiterin und hing sehr an dem Tier. Als es erschossen werden mußte, hat sie sich das von niemandem abnehmen lassen.«

»O Gott, wie gräßlich!« Barbara wandte sich wieder ihrem Begleiter zu. »Ich glaube, ich habe einen Stein im Schuh, ob Sie mir ...« Sie griff nach seinem Arm.

Jetzt nichts wie ran, ermunterte sie sich. Nachdem sie den vermeintlichen Stein entfernt hatte, ließ sie seinen Arm nicht wieder los. Daß Robert es leicht irritiert aufnahm, ignorierte sie geflissentlich.

Gleich würden sie wieder an der Terrasse ankommen, und es war höchste Zeit, das entscheidende Thema anzuschneiden. Die Schmitzke hatte bei der Pokerrunde die recht vielsagende Andeutung fallen lassen, Robert Vonhof sei »im Urlaub von einer jungen Frau eingewickelt worden, die sich keineswegs wie eine Dame verhalte«. Das wollte sie im eigenen Interesse genauer wissen.

»Wo waren Sie denn in Urlaub?«

»Hawaii, wieso?«

»Ich habe gehört, Sie hätten sich gut amüsiert.«

»Bitte?« Robert klang konsterniert.

»Na, Sie wissen schon!« Sie knuffte ihn mit dem Ellenbogen kumpelhaft in die Seite. »Sie sind mir schon so einer!«

Wie sie ihn im Profil ansah, mußte sie an Sean Connery denken. Da wußte sie, mit wem sich Robert Vonhof vergnügt hatte. Was für eine Fügung!

»Dabei wundert es mich nicht, daß sich eine junge Frau in Sie verliebt. Das gehört zu einem richtigen Urlaub dazu. Und Sie strahlen so ungeheuer viel Sicherheit aus. Besonders Schüchterne muß das beeindrucken.«

»Ich verstehe nicht ganz, worauf Sie anspielen.«

»Auf nichts weiter«, antwortete Barbara, weil sie das Gesagte erst einmal wirken lassen wollte. »Ich verliebe mich gern, wenn ich auf Reisen bin. Es gibt so goldige Einheimische, Sie glauben es nicht, selbst in Vietnam, obwohl die wahrhaftig eine Nummer zu zierlich sind für mich. Natürlich bleibt es meist beim Flirt, nicht daß Sie mich mißverstehen. Aber kaum zu Hause, hat man sie auch schon vergessen, stimmt's.«

»Wenn Sie meinen.«

»Also, ich bitte Sie«, sagte sie schelmisch. »Ich kann mir kaum vorstellen, daß Sie ernsthaft denken, eine Urlaubsbekanntschaft sei von Dauer. Die hat Sie lediglich als Vehikel benutzt, um sich von ihrem Mann zu trennen.«

Robert blieb stehen und zog eine Augenbraue hoch. »Darf ich fragen, wie Sie darauf kommen?«

»Sicher dürfen Sie! Das hat mir Ihre Bekannte selbst erzählt. Reiner Zufall natürlich. Wir sind zusammen im Zug hierhergefahren. Witzig, nicht?«

»Und sie hat sich dahingehend geäußert, daß ...«

»Nun werden Sie bitte nicht so förmlich!« Sie lachte. »Wir sind unter uns. Und in unserem Alter sind wir klug genug, zu wissen, welche Rolle wir spielen, nicht?«

»Kann man sich da immer sicher sein?«

»Gerade im Urlaub darf man das Leben nicht so ernst nehmen, glauben Sie mir. Einmal, da wäre ich fast schwach geworden. Und ich meine jetzt nicht diesen Araber in den Emiraten, der mich unbedingt auf der Stelle heiraten wollte, sondern Marokko, vor gut zehn Jahren, da saßen Mourad und ich nachts unterm Sternenhimmel auf einem Teppich, von dem man behauptete, er könne fliegen. Wir hoben tatsächlich ab. Ob das wirklich der Teppich war, weiß ich bis heute nicht, denn wir waren sowieso die ganze Zeit total high.« In Gedanken an Mourad spielte sie mit ihren Ketten. »Ich habe übrigens einen schönen schwarzen Afghanen.«

»Und warum haben Sie den zu Hause gelassen?« fragte Robert.

Die Frage erstaunte sie. »Sieht man Ihnen gar nicht an!«

»Was? Sehe ich aus wie jemand, der etwas gegen Afghanen hat? Das ist zwar nicht so ganz mein Geschmack, aber mitbringen hätten Sie ihn schon können!«

»Das gefällt mir!« antwortete sie enthusiastisch. »Allein macht es ohnehin keinen Spaß. Ich könnte Anfang der Woche nachmittags vorbeikommen. Da bringe ich ihn dann mit.«

»Kommen Sie mittags zum Essen. Wie wäre es am Dienstag?«

Stöckchen holen

Als Simone am folgenden Mittwoch nach Hause kam, saß Barbara, die sonst nur Schwarz trug, in einem weißen Nike-Trainingsanzug und Sportschuhen auf der Treppe. Ihre Haare wurden von einem geflochtenen Frotteestirnband gehalten.

»Man erkennt dich kaum wieder!« bemerkte Simone im Vorbeigehen. »Du hast ja in der Stadt voll zugeschlagen!«

»Meinst du, das Wetter hält? Eben hat es geregnet.«

»Wir werden schon nicht aufweichen«, rief sie von oben ihrer Mutter zu. »Mit einem Schirm in der Hand joggt es sich jedenfalls schlecht.«

Daß ihre Mutter auch noch beim Joggen dabeisein wollte,

begeisterte sie nicht besonders. Leichtfertig hatte sie es selbst vorgeschlagen. Jetzt gab es überhaupt keine Gelegenheit mehr, alleine zu sein oder ungestört mit Viktor zu reden.

Gemeinsam gingen sie zur Vonhofschen Villa. Burano begrüßte sie. Er sprang an Barbara hoch. Sie versuchte, ihn abzuwehren. Burano hielt das für ein Spiel, und die beiden führten einen eigenartigen Kriegstanz auf. Simone stand daneben und amüsierte sich. Der neue Anzug ihrer Mutter sah bald aus, als habe sie sich damit auf dem nassen Rasen gewälzt. Entsprechend merkwürdig guckte Viktor sie an, als er aus dem Haus stürmte.

Unterhalb des Deichs angekommen, fielen Viktor und Simone in einen leichten Trab. Barbara folgte busenbebend. Bereits nach wenigen Metern atmete sie schwer. Als Viktor und Simone stetig an Tempo zulegten, wurde das Gekeuche leiser. Simone drehte sich um. Ihre Mutter stützte sich mit den Händen an den Knien ab. Sie trabte zu ihrer Mutter zurück, Viktor folgte ihr.

»Lauft ihr ruhig vor«, sagte Barbara, Verzicht in der Stimme, »und kümmert euch nicht um mich. Ich lasse es etwas langsamer angehen.«

»Okay«, sagte Viktor und wollte weiter.

»Du kannst ja für Burano Stöckchen werfen«, schlug Simone vor. »Da läuft der Hund und nicht du. Das macht dir sicher Spaß.«

Wie auf Kommando legte Burano ein besabbertes Aststück vor Barbaras neue Sportschuhe.

»Ist er nicht goldig? Du mußt nur weit genug werfen. Paß aber auf, wenn ein anderer Rüde kommt.«

Viktor übergab Barbara die Leine. Von Viktor am Ärmel gezogen, lief Simone weiter.

»Spielt deine Mutter Golf?« fragte er.

»Ich glaube nicht. Warum fragst du?«

»Ach, nur so!«

»Nun laß es raus!«

»Ich glaube, die beiden treffen sich.«

»Wer? Dein Vater und meine Mutter?«

»Als ich gestern zur Mittagszeit nach Hause kam, um ein paar Unterlagen zu holen, saßen die beiden beim Essen und lachten total kindisch.«

»Du willst mich auf den Arm nehmen!«

»Ich war ja auch erstaunt, vor allem, weil ich meinen Vater so ausgelassen gar nicht kenne. Ich hab' nur gehört, wie deine Mutter prustend ›Afghane‹ sagte und die beiden vor Lachen unter dem Tisch lagen. Du hättest das Gesicht der Schmitzke sehen sollen! Die hat mir gleich gesteckt, daß die beiden sich duzen. Ich dachte erst, sie hätten sich zum Golf verabredet. Nur: mein Vater spielt nicht gerne mit Frauen. Außer mit meiner Mutter, selbstverständlich. Sie ist wirklich gut.«

»Meine Mutter und dein Vater ...?« Irgendwie war das eine witzige Vorstellung, andererseits klang es brandgefährlich. Wer wußte schon, was Barbara Robert über sie erzählen würde.

Viktor sah sie von der Seite an. »Wieso kann er dann nicht wieder mit Mutter zusammensein?«

»Ich denke, dein Vater ist mit dieser Frau aus Frankfurt liiert?«

»Er hat sie zwischenzeitlich in einem Hotel getroffen, aber seitdem herrscht endgültig Funkstille, soweit ich weiß. Urlaubsbekanntschaft!« ergänzte Viktor abfällig. »Was willst du da erwarten? Das erledigt sich anscheinend von selbst.«

»Ich finde es schade. Daß es uns beide aus Frankfurt hierher verschlagen hat, wäre ein guter Anknüpfungspunkt. Es muß schön sein, eine Freundin gleich nebenan zu haben.«

»Die läßt sich kein Gespräch aufzwingen, geschweige denn eine Freundschaft.«

»Ja, ich weiß.«

»Mach dir also keine falschen Hoffnungen! So eine kommt mir nicht ins Haus.«

Venezia

»Deine stehende Einladung zum Mittagessen ist wahnsinnig nett«, sagte Barbara Roderich, als sie mit Robert Vonhof zum drittenmal in Folge am kleinen Eßtisch beim Kamin im Wohnzimmer saß. »Ich hoffe, ich mache nicht zu oft Gebrauch davon. Es ist so öde, den ganzen Tag lang alleine zu sein. Simone kommt ja selten vor acht Uhr abends nach Hause. Und wenn, dann läuft sie mit deinem Sohn am Rhein entlang. Joggst du auch?«

»Das ist mir zu eintönig. Golf, Tennis, das schon, aber am Ufer langzulaufen, das ist nichts für mich.«

»Wie gut ich dich verstehe.« Sie nahm sich eine zweite Portion Kartoffelgratin. »Ob ich mir noch eines von diesen klitzekleinen Lammkoteletts genehmigen kann?«

»Aber sicher, greif nur zu.«

»Lammkoteletts« war wohl für Burano das Stichwort gewesen. Er kam aus der Halle hereingefegt. Sie schwenkte das Kotelett ein wenig, damit dem Hund die volle Aromawolke eines unerreichbaren Leckerbissens in die schwarze Nase stieg.

Er hatte sie mit sich gezogen, als sie ihn an die Leine nehmen mußte, weil der Besitzer eines Rüden, mit dem Burano sich im Kriegszustand befand, sie dazu aus gebührender Entfernung aufforderte. Eine Idiotin machte er aus ihr. Verschwitzt und von oben bis unten besabbert vom Stöckchenwerfen, stand sie vor dem jungen Mann. Was der von ihr denken mußte! Hoffentlich hatte er sie nicht erkannt.

»Burano, hör auf zu betteln, und verzieh dich in die Halle!« sagte Robert scharf. »Er weiß ganz genau, daß er hier nicht rein darf. Frau Antje legt ihm die Knochen später in den Freßnapf.«

»Wie nett!« antwortete sie. »Hast du damals ›Wenn die Gondeln Trauer tragen‹ gesehen? Dreiundsiebzig war das, glaube ich, mein Gott, habe ich mich gegruselt. Es hat Jahre gedauert, bis ich wieder nach Venedig fahren konnte.«

»Ich kann dem jetzt nicht ganz folgen.«

»Na wegen dem Hund!«

»Burano? Ach, du meinst, weil er wie die Insel bei Venedig heißt.«

»Genau. Schade, daß du so groß bist.«

»Wieso?«

»Sonst könntest du mich als Männchen mit dem roten Umhang erschrecken, wenn wir im Haus Verstecken spielen.«

»Du hast Ideen! Sehe ich so unheimlich aus?«

»Unheimlich gut«, antwortete Barbara ein wenig verlegen.

Frau Schmitzke brachte Kaffee und eine selbstgebackene »Mandeltorte Venezia«, wie sie stolz erläuterte. Die beiden lachten über diesen Zufall, und Frau Schmitzke sägte grimmig die quadratische Torte in Teilstücke.

»Sagen Sie, Frau Schmitzke, haben wir im Haus einen roten Seidenumhang mit Kapuze?« fragte Robert.

»Wie bitte? Möchten Sie einen Kostümball besuchen?«

»Nicht direkt.«

»Ich könnte meinen Enkel fragen, der kann so was eventuell besorgen.«

»Ach, ist Ihr Enkel beim Theater?« fragte Barbara interessiert und goß Robert Kaffee ein, was die Schmitzke mit einem mürrischen Blick quittierte.

»Das nicht. Er studiert noch. An der Folkwangschule in Essen.«

Barbara und Robert sahen Frau Schmitzke erwartungsvoll an.

»Er studiert Clown.«

Sie lachten laut auf.

»Entschuldigung, Frau Schmitzke«, sagte Robert, »nehmen Sie es bitte nicht persönlich, aber ich wußte gar nicht, daß man ...«

»Clown!« jauchzte Barbara.

»... studieren kann«, beendete Robert den Satz.

»Musikalclown oder Dummer August?« fragte Barbara mit Tränen in den Augen.

»Ich finde das jetzt nicht nett, wie Sie sich über meinen Ingo lustig machen.«

Vollends beleidigt drehte sich die Schmitzke um und ging.

»Jetzt haben wir sie gekränkt«, sagte Robert, »wahrscheinlich gibt's heute kein Abendessen. Ich glaube, ich fahre in den Club, bis sie sich wieder beruhigt hat.«

Barbara sah auf die Uhr. »Die Zeit vergeht so schnell, wenn ich hier bin. Das Essen war ausgezeichnet. Ob wir uns morgen sehen können, weiß ich noch nicht. Eventuell komme ich mittags auf einen kurzen Sprung vorbei.«

Oliver Prinz sah aus, als habe er zugenommen. Nervös zupfte er an seinen Hosenträgern.

»Könnten Sie dieses Geräusch möglicherweise unterlassen?« fragte Simone, die versuchte, sich auf eine Besprechungsvorlage zu konzentrieren, die Prinz zum Thema Internet ausgearbeitet hatte.

Als dritter saß von Attenfeldt mit an Simones Besuchertisch.

»Fangen wir gleich mit der Positionierung an«, sagte Simone.

»Das Angebot sollte spitz auf die Beratung rund um den Fuß zugeschnitten sein«, sagte Prinz. »Wie ich es unter Punkt eins dargelegt habe.«

»Hier steht«, sagte Attenfeldt: *»Die Moderation findet am Anfang inhouse statt, spätere Absicht ist jedoch, dies outzusourcen.* Verstehe ich nicht.«

»Das ist auch blöd ausgedrückt«, sagte Simone. »Es muß natürlich heißen: Absicht ist jedoch, dies später … Also, Herr Prinz, ›outzusourcen‹ ist nun wirklich ein unmögliches Wortgebilde.«

»So heißt das eben!« antwortete Prinz. »Außerdem sind wir, lieber Herr von Attenfeldt, noch bei der Positionierung und noch nicht bei den konkreten Maßnahmen.«

»Vielleicht könnten Sie es mir trotzdem erklären«, insistierte Opa.

»Das heißt«, sagte Simone, »das Chat-Forum wird zunächst von Ihnen betreut. Erst wenn die Frequenz der User steigt, werden wir dafür einen Heimarbeitsplatz einrichten.«

»Auf keinen Fall!« sagte Attenfeldt. »In ein Heim gehe ich nicht. Mein Büro ist zwar klein, aber ich bin daran gewöhnt. Und nach dreißig Jahren können Sie sowieso nicht von mir verlangen, daß ich …«

»Attenfeldt!« stöhnte Prinz.

»Was machen eigentlich die Fußpilz-Mädels?« fragte Simone.

»Die Sache läuft langsam an«, antwortete Prinz.

»Ach?« sagte Attenfeldt, aufmerksam geworden. »Davon weiß ich gar nichts. Daß Sie mich da auf dem laufenden halten.« Er beugte sich vor und sah aus, als versuche er, seinem spitzen Adelsgesicht den Ausdruck eines Lebemannes zu verleihen. »Wo wir gerade beim Thema sind. Wußten Sie eigentlich schon, daß Krüger jetzt eine Freundin hat?«

»Wie bitte?« sagte Simone.

»Ja«, sagte von Attenfeldt, »ich stehe neulich nichtsahnend, das dritte Altbier in der Hand, beim *Uerige*, kommt Krüger mit so einer rein, ich denke noch, die kennst du doch, aber glauben Sie, mir wäre eingefallen, woher?«

»Sie sollten sich in ›von Alzheimer‹ umbenennen lassen!« sagte Prinz. »Wie sah sie denn aus?«

»Wie lange ist das denn her?« fragte Simone gleichzeitig.

Attenfeldt sah erst sie, dann Prinz an. »Sie wollen es aber genau wissen, was? Für Klatsch bin ich Ihnen gut genug. Glauben Sie bloß nicht, ich ließe mich abschieben. Schon aus gesundheitlichen Gründen darf ich gar nicht ins Internet.«

Simone mußte schmunzeln.

Die Prinzenrolle sagte mit stoischer Miene: »Keine Sorge, wir holen Sie zum Feierabend wieder raus. Und

Frau Doktor Störmer paßt auf, daß niemand den Stecker zieht, während Sie im Cyberspace sind.«

»Unter Dr. Wolff hätte es so was nicht gegeben«, sagte Attenfeldt.

»Selbst mein Schwiegervater ging mit der Zeit!« sagte Simone. »War die Freundin von Krüger eventuell eine große Dunkelhaarige?«

»Genau!« sagte Attenfeldt. »Waren Sie auch in der Altstadt?«

»Nein«, sagte Simone. »Mit einer grauen Strähne in den Haaren?«

»Kennen Sie die?« fragte Attenfeldt interessiert.

»Sie ist Schauspielerin«, sagte Simone.

»Ist das die, mit der er neulich durch die Firma stolziert ist?« fragte Prinz. »Sie hat überall Autogrammkarten verteilt und erzählt, sie sei Ihre Mutter.«

Simone schaute betreten auf die Besprechungsvorlage. Das war typisch Barbara! Machte sie in der Firma unmöglich.

»Sie wollten mich testen!« sagte Attenfeldt. »Sie dachten, ich sage jetzt irgendwas Unvorsichtiges, stimmt's?«

»Keineswegs«, erwiderte Simone. »Mir ist die Sache gar nicht recht. Sie wissen ja, wie Krüger und ich miteinander stehen.«

»Eben!« sagte die Prinzenrolle. »Jetzt haben Sie ihn in der Hand.«

»Da verkennen Sie gründlich die Situation, werter Herr Prinz. – Nach diesem privaten Exkurs nun aber wieder zurück zu www.wohlsein-für-die-füße.de.«

»In mein Büro paßt gar kein Bildschirm rein«, sagte Attenfeldt.

Beschwerden

Gerade als Frau Schmitzke sich einigermaßen sicher war, daß die Sache mit der Liebschaft des Doktors ein rasches Ende gefunden hatte, fiel ihr unter der Post ein Brief auf mit handgeschriebener Anschrift, jedoch ohne Absender. Natürlich erwog sie, ihn heimlich zu öffnen, beschloß jedoch, das sei unter ihrer Würde. Aber eine klärende Unterhaltung mit dem Doktor war angezeigt. Der Haushalt lief ja sonst völlig aus dem Ruder, und wer wußte, ob sie nicht wieder ein Wochenende opfern mußte, wenn nicht Schlimmeres.

Auf seinem Weg in die Bibliothek, wo er gewöhnlich bei einem Aperitif die Tagespost durchsah, paßte sie ihn ab und bat um ein kurzes Gespräch.

»Ist irgendwas nicht in Ordnung?« fragte der Doktor erstaunt.

»Darüber wollte ich ja gerade mit Ihnen sprechen«, antwortete sie und folgte ihm zur Sitzgruppe.

»Bitte!« sagte Robert und wies mit der Hand auf einen Sessel. »Möchten Sie einen Martini?«

»Warum nicht.«

»Was gibt es denn?« Er reichte ihr das Cocktailglas. »Auf Ihre Gesundheit!«

»Zum Wohl, Herr Doktor!«

»Wie lange sind Sie jetzt bei uns?«

»Gut ein Jahr«, antwortete sie und ärgerte sich, denn so hatte sie anfangen wollen – ich bin jetzt ein Jahr bei Ihnen, aber ... – Sie hatte sich das genau überlegt.

»Und was habe ich Ihnen schon hundertmal gesagt, wie Sie mich nicht nennen sollen?«

»Doktor.«

»Richtig. Ich bin nicht Ihr Arzt. Also gut«, er schaute sie auffordernd an.

»Ich führe jetzt, wie eben schon gesagt, seit einem Jahr Ihren Haushalt, und ich habe es immer gerne getan, und ich denke, Sie hatten auch stets Grund, zufrieden zu sein.« Sie hielt inne, damit er ihr dies bestätigen konnte, doch sie wartete vergebens. »Hoffe ich wenigstens«, fügte sie deshalb an.

»Kommen Sie bitte zur Sache!«

»Es gibt Dinge, die ich nicht billigen kann«, sagte sie, um Vornehmheit bemüht. »Sie werden sicher bemerkt haben, daß ich von Ihrem freundlichen Angebot, mit der Familie zu speisen, in der letzten Zeit keinen Gebrauch mehr machte, sondern es vorzog, alleine in meinem Apartment …«

»Ich dachte, Sie würden in der Küche …«

»Ich bitte Sie«, fuhr sie aufgeregt dazwischen, »fängt man erst an, mit dem Personal zu essen, tanzt es einem gleich auf der Nase herum.«

»Soweit ich weiß, ißt nur Frau Antje hier. Oder irre ich mich?«

»Und Frau Zeitz natürlich, wenn sie den ganzen Tag im Haus zu tun hat, einmal die Woche auch der Gärtner.«

»Wie heißt er noch gleich?«

»Jupp«, sagte sie spontan und verbesserte sich, »Joseph Kleinbroich. Das ist übrigens der andere Punkt.«

»Es wäre mir lieb, wenn Sie jetzt endlich zum ersten kommen könnten.«

»Diese Schauspielerin«, sagte sie aufgebracht und genierte sich sogleich, daß sie ihre Verachtung für eine Bekannte des Doktors so offen gezeigt hatte. »Soll ich die jetzt generell in den Speiseplan einbeziehen? Ich meine, ich muß das wissen. Ich kann Ihren Haushalt nicht vernünftig führen, wenn fremde Frauen hier ein und aus gehen. Als Sie im Urlaub waren, hat Ihr Sohn abends seine Bekannte mitgebracht. Zum Essen.«

»Ach, mein Sohn hat eine Bekannte?«

»Na, Frau Doktor Störmer, mit der er rumläuft.«

Er lachte. »Na und? Wo liegt denn nun das Problem?« fragte er so nachdrücklich geduldig, als sei sie geistig minderbemittelt. »Was spricht dagegen, wenn etwas Leben ins Haus kommt? Von mir aus könnte Viktor ruhig öfter Freundinnen mitbringen. Und da Frau Antje ohnehin viel zu große Portionen kocht, stellt Sie das logistisch vor keinerlei Probleme, wenn überraschend jemand zum Essen vorbeischaut.«

»Überraschend ist das nicht, wenn diese Schauspielerin jeden Mittag vor der Tür steht. Aber gut, wie Sie meinen. Es ist ja Ihr Geld. Ich hoffe, Sie berücksichtigen das, wenn ich Ihnen die nächste Abrechnung vorlege.«

»Und zweitens?«

»Wie?«

»Sie hatten noch etwas auf dem Herzen.«

»Sie haben den Rasen gemäht!«

»Und das darf ich nicht?«

Er schmunzelte nachgerade frech.

Was man sich als Hausdame nicht alles bieten lassen mußte, wenn man seine moralischen Grundsätze verteidigte!

»Der Gärtner ist gekränkt, weil Sie ihm seine Arbeit abnehmen. Er wird nach Stunden bezahlt und bekommt nur eine kleine Rente«, sagte sie vorwurfsvoll, im Grunde aber nur bemüht, weiteren Aktivitäten im und ums Haus einen Riegel vorzuschieben.

»Ich wollte ihn nicht um seinen Lohn bringen. Regeln Sie das großzügig. Aber sagen Sie ihm auch, daß ich in Zukunft öfter im Garten arbeiten werde. Ich wußte gar nicht, wie befriedigend das ist«, sagte er schwärmerisch.

»Wenn Sie meinen. Aber finden Sie wirklich, das sei das richtige für Sie? So eine anstrengende Arbeit?«

»Frau Schmitzke, körperliche Betätigung hat noch keinem geschadet. Ich habe mich überhaupt viel zuwenig um das Haus gekümmert. Ich denke, ich werde mir morgen mal das Souterrain ansehen.«

»Sie wollen mich kontrollieren«, sagte sie zutiefst beleidigt. Das Souterrain war ihr Herrschaftsbereich und sozusagen der Bauch des Hauses. Hier lagen unter anderem die Küche, der Zugang zum Weinkeller, der alte Aufenthaltsraum des Personals. Die Erbauer hatten sich schon etwas dabei gedacht, den Bereich der Herrschaften streng von dem des Personals zu trennen.

»Haben Sie etwas zu verbergen?«

»Selbstverständlich nicht!« protestierte sie vehement. Sie hatte im Vorratsraum lediglich ein deutlich mit »Eiserne Reserve« gekennzeichnetes kleines Lager mit abgezweigten Nahrungsmitteln wie französischer Leberpastete, italienischen Dauerwürsten und englischer Marmelade angelegt, die sie, wenn genug zusammen war, in ein Paket packte und ihrem Ingo schickte.

»Gut«, sagte er, »ich würde heute abend gerne mit meinem Sohn essen, in einer halben Stunde.«

»Ist recht«, antwortete sie resigniert, stand auf und ging zur Tür. »Ach, was ich noch sagen wollte ...« Sie blickte in die Richtung des bewußten Briefumschlages, der auf dem Schreibtisch lag. »Bleibt es an diesem Wochenende dabei, daß ich frei habe?«

»Wieso denn nicht? Sie haben jedes Wochenende frei.«

»Außer Sie bekommen Besuch«, sagte sie wahrheitsgemäß. Vermutlich klang es rechthaberisch, denn der Doktor blickte ungehalten.

»Machen Sie sich darum keine Sorgen. Im Zweifelsfalle kommen wir gut ohne Sie zurecht.«

»So habe ich das nicht gemeint«, beeilte sie sich zu versichern. »Wenn Sie mich brauchen, müssen Sie nur einen Ton sagen.«

Briefgeheimnis

Robert ließ den Briefbogen auf den Schreibtisch sinken und starrte gedankenverloren aus dem Fenster auf die sich im Wind wiegende Edeltanne.

Es ginge ihr gut, schrieb Mona. Zusammen mit ihrer Rechtsanwältin habe sie die restlichen persönlichen Sachen aus dem Haus ihres Mannes geholt, so daß sie sich nun etwas weniger fremd in ihrem Apartment fühle. Und sie hatte ihm zwei Urlaubsfotos mitgesandt.

Robert nahm die beiden Abzüge aus dem Kuvert. Ein Gruppenfoto, das eines Abends mit dem Selbstauslöser auf der Terrasse von Monas Ferienwohnung auf Maui entstanden war, zeigte ihn zwischen der lachenden Mona, ihrem Mann Lars und den aufdringlichen Plötzens, die ihnen kaum von der Seite gewichen waren. Das andere war ein Hochformat: Mona vor der Einfahrt zu einem Haus auf Oahu, in dem angeblich die Fernsehserie *Magnum* gespielt hatte. Sie war ganz aufgeregt gewesen, selbst an Ort und Stelle zu stehen. Wäre er bei der Aufnahme doch nur näher herangegangen! Er konnte ihr Gesicht kaum erkennen. Ein wenig ängstlich sah sie aus, oder täuschte er sich?

Ob er nach Frankfurt fahren und sie suchen sollte? Aber das nahm sie ihm womöglich übel. Sie versicherte ihm, daß sie ihn liebe, aber nicht von einem Mann zum nächsten wechseln wolle. War das ein Grund, ihm ihre Adresse zu verschweigen? Er hätte sie gerne in seine Arme geschlossen.

Warum schrieb sie von einem möglichen Wiedersehen in einigen Wochen? Wollte sie ihn hinhalten? Als stille Reserve?

Viktor betrat die Bibliothek.

»Hallo, Paps! Na, was schaust du so trübsinnig? Beim Golf gegen dich selbst verloren?«

Robert steckte die Fotos in das Kuvert zurück und faltete den Brief.

Schon wieder ging die Tür auf. Die Schmitzke kam mit dem Telefon in der Hand herein. »Ein Gespräch, Herr Doktor!«

»Wer ist es denn?«

»Ihre Frau.«

Robert stand vom Schreibtisch auf. »Es wird sicher nicht lange dauern«, sagte er zu Viktor und verließ den Raum, um ungestört zu sein.

Viktor betrachtete eine Weile den auf der Schreibtischplatte liegenden Briefbogen. Daß sein Vater ihn nicht wieder in den Umschlag gesteckt hatte, wirkte wie eine Einladung.

Die lächerliche Affäre schien keineswegs ausgestanden zu sein, dachte er bei der Lektüre. Sie kündigte »möglicherweise« für den Sommer ihren Besuch an. Gut zu wissen.

»Was wollte Mutter?« fragte er, unschuldig in einem Sessel sitzend, als Robert zurückkam.

»Ach, nichts besonders Wichtiges. In unserem Firmentresor liegen noch Schmuck und Wertpapiere, die sie von ihrer Mutter geerbt hat. Lore bat mich, ihr die Sachen nach Marbella zu schicken.«

»Ist das nicht zu riskant?« fragte Viktor.

»Meinst du?« Sein Vater setzte sich zu ihm.

»Diese Kurierdienste sind zwar schnell, aber trotzdem kommen manchmal Sendungen weg. Und der Schmuck ist sicher unersetzlich.«

»Ich glaube, er hat mehr sentimentalen Wert. Aber wer weiß, Lore traue ich zu, daß sie ihn sich umarbeiten läßt.«

»Ich könnte ohnehin ein paar Tage Urlaub gebrauchen. Was hältst du davon, wenn ich ihr die Sachen bringe?«

»Da unten ist um diese Zeit wenigstens gutes Wetter. Außerdem könntest du bei unserer Vertretung in Barcelona vorbeischauen.«

»Paps, also ehrlich! Mußt du unentwegt ans Geschäft denken?«

»Wieso, das bietet sich doch an!«

»Na gut, überredet. Ich fliege, sobald es geht. Und jetzt laß uns essen. Ich verhungere!«

Krocket

Robert kam sich bei diesem Spiel zwar albern vor, aber als Barbara die Krockettörchen und Schläger entdeckte, die Frau Schmitzke gestern im Keller gefunden hatte, setzte sie ihm beim Mittagessen so lange zu, bis er einer Runde zustimmte. Etwas Ablenkung und Aufheiterung konnte er durchaus gebrauchen.

Auf den Schläger gestützt, sah er zu, wie Barbara breitbeinig vor dem Ball stand und, da ihr weiter Rock im Weg war, diesen kurzerhand vorne hoch und einen Zipfel zwischen die Zähne nahm, um mit dem Schläger zwischen den Beinen ausholen zu können.

Sie war zu geradeheraus und zu füllig, um seinem Frauentyp zu entsprechen, doch ihre Ungezwungenheit übte unbestreitbar einen erotischen Reiz aus.

»Getroffen und versenkt!« triumphierte Barbara mit geröteten Wangen, nachdem sie ihren Ball zielsicher durch das Törchen und seinen weit abgeschlagen hatte. Ihren Rock ließ sie fallen, und er schaute noch einen Augenblick auf ihre Schnürstiefelchen, deren spitze Absätze Löcher im Rasen hinterließen.

»Bei deinem Ballgefühl solltest du Golf spielen!« sagte er, während er sich für seinen Schlag in Positur stellte.

»Das kann ich mir leider nicht leisten«, antwortete Barbara. »Mein Ballgefühl kann ich nur auf anderem Gebiet unter Beweis stellen.«

Robert guckte sie amüsiert an. Ob sie wirklich eine Affäre mit ihm anstrebte? Oder gehörte sie zu denen, die Anspielungen machten und, wenn man darauf einging, sich jungfernhaft zierten?

Es war sportlicher Ehrgeiz, der ihn trieb, herauszufinden, wie weit sie gehen würde, indem er ihr von der Absicht seines Sohnes erzählte, nach Marbella zu fahren.

»Ich überlege schon eine Weile, ob ich mitfahren soll, um noch einmal zu segeln, bevor ich das Boot verkaufe«, sagte er und schlug den Ball gekonnt in Richtung des nächsten Törchens. »Was meinst du?«

»Na ja«, antwortete Barbara gedehnt, um dann sofort wieder einen munteren Tonfall anzustimmen, »aber du wirst mich hoffentlich nicht hängenlassen? Es ist sterbenslangweilig, wenn du weg bist.«

»Dann komm mit!«

Sie lachte gekünstelt. »Du, ich gehöre nicht zum Jet-set. Mal eben nach Marbella, das ist bei mir nicht drin.«

»Kannst du segeln?«

»Ist das schwierig?«

»Und als Smutje willst du vermutlich auch nicht anheuern?«

»Das hört sich irgendwie komisch an. Was macht denn ein Smutje?«

»Kochen.«

»Wußte ich's! Das ist was Komisches.« Sie lachte herzlich. »Ich und Kochen. Das wär's! Also, wenn ich mich schon unbedingt nützlich machen soll, dann könnte ich das Unterhaltungsprogramm an Bord bestreiten.«

»Da habe ich keinen Zweifel.« Sie war die geborene Alleinunterhalterin. »Also gut, ich engagiere dich als Klabautermann.«

»Ist das so was wie eine Galionsfigur?«

»Ich würde dich nie in Verbindung mit einer alten Fregatte bringen. Du bist am Schlag.«

Urlaubsantrag

Viktor erzählte Simone abends beim gemeinsamen Ausführen von Burano, daß er am Freitag nach Spanien fliegen wolle, und fragte sie, ob sie mitkomme.

»Lust hätte ich schon«, antwortete Simone, »meine Mutter geht mir auf die Nerven. Doch ob ein Besuch bei deiner Mutter das richtige wäre? Aber du bringst mich auf eine Idee. Weißt du was? Ich fliege nach Venedig. Genau, das mache ich!«

»Was willst du denn da?« fragte Viktor.

»Yolanda hat die eigenartige Idee, ihre Hochzeitsreise mit Arno zu wiederholen. Sie war damals mit Hansernst in Norditalien, als sie schwanger wurde. Deshalb heißt Arno ja auch Arno!« Simone kicherte. »Ich bin meiner Mutter wirklich dankbar, daß sie mich nicht Elektra getauft hat. Yolanda hat sich jedenfalls jetzt in Venedig eine Wohnung genommen, damit Arno in Ruhe fotografieren kann.«

»Und das nennt Arno dann Arbeit!« sagte Viktor.

Simone quittierte diese Bemerkung mit einem Boxhieb auf seinen Oberarm.

Am nächsten Tag ließ sie sich einen Termin bei Krüger geben.

»Ja, Frau Doktor Störmer! Wie hübsch! Was machen denn die Schlappenentwürfe?« begrüßte Krüger sie.

Die Prinzenrolle saß bei ihm und feixte Simone herrenwitzig an.

»Wir haben schon gehört«, sagte Krüger, »daß Sie sich selbst als Designerin betätigen. Es gibt Menschen, die meinen, sie können alles.«

Simone fragte sich, wer sie verpetzt hatte. Attenfeldt vermutlich. Sie hatte die Zeichnungen im Büro liegen und beabsichtigte, die Reise nach Venedig auch zum Besuch einiger Schuhfirmen zu nutzen, um Kalkulationen einzuholen. Sie hätte offiziell eine Geschäftsreise unternehmen können, wollte Krüger jedoch ihr Vorhaben nicht verraten.

»Kann uns Herr Prinz«, sagte sie, »für einen Augenblick entschuldigen?«

»Sicher«, sagte Krüger leutselig, wies ihr den freien zweiten Platz vor seinem Schreibtisch an und scheuchte die Prinzenrolle, die nun aussah wie eine beleidigte Leberwurst, aus dem Zimmer.

»Was Privates, meine Liebe?«

»Sozusagen, Herr Krüger. Ich würde gerne nächste Woche Montag bis Mittwoch freinehmen.«

Sie schob den Urlaubsantrag über den Tisch.

Krüger schraubte seinen Füller auf. Wie ein Mäusebussard kreiste die Spitze einen Moment über ihrem Antrag. Mit der Linken öffnete er gleichzeitig eine Unterschriftenmappe aus der Buchhaltung.

»Urlaub?« fragte er streng, stieß mit dem Füller auf den ersten Scheck und zeichnete ihn ab. »Und so kurzfristig?«

»Na ja«, sagte sie, »nicht wirklich Urlaub. Nur ein verlängertes Wochenende.«

»So, so!« Er ließ sie absichtlich zappeln, dieser miese Peter.

»Sie wollen verreisen?« fragte er betont beiläufig. »Mit Ihrer Mutter, nehme ich an.«

»Ich bin verheiratet«, antwortete sie kühl, »und habe das Bedürfnis, meinen Mann zu sehen, der sich im Ausland aufhält.«

»Verständlich!« sagte Krüger, seine feuchten Lippen zu einem Grinsen verziehend. »Ja, diese Künstler. Liegt bei Ihnen in der Familie, nicht? Ein interessantes Völkchen, so kosmopolitisch. Er ist Fotograf?«

»Ja.«

»Und Sie kommen erst am Mittwoch zurück?«

»Wieso?«

»Also dann.« Krüger unterschrieb endlich den Urlaubsschein und reichte ihn ihr. »Guten Flug und viel Spaß!« Er zwinkerte ihr zweideutig zu. »Das wird Ihnen bestimmt guttun!«

Arschloch!

Als Simone an seiner Sekretärin vorbeikam, hörte sie,

wie Krüger durch die Sprechanlage trötete: »Müllerin, stornieren Sie meine Termine für Montag und Dienstag!«

Blindlings

»Barbara saß nah am Abhang, sprach gar sangbar – zaghaft langsam; mannhaft kam alsdann am Waldrand Abraham a Sancta Clara!« hörte Simone Barbara im Wohnzimmer deklamieren, als sie nach Hause kam.

Sie eilte, zwei Stufen auf einmal nehmend, nach oben, um sich umzuziehen.

»Was hallt am Waldbach da? Jagdklang schallt nah: Trara!« klang es durchs Haus.

Die Worte ließen ihre Kinderzeit gegenwärtig werden. Sie sah sich als kleines Mädchen mit Windpocken. Unwillkürlich fing sie an, sich zu kratzen. Barbara trainierte ihre Stimme, genau wie früher. Statt des »Bi-Ba-Butzemann« hatte ihre Mutter mit ihr den *Kleinen Hey* geübt.

»Spitzfindig ist die Liebe!« hörte Simone, als sie die Treppe wieder herunterkam. »Sie minnt nicht immer blindlings; wie sie sich listig zieret, wirkt sie mit Witz nicht minder.«

»Hallo, Barbara«, sagte Simone, »ich muß mit dir reden.«

»Ihr tiefes Inn're liebt nicht«, sagte Barbara, »wie geht's weiter?«

»Will sie sich nicht blindlings irren, wird sie mit ihrer Liebe sich schließlich nicht verwirren?« fuhr Simone fort. »Womit wir beim Thema wären. Soweit ich weiß, triffst du dich häufiger mit Robert Vonhof.«

»Wie kommst du darauf?« fragte Barbara zurück, legte den schon arg mitgenommenen Übungsband beiseite und setzte sich zu Simone.

»Ich finde das nicht so lustig.«

»Mußt du auch nicht. Hauptsache, mir macht's Spaß.«

»Du weißt ganz genau, daß er im Beirat ist. Es könnte seine Objektivität beeinflussen.«

»Eben. Das ist doch prima. Wenn er mit mir zusammen ist, muß er zwangsläufig auf deiner Seite stehen.«

»Wohl kaum!« Schon um seine Unabhängigkeit zu beweisen, würde Robert gegen ihre Aufnahme in die Geschäftsführung stimmen. Barbara hatte manchmal ein ziemlich schlicht gestricktes Weltbild.

»Kannst du dich übers Wochenende mit Kollegen oder so verabreden?«

»Was sind denn das für neue Töne? Hast du was vor?«

»Gewissermaßen. Ich fliege für ein paar Tage nach Venedig«, sagte Simone.

Warum hatte sie ein schlechtes Gewissen?

»Heißt das etwa, du willst ohne mich fahren? Wieso kann ich nicht mitkommen?«

»Barbara! Ich besuche dort Arno und würde gerne mit ihm alleine sein. Ist das so schwer zu verstehen?«

»Und deswegen soll ich hierbleiben?« fragte ihre Mutter im Tonfall einer schwer Leidenden. »Deine Schwiegermutter ist auch dort, oder? Also kann von ›alleine‹ sowieso keine Rede sein. Ich habe erst neulich an Venedig gedacht. Wäre schön, mal wieder hinzufahren. Ach ja, das *Fenice!* Und wir könnten in Ruhe zusammen einkaufen.«

»Du gibst hier schon genug Geld aus! Ein wenig könntest du dich einschränken. Hast du denn gar kein Engagement in Aussicht?«

»Lenk nicht vom Thema ab!«

»Ich habe den letzten Platz in der Maschine bekommen.

Unternimm was mit Kollegen. Oder wie wär's mit Chantal Schulte-Freising? Soll ich sie anrufen?«

»Ich bin alt genug, meine Verabredungen selbst zu vereinbaren! Womöglich will ich mit Peter zusammensein.«

»Willst du nicht! Außerdem ist er geschäftlich unterwegs.«

Zu lügen fiel ihr leichter als gedacht. Ihre Mutter mit Krüger alleine hier im Haus – was für eine entsetzliche Vorstellung. Das mußte verhindert werden. Es war schließlich auch zum Besten für ihre Mutter.

»Am Wochenende ist er keineswegs geschäftlich unterwegs!« trumpfte ihre Mutter unerwartet auf. »Da sind wir nämlich verabredet. Ätsch!«

»Was?«

»Ja, er hat mich übers Wochenende eingeladen. Da staunst du!«

»Das hättest du gleich sagen können.«

»Aber ich habe noch nicht zugestimmt«, trällerte ihre Mutter und twistete mit den Schultern.

»Und wieso nicht?«

»Weil Robert mich …«

»Robert?«

»Genau, wir duzen uns schon lange, also, Robert hat mich auf seine Yacht nach Marbella eingeladen. Was sagst du nun?«

»Ich bin gebügelt! Was hat Herr Vonhof denn in Marbella vor? Ich denke, da lebt seine Frau?«

»Schon, aber da liegt auch sein Schiff …«

»Boot«, verbesserte Simone.

»Jetzt laß mich ausreden! Also: Viktor fliegt runter, um seiner Mutter ein paar Wertsachen zu bringen, und Robert kam auf die Idee, sich anzuschließen, um seine Yacht zu verkaufen. Er will sie natürlich noch mal benutzen, bevor er sich von ihr trennt, und außerdem muß er sowieso die Papiere unterschreiben. Ist das nicht göttlich?« rief Barbara begeistert, um sogleich nachdenklich anzufügen: »Was soll ich bloß anziehen? Ich glaube, ich muß mir vorher noch was Passendes besorgen. Irgendwas hübsch maritim Gestreiftes.«

»Einen Matronen-, ich meine, Matrosenanzug.«

»Sei nicht gemein! Du bist nur neidisch!«

»Da ist Peter natürlich abgeschrieben. Aber vielleicht hat er auch ein Boot?«

»Vermutlich ein Ruderboot. Er will zum Angeln! Ist das nicht gähnend langweilig? Aber Marbella! Da trifft sich die Prominenz dieser Welt, und ich mittendrin. Herrlich! Da sind bestimmt jede Menge Paparazzi, und dann komme ich in die Illustrierten! Claus wird toben vor Neid! Das gönne ich ihm.«

»Hast du von dem je wieder gehört?«

»Bloß nicht! Ich bin froh, daß ich ihn los bin. Soll er seiner Lydia den Bauch tätscheln!«

»Und was ist mit Krüger?«

»Die Sache ist ganz einfach«, sagte Barbara und zählte mit den Fingern auf: »Angeln, Fußpilz, Mercedes und ein Gesicht wie Gerd Dudenhöffer auf der einen Seite. Auf der anderen«, nun nahm sie die rechte Hand, spreizte die Finger ab: »Golf«, sie machte eine bedeutungsschwere Pause, »Yacht, Jaguar, Villa, und«, wieder eine Pause, in der Barbara die Augen zur Decke richtete, »er sieht aus wie Sean Connery. Nein, eigentlich sogar besser. Jünger und feiner, möchte ich meinen.«

»Alles klar«, sagte Simone. Blieb nur zu hoffen, daß Barbara sofort seekrank wurde und zurückkam. »Ich werde jetzt meine Sachen packen. Ich fahre morgen nachmittag von der Firma direkt zum Flughafen.«

Salute!

Simone nahm vom Flughafen Marco Polo aus das Motoscafo und genoß die einstündige Bootsfahrt über die Lagune, die sie durch Murano und vorbei an der Friedhofsinsel San Michele führte. An der Endstation San Marco stand Arno und winkte ihr. Zu mehr als einem flüchtigen Begrüßungskuß kamen sie nicht, denn im Gedränge der abreisenden Tagestouristen mußte Simone auf ihr Gepäck aufpassen. Arno nahm ihren Koffer, und sie schoben sich händchenhaltend vor bis zur Station der Vaporettolinie 1, die sie auf die andere Seite des Canal Grande bringen sollte.

»Yolanda freut sich, daß du kommst!«

Arno, der ungewohnt braun aussah, trug ein Hemd und eine Hose, die sie noch nie an ihm gesehen hatte. Er zog sie hinter sich her auf das schwankende Vaporetto, das mit ohrenbetäubendem Getucker ablegte.

Fremd sah er aus, ihr Arno. Zumindest äußerlich wirkte er wie zu der Zeit, als sie ihn kennengelernt hatte: Jüngelchen aus reichem Hause. In den Jahren ihres gemeinsamen Lebens hatte sich das zum Glück abgeschliffen. Aber kaum war er ein paar Wochen unter Yolandas Fuchtel, brach das Bubihafte wieder durch.

Vor der Salute-Kirche, auf der anderen Seite des Canal Grande, angekommen, ging Arno vor ihr vom Boot und reichte ihr die Hand. Bei dem bequemen Steg war dies völlig überflüssig. Affig! dachte Simone. Eine von seiner Mutter antrainierte Geste.

»Ich bin nicht Yolanda!« zischte sie ihren Mann an.

»Pardon!« antwortete Arno. »Möchtest du den Koffer selbst tragen?«

Simone betrachtete die mit hellem Marmor verkleidete Kirche mit ihren beiden Kuppeln und zeigte auf ihr großes Stufenpodest, über das verteilt Leute saßen. »Ich würde gerne einen Moment mit dir alleine sein.«

»Yolanda erwartet uns!« sagte Arno, ging aber auf die Kirche zu.

Er dachte wirklich nur noch an seine Mutter! Arno hatte ihr nie Anlaß zur Eifersucht gegeben – bis jetzt.

Sie setzten sich und sahen über den von Gondeln und Vaporetti stark befahrenen Kanal auf die eindrucksvolle Reihe der Palazzi, darunter, beinahe gegenüber, das Haus der Desdemona. Eine Eifersuchtstragödie würde es hoffentlich nicht geben – sie als tapferer Feldherr Othello, Yolanda als Senator Brabantio und Arno als engelhafte Desdemona –, denn Jago war in Marbella.

»Schön, daß du gekommen bist!« sagte Desdemona. Arno legte den Arm um sie und drückte sie an sich.

»Neue Klamotten!« sagte Simone. Das, was sie Arno kaufte und eingepackt hatte, war Yolanda wohl nicht gut genug gewesen.

»Wir haben uns lange nicht gesehen«, sagte Arno. »Schmaler bist du geworden. Du siehst ziemlich fertig aus.«

»Danke für das Kompliment. Was erwartest du?« fragte sie aufgebracht. »Ich arbeite viel. Und ich habe meine Mutter am Hals.«

»Da haben wir doch etwas gemeinsam.«

»Seit wann arbeitest du?« fragte Simone amüsiert.

»Jetzt lachst du wenigstens.«

»Ach, Arno!« Sie kuschelte sich an ihn. »Wollen wir nicht lieber in ein Hotel gehen?«

Zaungast

Ein wenig ängstlich wegen des unheimlichen Glucksens folgte Barbara Robert und Viktor den beleuchteten Steg entlang. Die prächtigen Yachten schaukelten auf und nieder, begleitet von dem Pling-Plong der an die hohen Masten schlagenden Leinen. Wie sollte man bei dem Krach eigentlich an Bord schlafen? Aber die Aussicht, selbst auf so einer Yacht zu wohnen, war viel zu verlockend, um sich mit solch praktischen Problemen abzugeben.

Als Robert ausgerechnet vor dem kleinsten Boot zwischen all den Kähnen stehenblieb, lachte sie.

»Diese Nußschale? Du willst mich auf den Arm nehmen.«

Robert und Viktor sahen sie entgeistert an.

»Keineswegs!« antwortete Robert.

»Aber die hat ja gar keine Zimmer«, befand Barbara entsetzt. »Wie soll man denn darauf übernachten? An Deck?«

»Unsinn«, sagte Robert unwillig und betrachtete das Boot wie eine lange entbehrte Geliebte, »sie hat sechs Schlafplätze. Ich dachte, du bist so locker?«

»Schon«, antwortete Barbara enttäuscht.

Viktor begann die Bändsel der Persenning zu lösen. Auf der daneben liegenden, mit bunten Lämpchen geschmückten Yacht fand eine Party statt. Barbara fühlte sich beobachtet. Die lachten bestimmt. Wieso mußte Robert ein geradezu peinlich kleines Boot haben? Da konnte sie ja gleich in einem Campingwagen Urlaub machen, der schaukelte wenigstens nicht. *Lore II* war höchstens zwölf, dreizehn Meter lang, schätzte sie.

»Ich dachte, du hättest eine Yacht«, sagte sie beleidigt.

»Ich bin kein Hafensegler!« antwortete Robert. »Die anderen benutzen ihre Boote bloß zum Sonnen und zum Angeben.«

Wozu denn sonst, dachte Barbara.

Sie ließ sich von Robert sein Mobiltelefon geben, weil sie, um Claus Wippermann eins auszuwischen, bei ihm anrufen wollte, und setzte sich auf den Steg. Dann überlegte sie es sich anders. Noch gab es keinen Grund zum Triumph. Außerdem würde er früher oder später ihr Foto in einer Zeitschrift sehen. Der Überraschungseffekt war viel größer, wenn er vorher nicht wußte, daß sie nun im internationalen Jet-set verkehrte. Neidisch betrachtete sie die lachenden, braungebrannten Menschen, die auf der richtigen Yacht neben *Lore II* eine rauschende Party feierten.

Wenigstens leistete ihr eine herrenlose Flasche Champagner Gesellschaft.

Sie erschrak, als das Telefon klingelte.

»Ja bitte?« meldete sie sich.

»Ist das der Anschluß von Robert Vonhof?« fragte eine Frauenstimme.

»Ja, mit wem spreche ich?« brüllte Barbara gegen den Lärm von klirrenden Gläsern und dem Pling-Pling-Pling der Takelage.

»Und mit wem spreche ich?« fragte die Frau.

»Ich habe Ihren Namen nicht verstanden«, sagte Barbara.

»Ich will jetzt sofort Herrn Vonhof sprechen«, antwortete die Anruferin. »Hier ist Mona Hallstein.«

»Das geht nicht, er ist beschäftigt.« Barbara kicherte. »Adios!« sagte sie und beendete die Verbindung.

Soweit kam es noch, daß ihr Roberts Urlaubstussi dazwischenfunkte.

»Was ist denn jetzt?« fragte sie ungeduldig, als Robert mit gerümpfter Nase im Niedergang erschien und zusammenklebende gelbe Sachen auf Deck warf.

»Ach, Barbara!« sagte er, als hätte er sie zwischenzeitlich vergessen. »Ich glaube, das wird heute nacht nichts mehr. Das Ölzeug hat feucht in der Kajüte gelegen. Es stinkt fürchterlich. Da muß bei Tageslicht erst mal klar Schiff gemacht werden. Ich bringe dich besser in ein Hotel. Einen Moment noch!«

Er verschwand wieder. Wie in einem Kasperltheater. Hallo, hier bin ich, und schon wieder weg. Als er mit der Pappnase Viktor wieder auftauchte, verkündete er, daß sein Sohn sie mit zu Lore nehmen und sie am nächsten Morgen wieder herbringen würde. Er selbst wolle, trotz des üblen Geruchs, auf dem Boot übernachten.

Schmollend schaute sie den Partygästen zu, die sich um das Buffet drängten. Und wann bekam sie endlich etwas zu essen? Nein, so hatte sie sich das nicht vorgestellt! Zaungast zu sein war entwürdigend!

Bei Lore

Als Barbara morgens aus dem Gästehaus trat, schwamm der blasse Viktor mit einem knackigen braunen Jüngling im Pool. Auf der Terrasse am Haupthaus war der Frühstückstisch gedeckt. Ein Hausmädchen in weißer Schürze brachte Kaffee.

»Setzen Sie sich zu mir!«

Lore Vonhof winkte ihr, die unschlüssig auf dem Rasen stehen geblieben war, zu.

»Wie nett, daß ich bei Ihnen übernachten konnte.«

»Kein Problem, Viktors Freundinnen sind mir jederzeit willkommen! Kaffee, meine Liebe?«

»Gerne. Und ein Aspirin, wenn's geht.«

Lore rief ihrem Hausmädchen etwas auf spanisch zu.

»Kennen Sie Viktor schon lange?« fragte Lore mütterlich interessiert.

Lore war beneidenswert schlank, trug nur ein fast transparentes Tuch über dem Badeanzug. In ihrem übergroßen blauweiß geringelten T-Shirt und der weiten weißen Hose kam Barbara sich wie ein Trampel vor. Sie nahm die Kapitänsmütze ab.

»Was? Nein, nicht so. Ich bin mit Robert hier. Er hatte mich auf seine Yacht, besser gesagt sein Boot, eingeladen, aber in dem Saustall konnte man nicht übernachten. Er will heute aufräumen.«

»Das letzte Mal sind wir in einen fürchterlichen Regen geraten, da wollten wir so schnell wie möglich nach Hause. Ich habe ganz vergessen, jemanden zum Saubermachen hinzuschicken.«

Das Hausmädchen brachte das Schmerzmittel.

»Hoffentlich hilft es rasch!« sagte Lore mitfühlend.

»Wird schon!« Da war sie ganz zuversichtlich. »Sagen Sie, wohnen Sie ständig hier?«

»Ist das nicht wundervoll?« fragte Lore zurück.

»Das Haus sieht von außen hübsch und geräumig aus, und sogar mit eigenem Pool!«

Viktor und Pascual warfen sich einen Hartgummiball zu, was weniger nach Sport als nach Kampf aussah. Sie schienen sich unbedingt gegenseitig am Kopf treffen zu wollen.

»Jungs!« sagte Lore mit Blick auf die beiden Streithähne.

»Ist der andere Ihr Stiefsohn?«

Lore lachte schallend. »Wo denken Sie hin. Pascual ist mein Lover.«

»So!« Wenn man wirklich grün vor Neid wurde, dann sah sie jetzt aus wie ein Frosch im Matrosenanzug.

Lore musterte sie kritisch. »Woher kennen Sie denn meinen Mann?«

»Wir sind neuerdings Nachbarn.«

»Ach? Sind die Schulte-Freisings ausgezogen?«

Barbara schob die Sonnenbrille in die Haare. »Ich wohne in der Wolff-Villa, bis ich ein neues Engagement antrete.« Und ergänzte in Gedanken: oder Robert heirate.

»Jetzt weiß ich auch, wieso Sie mir so bekannt vorkommen.«

Wahnsinn! Ihr Ruhm reichte bis an die Costa del Sol!

»Tja«, sagte sie, »es ist schon ein Kreuz, wenn man sich nirgendwo unerkannt aufhalten kann. Diese ständigen Belästigungen durch Presse und Fans. Ich kann Ihnen sagen!«

»Wissen Sie was«, sagte Lore aufgeräumt, »heute abend mache ich mit meinen Freundinnen einen Zug durch die Gemeinde. Gunilla hat sich bestimmt wieder etwas Verrücktes ausgedacht, womit sie uns überrascht. Wenn Sie Lust haben, kommen Sie mit.«

»*Die* Gunilla?« fragte sie ehrfürchtig.

»Sicher! Marbella ist im Grunde ein Dorf. Hier kennt jeder jeden. Ich stelle Sie gerne vor, wenn es Ihnen Spaß macht.«

»Unbedingt!« sagte sie. »Ich bin dabei!«

»Schön!« antwortete Lore und musterte erneut ihre Figur, was langsam unangenehm wurde. »Sie haben sicher einen Badeanzug?«

Sie bade grundsätzlich nicht, antwortete sie.

»Etwas für den Abend? Ich könnte Ihnen sonst was leihen, aber ich fürchte ...«

»Auf gesellschaftliche Anlässe bin ich nicht eingerichtet. Ich dachte mehr an das Leben an Bord. Und Robert ist eher leger.«

»Ach, wissen Sie was«, sagte Lore, »wenn Robert sich in Puerto Banus um sein Boot kümmert, vergißt er sowieso alles drumherum. Was halten Sie davon, wenn wir was Schickes einkaufen gehen? Und zur Kosmetikerin? Ein bißchen Bräune würde Ihnen gut stehen. Sie hat einen Turbobräuner. Muß ja nicht jeder sehen, daß Sie erst gestern angekommen sind, nicht?«

Sie war begeistert. Lore Vonhof wußte zu leben, das merkte man gleich. Und von ihr würde sie sicher einiges über Robert erfahren. Was für ein glücklicher Zufall, daß sie hier übernachtet hatte.

Sich bei Robert rar zu machen würde nebenbei sein Verlangen steigern. Sollte er ruhig alleine in seiner Nußschale herumschaukeln. Auf dem Wasser wurde ihr sowieso schlecht.

Dolce vita

Bei Yolandas Ferienwohnung in Venedigs ruhigem Stadtteil Dorsoduro handelte es sich um die Etage eines Palazzo aus dem 18. Jahrhundert mit ornamentalen Marmorböden und Deckenfresken mit Rokokomotiven. Die Wohnung gehörte Deedee Andersen-Smith, die ihr Leben damit zubrachte, das Geld des verstorbenen Ölmilliardärs John Smith III. zu verjubeln. Deedee hatten sie, wie Arno Simone berichtete, bei Lore getroffen, und sie war begeistert auf die Idee eingegangen, im Tausch für einige Zeit am Vierwaldstätter See zu wohnen.

»»I love Swiss chocolate‹, hat sie gesagt, aber gemeint hat sie, daß sie auf die reichen Schweizer scharf ist.«

Arno und Simone lagen noch im Bett. Durch die schweren Vorhänge fiel ein schmaler Streifen Sonnenlicht auf den Mittelstern des Marmorbodens.

»Ich habe ganz unglaubliche Schwarzweißfotos von Yolanda, Lore und Deedee gemacht. Jedenfalls hoffe ich das. Denk bitte daran, die Filme mitzunehmen, und leg sie zu Hause in den Kühlschrank. Erinnerst du dich noch an die Bilder von Lisette Model?«

Simone verneinte.

»So ähnlich jedenfalls. Du kannst sie dir ja zu Hause ansehen. Das ist so ein großformatiger, grau eingebundener Bildband.«

»Du vergißt, daß unsere Bücher, wie auch alle anderen Sachen, noch in Kisten in einem Wolff-Lagerhaus stehen. Ich glaube«, fiel Simone heiß ein, »das soll abgerissen werden. Und dann?« Sie zog ihren Arm unter seinem Kopf weg und setzte sich auf. »Wir müssen mit Yolanda reden!«

»Warte wenigstens, bis wir zurück sind.«

»Und wie lange gedenkt ihr noch, euer Dolce vita fortzusetzen?«

»Es ist schon so, daß ich dich vermisse, aber es ist eine tolle Gelegenheit, Venedig kennenzulernen. Du warst ja während des Studiums hier. Ich fotografiere mir die Finger wund. Und dann die *Accademia* und die Guggenheim-Sammlung gleich hier um die Ecke. Nun bereue ich beinahe, nicht Maler geworden zu sein. Ich habe mir einen Block und Kreide gekauft. Willst du mal sehen?«

»Klar!« sagte Simone. »Wenn ich dir dann meine Entwürfe zeigen kann.«

»Was für Entwürfe?« fragte Arno, nackt aus dem Bett

springend und seinen Skizzenblock unter den hingeworfenen Kleidungsstücken suchend.

Bevor Simone antworten konnte, klopfte Yolanda und trat unmittelbar darauf ein.

»Arno!« sagte sie spitz. »Mußt du so herumlaufen? Das Frühstück ist serviert. Ich warte!« Sie schloß die hohe Tür hinter sich.

»Ich würde gerne erst duschen!« sagte Simone.

»Hoffentlich funktioniert das warme Wasser«, sagte Arno. »Aber beeil dich.«

Als sich Simone mit nassen Haaren an den Frühstückstisch im mit reichlich buntem Muranoglas dekorierten Eßzimmer setzte, hing eine abgebrochene Auseinandersetzung zwischen Arno und Yolanda förmlich in der Luft.

»Arno hat mir gerade mitgeteilt, daß du mein Haus für euch herrichten möchtest«, sagte Yolanda in einem verdächtig entgegenkommenden Ton zu ihr.

»Nun ja«, sagte Simone vorsichtig. »Unsere Möbel modern in einer alten Halle, die bald abgerissen werden soll. Aber wenn dir das nicht recht ist, suche ich uns eine andere Bleibe.«

»Das kommt gar nicht in Frage«, antwortete Yolanda und nippte am Kaffee. »Arno hängt an seinem Elternhaus.«

»Och«, sagte Arno, was kein besonders deutlicher Widerspruch war.

»Eben«, sagte Yolanda, »ich verstehe gar nicht, wieso du überhaupt etwas ändern willst. Das ist alles wertvolle Schreinerarbeit. Wogegen eure Möbel eher …«

Simone zog in Erwartung dessen, was jetzt kommen würde, angriffslustig die Augenbrauen hoch. Auf ihre Bauhausmöbel und Designerstücke, meist Schnäppchen direkt von der Möbelmesse, ließ sie nichts kommen. Yolanda verschluckte tatsächlich den Rest des Satzes.

»Ja, ich weiß«, fuhr Yolanda fort, »ich hatte auch ein Abonnement von *Schönere Häuser & Gärten*. Nur, weil du da Chefredakteurin warst, bist du aber nicht die einzige, die etwas vom Einrichten versteht. Außerdem: solange ich nicht weiß, wo ich endgültig leben möchte, ist es einfach zu früh, darüber zu entscheiden.« Und leidend fügte sie an: »Ich habe noch nicht die Kraft, in dieses Haus zurückzukehren, an dem so viele glückliche Erinnerungen hängen.«

»Mußt du nicht. Ich kann die Möbel einlagern lassen«, bot Simone an, »oder sie dir in die Schweiz schicken.«

»Das Haus steht bereits zum Verkauf.«

»Wie bitte? Davon weiß ich gar nichts«, sagte Arno erstaunt. »Ich denke, Deedee wohnt dort?«

»Ach, die!« sagte Yolanda. »Sie ist inzwischen in Paris. Habe mich ohnehin gewundert, was sie im verschlafenen Luzern wollte. Vielleicht komme ich wieder nach Düsseldorf. Ich könnte mir das Dachgeschoß ausbauen lassen.«

Alles, nur das nicht, dachte Simone. Wenn Yolanda einzog, ließ sie sich von Arno scheiden.

»Es wäre gut«, sagte Simone zu Yolanda, »wenn du bald zu einem Entschluß kämest.«

»Ich werde dich wissen lassen, wenn es soweit ist«, antwortete Yolanda. »Glaube nicht, ich ließe mich unter Druck setzen.«

Simone sah ein, daß es im Moment wenig Sinn machte, weiter auf dem Thema zu beharren. Sie freute sich darauf, mit Arno die Ca' d'Oro am Canal Grande zu besuchen, die sie seit der letzten Restaurierung noch nicht gesehen hatte. Dieser orientalisch anmutende Palazzo aus dem 15. Jahrhundert war ein besonders schönes Beispiel des Gotico-Florido-Stils.

»Was waren das für Entwürfe, die du mir zeigen wolltest?« fragte Arno.

»Jetzt dusch bitte, damit wir gehen können. Über Mittag ist die Ca' d'Oro sicher geschlossen«, sagte Simone ungeduldig.

»Arno malt wieder«, sagte Yolanda stolz. »Bitte, Arno, tu mir die Liebe, und zieh dich an.«

Arno stand auf und verließ das Eßzimmer. Seiner Mutter gehorchte er aufs Wort.

»Jetzt sind wir ganz unter uns«, drohte Yolanda. »Was macht denn die Firma?«

»Robert hält dich doch auf dem laufenden«, sagte Simone.

»Wird dir das nicht zuviel? Du hast Ränder unter den Augen, meine Liebe. Erinnere mich daran, daß ich dir die genaue Bezeichnung meines Abdeckstiftes aufschreibe. Ich finde, eine Frau sollte sich um ihr Aussehen und um die Familie kümmern. Nicht, daß ich unbedingt Oma werden möchte, aber du solltest an Nachwuchs denken. Du wirst bald sechsunddreißig!«

Als ob sie nicht selbst wüßte, wie alt sie war. Zur Ablenkung von diesem leidigen Thema entschloß sich Simone spontan, ihre Skizzen zu zeigen. »Mein Kind«, sagte sie, »ist zur Zeit der Plan für einen neuen Geschäftszweig der Dr. Wolff GmbH. Wenn die Firma eine Zukunft haben soll, müssen wir diversifizieren, das heißt aber auch investieren. Mein Vorschlag ist die Einführung einer Schuhlinie, die wir entweder in eigenen Läden oder über den Schuhfachhandel vertreiben könnten.«

Simone sah ihre Schwiegermutter an. Es regte sich kein Widerspruch. Ermutigt fragte Simone, ob Yolanda die Entwürfe sehen wolle.

»Ich habe sie extra mitgebracht, weil ich mir hier in der Nähe ein paar Schuhfabriken ansehen möchte, um das dort kalkulieren zu lassen. Nur, damit man mit exakten Zahlen planen kann.«

Simone holte die Mappe mit den Zeichnungen aus ihrem Koffer.

Stumm blätterte Yolanda die Seiten um. Bei Simones Lieblingsentwurf, eleganten Sandaletten mit vielen schmalen Riemchen, hielt sie inne.

»So ähnliche hatte ich mal. Die waren ideal zum Tanzen. Hansernst war leider ungelenk.«

Simone freute sich, daß Yolanda ihre Entwürfe gefielen. So zahm hatte sie ihre Schwiegermutter überhaupt noch nie erlebt. Sie sah wohl ein, daß sich Simone für das Familienunternehmen engagierte.

Arno trat hinzu und betrachtete nun ebenfalls Simones mit dem Pinsel skizzierte Schuhmodelle. Sie erklärte ihm ihre Idee.

»Aber die sind viel zu schick für Dr. Wolff«, wandte Arno sogleich ein.

Warum mußte der Dödel ihr in den Rücken fallen? Und statt den Mund zu halten, sprach er weiter.

»Das sind modische Schuhe mit hohen Absätzen, also alles andere als orthopädisch korrekt. Eher so, als müßten wir mit den Schuhen die Fußprobleme produzieren, die wir dann mit den Einlagen und Hühneraugenpflastern kurieren. Ich weiß nicht, ob diese Rechnung aufgeht.«

Simone war elend zumute. Daß Krüger sie ständig wie eine Idiotin hinstellte, war sie gewohnt. Aber von Arno?

»Deiner Mutter haben sie gefallen«, sagte sie enttäuscht.

»Wie kommst du darauf?« fragte Yolanda. »Ich war nur neugierig. Es ist ja nett, daß du dir solche Umstände machst und extra hierher fliegst, um uns deine Malversuche vorzuführen.«

»Aber?« fragte Simone, den Tränen nahe.

»Wir leben von Gewinnen und nicht von Investitionen.«

»Das ist sehr kurzsichtig.«

»Am liebsten würden wir sowieso verkaufen.«

»Redest du von dir jetzt in der dritten Person Plural?« fragte Simone und schämte sich für die Hysterie in ihrer Stimme.

»Arno ist ganz meiner Meinung«, antwortete Yolanda.

Das träumte sie jetzt, oder? Simone kniff sich in den Arm.

»Simone«, sagte Arno ruhig, »du reibst dich für das Unternehmen auf.«

»Ich habe Hansernst versprochen, mich um alles zu kümmern. Euch ist egal, was aus Dr. Wolff – Wohlsein für die Füße – wird, mir aber nicht.«

»Spiel du dich nicht als Hüterin der Familientradition auf! Fußpflegeprodukte!« sagte Yolanda verächtlich.

»Wie dumm von mir, euch Badesalz und Aktivcreme mitzubringen«, sagte Simone.

Yolanda stöhnte. »Was glaubst du eigentlich, wie alt ich bin?«

»Ich dachte nur, weil man hier in Venedig den ganzen Tag auf den Beinen ist.«

»Du hast völlig recht«, antwortete Arno. »Und ich sage wie Rossano Brazzi: grazzi, grazzi.«

Grün

Robert saß in der leeren Hotelbar vor seinem zweiten Martini und dachte an Mona. Je länger ihre letzte Begegnung zurücklag, desto unsicherer wurde er, ob diese Beziehung noch eine Zukunft haben konnte. Er würde ihren Besuch bei ihm zu Hause mehr oder weniger gelassen abwarten müssen.

Die Bar füllte sich mit einer Gruppe sich laut unterhaltender, formell gekleideter Spanier. Businessleute auf Incentivereise, dachte Robert und sah auf die Uhr. Barbara verspätete sich. Der Empfang im maurischen Garten war vermutlich schon in vollem Gange.

Aspiranten auf seinen Liegeplatz gab es viele, aber niemand zeigte Interesse am geliebten Boot, das er zusammen mit seinem Sohn zu einem zünftigen, zweitägigen Törn genutzt hatte. Viktor war mit seinem ständigen Bemühen, ihn zu einem Treffen mit Lore zu überreden, allerdings etwas lästig geworden.

Eine Frau in figurbetontem rotem Kleid, mit roten Pumps und einem schwarzen Strohhut mit rotem Band betrat die Bar und sah sich um. Ein Lore-Klon?

»Na, was sagst du?« fragte Barbara, als sie vor ihm stand.

Schlanker sah sie aus und gebräunt, attraktiver als zuvor.

»Was für eine Überraschung!« antwortete er. »Du hast dich verändert. Gut siehst du aus.«

»Danke, daß du das sagst! Ich war ein wenig unsicher. Aber der Knüller kommt erst noch!« Sie nahm den Hut ab. »Na, wie findest du's?«

»Irgendwas ist anders.«

»Typisch Mann!« antwortete Barbara in gespielter Verzweiflung. »Da legt man sich eine völlig neue Frisur zu, und er merkt's nicht.«

»Zehn Jahre jünger«, sagte er, um es wiedergutzumachen.

»Finde ich auch. Kürzer, und die graue Strähne ist weg.«

»Was Farbe alles ausmacht.«

»Also bitte!« protestierte sie. »Die graue Strähne habe ich mir von klein auf reingebleicht, weil ich älter und interessanter aussehen wollte. Und dann ist sie so eine Art Markenzeichen geworden. Aber ich denke, ich brauche jetzt ein neues Image.«

»Wollen wir?« fragte er, reichte Barbara seinen Arm und führte sie am Pool vorbei in den hinteren Teil des tropisch begrünten Gartens.

Blitzlichter umherspringender Fotografen richteten sich auf stark geschminkte Gesichter. Ein Glück, dachte Barbara, daß sie noch schnell eine Schicht Puder aufgetragen hatte, sonst würde sie auf Fotos nachher genauso glänzen wie diese aufgedonnerten Weiber mit ihren Galans in weißen Schuhen.

Robert grüßte rechts und links, verteilte Wangenküßchen an die Damen und stellte Barbara artig vor. Leider waren die Anwesenden so mit ihrer eigenen Bedeutung befaßt, daß niemand sie erkannte. Auch wenn Lore sie im Marbella-Look eingekleidet und ihr etwas Bräune verpaßt hatte, kam sie sich vor wie die arme Verwandte, der man etwas Gutes tun wollte. Das lag sicher auch daran, daß sie statt in einer eigenen oder gemieteten Villa bloß im Gästehaus wohnte und damit selbstverständlich weit hinter Lores Gigolo Pascual rangierte. Das Hausmädchen kümmerte sich nie um sie. Ihr Bett war abends noch so zerwühlt, wie sie es morgens verlassen hatte.

Während sie so dastand, einen nach Pfefferminz schmekkenden Cocktail in der Hand, und das heitere Geplauder betrachtete, fiel ihr ein Fotograf auf, der gerade seinen Film wechselte. Robert unterhielt sich angeregt mit einem älteren Herrn über die Mängel eines neu gestalteten Greens.

Barbara schlenderte auf den Fotografen zu und tat so, als stolpere sie über dessen auf dem Rasen abgelegten schwarzen Kasten. Ein wenig klebriger Cocktail spritzte auf die Fotoweste des bleichgesichtigen jungen Mannes.

»Das tut mir unendlich leid!« dröhnte Barbara über die Wiese. Der junge Mann zuckte zusammen.

»Macht nichts!« sagte er freundlich.

»Sie sind ja Deutscher!« rief Barbara erfreut. »Für wen arbeiten Sie?«

»Für *Farbige*«, antwortete er und schulterte wieder die Stromversorgung seines Blitzgerätes.

»Lustige Handtasche«, sagte Barbara und wies auf den Kasten. »Ich bin übrigens Barbara Roderich.«

»David Danko«, sagte der Fotograf. »Wenn Sie mich bitte entschuldigen, ich muß Promis abschießen.«

»Da können Sie gleich bei mir anfangen!« sagte Barbara und hielt den Entfliehenden am Schulterriemen fest. »Sie sind neu in der Branche, was?«

»Stimmt«, sagte David Danko. »Mein erster Auslandseinsatz.«

»Nun walten Sie Ihres Amtes!« Sie stellte sich in Positur.

»Wer sind Sie denn?« flüsterte ihr der Jungspund zu.

»Eine berühmte Schauspielerin!« gab Barbara ebenso vertraulich zurück. »Soll ich den Hut abnehmen?«

Während er sie fotografierte, hatte sie mal wieder eine ihrer bewährt genialen Ideen. Sie nestelte einen Geldschein aus ihrer Unterarmtasche und steckte ihn David zu.

»Und jetzt«, sagte sie entschlossen, »fotografieren Sie mich mit meinem Begleiter. Aber sorgen Sie dafür, daß es auch bestimmt gedruckt wird.«

»Ich kann aber nicht …, das entscheidet die Redaktion, Sie verstehen?«

»Papperlapapp!« sagte Barbara und wies auf Robert. »Mit ihm. Ich gehe jetzt hin, und dann kommen Sie und, na, Sie wissen schon!«

David Danko klappte vor Verblüffung der mit einem Ziegenbärtchen verunzierte Kiefer herunter. »Das ist ja … wow! Stand gar nicht auf der Gästeliste.«

Barbara schritt strahlend auf Robert zu, hakte sich bei ihm unter und drehte ihn in Richtung des Fotografen, der, halb in den Knien, eine Aufnahme nach der anderen machte.

Dann kam er näher und sagte ehrfürchtig »thank you so much, Mr. Connery« zu Robert, der darauf nicht reagierte, weil er sich die ganze Zeit mit dem alten Knacker unterhielt.

Aber Barbara durchströmte das wohlig-warme Gefühl der Genugtuung. Sollten Wippermann und all die mißgünstigen Kollegen grün werden vor Neid.

Fehlstart

Edith Zeitz strich ihren Kittel glatt und klopfte an die Tür zu Frau Schmitzkes Dachbodendatscha.

»Ja bitte!« erklang es hoheitsvoll von drinnen.

Sie blieb vorsorglich im Türrahmen stehen, konnte aber sehen, wie die Schmitzke die Rennzeitung unter der Fernsehillustrierten versteckte.

»Es ist wegen der Provision«, sagte sie und griff in die Tasche ihrer Kittelschürze.

Die Schmitzke sprang vom Stuhl auf, stürzte hochrot auf sie zu.

»Sind Sie des Wahnsinns?« Hektisch schloß Frau Schmitzke die Tür hinter ihr. »Was fällt Ihnen ein, auf dem Gang herumzuposaunen?«

»Hier oben ist niemand!« verteidigte sich Edith Zeitz.

»Das kann man nie wissen!« meinte Frau Schmitzke. »Diskretion! Diskretion! Wie oft habe ich Ihnen das schon gesagt? Sie arbeiten hier in einem der ersten Häuser am Platze«, ergänzte die Schmitzke, als handle es sich um ein Hotel.

»Schon gut«, stöhnte sie. Wie die Schmitzke sich wieder anstellte! »Ich hab' bei Wolffs angefangen und bringe Ihnen das Geld für diesen Monat. Also, das ist jetzt dreimal Wolff und viermal Schulte-Freising.«

»Sehr schön«, antwortete die Schmitzke und bot ihr, als Quelle ihrer Nebeneinkünfte, sogar den Stuhl an, dessen gestickte Sitzfläche, vermutlich extra für sie, mit Plastikfolie bezogen war.

»Aber lehnen Sie sich mit Ihrem schmutzigen Kittel bitte nicht an das kostbare Schnitzwerk!«

Unwohl saß sie auf der Stuhlkante, holte verknitterte Scheine und etwas Münzgeld aus der Kitteltasche und legte es auf den Tisch.

»Nicht viel, aber der Mensch freut sich!« sagte die Schmitzke, strich das Geld glatt, ließ es aber liegen. »Ein Likörchen zur Feier des Tages?«

Sie griff zu zwei der geschliffenen Likörgläser, die neben einer Karaffe mit Amaretto umgedreht auf der Kommode standen.

»Prösterchen! Aber passen Sie auf, daß Sie das Glas nicht runterwerfen.«

»Erbstücke, ich weiß!« Sie nahm einen Schluck. War auch nicht besser als das Zeug, das ihr Alter trank. Nur klebriger.

»So, nun erzählen Sie mal!« forderte die Schmitzke sie auf.

»Na, so viel gibt's da nicht. Bin ja meist allein im Haus. Wurde auch höchste Zeit, daß da gründlich durchgewischt wird. Im Grunde sind vier Stunden viel zu kurz. Wann soll ich denn die Fenster machen? Oder die Läufer klopfen?«

»Bei denen reicht's, wenn Sie saugen!« beschied die Schmitzke knapp. »Wenigstens interessante Post oder so? Nun lassen Sie sich nicht die Würmer aus der Nase ziehen!«

»Also, ich wisch' gerade feucht im Arbeitszimmer und überlege, was ich meinem Alten kochen soll, da geht das Faxgerät an. Ich bin vielleicht erschrocken!«

»Na also, wer sagt's denn! Und?«

»Kam aus Marbella. Frau Roderich macht dort eine Schlankheitskur oder so was.«

»Nein!« sagte die Schmitzke.

Offenbar war es ihr gelungen, sie zu verblüffen.

»Briefpapier von einem pikfeinen Hotel, aber sonst alles mit der Hand geschrieben. Und was für eine Sauklaue. War gar nicht so leicht, die zu entziffern.«

»Und was ist mit unserem Fräulein Doktor?«

»Sie meinen Frau Störmer?«

Die Schmitzke nickte. »Hat Sie nun was mit unserem Viktor?«

»Ich sehe sie ja so gut wie nie. Sie legt mir Zettel hin, was ich machen soll und so. Nach der Telefonrechnung zu urteilen, ruft sie jedenfalls oft ihren Mann an.«

»Frau Zeitz, Frau Zeitz! Wie haben Sie das denn herausbekommen?«

»Tja, da staunen Sie!« triumphierte sie, dabei hatte sie nur die offen herumliegende Einzelabrechnung eingesehen. »Haben Sie nicht was Stärkeres als dieses süße Zeug?« Sie zeigte auf ihr leeres Likörglas.

»Wir wollen bei der Arbeit aber nicht anfangen zu trinken, was, Frau Zeitz!« sagte die Schmitzke mit neckisch erhobenem Zeigefinger und holte eine Flasche Bombay-Gin und Eiswürfel aus dem Kühlschrank.

»Ist das nicht die Marke, die der Doktor trinkt?«

»Er ist nicht der einzige, der weiß, was gut ist. Es kann niemand von mir verlangen, daß ich Aldi-Gin für meine Martinis nehme. Das würde der Doktor auch gar nicht billigen. Ich trinke ihn jedoch nicht so trocken wie er.« Sie gab einen ordentlichen Schuß Noilly Prat ins Rührglas. »Oliven sind gerade aus.«

Sie reichte ihr das Cocktailglas wie eine Auszeichnung.

Nie vorher hatte ihr die Schmitzke etwas anderes als Likör angeboten. Höchstens ein Stück Kuchen für zu Hause mitgegeben. Kochen wollte oder konnte die Schmitzke nicht, aber daß sie für ihr Leben gern buk, das wußte sie.

Da steckte sicher was dahinter! Wollte die Schmitzke sie betrunken machen, um sie dann einen Knebelvertrag unterschreiben zu lassen? Oder sie gar für den Geheimdienst oder so was Ähnliches anwerben? Wahrscheinlich hatte die Schmitzke ohnehin schon eine Akte über sie angelegt. Bei ihr mußte man auf alles gefaßt sein.

»Sie spielen sicherlich Lotto!« stellte die Schmitzke unumwunden fest. »Schon mal was gewonnen?«

»Kleine Beträge. Würde ich sonst putzen gehen?«

»Auch wieder wahr. Außerdem trinkt Ihr Mann, stimmt's?«

Sie nickte traurig. »So 'n feines Gesöff können wir uns jedenfalls nicht leisten. Kann ich noch einen Kleinen …?«

»Später. Wie wäre es zur Abwechslung mit einer reellen Gewinnchance?«

»Ich gewinne nie«, winkte Edith Zeitz ab. »Dabei bräuchte ich dringend ein paar neue Schürzen.« Sie schaute an sich herunter auf den verblichenen Stoff mit ausfransenden Paspeln.

»Genau. Und da hätte ich die Idee!« sagte die Schmitzke so emphatisch, daß ihr Busen bebte. »Pferderennen!«

»Och, hören Sie bloß auf. Gäule! Auf die ist genauso wenig Verlaß wie auf meinen Alten. Schon meine Mutter hat gesagt: Wetten bringt um Haus und Betten! Außerdem habe ich gar keine Zeit, auf die Rennbahn zu gehen.«

»Meinen Sie ich?«

Sie war erstaunt. Immerhin hatte die Schmitzke hier einen schönen Lenz und privat keine Familie zu versorgen.

»Gut, am Wochenende schon, natürlich, aber wichtige Rennen sind auch unter der Woche, England und so, da kommt ganz schön was bei rum, wenn man sich ein wenig auskennt, Zweierkombiwetten sind meine Spezialität, schon wegen der Quoten, ziemlich sicher und doch lukrativ, da könnten Sie mit einsteigen, das biete ich Ihnen hiermit an, ich lege Ihnen das auch gerne vor, gegen eine kleine Gewinnbeteiligung natürlich, und wenn Sie nicht flüssig sein sollten, was ich mir kaum denken kann, bei den Chancen, dann kann ich es ja notfalls vom Gehalt abziehen.«

»Ach?«

»Na, was meinen Sie? Ist das ein Angebot?«

Sie konnte es kaum glauben. Die Schmitzke war unglaublich gerissen! Aber diesmal würde sie ihr das nicht durchgehen lassen. Sie schuftete, und alle wollten nur ihr sauer Verdientes. Sie griff nach den auf dem Tisch liegenden Geldscheinen und hielt sie der Schmitzke hin.

»Wenn die Chancen so gut sind, dann setzen Sie die Provision! Bei Gewinnen fifty-fifty, und sonst: was weg ist, ist weg. Das Geld steht Ihnen sowieso nicht zu. Entweder das, oder ich rede ein Wörtchen mit dem Doktor. Der wird sicher erfreut sein, zu hören, daß Sie mich erpressen.«

Sie stand auf. Der Martini hatte ihr gutgetan. Sie beugte sich über den Tisch und sah der Schmitzke direkt in die Augen. »Und nur so tun als ob, läuft nicht. Ich will die Wettscheine sehen. Ist das klar, Hella?«

»Duzen Sie mich nicht!« zischte die Schmitzke.

Krügers Kummer

Simone war den Rest der Woche schlecht gelaunt. Arno hatte zwar zwei Tage mit ihr in Schuhfabriken zugebracht, aber bloß, um darüber hinwegzutäuschen, daß er mit Yolanda eine Koalition bildete. Als Krüger mit ihr am Freitag nachmittag über das heikle Thema der Fernsehwerbung sprechen wollte, schlug ihr das zusätzlich aufs Gemüt.

Ellen brachte Kaffee, und Simone erläuterte Krüger, so knapp es eben ging, die Konzeption der Agentur. Die war zudem nicht gerade originell, wie sie fand, aber schließlich ging es ums Prinzip.

»Würden Sie freundlicherweise Ihre Hände von mir nehmen!« raunzte sie Krüger an, der ihr seinen Arm auf die Schulter gelegt hatte und sich neben ihr stehend über die Storyboards beugte.

Ein Verlegenheitslachen huschte über sein Gesicht.

»Nehmen Sie bitte Platz!« sagte sie, um die Situation zu entschärfen. Wieso mußte er sich neben sie stellen, wenn sie saß? Dieses Dominanzgehabe ging ihr auf die Nerven.

»Ehrlich gesagt, finde ich diese Testimonial-Werbung langweilig. Sie paßt nicht zu uns«, meinte Krüger.

»Da Sie ohnehin gegen Fernsehspots sind, sollten wir die Aktion gleich abblasen«, sagte Simone.

Erst kam er nicht mit zur Präsentation der Agentur, und dann beschwerte er sich!

»Legen wir das Budget auf Eis«, sagte Krüger.

Simone schob die Entwürfe zurück in eine Mappe.

Krüger blieb regungslos sitzen.

Erstaunt schaute Simone ihn an. »Dann wären wir durch, oder?«

»Was ich Sie fragen wollte«, begann Krüger und wrang seine Hände, »hat Ihre Frau Mutter unerwartet ein Engagement angetreten?«

Schön wär's, dachte Simone. Sie genoß die abendliche Ruhe im Haus, seit ihre Mutter weg war. Endlich konnte sie mal wieder stundenlang mit ihrer Freundin Gaby in Frankfurt telefonieren und sich in die Badewanne legen, ohne daß Barbara auf dem Rand saß.

»Wie kommen Sie denn darauf?« fragte sie zurück.

»Dann ist sie hier?« fragte Krüger erfreut. »Sie hat mich nämlich am letzten Wochenende versetzt.«

»Wie bedauerlich«, sagte Simone sarkastisch, »sie wurde überraschend nach Marbella eingeladen. Hat sie Ihnen kein Fax geschickt? Oder mal angerufen?« fragte sie forsch, um Krüger die Aussichtslosigkeit seiner Bemühungen zu demonstrieren.

»Nein«, antwortete Krüger und guckte so betrübt, daß er

ihr beinahe leid tat. »Ist sie mit einer Freundin dort?« fragte er, einen Hoffnungsschimmer in den Augen.

»Bei ihr weiß man nie«, antwortete Simone ausweichend. Wenn Krüger wüßte, daß ihre Mutter sich mit dem Beiratsvorsitzenden unter spanischer Sonne aalte!

»Wollen wir hoffen, daß sie uns nicht vergißt«, sagte Krüger, schon an der Tür. »Sie sind ja auch am Wochenende alleine.«

Sponsoring

Krügers Frage nach einem Engagement ihrer Mutter brachte Simone auf die Idee, ihr ein solches zu verschaffen. Es war die einzige Möglichkeit, Barbara mit Anstand loszuwerden. Außerdem hatte Barbara selbst gesagt, Simone solle ihre Fähigkeiten zur Förderung ihrer Karriere einsetzen. Vielleicht konnte sie Claus Wippermann dazu bewegen, Barbara ihre alte oder zumindest irgendeine Rolle in seinem Musical zu geben.

»Ellen«, sagte sie zu ihrer Assistentin, »ich brauche Ihre Spürnase.«

Erstaunt schaute Ellen sie an.

»Claus Wippermann inszeniert in Stuttgart ein Musical. Finden Sie bitte seine Nummer raus, und verbinden Sie mich mit ihm.«

»Und wie?« fragte Ellen.

»Sie machen das schon!« antwortete Simone und ging zurück in ihr Büro.

Eine halbe Stunde später hatte sie den Ex-Lover ihrer Mutter am Apparat.

»Ich bin mitten in den Proben«, tröpfelte Wippermanns

ölige Stimme leise durch den Hörer. »Es geht um Sponsoring?«

»Ja«, sagte Simone. Ob Ellen das als Grund des Anrufs angegeben hatte? »Ganz recht. Wir sind ein mittelständisches Unternehmen und möchten uns im Kultursponsoring engagieren.«

»Um welche Branche handelt es sich?« flüsterte Wippermann.

Simone ignorierte die Frage, sprach aber automatisch leiser. »Wir sind nämlich große Fans von Barbara Roderich, und sie wird doch die Hauptrolle …«

»Leider, leider«, ölte es aus dem Hörer, »hat die Roderich kurzfristig anders disponiert.«

»Wie schade.«

»Ja, bedauerlicherweise wird uns ihre Kunst nun vorenthalten bleiben. Sie hat geerbt, die Gute. Man gönnt es ihr ja.«

»Ach?« brachte Simone mit Mühe heraus. Das war ja ein dickes Ding. »Oh, das tut mir leid«, sagte sie unter Aufbietung aller Scheinheiligkeit. »Ist ihr Gatte verstorben? Kann man irgendwas für Frau Roderich tun?«

»Soweit ich weiß«, sagte Wippermann, erstaunlich gesprächig, »hat eigentlich ihre Tochter geerbt. Na, die Familie. Sie wissen schon.«

»Sie werden ja auch bald Vater, habe ich gelesen.«

»Das freut mich«, sagte Wippermann.

Was? Daß er Vater wurde oder daß sie darüber gelesen hatte?

»Wir können Ihnen die Unterlagen zusenden. Obwohl wir natürlich schon diverse Sponsoren haben, alles namhafte Unternehmen. Ich glaube, in der Verwaltung ist niemand mehr. Rufen Sie am Montag wieder an, und geben Sie Ihre Adresse durch.«

»Gerne!« sagte Simone. »Klingt ja alles sehr interessant. Viel Erfolg!«

Durch Ellens Kniff mit dem Sponsoring hatte das Gespräch eine völlig andere als die beabsichtigte Richtung genommen. Barbara hatte also just in dem Moment einen Streit mit Wippermann herbeigeführt, als sie von Hansernsts Tod erfuhr! Aus reiner Berechnung hatte sich Barbara bei ihr eingenistet.

Trotzdem, dachte Simone, konnte es nicht schaden, den Agenten anzurufen. Ein richtig gutes Fernsehfilm- oder Serienangebot würde Barbaras Eitelkeit schmeicheln. Wenn sich die Dr. Wolff GmbH über Product Placement an der Finanzierung beteiligte, war es vielleicht möglich, Barbara für die Hauptrolle vorzuschlagen.

Fragte sich nur, als was. Bergsteigerin? Kellnerin? Verkäuferin? Immerhin mußte es einen stichhaltigen Grund geben, warum sich die Darsteller ihre Füße pflegten.

Sie wählte die Nummer von Lucien Ingelmund in München.

Früchtchen

Robert hatte es sich mit einer Golfzeitschrift und einem Glas Rotwein im Bett gemütlich gemacht. Draußen raschelten die Bäume im Nachtwind. In den stillen Momenten klangen vom Hotelrestaurant Geschirrklappern und das glockenhelle Lachen einer Frau herüber.

Es klopfte an der Tür seiner Suite.

Mona!

Er sprang auf und zog den Gürtel des weißen Hotelbademantels enger. Freudig erregt eilte er auf die Tür zu und riß sie auf.

Die Klinke noch in der Hand, schüttelte er sich, um sich in die Gegenwart zu versetzen. Er war nicht in seinem Hotelzimmer auf Maui, Hawaii. Das war nicht Mona. Da stand, die Hände in der vom roten Kleid umspannten, aufreizend abgeknickten Taille: »Barbara!«

»Du scheinst dich ja mächtig zu freuen, mich zu sehen!« Sie schaute auf seinen Bademantel unterhalb des Bindegürtels, als sei sie Mae West. »Soll ich hier auf dem Flur anwachsen, oder darf ich reinkommen?«

Er hielt ihr die Tür auf. Mit ihrem strammen Po wakkelnd, betrat sie den Wohnraum und schaute sogleich interessiert ins Schlafzimmer mit der aufgeschlagenen Bettdecke und der angeschalteten Nachttischlampe.

»Oh!« rief sie kokett. »Ich hoffe, ich störe nicht.«

»Falls du meinst, ich hätte Besuch«, antwortete er, »kann ich dich beruhigen.«

»Da bin ich aber froh!« sagte sie nun mit einer Stimme, die wohl verrucht klingen sollte. Zumindest gab sie sich alle Mühe.

»Ich konnte nicht schlafen«, erklärte sie, mitten im Raum stehend. »Ich mußte die ganze Zeit daran denken, daß du mit mir auf deinem Boot übernachten wolltest«, sie kam auf ihn zu, er roch ihr Parfüm, »und immer etwas dazwischenkam.«

Sie legte ihm ihre Hände auf die Schultern.

»Kann ich dir etwas zu trinken anbieten?« fragte er.

»Aber brauchen wir wirklich«, sagte sie wimpernklimpernd, »das Boot als Grund?«

Ihr roter Mund kam näher. Sie zurückzuweisen schien ihm unmöglich. Ihre Lippen berührten seine. Ihre Hände krallten in seinem Bademantel. Ihr warmer Kuß schmeckte nach gefüllten Fruchtbonbons. Als Kind beim Karneval hatte er sie aufgesammelt. Durch die weiße Zuckerumhüllung sah man die farbige Füllung, eingewickelt in weißes Papier mit bunt bedruckten Früchtchen, billig und meist ein wenig schmuddelig.

Barbaras stark geschminkte Lider. Ihr Knie zwischen seinen Beinen. Eine Hand in seinem Nacken.

Ihre Lippen lösten sich, Barbaras Kopf lehnte an seiner Schulter, und ihre Haare kitzelten sein Gesicht.

»Ich wußte es!« seufzte sie.

»Was?«

»Ach nichts!« Sie glitt an ihm hinab, bis sie ihm buchstäblich zu Füßen lag – gelenkig war sie, da gab es nichts –, ihre kühlen Finger schlängelten an seinen Beinen hoch.

Es erregte ihn, und es war ihm unangenehm.

»Barbara«, sagte er, um dieses eigenartige Schauspiel zu beenden. Er griff nach ihren Händen, half ihr hoch. Aber anstatt dies als zarten Hinweis auf seine mangelnde Bereitschaft zu verstehen, zog sie ihn Richtung Bett.

»Barbara«, versuchte er es nochmals, »du bist eine attraktive Frau …«

»Schön, daß du es endlich bemerkst«, sagte sie und öffnete den Reißverschluß ihres Kleides. Die rote Umhüllung hing an ihren Hüften. Mit einer entschlossenen Bewegung schob sie den Stoff über diese Klippe und ließ ihn auf den hellen Teppichboden fallen. Sie stand, und das wirkte rührend altmodisch, in einer schwarzen Korsage und Strümpfen mit Strapsen vor ihm.

»Barbara«, sagte er zum drittenmal und bückte sich nach ihrem Kleid, »ich weiß deine Hingabebereitschaft zu schätzen, welcher Mann wüßte das nicht, aber …«

»Red nicht soviel!«

Sie verschloß ihm mit einem Fruchtbonbonkuß den Mund und nestelte am Gürtel seines Bademantels.

Mit seiner altjüngferlichen Ziererei kam er sich zunehmend albern vor. Was war schon dabei, mit dieser prallen Circe eine Nacht zu verbringen?

Es war ein Verrat an Mona. Und vermutlich würde er Barbara nie wieder los. Sie war besitzergreifend, das spürte man gleich bei der ersten Begegnung.

Diesmal ließ er »Barbara« weg und sagte rundheraus: »Das ist keine gute Idee, ich denke, es ist besser, wenn du jetzt gehst.«

»Bitte?« fragte Barbara, aus der Mae-West-Rolle fallend.

Er hielt ihr das Kleid hin.

»Du hast mich überredet, mit dir nach Marbella zu fahren, und jetzt willst du mich wegschicken? Bist du pervers?«

»Schon möglich«, antwortete er und wandte sich ab, damit sie sich anziehen konnte.

Natürlich war sie tief in ihrer Eitelkeit gekränkt. Männer lernten von Jugend an, mit solchen Zurückweisungen umzugehen, aber für Barbara war das sicherlich eine ganz neue Erfahrung.

»Ungestraft läßt sich eine Barbara Roderich nicht demütigen!« keifte sie beim Verlassen seiner Suite. »Andere wären froh, mich ins Bett zu kriegen. Schlappschwanz!«

Robert trat auf den Balkon hinaus in die warme Nachtluft. Der Wind raschelte leise in den Bäumen, und vom Restaurant klang ein glockenhelles Lachen herüber.

Er sehnte sich nach Mona.

Schauer

Trotz des strömenden Regens ließ sich Simone am Samstag von Viktor zu einem gemütlichen Trab die Deichallee entlang überreden. Frische Luft und Bewegung konnten ihr nur guttun, zudem hatten sie sich eine Woche lang nicht gesehen, und Simone war gespannt zu erfahren, ob es etwas Neues aus Marbella gab.

Burano lief voraus, und Viktor erzählte ihr, daß Lore *Lore II* von Robert übernommen habe, das Boot also in Marbella bliebe, und lud sie ein, irgendwann zum Segeln mitzukommen.

»Also haben sich deine Eltern wieder versöhnt?« fragte sie atemlos.

Sie strich die nassen Haare aus der Stirn. Der Regen war in ein leichtes Nieseln übergegangen.

»Sieht nicht so aus. Aber immerhin habe ich meine Mutter überzeugen können herzukommen.«

»Und was versprichst du dir davon?«

»Das arrangiere ich so, daß sie mit seiner Neuen zusammentrifft.«

»Die gönnst du deinem armen Vater nicht.« Sie lachte. »Ich finde das unfair, zumal sich deine Mutter einen jungen Liebhaber hält.«

»Mutter steht hier nicht zur Debatte!«

»Ach so? Was sie in Spanien treibt, ist dir egal. Aber hier, wo du das junge Glück jeden Tag sehen müßtest, da stört es dich. Meine Güte, bist du egoistisch.«

»Ach Simone, wenn ich dich nicht hätte, würde mir niemand die Meinung sagen!«

»Kümmere dich lieber um dein eigenes Liebesleben als um das deines Vaters.«

»Wie steht's denn mit deinem?«

»Mau, wie du weißt. Und selbst?«

»Auch schlecht, danke. Bis zur nächsten Biegung? Außerdem ist da noch deine Mutter«, sagte Viktor unvermittelt. »Sie macht sich Hoffnungen auf meinen Alten, da bin ich mir sicher. Das käme nicht schlecht: drei Frauen und ein Mann!«

»Ich glaube«, keuchte Simone, »jetzt geht deine chauvinistische Phantasie mit dir durch.« Sie blieb auf halber Strecke stehen. »Ich bin aus der Übung!«

»Dafür, daß du früher angeblich nie Sport getrieben hast, finde ich dich ganz schön fit. Und das bei deinem fortgeschrittenen Alter.«

»Du Blödmann!« Sie haute Viktor spielerisch auf den Arm.

»Fang mich, wenn du kannst!« Er rannte davon, der Hund hinter ihm her.

Der Regen fiel wieder dichter, ihre Jogginghose unter der Regenjacke wurde schwer vor Nässe. Sie sehnte sich nach einer heißen Dusche. Ohne sich weiter um ihren Begleiter zu kümmern, machte sie sich langsam auf den Rückweg.

Kurz vor ihrem Gartentor wurde sie von Viktor eingeholt, der sie wortlos zum Eingang zog. Sie war sich aus ihr selbst unerfindlichen Gründen völlig sicher, daß er sie jetzt küssen und, überrascht von der ihn überkommenden Erregung, auf der Stelle vernaschen würde. Da hatten Schulte-Freisings mal was zu gucken.

Viktor drängte sie in den Hauseingang. Simone staunte ihn mit großen Augen an. Wer hätte das von ihm gedacht?

»Willst du nicht aufschließen?«

»Was?«

»Es regnet. Ich würde gerne mit reinkommen, wenn's dir nicht allzuviel ausmacht.«

»Nein, nein«, stotterte sie und suchte in der Hosentasche nach dem Schlüsselbund.

Kaum hatte sie die Tür einen Spaltbreit geöffnet,

drängte sich Burano vor ihnen in den Flur und schüttelte sich.

»Schönen Gruß an Frau Zeitz«, sagte sie ernüchtert, »sie möchte bitte die Flurtapeten abwischen.«

»Werd's ausrichten«, antwortete Viktor und entledigte sich seiner Jacke.

»Ich gehe jetzt duschen«, kündigte sie auf dem Weg nach oben an.

»Fein, da komme ich am besten gleich mit.«

Kanossagang

Am Montag morgen saß Simone mit Ellen und Attenfeldt beim Kaffee, um das Programm der Woche zu besprechen. Simone schaute dabei sehnsüchtig auf ihre Schuhentwürfe, von denen sie drei in ihrem Büro an die Wand gepinnt hatte.

Was sollte sie sich weiter mit der Planung eines neuen Geschäftszweiges herumschlagen, wenn alle dagegen waren? Ihre Hoffnungen, einmal Geschäftsführende Gesellschafterin zu werden, konnte sie gleich mit begraben.

»Wir lassen das Schuhprojekt ruhen«, sagte Simone resigniert. »Es ist so mühsam, es gegen den Widerstand aller durchzuziehen.«

»Sie dürfen jetzt nicht aufgeben!« sagte Ellen ermunternd. »Das ist heute nicht Ihr Tag. Soll ich Ihnen Magnesiumtabletten besorgen? Oder essen Sie eine von meinen Bananen. Bestimmt fehlen Ihnen bloß Mineralien und Vitamine.«

Ellen war wirklich ein Schatz, dachte Simone. Bevor sie das sagen konnte, meldete sich Attenfeldt zu Wort.

»Ich weiß sowieso nicht«, sagte er, »was ich mit diesem Schuhproblem zu tun habe. Ich bin seit über dreißig Jahren

Pressereferent, und ich denke nicht daran, jetzt damit anzufangen, Schuhe zu verkaufen. Wo kommen wir denn da hin?«

»Herr von Attenfeldt«, sagte Simone, »Sie sollen gar nichts verkaufen. Es würde völlig reichen, wenn Sie Ihre Arbeit etwas schneller verrichten würden und Frau Pfeiffer nicht dauernd Post erledigen müßte, die Sie beantworten sollten.«

»Das muß ich mir nach dreißig Jahren im Dienst für den Fuß nun wirklich nicht sagen lassen!« empörte sich von Attenfeldt. »Wenn dieser Streß so weitergeht, werde ich meinen Arzt aufsuchen. In letzter Zeit fühle ich mich gar nicht gut. Ich sollte eine Kur beantragen.« Er stand auf, um den Raum zu verlassen. »Dann werden Sie sehen, wie weit Sie ohne mich kommen!«

Simone seufzte, als er die Tür ins Schloß knallte. Sie mußte sich unbedingt bei Krüger erkundigen, wie weit das Thema Vorruhestandsregelung gediehen war.

Zur Aufheiterung erzählte Simone Ellen von einem Anruf ihrer Mutter.

»Heute kommt sie aus Marbella zurück. Sie war eine Woche in Urlaub und erwartet eine Begrüßungsparty! Sie haben sie ja erlebt und können es sich vorstellen. Sie glaubt tatsächlich, die Presse würde sie bereits am Flughafen erwarten.«

»Kein Problem«, antwortete Ellen ganz ernsthaft. »Ich telefoniere kurz rum. Wozu sind wir PR-Spezialisten?«

»Ist das nicht zuviel der Ehre? Die lachen Sie bestimmt aus.«

»Abwarten. Besser wäre natürlich, wir hätten einen richtigen Aufhänger. Mit etwas Glück ist heute sonst nichts los, und sie haben jemanden frei.«

Simone besprach mit Ellen die Einzelheiten und lud sie, als Dank für ihre Hilfe, zur abendlichen Feier ein.

Leider hatte Barbara darauf bestanden, daß Peter Krüger zur Party kam. Je länger der Anruf zurücklag, desto mehr verfestigte sich in Simone der Eindruck, die ganze Veranstaltung diene überhaupt nur dazu, Krüger zu beeindrucken.

»So, und jetzt muß ich meinen Kanossagang antreten«, sagte sie zu Ellen. »Bin kurz bei Krüger.«

Die Tür zu Krügers Büro stand offen.

»Guten Tag, Herr …«

»Meine Liebe«, fiel ihr Krüger ins Wort. »Wie geht's Ihnen denn?«

Simone war von der überschwenglichen Freundlichkeit völlig überrascht.

Er wies mit laxer Geste auf die rustikale Sitzgelegenheit unter dem präparierten Fischkopf.

»Schön, daß Sie es sich überlegt haben. Wenn man neu ist, meint man, alles müsse umgekrempelt werden. Das ging mir genauso.« Er legte ihr die Hand auf die Schulter.

Sie sah die Hand an und dann ihn. Er nahm sie wie zufällig weg.

»Aber mit der Zeit wird man vernünftig. Man muß das Geschäft pragmatisch angehen. Das sage ich auch dem Prinz, wenn er mir mit irgendwelchem Mumpitz kommt. Vertrauen Sie meiner Erfahrung.«

Wovon redete der bloß?

»Einen Kaffee und dazu einen Cognac, na?«

Ihr lief es kalt den Rücken herunter.

»Ich muß gleich zurück in mein Büro, ich erwarte einen dringenden Anruf«, gab sie vor. »Ich bin nur schnell vorbeigekommen«, sie schluckte und nahm innerlich Anlauf, den Satz zu beenden, »um Sie für heute abend einzuladen.«

Nun war es raus.

Krüger strahlte.

»Meine Mutter kommt zurück und würde sich freuen, Sie zu sehen.«

»Ich dachte schon«, sagte Krüger feuchtlippig, »Sie wollten mich zu einem Versöhnungsessen einladen.«

»Ich verstehe nicht ganz. Gibt es zwischen uns irgendwelche Differenzen zu beseitigen?«

»Jetzt nicht mehr, ich bitte Sie. Natürlich komme ich gerne. Nein, also, ich freue mich. Halb acht, nehme ich an?«

»Genau«, sagte sie, konfus geworden durch Krügers Vertraulichkeiten, und erhob sich. Was hatte er vorhin nur gemeint?

Drehbuch

Barbaras Agent Lucien Ingelmund rief an, um Simone zu berichten, daß er eine Produktionsfirma an der Hand habe, die schon einen Pilotfilm drehe. Es sei kein Problem, die Roderich unterzubringen, wenn Dr. Wolff sich an den Produktionskosten beteilige, meinte er.

»Frau Roderich ist ja durchaus keine Unbekannte. Ich habe mich immer redlich bemüht, ihr ein Engagement zu verschaffen. Leider hat sie in letzter Zeit mehrfach Drehbücher abgelehnt.«

»Ich muß erst wissen, ob ein Product Placement für uns überhaupt Sinn macht. Worum geht es denn in der Serie?«

»Machen Sie sich keine Gedanken. Der Drehbuchautor ist ein Freund von mir. Er hat sich kürzlich erst Krampfadern entfernen lassen. Schmerzhafte Sache, das. Da haben wir einen Experten in Sachen Bein.«

»Wohlsein für die Füße, Herr Ingelmund!« antwortete Simone. »Wenn das Umfeld nicht stimmt, kommen wir nicht ins Geschäft.«

»Die Serie spielt in einer Familienpension in Berlin. Hochaktuelles Thema, sozusagen, mit Verwicklungen in Liebe und Politik. Ja, und wir haben uns schon gedacht, Fußpflege wäre ein guter Service. Wo da Touristen übernachten, die den ganzen Tag auf den Beinen sind. Und Frau Roderich wäre dann also die Fußpflegerin.«

»Sind Sie von Sinnen? Barbara Roderich als Fußpflegerin? Nie im Leben würde sie das machen.«

»Aber sie könnte im Hintergrund die Fäden ziehen. Das ist alles eine Frage der Gestaltung. Die Rolle ließe sich ausbauen.«

»Zu was? Zur medizinischen Bademeisterin? Vergessen Sie's!«

»Na schön, wir hatten ohnehin eher an Verona Feldbusch oder Jenny Elvers gedacht. Die sehen im weißen Kittel einfach umwerfend aus.«

»Familienpension?« sagte Simone, angestrengt nachdenkend.

»Richtig.«

»Dann ist Barbara die Inhaberin eines Hotels, das die Pension aufkaufen will, um unliebsame Konkurrenz zu beseitigen. So eine richtige Intrigantin, reich und verschlagen. Der Sohn der Pensionswirtin ist ihr sexuell hörig, der Bausenator wird von ihr erpreßt, weil sie nebenher einen Callgirlring betreibt, und so weiter, Sie wissen schon.«

»Hervorragend, Frau Doktor Störmer. Soviel Titten, das muß ein Knüller werden!«

»Und das mit der Fußpflege bleibt natürlich. Vielleicht gäbe es ja auch eine Möglichkeit, daß die Fußpflegerin in der Pension und die im Hotel in den gleichen Mann verliebt sind? Wäre nur ein Vorschlag.«

»In den Sohn der Wirtin, der aber der Hotelbesitzerin

hörig ist. Ja, Wahnsinn! Ich lasse Ihnen dann gleich einen Vertragsentwurf zufaxen.«

»Sehr schön, Herr Ingelmund, aber vermeiden Sie den Namen Barbara Roderich. Wählen Sie bitte eine Formulierung wie ›Mitspracherecht bei der Besetzung der Hauptrolle‹, ja? Danke.«

Hübsch gemacht

Simone stand vor dem geöffneten Kleiderschrank und überlegte, was sie anziehen solle. Ihre Mutter war noch nicht eingetroffen, und Simone dachte, sie hätte selbst zum Flughafen fahren sollen. Wenn Barbara am Zoll mit Dope erwischt worden war? Ihr wurde es ganz heiß. Und Ellen hatte die Presse hingeschickt! Das würde ja tolle Schlagzeilen geben. Ob sie am Zoll anrufen sollte? »Sitzt meine Mutter zufällig bei Ihnen ein?« konnte sie allerdings schlecht fragen.

Der Partyservice baute ein kleines Buffet auf, stellte ausreichend Getränke auf Eis und verabschiedete sich. Frau Zeitz half an diesem Abend aus, das kam billiger.

Edith Zeitz trug ein schwarzes Kleid mit paillettenbesticktem Krägelchen, das mit Sicherheit noch aus DDR-Zeiten stammte, darüber eine weiße Schürze, die ihr Frau Schmitzke aus dem Bestand des Hauses Vonhof, wie Frau Zeitz betonte, »unter den üblichen Auflagen, wie gestärkt und gebügelt zurück« geliehen habe.

Es klingelte, als Simone im Bad stand und Rouge auftrug. Sie hoffte, es sei endlich ihre Mutter, aber es war, wie sie hören konnte, Krüger, den die Zeitz hereinließ.

»Wo ist denn die Gastgeberin?« fragte Krüger und

meinte sicher Barbara. Die Zeitz antwortete, sie sei oben. Sie hörte, wie Krüger die Treppe heraufstieg. Schließlich kannte er sich aus.

Prompt schaute er durch die offenstehende Tür zu ihr ins Bad.

»Oh, ich dachte ... Sie machen sich hübsch«, stellte er fest, als sähe sie sonst häßlich aus. »Ich bin offenbar zu früh. Ist Barbara noch nicht da?«

»Würden Sie mich bitte entschuldigen!« sagte sie betont, um ihn loszuwerden. »Getränke stehen unten. Bedienen Sie sich!«

»Ich habe Blumen mitgebracht«, sagte Krüger. Er hielt einen Strauß aus dem Supermarkt in der Hand.

Da sie nun ohnehin fertig geschminkt war, konnte sie ihn auch persönlich nach unten befördern. Sie nahm die Blumen entgegen und wies in den Flur. Krüger blieb an Barbaras Schlafzimmer stehen und schaute hinein.

»Sie ist ja wirklich noch nicht da. Darf ich?« Er trat einen Schritt in den Raum.

Sie platzte fast vor Ärger über seine Indiskretion und schloß demonstrativ die Tür zu ihrem eigenen Zimmer. Er führte sich auf, als sei er hier zu Hause.

Stumm betrachtete er die Bilder, die Barbara Roderich in ihren wichtigsten Rollen zeigten. Sie hatte sie gerne um sich, wahrscheinlich brauchte sie das für ihr Selbstbewußtsein. An den Kleiderschrankschlüsseln hingen ihre Folkloreketten, auf dem Schminktisch stand eine afrikanische Holzskulptur.

»Hübscher Raum«, sagte Krüger. »Sogar mit eigenem Bad.«

»Das ist das große Bad – da wollen wir jetzt aber nicht reinschauen – und dahinten das indische Bad.« Um ihm seine Indiskretion deutlich zu machen, fügte sie lakonisch an: »Ansonsten gibt es noch ein Gästezimmer, aber das kennen Sie ja, mein Zimmer, ein Arbeitszimmer und drei weitere Räume im Dachgeschoß. Können wir jetzt runtergehen?«

Krüger lächelte sie versonnen an. »Nett haben Sie es. Wieso indisches Bad? Das sah ganz normal aus.«

Dem mußte man alles erklären.

»Das heißt indisches Bad, weil es am Ende des Ganges liegt.«

Auf Krügers Stirn bildeten sich Grübelfalten. Sie zählte in Gedanken die verstreichenden Sekunden.

»Ah so, jetzt verstehe ich, am Ende des Ganges. Wie überaus witzig!« Er lachte verkrampft.

Hallo

Kurz nach halb acht standen die Gäste, alle mit Sektgläsern in der Hand, im Wolffschen Wohnzimmer und auf der angrenzenden Terrasse.

Simone flüsterte Ellen zu: »Wer um Himmels willen sind diese Leute?«

»Ich habe mir erlaubt, ein paar Presse-Hansels einzuladen. Einige kommen, egal wohin, nur weil es ein Buffet gibt.«

Simone nickte zustimmend. »Klar, das sind die am Ausschank. Aber wer ist dieser kettenrauchende Waldschrat?«

»Das muß Volker Mölius sein, der Intendant vom Schauspielhaus, den Schulte-Freisings mitbringen wollten. Ich dachte, das würde Ihre Mutter freuen. Aber jetzt zeigen Sie mir bitte, wer die Schulte-Freisings sind, ich habe ja nur mit ihr telefoniert. Sie hat übrigens gefragt, ob sie die

Pokerrunde mitbringen soll. Ich habe nein gesagt, mir kam das komisch vor. Hoffentlich war das richtig.«

»Bestimmt. Ich weiß auch nicht, was sie damit gemeint hat. Vermutlich sind Schulte-Freisings gerade auf der Terrasse. Chantal erkennen Sie leicht. Das ist die Frau, bei der Sie sich instinktiv fragen, ob die aus einem Prospekt für Blondinenkleidung gesprungen ist.«

Ellen sah Simone merkwürdig an. Wahrscheinlich, dachte Simone, hielt Ellen ihr hellbraunes Haar für mittelblond.

»Ich meine«, sagte Simone, die gewünscht hätte, das eben Gesagte an einem Fädchen wieder zurückzuziehen, »sie hat eine Vorliebe für Kleidung in leuchtenden Farben. Das Gegenteil von schlicht. Ihr Mann heißt übrigens Jürgen. Er trägt ein nach oben weisendes Schnauzbärtchen. Ganz nett – wenn man Angeber mag.«

»Wo bleibt der Star des Abends?« mischte sich Krüger ein, der schon die ganze Zeit unruhig auf und ab lief.

»Mein Gott, ja«, sagte Simone, »ich mache mir auch schon Sorgen. Vorhin am Telefon sagte man mir, die Maschine habe etwas Verspätung, aber sie müßte trotzdem längst hier sein. Ob ich noch mal am Flughafen anrufen soll?«

»Das bringt nichts«, wandte Ellen ein. »Wahrscheinlich macht jemand mit ihr ein Interview. Oder sie ist noch zum Friseur gegangen. Sagen Sie mir lieber, wer der süße Typ da drüben ist.« Sie schaute zu Viktor.

Simone sah Ellen verwundert an. Auf die Idee, Viktor als süß zu bezeichnen, wäre sie nie gekommen.

»Soll ich Sie vorstellen?« bot Simone an.

»Ich weiß nicht.« Ellen drehte sich weg, so daß sie Viktor nicht mehr sehen konnte, und fragte sie über ihn aus.

»Also los jetzt, wir gehen zu ihm!«

»Auf keinen Fall!« protestierte Ellen. »Marketingdirektor, ich bitte Sie. Noch dazu stinkreich. Aber er sieht gar nicht wie ein Schnulli aus, finde ich.«

Verträumt schaute sie wieder zu Viktor, der jetzt mit Jürgen Schulte-Freising sprach.

»Ich fürchte, ich muß mich um die Gäste kümmern.«

Sie gab es auf, Viktor weiter anzupreisen, und bat Frau Zeitz, dem Waldschrat, der seine Kippe in eine von Yolandas Delfter Vasen fallen ließ, einen Aschenbecher zu bringen.

Ein dreifaches Hupen vor dem Haus kündigte das Eintreffen ihrer Mutter an. Die Gäste begaben sich gemessenen Schrittes an die Haustür, um die dem Taxi entsteigende Diva willkommen zu heißen.

»Na, was sagt ihr?« rief Barbara, noch am Auto stehend.

Simone mußte sich selbst ermahnen, den Mund wieder zuzumachen. Ihre verschlankte, gebräunte, vollkommen fremd aussehende Mutter in einem knatscheng sitzenden weißen Kostüm mit einem wagenradgroßen schwarzen Strohhut! Sie spielte die Rolle eines Filmstars. Genauer gesagt, sie spielte Joan Collins. Warum mußte sie so übertreiben?

Die Ankunft war bühnenreif. Chantal klatschte tatsächlich Beifall, und Krüger sah aus wie ein Fisch, der nach Luft schnappt. Die Augen standen regelrecht aus seinem Kopf heraus.

Barbara wies den Taxifahrer an, das Gepäck hereinzutragen, und ließ Simone die Rechnung bezahlen.

Erleichtert, als sei das Spektakel damit beendet, schloß Simone die Haustür.

Im Wohnzimmer warf Barbara einen prüfenden Blick in die Runde. Beim Anblick des Waldschrats erschien kurz eine tiefe Furche auf ihrer Stirn. Als alle guckten, sang sie sich selbst einen Tusch und zog den Hut vom Kopf.

Ellen, die so was noch nie erlebt hatte, kicherte.

Simone wäre am liebsten ausgewandert oder hätte zumindest gerne die Verwandtschaft verleugnet.

Als sich die ersten Gäste erneut den Getränken zuwandten, rief Barbara: »Da bin ich wieder!«

»Herzlich willkommen zu Hause!« antwortete Krüger enthusiastisch und küßte ihr die Hand. »Wir sind ja alle so froh, dich wieder in unserer Mitte zu haben!«

»Das glaube ich dir aufs Wort«, sagte Barbara selbstsicher lächelnd. »Nun bin ich ja wieder da!«

»Schöner als je zuvor!«

Simone fragte sich schon, ob Krüger gleich vor ihr auf die Knie fallen würde und ob sie vorsichtshalber eine von Arnos Kameras bereithalten sollte. Das wäre ein tolles Bild für ihre Firmenzeitschrift.

Krüger reichte Barbara ein Glas Sekt und stieß mit ihr an. »Mit wem warst du eigentlich in Marbella?«

»Mit niemandem!« antwortete Barbara keß.

»Du warst doch eingeladen«, hakte Krüger nach.

»Ich habe dort eine alte Freundin besucht.«

»Du hättest mir wenigstens absagen können. Ich habe Stunden gewartet, und dann war es zu spät, noch loszufahren«, sagte Krüger schmollend.

»Ach, Fischchen! Nun hast du mich ja wieder an der Angel.«

Barbara gab Krüger einen Kuß und schwirrte ab, um mit den Presseleuten zu reden. Simone hörte, wie sie nach Sean Connery gefragt wurde, und wunderte sich. Barbara tat so, als sei das ein großes Geheimnis. Dabei wußte jeder, daß er in Marbella wohnte. Wahrscheinlich war sie ihm auf einer Party begegnet.

»Was ist das denn für ein schräger Vogel?« fragte ihre

Mutter sie lautstark und zeigte auf den Waldschrat, der sich seinerseits an den bedröppelt herumstehenden Krüger rangemacht hatte, um ihm die desolate Finanzsituation des Theaters zu schildern und ihn womöglich als Mäzen zu gewinnen. Mölius schaute die Roderich äußerst indigniert an, ließ sich bei seinem Vortrag vor Krüger aber dadurch nicht unterbrechen.

»Das ist der Intendant vom Schauspielhaus!« flüsterte sie Barbara zu. »Den haben wir extra deinetwegen eingeladen. Der Mann ist sicher sensibel, und jetzt hast du ihn verschreckt!«

»Das hättest du mir auch früher sagen können!« antwortete Barbara mit gedämpfter Stimme. »Der sieht ja aus wie Rumpelstilzchen. Das soll Volker Mölius sein?«

»Du kennst ihn?«

»Dem Namen nach. Keine Panik«, sagte Barbara mehr zu sich selbst, »ich mache das schon«, nahm ein Glas und pirschte sich von hinten an den Waldschrat heran.

Sie selbst war damit beschäftigt, die Presseleute zu verabschieden, die das Buffet nahezu leergegessen hatten. Ellen half netterweise Frau Zeitz beim Einsammeln der herumstehenden Gläser und schaute dabei sehnsüchtig zu Viktor hinüber, der sich schon wieder mit Jürgen Schulte-Freising unterhielt.

Simone zog Viktor mit sich auf die Terrasse. Sie fragte ihn, ob er grundsätzlich gegen Frauen immun sei oder ob er eventuell bemerkt habe, daß Ellen schon den ganzen Abend darauf warte, von ihm angesprochen zu werden.

»Meinst du wirklich?« fragte Viktor zurück.

»Ja, meine ich!« sagte sie. »Und jetzt laß deinen Charme spielen, sonst muß ich es die nächsten Tage im Büro ausbaden.«

»Du tust wirklich alles, um deine Mitarbeiter bei Laune zu halten.«

»Tja«, sagte sie. »Und versuch bitte, nicht nur über deine sportlichen Erfolge zu reden!«

Als sie nach ein paar Minuten des ungestörten Luftholens wieder hereinkam, unterhielt sich Viktor angeregt mit Ellen. Ihre Mutter flirtete mit Mölius. Krüger stand hilflos daneben.

Simone nutzte die Gelegenheit, ihn endlich zu fragen, was er in seinem Büro mit der Einsicht gemeint habe, die sie gewonnen hätte.

»Na, ich denke, Sie geben den Plan mit den Schuhen auf!« antwortete Krüger.

»Wer hat Sie denn auf dieses Pferd gesetzt?«

»Na, Herr von ...«, rutschte es Krüger heraus, und er hielt mit offenem Mund inne.

»Otto-Paul von Attenfeldt! Na, sieh einer an! Ist ja nett.«

Sie mußte sich kurz die Situation vergegenwärtigen: Attenfeldt verließ ihr Büro, kurz nachdem sie gemeint hatte, sie solle das Projekt besser einstellen. Und dann war er schnurstracks zu Krüger gegangen.

»Davon kann keine Rede sein«, fuhr sie fort. »Das muß Herr von Attenfeldt falsch verstanden haben. Sie sollten sich zuverlässigere Informanten halten, Herr Krüger. – Einen Cognac?« fügte sie betont zuvorkommend an.

Volles Haus

Lange nach Mitternacht saß Simone auf dem Bett ihrer Mutter und ließ sich den Marbella-Aufenthalt schildern.

»Sieh bitte nach Peter!« sagte Barbara am Ende ihres

wenig informativen Berichtes. »Hoffentlich ist er mir nicht allzu böse, daß ich ihn so vernachlässigt habe.«

»Ich würde an deiner Stelle eher hoffen, daß er nicht ins Wohnzimmer reihert. Das kannst du nämlich selbst wegmachen.«

Krüger hatte den Rest des Abends die Cognacflasche umarmt und schlief jetzt im Wohnzimmer auf der Couch, wie sie sich vergewisserte.

»Wieso bist du so spät eingetroffen? Ich habe mir schon Sorgen gemacht«, fragte sie, als sie zurück ins Schlafzimmer kam.

»Na wegen des Effekts, natürlich. Ich war erst noch eine Kleinigkeit essen.«

»Und ich stehe hier mit den Gästen und warte! Wo ist eigentlich Robert Vonhof abgeblieben?«

»Keine Ahnung.«

»Habt ihr euch verkracht?«

»Was sagst du zu meinem neuen Image? Ich habe vier Kilo abgenommen! Lore, die geizige Ziege, hat mich gleich auf eine Obstdiät gesetzt, damit sie mich nicht verköstigen mußte und ich nicht mit zu den Essen gehen konnte, zu denen sie sich jeden Tag mit irgendwelchen uninteressanten Leuten verabredet hat.«

»Und warum bist du dann so lange dort geblieben? Krüger war schon ganz unruhig.«

»Ist das nicht absolut goldig?«

»Warum mußtest du dann noch den Waldschrat becircen?« Simone kicherte. »Meinst du, es war eine gute Idee, ihm das Gästezimmer anzubieten? Jetzt geht das Theater morgen früh weiter.« Sie gähnte. »Ich muß ins Bett. Ich räume nur noch schnell meine Sachen in dein Bad, dann können sich Krüger und Mölius um das andere streiten.«

»Komm nicht auf die Idee, mich in aller Frühe zu wecken!«

»Ist es dir lieber, wenn Rumpelstilzchen bei dir duscht?«

Frühstück

Als es an ihrer Schlafzimmertür klopfte, dachte Barbara, Simone käme zum Duschen, doch es war Peter mit einem Frühstückstablett.

»Wie spät ist es denn?« fragte sie verschlafen.

»Nach elf«, antwortete Peter und stellte das Tablett auf dem Bett ab. »Gut geruht?«

»Ich muß grauenhaft aussehen, so ganz ohne Make-up.«

»Zauberhaft«, sagte Peter und goß Kaffee ein. »Rutsch ein Stück, damit ich mich aufs Bett setzen kann.«

Peter bestrich eine Brötchenhälfte. »Nur Marmelade, keine Butter«, murmelte er.

Barbara wußte nicht so recht, was sie von der Aktion, die sich da auf ihrer Bettkante abspielte, halten sollte. Platzte in ihr Schlafzimmer rein! Ihn rauszuschmeißen würde bürgerlich verklemmt wirken. Da konnte sie nur an seine Arbeitsmoral appellieren.

»Müßtest du nicht im Büro sein?« fragte sie schroff.

»Ich gehe heute später. Jetzt machen wir es uns im Bett gemütlich und frühstücken zusammen.«

Was war denn in den gefahren? So kannte sie ihn gar nicht. Wie intensiv er roch! Nach Pfefferminz-Mundspray, womit er wohl seinen Kater kaschieren wollte, und mindestens genauso heftig nach Rasierwasser.

»Du bist schon angezogen«, wandte sie ein.

»Das läßt sich leicht rückgängig machen«, erwiderte Peter, zog die Schuhe aus und schwang die Beine auf die Matratze.

Notgedrungen rutschte sie auf die andere Hälfte des Wolffschen Ehebettes. Peter stellte zum Glück das Tablett wie ein Bollwerk gegen tätliche Angriffe in die Mitte.

»Schau her«, sagte er und gab ihr ein Päckchen, »ich habe ein Geschenk für dich!«

»Wie reizend! Was ist es denn?« Sie entfernte das Einwickelpapier. »Oh, Schmuck!« sagte sie beim Anblick der seidenbezogenen Schachtel.

»Wie man's nimmt. Es ist selbstgemacht!« sagte Peter. Er kasperte aufgeregt neben ihr herum.

Sie öffnete langsam das Etui. Spinnenartige Beine sprangen ihr entgegen.

»Ein Tier!«

Erschrocken schlug sie den Deckel zu. Die Beine hingen heraus und wippten. Mit spitzen Fingern stellte sie das Etui beiseite.

Peter lächelte unsicher. »Eine Daddy-Longleg. Damit wir bald zusammen gehen. Auf Forellen. Gefällt sie dir? Ich habe sie extra für dich gemacht.«

»Ach wirklich?« sagte sie. »Ein Köder, wie symbolisch! Reichst du mir bitte die Kanne?«

Peter ließ es sich nicht nehmen, ihr den Kaffee einzugießen.

»Nun guck nicht so traurig«, sagte sie. »Es ist ein ungewöhnliches Geschenk. Ich schaue es mir nachher in Ruhe an, ja? Und vielen, lieben Dank.«

Sein bewegtes Mienenspiel hätte ihr eine Warnung sein müssen. Peter lehnte sich über das Tablett. Sein heftiger Kuß traf sie unvorbereitet.

Kaffee schwappte auf die Bettwäsche.

»Nicht so stürmisch!«

Er küßte gar nicht schlecht, hampelte aber mit den Beinen herum. Sie öffnete die Augen, sah, wie sich auf seiner Hose ein feuchter Fleck ausbreitete.

Barbara wollte ihn gerade von sich stoßen, da bemerkte sie, wie er versuchte, mit dem Knie das Tablett zentimeterweise nach unten zu schieben, was auf der faltenwerfenden Zudecke nicht leicht war. Er mußte mit dem Bein in eine Tasse geraten sein.

Endlich war das Hindernis am Fußende angelangt. Forsch faßte er nun mit beiden Händen an ihre sensiblen Körpervorsprünge.

Er flüsterte »meine kleine Bachforelle« und »bezaubernde Äsche« in ihr Ohr und knöpfte ihre, besser gesagt die ehemals Hansernst Wolffsche, Pyjamajacke auf.

Sie machte sich an seinem Hemd zu schaffen, als sie jemanden ins Zimmer kommen hörte.

»Lassen Sie sich durch mich nicht stören!« meinte Mölius freundlich und nahm das halbe Marmeladenbrötchen vom Tablett. »Ich geh' nur ins Bad.«

Peter ließ von ihr ab.

Barbara fauchte den Waldschrat an: »Was fällt Ihnen ein? Benutzen Sie gefälligst das andere Bad!«

»Das hat nur eine Dusche, ich muß jedoch baden. Ich bade jeden Morgen. Sie gestatten?«

Er verschwand samt Brötchen, und sie hörten die Türverriegelung.

Peter starrte ihm nach. »Das war's denn wohl«, sagte er enttäuscht.

»Ach komm«, antwortete sie und ließ sich zurück in die Kissen fallen. »Vergiß Rumpelstilzchen. Setz noch mal bei ›zauberhafte Äsche‹ ein.«

Diese Verliebten!

Auf dem Weg zum Büro besorgte Simone einen großen Blumenstrauß für Ellen, um sich für ihre Hilfe bei dem Fest zu bedanken.

»Ist der von ihm?« fragte Ellen errötend, als sie ihn auf ihrem Schreibtisch vorfand.

»Nein, bloß von mir«, erklärte Simone und konnte sich die Frage sparen, wie die Unterhaltung mit Viktor verlaufen war. Ellens verträumter Blick sprach Bände.

Das Telefon klingelte. Krüger erkundigte sich, wo in der Nähe der Wolffschen Villa ein Bäcker sei.

In der Frühstückspause schwärmte Ellen ihr von der gestrigen Begegnung mit ihrem Traummann vor.

Krüger rief an, um zu fragen, wo in der Küche die Filtertüten zu finden wären.

»Heute abend wollen wir zusammen laufen!« sagte Ellen so verzückt, als habe Viktor sie zu einem Essen im *Schiffchen* eingeladen.

»Ach ja?« sagte Simone. Das hatte sie nun von ihrer Verkuppelungsaktion. In Zukunft würde sie alleine joggen müssen. »Ich wußte gar nicht, daß Sie auch Sport treiben.«

»Sicher«, sagte Ellen eifrig. »Ich gehe ins Fitneßstudio, spiele Volleyball, und früher habe ich ganz gut Tennis gespielt. Viktor hat mir schon angeboten, mich zu trainieren.«

Simone schluckte. Da hatten sich ja die Richtigen gefunden.

Krüger war schon wieder am Telefon. Er wollte wissen, was genau Barbara gerne frühstücke.

Diese verliebten Pärchen gingen Simone auf den Wecker.

»Wissen Sie, was die Koseform von Viktor ist?« fragte Ellen, als wäre ihr Bericht nicht durch den lästigen Krüger unterbrochen worden.

Simone verneinte.

»Trienes! Süß, nicht? So hat ihn seine Nanny genannt. Ja«, sagte Ellen mit gegen die Decke gerichteten Augen, »ich weiß alles über ihn. Er ist so lieb und überhaupt nicht eingebildet. Ist seine Villa nicht ein Traum?«

»Sie waren noch bei ihm?« fragte Simone.

»Und bei mir«, ergänzte Ellen. »Er hat mich nach Hause gefahren. Mit seinem Jaguar. Superschick!«

»Mmh«, grummelte Simone, der Porsche hätte auch gereicht, um Ellen zu beeindrucken. Früher oder später würde Ellen hart auf dem Boden der Beziehungsrealität aufschlagen. Und dann … sie wollte lieber gar nicht daran denken. Mit Assistentinnen war es immer das gleiche: Entweder hatten sie Liebeskummer, oder sie heirateten und wurden schwanger, sobald man sich an sie gewöhnt hatte.

Als gegen Mittag die Post kam, war darunter ein großer Umschlag aus Venedig.

Hastig riß sie ihn auf und zog ein großes Schwarzweißfoto der Ca' d'Oro heraus. Arno hatte also eine Möglichkeit gefunden, seine Filme zu entwickeln. *In Liebe, Arno* stand auf der Rückseite. Sonst nichts.

Versonnen betrachtete Simone das Bild.

Da schaute Krüger geradezu widerlich gut gelaunt herein, um sich bei ihr für den Abend zu bedanken, aber im Grunde, um sie zu bitten, Diskretion zu wahren. Es müsse ja nicht jeder wissen, daß er nicht mehr ganz nüchtern gewesen sei.

Zum einen war »nicht mehr ganz nüchtern« eine gelinde Untertreibung dafür, daß er volltrunken in ihrem Wohnzimmer gelegen hatte, und zum anderen fand sie die

Unterstellung, sie würde so was eventuell ausplaudern, auch nicht eben charmant.

»Ich bin jedenfalls froh, daß Sie den Abend so gut überstanden haben«, sagte Simone.

»Mir geht es glänzend!« jubilierte Krüger. »Danke, daß Sie mir heute morgen geholfen haben. Und wenn ich mich mal revanchieren kann ...« Er zwinkerte Simone vertraulich zu. Er war bei ihrer Mutter gelandet. Diese Einsicht gefiel ihr nicht.

»Das können Sie in der Tat!« sagte Simone und sah, wie Krügers Gesicht einen schmerzlichen Ausdruck annahm. Sie suchte die Papiere heraus, die ihr der Agent ihrer Mutter umgehend bezüglich des Sponsorings einer Fernsehserie geschickt hatte.

»Wir haben das einmalige Angebot zum Product Placement in einer erfolgreichen Fernsehserie. Damit können wir unseren Umsatz unglaublich steigern. Stellen Sie sich vor, Jenny Elvers oder Verona Feldbusch werden unsere Produkte in Händen halten.«

Sie hielt ihre geöffneten Hände in Brusthöhe, aber so weit vom Körper, als habe sie einen großen Busen, um Krüger die Tragweite dieser Aussage bildlich deutlich zu machen.

»Was glauben Sie, wie das den Umsatz ankurbelt!«

Krüger dachte kurz nach, dann zeigte er ein breites, wohlgefälliges Grinsen und schlug ihr auf die Schulter. »Glänzend! Wir verzichten zukünftig auf die Fernsehspots. Product Placement ist wesentlich erfolgreicher. Prinz muß mir Vergleichsdaten zusammenstellen. Und Sie schreiben mir ein Memo mit den genauen Details: Kosten, Sendetermine, Sehbeteiligung. Eine erfolgreiche Serie? Welche denn, vielleicht kenne ich sie.«

»Äh, ja. Sie läuft erst in knapp einem Jahr an. Aber sie wird ein Knüller, da bin ich sicher.«

»Sie haben gedacht, der Krüger merkt's nicht, wenn Sie flunkern.« Er drohte ihr verschmitzt mit dem Zeigefinger. »Aber ich muß sagen, manchmal haben Sie sogar brauchbare Ideen.«

Nachdem Krüger gegangen war, rief Simone sofort in Venedig an, um die Funkstille zwischen ihr und Arno zu beenden. Sie hatte Glück. Arno war gerade von einem längeren Streifzug um das Arsenal zurückgekommen.

Sie bedankte sich für das schöne Foto und sagte ihm, daß sie es bedaure, ihm Vorwürfe wegen seiner Mutter gemacht zu haben. Für die könne er schließlich nichts.

»Ich habe mich sicherlich zu sehr von Yolanda beeinflussen lassen. Du hast natürlich völlig recht.«

»Womit?« fragte Simone, erstaunt über diesen Sinneswandel.

»Weißt du, Yolanda schämt sich vor ihren Freundinnen für das Unternehmen. Daß Hansernst in Fußpilz machte, war ihr schon früher peinlich. Nur deshalb redet sie vom Verkaufen.«

»Aber für Schuhe müßte sie sich nicht schämen!« sagte Simone.

»Ich finde, du solltest das Projekt weiterverfolgen. Wenn sich herausstellt, daß es unrentabel wird, können wir es stoppen. Solange nicht große Summen investiert werden, sehe ich da kein Problem.«

»Danke, mein Liebster!«

»Oh, bitte, gern geschehen.«

»Wann kommst du zurück?«

»Du, Yolanda ruft, wir seien im *Danieli* zum Tee verabredet. Laß uns heute abend telefonieren. Ich muß mich noch umziehen.«

»Viel Spaß!«

»Dir auch!« wünschte Arno.

»Beim Arbeiten?«

Illustriertenrolle

»Gucken Sie mal, Frau Schmitzke, da ist ein Bild vom Doktor!«

Edith Zeitz hielt ihr, noch in der Popelinejacke, eine Illustrierte hin. »Gut sieht er aus, finde ich«, fuhr sie fort, während sie ihre Kittelschürze aus der Tasche holte und anzog. »Wußte gar nicht, daß sich zwischen ihm und der Schauspielerin was angebahnt hat.«

Hella Schmitzke war von dem Foto hypnotisiert.

Bei einem Liebesurlaub in Marbella, stand darunter, *zeigte sich die Schauspielerin Barbara Roderich zum erstenmal mit ihrem neuen Begleiter, dem bekannten Industriellen Dr. Robert Vonhof, in der Öffentlichkeit.*

»Liebesurlaub, daß ich nicht lache! Das wüßte ich aber!«

»Ehrlich?« fragte die Zeitz frech und vertauschte die Straßenschuhe mit ihren Putzschlappen. »Sie waren doch nicht dabei.«

»Pah! Das fehlte mir gerade noch.«

»Was machen die Gäule?« fragte die Zeitz.

»Sind nicht so gut gelaufen, diese Woche. Reden wir später drüber. Tun Sie erst mal Ihre Arbeit. Heute sind die Fenster dran.«

»Ich fang' ja schon an!«

Die Schmitzke rollte die Illustrierte nervös in den Händen. Sollte sie, oder sollte sie nicht? Sie konnte den Doktor schlecht zur Rede stellen, aber gewußt hätte sie schon gerne, ob an der Sache etwas dran war. Seit seiner Rückkehr aus Marbella hatte die Roderich nicht mehr bei ihnen gegessen. Aber vielleicht trafen sie sich nun heimlich, zum Beispiel bei ihr. Wer weiß? Diese Schauspielerin war imstande, den Doktor in ein festes Verhältnis zu verwickeln, und dann konnte sie sich einen neuen Arbeitgeber suchen. Das war in ihrem Alter und in diesen Zeiten äußerst schwierig. Wenn da also was im Busch war, dann war es allemal besser, frühzeitig Bescheid zu wissen.

Entschlossen strebte sie auf das Wohnzimmer zu, in dem der Doktor beim Frühstück saß, und hielt ihm die aufgeschlagene Seite hin.

Er ließ die Zeitung sinken und nahm die Illustrierte zur Hand.

»Schönes Foto!« sagte er und gab ihr das Heft zurück.

War das alles?

»Haben Sie denn gelesen, was darunter steht?«

Er guckte noch einmal auf die Seite und zuckte mit den Schultern. »Das nimmt sowieso niemand ernst.«

»Immerhin steht es da schwarz auf weiß.«

»Das ist nun nicht mehr zu ändern.«

»Soll ich es denn dementieren, wenn ich gefragt werde? Ich meine, bestimmt werde ich gefragt, und dann muß ich ja irgendwas sagen.«

»Ein Kommuniqué müssen Sie nicht gleich herausgeben. Außerdem wäre es uncharmant Frau Roderich gegenüber. Belangloser Klatsch. Würden Sie mich jetzt bitte entschuldigen.«

Der Doktor setzte ungerührt seine Zeitungslektüre fort.

Von einem Fest zum anderen

Barbara, die aus Bequemlichkeit schnell wieder zu ihrem Schlabberlook zurückgefunden hatte, saß schon frühzeitig vor Beginn der Pokerrunde bei Chantal Schulte-Freising auf der Terrasse. In der oberen Etage des Vonhofschen Hauses wurden die Fenster geputzt, und geradezu fasziniert sahen die beiden Frauen der Zeitz dabei zu.

»Ich müßte auch mal wieder zur Kosmetikerin«, erinnerte sich Chantal angesichts der Fassadenreinigung am Nachbarhaus.

»Tja, ein wenig auf sich zu achten kann nicht schaden«, erwiderte Barbara. »So kommt man in die Illustrierte. Haben Sie mich mit Robert Vonhof gesehen?«

»Wo?«

»Na, auf dem Foto in *Farbige.*«

»Ach so, ja. Aber ich wußte doch schon, daß sie zusammen in Marbella waren.«

»Stimmt auch wieder. Und was sagen Sie? Wir hatten ja kaum Gelegenheit, uns an dem Abend zu unterhalten.«

»Sie waren zu sehr mit Mölius beschäftigt. Ich habe sein Auto am nächsten Morgen vor Ihrem Haus stehen sehen.«

»Ganz reizender Mann. Nett, daß Sie ihn mitgebracht haben.«

»Finden Sie wirklich? Er sieht aus, wie ich mir als Kind das …«

»Rumpelstilzchen, ich weiß, was Sie meinen.«

Sie lachten.

»Wieso kam Vonhof eigentlich nicht mit Ihnen zusammen aus Marbella zurück?«

»Ach, das muß ich Ihnen erzählen!« sagte Barbara. »Es

gab eine tolle Verwechslung. Als wir abgelichtet wurden, dachte der Fotograf, Robert sei Sean Connery!«

»Dabei hat Vonhof gar keine Tätowierungen!«

»Sehen Sie, Ihnen wäre das auch aufgefallen! Zuerst fand ich den Irrtum schmeichelhaft. Aber habe ich es nötig, mich mit einem Look-alike fotografieren zu lassen?«

Um ihre Rachegelüste zu befriedigen, hatte Barbara in der Redaktion der *Farbigen* angerufen. Natürlich wollten die das Bild kippen, als sie den Irrtum aufklärte. Sie mußte ihre ganze Überredungskunst aufbieten, um sie zum Ändern der Bildunterschrift zu bewegen. Roberts Freundin würde das Bild sehen, denn im Zug hatte sie auch die *Farbige* gelesen. Robert sollte es bitter bereuen, sie so gedemütigt zu haben!

»Was sagt Vonhof denn dazu, daß Mölius bei Ihnen übernachtet hat?« fragte Chantal.

Barbara zuckte mit den Schultern. »Ich nehme an, er weiß es nicht. Wie hat Ihnen die kleine Feier gefallen? Ist am Schluß etwas aus dem Ruder gelaufen, aber ich mag das.«

»Wo wir gerade von Festen reden: Wir veranstalten bald unsere traditionelle Pool-Party. Recht kurzfristig meist, denn bei dem Wetter weiß man nie, auf jeden Fall, bevor wir in unser Haus an der Côte fahren. Sie und Ihre Tochter sind natürlich herzlich eingeladen. Ich sage dann noch rechtzeitig Bescheid. Sie kommen mit Robert Vonhof?«

»Darauf können Sie wetten!«

Hoch gepokert

»Ich erhöhe um zehn«, sagte Frau Professor Wurz. »Beeindruckendes Foto von Ihnen in der Presse. Da kann man mal sehen, was Make-up ausmacht.«

»Ist das nicht fabelhaft!« sagte Chantal, paßte und schenkte sich Whisky nach. »Barbara und Robert Vonhof. Wer hätte das gedacht?«

»Pah!« machte die Schmitzke. »Die zehn und noch fünf.«

»Kleckerkram!« sagte Irmgard Pauly, paffte eine Rauchwolke aus ihrer Pfeife und legte ihre Chips in den Pott.

»Was soll denn diese abfällige Äußerung?« fragte Barbara die Schmitzke und ging mit.

»Fühlen Sie sich nicht zu sicher!« sagte die Schmitzke.

Barbara wußte nicht so recht, ob sie das auf ihr Blatt oder auf das Foto beziehen sollte.

»Für wen haben Sie eigentlich Ihren letzten Gewinn gespendet?« fragte sie, um die Schmitzke zu verunsichern. Sie war überzeugt, daß die Haushälterin den Pott einstrich, um für ihre Pferdewetten flüssig zu sein. »Für den Jockey-Pensionsfond?«

»Lächerlich!« sagte die Schmitzke. »Ich bin noch unentschieden. Es gibt ja so viele Bedürftige.«

»Vor allem auf Rennplätzen.«

»Meine Glückspfeife ist ausgegangen!« rief Irmgard Pauly erschrocken. »Ich passe.«

Hoffentlich zahlte die Wurz noch weiter in den Topf ein! Barbara hielt ein absolut geniales Blatt in ihrer Hand, was wenig nützte, wenn die Mitspieler zu früh ausstiegen. Die Karten der Schmitzke schienen auch nicht übel zu sein. Die Gier stand ihr ins gut durchblutete Gesicht geschrieben.

»Robert heute abend zu Hause?« fragte Barbara wie nebenher.

»Nein!« antwortete die Schmitzke. »Die zwanzig und noch fünfzig.«

»Ihre fünfzig und fünfzig.«

»Meine Damen«, sagte Frau Professor Wurz, »da muß ich leider passen.«

»Unterwegs?«

»Ja«, sagte die Schmitzke verbissen und kalkulierte den Wert ihrer Chips.

»Ach, schon wieder?« sagte Chantal. »Vielleicht sehen wir bald ein neues Foto von ihm in der Zeitung.«

»Unwahrscheinlich!« sagte die Schmitzke. »Er ist an sich sehr diskret. Aus reiner Höflichkeit läßt er sich für die Zwecke anderer einspannen.«

»Wußte ich gar nicht«, sagte Chantal. »Dann hilft er sicher gerne bei der Vorbereitung des Benefiz-Golf-Turniers. Gleich morgen frage ich ihn.«

»Und weitere fünfzig«, sagte die Schmitzke und schob ihre restlichen Chips in die Mitte des Tisches, »er ist aber in Frankfurt am Main.«

»Was macht er denn da?« fragte Chantal.

»Das werde ich Ihnen gerade sagen!« antwortete die Schmitzke.

»Diskretion! Diskretion!« riefen Irmgard Pauly und Frau Professor Wurz im Chor.

Die Schmitzke kniff die Lippen zusammen.

Das war nun ärgerlich, fand Barbara. Robert besuchte seine Urlaubs-Tussi. Bei seinem Versuch, ihr das Foto in der Illustrierten zu erklären, wäre sie gerne dabeigewesen.

Barbara zählte ihre restlichen Chips. »Da gehe ich lokker mit, liebe Frau Schmitzke«, sie zog zwei Scheine aus der Tasche und legte sie auf das Chipshäufchen, »und erhöhe um zweihundert.«

Am Hals der Schmitzke bildeten sich rote Flecken.

»Reicht's nicht?« fragte Barbara. »Ich kann Ihnen zweihundert leihen.« Sie reichte das Geld über den Tisch. »Aber Sie wollen sicher erhöhen, stimmt's?«

»Ganz genau.« Die Schmitzke schaute in die Runde.

Irmgard Pauly war mit ihrer Pfeife befaßt.

Frau Professor Wurz friemelte zur Decke starrend an ihren Haaren.

Chantal sagte: »Ich hole Nachschub!« und verschwand.

Simones Bankkonto im Rücken, war sie bereit, jeden Betrag gegen die Schmitzke zu wetten. Mit vier Assen war ihr Blatt nur durch einen Straight Flush zu schlagen. Die Chance, daß die Schmitzke einen in der Hand hielt, stand eins zu fünfzehntausend.

Gelassen lehnte sie sich zurück und sah die Schmitzke schwitzen.

Chantal erschien mit einem Bündel Hunderterscheine.

»Wenn Sie's nicht zurückzahlen können, müssen Sie's abarbeiten«, sagte sie zur Schmitzke.

»Viel Spaß!« sagte Irmgard Pauly. »Ich dachte, wir gehen nicht übers Limit.«

»Erst zocken wollen und dann kneifen ist nicht!« beschied Barbara die Runde.

»Und noch zweihundert«, sagte die Schmitzke und hielt Chantal die Hand hin. Sie reichte ihr die Scheine und notierte den Betrag in ein Büchlein.

»Die zweihundert und weitere zweihundert«, konterte Barbara und legte die Scheine dazu. Was für ein Glück, daß sie Bargeld von Simones Konto gebunkert hatte.

Die Schmitzke ließ sich noch zwei Hunderter geben, erhöhte also nicht. Schade!

Barbara legte ihr Blatt auf den Tisch.

Die Schmitzke wurde bleich wie eine Pik-Dame.

»Ich bekomme dann noch eine Unterschrift, liebe Frau

Schmitzke«, sagte Chantal geistesgegenwärtig und hielt ihr das Schuldenbuch hin.

»Das war's für heute«, sagte Irmgard Pauly und klopfte ihre Pfeife aus. »Schade um Ihr Full House, Hella. Aber Sie können es ja abarbeiten.«

»Pah!« machte die Schmitzke.

Barbara stopfte die herumliegenden Scheine in die Tasche. Frau Professor Wurz tauschte ihr die gewonnenen Chips gegen Bargeld ein.

»Das wird ja eine dicke Spende«, sagte Chantal. »An wen geht sie denn?«

»An erfolglose Schauspielerinnen!« sagte die Schmitzke, ihr zuvorkommend.

Mit dem Plural lag sie knapp daneben.

Ein bekannter Rücken

»Mein Name ist Molokai, Michael Molokai«, sagte Robert am Empfangstresen der Massagepraxis. »Ich bin bei Frau Hallstein angemeldet.«

»Haben Sie ein Handtuch dabei?«

»Nein, und ich würde gerne im voraus zahlen.«

Die Frau hinter dem Tresen trug über dem Polohemd eine Perlenkette. Sie schrieb eine Quittung aus und reichte sie Robert.

»Frau Hallstein ist noch in einer Behandlung«, sagte die Frau auf dem Weg zu einer freien Kabine. »Ich lege Sie solange unter die Heißluft.« Und durch die gelb-weiß gestreiften Vorhänge um die Kabinen sagte sie: »Mona, ich bringe Herrn Molokai in die Drei.«

Aus der Kabine kam keine Antwort. Sicher wunderte

sich Mona über den seltsamen Namen. Sich zu nennen wie die Insel, auf der sie sich ihre Liebe gestanden hatten, war ihm spontan bei der Terminvereinbarung eingefallen. Er lächelte bei dem Gedanken an Monas verwundertes Gesicht.

Robert legte sich bäuchlings, nur mit Boxershorts bekleidet, auf die mit einem beigen Handtuch bedeckte Liege und starrte durch das Guckloch auf das Gestänge und den Parkettboden.

Mona unterhielt sich mit ihrer Patientin über das gestrige Fernsehprogramm. Ihre Stimme so dicht neben sich zu hören verstärkte seine gespannte Erwartung. Wie sie wohl reagieren würde? Sein Bild mit Barbara in der Illustrierten hatte schließlich den Ausschlag gegeben. Er wollte Mona nicht wegen solch einer albernen Angelegenheit verlieren. Außerdem hatte er sie lange genug zu sich selbst finden lassen. Er war ja bereit gewesen, ihren Willen zu respektieren, aber wenn er sich nicht um sie bemühte, würde sie das wieder als Desinteresse ausdeuten.

Sein Rücken war kurz davor, gar zu werden. Da hörte er hinter sich die Vorhangringe scheppern und sie sagen: »Guten Tag, mein Name ist Mona Hallstein.«

Er rührte sich nicht.

»Robert!« flüsterte sie tonlos.

Er drehte sich um, konnte sich aber unter dem Heißluftgerät nicht aufsetzen.

Wortlos strahlte er sie an, den Kopf auf die Hand gestützt. Sie sah so anders aus, viel jünger. Sie trug ein T-Shirt, Leggings und Turnschuhe.

»Was machst du denn hier?«

Mona schob das Gerät beiseite und schaltete es aus.

»Ich dachte schon, ihr wolltet mich grillen«, sagte Robert. »Ich hatte Sehnsucht nach dir. Und da du dich nicht meldest, mußte ich zu dieser kleinen List greifen.«

Mona fuhr sich verlegen durch die Haare. »Du hättest dich anmelden sollen!«

»Habe ich. Ein ganz regulärer Termin. Willst du nicht anfangen?«

»Womit?«

»Na mit der Massage, selbstverständlich.«

Sie griff zum Dosierspender mit der Lotion, und er legte sich wieder flach auf den Bauch.

»Habe mir extra deinen letzten Termin am Tag geben lassen. Es würde mich freuen, wenn wir anschließend zusammen essen gehen.«

»Wie geht es dir?« fragte Mona.

»Ich war in Marbella«, antwortete Robert.

»Ich weiß.«

»Stimmt, ich habe dir eine Karte hierher geschickt. Ist nicht meine Art, Ansichtskarten zu schreiben, aber du hast mir ja verboten, dich anzurufen.«

»Ich habe versucht, dich zu erreichen, aber da war eine angeheiterte Frau am Telefon.«

»Das kann gar nicht sein. Du mußt dich verwählt haben.«

»Jetzt leugne nicht! Das war an dem Abend, an dem du in Marbella angekommen bist.«

»Da war ich auf dem Boot.«

»Mit einer Frau.«

»Eben nicht. Barbara kam gar nicht an Bord, sie hat bei Lore übernachtet.«

»Also doch! Liebesurlaub in Marbella! Stand ja auch dick und fett in einer Illustrierten.«

»Ich habe schon befürchtet, daß du das Foto gesehen

hast. Das war nur ein Gag von Barbara. Glaube mir, sie war die ganze Zeit mit Lore zusammen.«

»Das sagt man dann so!«

Rasch drehte Robert sich um und küßte sie.

»Spinnst du?« flüsterte sie.

»Glaubst du mir jetzt?«

»Leg dich bitte wieder hin.«

»Wenn du versprichst, gleich mit mir essen zu gehen.«

»Also gut. Und jetzt laß mich weiterarbeiten.«

»Nur zu. Ich liege und genieße.«

Unterwegs

Verärgert darüber, daß Robert nach Frankfurt gefahren war, wählte Barbara Peter Krügers Bürodurchwahl, um sich mit ihm für den Abend zu verabreden. Krüger lud sie zu sich nach Hause ein und zeigte damit eine erstaunliche Flexibilität.

Nach diesem herrlichen Triumph beim Pokern war ihr nach Feiern zumute. Und Simone konnte sie schlecht von ihrem Gewinn erzählen, ohne ihr einen Teil zurückzuzahlen.

»Du hast Glück, daß ich heute früher nach Hause gekommen bin«, sagte Simone. »Mit dem Taxi ist es recht weit.«

»Auch nicht weiter als mit jedem anderen Auto«, konterte ihre Mutter. »Aber danke, daß du mich fährst. Ich dachte, du mißbilligst meine Treffen mit Peter.«

»Ich weiß wirklich nicht, was dich an ihm reizt. Habt ihr jetzt ein Verhältnis?«

»Du meinst, ob wir miteinander schlafen?«

Ihre Tochter nickte.

»Dann sag das auch! Verhältnis! Ich bitte dich. Wo leben wir denn?«

»Na, ich hoffe wenigstens, ihr paßt auf.«

»Womit?« fragte Barbara.

»Beim Sex, natürlich. Man weiß ja nie.«

»Das ist wieder typisch: Ich denke bei Sex an Spaß, du an Krankheiten. Hältst du das für gesund? Im übrigen: Mit was sollte ich mich bei Peter anstecken? Mit Schuppen?«

Simone lachte. »Ich dachte in Anbetracht deiner exzessiven Auslandsreisen auch eher an ihn.«

»Na hör mal! Du scheinst ja zu glauben, ich sei völlig verantwortungslos.«

»Stimmt das etwa nicht?«

Barbara schwieg einen Moment. »Warum muß jedes unserer Gespräche eine gehässige Wendung nehmen?« sagte sie. »Egal, was unser Thema ist, früher oder später kommst du auf deine angeblich so unglückliche Kindheit zurück. Hört das denn nie auf? Du bist inzwischen verheiratet und solltest langsam erwachsen werden. Ich mag ja meine Fehler haben, aber mußt du sie mir unentwegt unter die Nase reiben? Mit welchem Recht kritisierst du mich ständig?«

»Mit dem Recht desjenigen, der unter deiner Abwesenheit gelitten hat. Glaubst du tatsächlich, keine Eltern zu haben verwächst sich mit der Zeit?«

»Keine Eltern? Du hattest drei Mütter und zwei Väter zur Auswahl!«

»Wer hat mich an meinem ersten Schultag begleitet? Omi. Und wer hat mich gepflegt, als ich die Masern hatte? Auch Omi. Nur zur Abiturfeier bist du erschienen, um mit mir anzugeben und überall rumzuerzählen, ich würde bei dem Notendurchschnitt natürlich Medizin studieren. Daß ich Kunstgeschichte belegen wollte, hast du als Spinnerei abgetan. Was meinst du, warum ich mir nicht vorstellen kann, Kinder zu bekommen? Weil ich nie erlebt habe, was eine richtige Familie ist.«

»Dann guck dir Fernsehserien an, da siehst du es! Also bitte, das ist geradezu lächerlich. Du bist in einer Freiheit aufgewachsen, von der andere Kinder nur träumen können. Es hatte schon seinen Grund, warum die nervtötenden Blagen aus deiner Klasse bei uns rumhingen. Wenn ich mir Rollen erarbeiten wollte, bin ich in die Wohnung von Kollegen gegangen. So sah das aus. Und nur weil ich ausgerechnet an deinem ersten Schultag ein wichtiges Casting hatte, behauptest du, ich sei nie dagewesen. – Wie weit ist es denn noch?« fragte sie ungeduldig und leid, sich zu rechtfertigen.

»Hier muß es irgendwo sein.«

Sie fuhren durch ein Wohngebiet. Simone hielt vor einem Zweifamilienhaus.

Wassermusik

Krüger führte Barbara in seine Wohnung im ersten Stock. Die Einrichtung schien er komplett aus einem Katalog für rustikales Wohnen bestellt zu haben. Sie wunderte sich über das Fehlen jeglicher individuellen Ausgestaltung, bis sie in sein Arbeitszimmer kamen. Gegenüber dem Schreibtisch stand ein Sofa. Im schummrigen Licht einer Stehlampe warfen präparierte Fischköpfe an den Wänden unheimliche Schatten. Zwischen den Fenstern stand ein Schaukasten mit Fliegen. In der Schrankwand leuchtete die Anzeige des CD-Players.

»Gläschen Sekt?«

Auf seinem Schreibtisch stand ein Tablett mit Kühler und zwei Gläsern. Während er sich mühte, den festsitzenden Korken von der Flasche zu entfernen, nahm sie ein gerahmtes Foto zur Hand, das eine Frau mit zwei kleinen Kindern und einem struppigen Hund zeigte.

»Deine Frau?« fragte sie.

»Nein, nein. Wir hatten keine Kinder. Das ist meine Schwester Marlies.«

»Hat sie keinen Mann?«

»Doch, leider. Kein guter Charakter.«

»Wieso das? Angelt er nicht?« Sie stellte das Bild wieder auf den Schreibtisch.

»Ulf Pachulke und Fischen!« Krüger lachte bitter. »Dazu fehlt ihm das Format. Aber er gehört nun mal zur Familie. Und die ist mir heilig.«

»So! Merkwürdig, daß du trotzdem geschieden bist.«

»Das ist eine andere Geschichte.« Er reichte ihr ein Glas. »Setz dich bitte.«

Krüger ließ sich neben ihr auf dem Ledersofa nieder. Ihre Oberschenkel berührten sich. Sie schaute geradeaus auf die Leuchtanzeige der Stereoanlage. Das Plätschern von Streichern, Oboen, Fagotten und Hörnern schwoll an.

»Händels Wassermusik?«

Peter strahlte. »Gefällt's dir?«

»Offen gesagt, drückt's auf die Blase. Wo ist denn die Toilette?«

Barbara suchte eine Gelegenheit, das Terrain genauer zu sondieren, bevor sie sich die Wahrnehmungen vom Alkohol trüben ließ.

Sie schaute in die üppig mit Elektrogeräten ausgestattete, holzverkleidete Küche, die vermutlich nie benutzt wurde, und öffnete einen Spaltbreit die Tür zum bieder mit einem großen Bett eingerichteten Schlafzimmer.

Die runde Wanne im Bad zeugte von mangelndem ökologischen Bewußtsein.

Sie bediente die Wasserspülung und betrachtete sich im Spiegel über dem Waschtisch, puderte die Nase und wuschelte zur Erzielung eines lasziven Ausdrucks ihre Haare auf. Um sich nach dem anstrengenden Gespräch mit ihrer Tochter auf Peter einzustimmen, legte sie den Kopf schräg und formte den Mund zu Küssen, bis der Spiegel beschlug.

Schließlich konnte sie nicht widerstehen, noch schnell die Schiebetür des Spiegelschrankes zu öffnen. Neben dem Rasierzeug standen mehrere Flaschen Dr. Wolff-Deo-Fußspray. Der Vorrat an neuen Zahnbürsten war beachtlich und ließ auf häufigen Übernachtungsbesuch oder Angst vor Parodontose schließen. Außer einer angebrochenen Flasche *Oil of Olaz* deutete jedoch nichts, wie sie beruhigt feststellte, auf Konkurrenz hin.

Als sie versuchte, die Spiegeltür vorsichtig wieder zuzuschieben, klemmte sie. Das Blut stieg ihr ins Gesicht. Selbst als sie mit der flachen Hand auf den Spiegel drückte, bewegte sich die Tür keinen Millimeter. Welch eine mißliche Lage! Sie griff zu einem Handtuch, um wenigstens ihre Fingerabdrücke von der Scheibe zu wischen.

Seltsam war, daß die Wasserspülung noch lief. Literweise strömte Trinkwasser in die Kanalisation. Auch hier klemmte es offenbar. In was für eine Slapsticknummer war sie denn da hineingeraten? Peter hatte ihr den Weg zur Gästetoilette gewiesen, doch sie mußte ja unbedingt in der Wohnung herumstöbern! Nun blieb ihr nichts anderes übrig, als ihn zu holen.

Er drehte kurzerhand den Hahn an der Wasserleitung zu.

»Gefällt dir die Wohnung?« fragte er, als sie beide auf dem Sofa saßen.

»Hast du die Einrichtung ausgesucht?«

»Es ist völlig in Ordnung, daß du dich umgesehen hast. Ich habe nichts zu verstecken.«

Barbara betrachtete die in Zeitlupe aufsteigenden Sektbläschen und unterließ es, ihre Neugier zu rechtfertigen.

»Die Spiegeltür geht nur mit einem Trick wieder zu. Ich muß das reparieren lassen, aber wie das so ist, man hat anderes zu tun. Nun aber: Zum Wohl, meine Teure.«

Er erhob sein Glas.

»Du fragst dich wahrscheinlich, warum ich überhaupt eine so große Wohnung habe.«

Er legte den Arm um sie.

»Warum sitzen wir ausgerechnet in deinem Arbeitszimmer?«

»Man kann sich ohnehin nur in einem Zimmer aufhalten. Wenn ich fische, komme ich mit einem kleinen Zelt bestens aus. Ich genieße es, in der freien Natur zu sein. Kein Mensch weit und breit, nur das Rauschen des Wassers und der Bäume. Rasur entfällt sowieso, man wäscht sich, wenn überhaupt, im Fluß. Nachts schreien Käuzchen, und du hörst das leise Schwirren der Fledermäuse, wenn du wach im Zelt liegst.«

»Klingt verlockend!«

Sie stellte sich vor, wie öde es sein müßte, stundenlang auf einem Campingstuhl zu sitzen und Peter beim Angeln zuzuschauen.

»Schön, daß du das auch findest. Ich war mir erst nicht so sicher, ob du auf zivilisatorischen Komfort verzichten könntest. Natur pur ist eben nicht jedermanns Sache.«

»Was glaubst du, wie ich reise? Meinst du, im Himalaja

gibt's ein *Holiday Inn*? Oder bei den australischen Aborigines Zimmer mit Klimaanlage?« fragte sie. »Natürlich komme ich ohne aus.«

»Na, dann ist es ja gut. Ich dachte schon, du wärst so ein Luxusweib, das ohne Kosmetikkoffer völlig aufgeschmissen ist.«

»Was hat denn das eine mit dem anderen zu tun? Nur weil man in der Wildnis ist, muß man sich nicht gleich gehenlassen. Wozu gibt's Träger? Die einheimische Bevölkerung muß unterstützt werden, die sind angewiesen auf das Geld von Touristen.«

»So habe ich das noch nie betrachtet. Ich hielt die Ausbeutung von einheimischen Ressourcen bisher für den Ausdruck von kolonialem Imperialismus. – Wollen wir dann mal bedürftige Immigranten unterstützen?«

Verunsichert fragte sie, was er damit meine.

»Den Pizzaservice, natürlich. Oder hast du keinen Hunger?«

Beichte

Die Bettwäsche roch intensiv nach Waschmittel. Peter war eingeschlafen. Barbara verspürte eine unbändige Wut. Wieso lag sie nicht neben Robert? Sie hatte für ihn abgenommen, sich eine neue Frisur zugelegt. Und als sie bereit war, ihm alles zu geben, hatte er sie brüsk zurückgewiesen. Sie war mehrfach Opfer intriganter Kolleginnen geworden, hatte sich mit kleinen Rollen begnügen müssen, aber so erniedrigt wie in diesem Hotelzimmer in Marbella hatte sie sich noch nie zuvor gefühlt.

Und dann Simone! Was bildete sich ihre Tochter eigentlich ein? Sie konnte diese ewigen Vorwürfe nicht länger ertragen. Simone hatte Strafe verdient.

»Peter!« Sie schüttelte ihn so lange, bis er aufwachte.

»Ja, meine kleine Äsche«, murmelte er, »hast du auch ein wenig geschlafen?«

»Peter, ich muß dir etwas beichten!« sagte Barbara, setzte sich auf und stopfte sich das große Kopfkissen in den Rücken.

»Du hattest einen multiplen Orgasmus«, spekulierte Peter und rieb sich über die frisch gesprossenen Bartstoppeln.

»Jetzt sei mal ernst!«

»Das war ernst. Bist du etwa verheiratet?« riet Peter weiter.

»Ich nicht, aber Simone. Und mit wem?«

»Ach, Äschlein«, sagte Peter und küßte sie, »das ist jetzt doch egal.«

»Mit Arno Wolff!«

»Diesem Bürschchen, das sich irgendwo rumtreibt.«

Peter räkelte sich wohlig.

»Mein Gott, nun sei nicht so schwer von Begriff!« Peter war eine weitere Bestätigung dafür, daß sich bei Männern auch das Denkvermögen erst langsam wieder regenerieren mußte. »Meine Tochter ist doch mit dem Sohn von Hansernst Wolff verheiratet.«

»Und der ist tot«, sagte Peter, »und ihr habt das ganze schöne Geld geerbt.«

»Ihr?« fragte Barbara, kurzzeitig irritiert. »Darum geht es jetzt nicht. Aber was dich interessieren dürfte, ist, daß bei der nächsten Sitzung des, wie heißt das noch genau: Beirats darüber entschieden wird, ob, und jetzt paß gut auf, mein Fräulein Tochter«, Barbara hielt inne und sah Peter an, »mit dir zusammen Geschäftsführerin wird.«

»Luder!«

»Na hör mal, das kannst du mir nicht in die Schuhe schieben.«

»Ich meine nicht dich, sondern diese Störmer. Na, warte. Warum erzählst du mir das gerade jetzt?«

»Ich finde, du solltest es wissen.«

»Verstehe!« sagte Peter nachdenklich und warf sich dann auf sie. »Ich liebe dich, Äschlein.«

Bei Bertha

Nach dem Essen bestand Robert darauf, Mona nach Hause zu fahren, und ließ keinen Widerspruch gelten. Als sie bei den Wohnblocks ankamen, zwischen denen biertrinkende Jugendliche mit Motorrädern sich anscheinend prächtig beim Umfahren der Müllcontainer amüsierten, war es Mona durchaus recht, sich von ihm noch bis zur Wohnungstür begleiten zu lassen. Im flimmernden Neonlicht des Aufzugs musterte Robert die Graffiti an den grünen Kabinenwänden.

»Sind aber alles Eigentumswohnungen!« sagte Mona wie zur Rechtfertigung.

»Aha«, antwortete Robert.

Den Flur entlangzugehen war wie blindes Zappen durch die Fernsehkanäle. Aus jeder Wohnung drang der Ton eines anderen Senders.

»So, da wären wir«, sagte Mona. »Vielen Dank für den schönen Abend. Gute Heimfahrt.«

»Jetzt bin ich schon bis hierher gekommen, jetzt kannst du mich auch reinbitten.«

»Also, ich weiß nicht. Hast du keine Angst um dein Auto?«

»Vergiß es«, antwortete Robert.

»Ich habe dich gewarnt.«

Sie schloß auf und knipste das Licht an.

»Links das Bad, der üppige Wohnraum, luxuriös ausgestattet mit einem Sofabett, Schrankwand und Eßtisch. Die eingebaute Miniküche. Alles zusammen kleiner als dein Gästebad.«

»Du übertreibst. Trotzdem frage ich mich, ob du nicht einen Rappel kriegst, wenn du in dieser Wohnwabe sitzt.«

»Dann mache ich die Balkontür auf«, sagte sie, ihre Situation ins Lächerliche ziehend.

Die Katze maunzte von ihrem Platz in der Schrankwand Robert an.

»Darf ich vorstellen: die Dicke Bertha.«

»Nett, Sie kennenzulernen«, sagte Robert zu der Katze. »Habe schon viel von Ihnen gehört.«

»Du kannst sie ruhig duzen!« sagte Mona und schaute in ihren Kühlschrank. »Kann ich dir etwas anbieten?«

»Jedenfalls nichts zu essen oder zu trinken.«

Er trat hinter sie und schlang die Arme um ihre Taille. Sie legte den Kopf an seine Brust. Er küßte sie am Hals.

»Du hast mir so gefehlt!« sagte er leise. »Ich würde dich gerne viel öfter im Arm halten.«

Eine Weile stand Mona mit dem Rücken an Robert gelehnt. Wie auf dem Schiff bei der Walbeobachtung vor Maui. Dort brachten die Buckelwale ihre Jungen zur Welt. Das war eine schöne Erinnerung und ein idealer Anknüpfungspunkt, um Robert schonend beizubringen, daß sie schwanger war.

»Weißt du noch, wie wir die Walbeobachtungstour gemacht haben?«

Sie wartete einen Moment, um Robert Gelegenheit zu

geben, sich in die Situation zurückzuversetzen. Gerade als sie sich wunderte, warum er nicht antwortete, nieste er heftig. Erschrocken drehte sie sich um. Roberts Gesicht war puterrot. Sie konnte beinahe zusehen, wie es anschwoll.

»Entschuldige«, sagte er näselnd und öffnete nach Luft ringend die Balkontür.

Voller Sorge legte sie die Hand auf seinen Rücken und fragte, nachdem er ein paarmal tief durchgeatmet hatte, was ihm denn fehle.

»Meine Katzenhaarallergie«, erklärte Robert, »hatte ich völlig vergessen. Ich fürchte, nun kann ich doch nicht bleiben.«

Rasch verabschiedete er sich.

Mona hing an ihrer Katze, aber jetzt hätte sie die Dicke Bertha umbringen können. Dieses fette Stück Fell hatte Robert vergrault! Bertha schlich sich an Mona heran, als würde sie ahnen, daß ihr eine Zukunft im Tierheim drohte.

»Ist ja schon gut!« sagte sie zu der jämmerlich miauenden Katze und nahm sie auf den Schoß.

Robert rief, wie versprochen, an, sobald er auf der Autobahn war, und entschuldigte sich für seine überstürzte Abreise.

»War ganz allein meine Schuld«, sagte sie. »Hätte ich dich nicht reingebeten, wäre das nicht passiert. Geht es dir wieder besser?«

»Danke, ja.«

»Mit dem Auto alles in Ordnung?«

»Es fährt noch.«

Sie fragte, was alles fehle. Sie hatte ein zunehmend schlechtes Gewissen, Roberts Leib und Gut derartigen Gefahren ausgesetzt zu haben. Er konnte sie jedoch beruhigen.

»Das einzige, was mir fehlt, bist du.«

»Lieb, daß du das sagst.«

»Irgendwie sollte es möglich sein«, meinte Robert, »ein harmonisches Treffen ohne Mißverständnisse oder körperliche Beeinträchtigungen zu erleben. In Hawaii hat das unter schwierigeren Bedingungen besser geklappt.«

Geradezu unweigerlich kam Mona nun darauf zu sprechen, ob er das nicht als Zeichen verstehe. Sicher sei ihre Beziehung eben eine typische Urlaubsliebe, die den Alltagsrealitäten nicht standhalte, meinte sie pessimistisch. Im Grunde wollte sie nur ein vehementes Dementi provozieren.

Robert enttäuschte sie nicht und hielt – zumal für jemanden, der bei Nacht mit hoher Geschwindigkeit auf der Autobahn fuhr – eine bemerkenswert flammende Rede zugunsten ihrer Beziehung. Sie hätten mit einigen Anfangsschwierigkeiten zu kämpfen, was aber normal wäre, soweit er das, bar jeglicher Erfahrung, zu beurteilen in der Lage sei. Um sich wirklich kennenzulernen, müßten sie sich häufiger sehen. Da sie ja nicht zu ihm ziehen wolle, müsse man eine andere Lösung suchen.

»Wie findest du die Idee, bei mir zur Probe zu wohnen? Wenn du dein Apartment behältst, hast du jederzeit die Möglichkeit, dahin zurückzukehren. Nur bitte nicht heimlich im Morgengrauen, wenn es irgendwie geht.«

»Und was mache ich mit Bertha?«

Für Mona war die Katze ein unbestreitbares Hindernis, doch Robert faßte die Frage offenbar als prinzipielle Zustimmung auf.

»Na, da wird uns schon etwas einfallen!« antwortete er gut gelaunt.

»Ich gebe sie keinesfalls in ein Kinderheim«, sagte sie bestimmt.

Sie hörte Robert lachen. »Ein Tierheim wäre auch passender, meinst du nicht?«

»Auf keinen Fall!« Ihr Versprecher wurde ihr erst jetzt bewußt. Robert mußte denken, sie sähe in der Dicken Bertha einen Kindesersatz.

»Ich dachte auch mehr an eine Katzenpension oder was es da gibt. Eine Nachbarin, die sie versorgt, hast du vermutlich nicht.«

Nein, habe sie nicht, antwortete Mona, schockiert über ihren verbalen Ausrutscher.

»Gut«, sagte Robert, »dann bring sie mit. Ich werde mit einem Allergologen reden, ob ich mich desensibilisieren lassen kann.«

»Och, ich finde es ganz schön, daß du so sensibel bist. Würdest du das wirklich für mich tun?«

»Für dich würde ich alles tun. Mit drei Ausnahmen.«

»Und die wären?«

»Golf, Havannas und Martinis. Das würde ich nicht aufgeben wollen.«

»Auch deiner Gesundheit zuliebe nicht?«

»Die Frage ist unfair. Überleg dir das mit dem Probewohnen. Du kommst am nächsten Wochenende? Von mir aus kannst du dann gleich einziehen.«

»Du meinst mit Koffern und Katzenklo? Da würden deine Frau Schmitzke und Viktor sicher komisch gucken. Nein, laß es uns in Ruhe angehen. Ich laufe dir schon nicht weg.«

Sie legte, wie zur Bestätigung, die Hand auf ihren Bauch.

»Ich komme am Freitag zu Besuch, und du redest diesmal bitte rechtzeitig mit deinem Sohn.«

»Frau Schmitzke, Viktor, wo wir gerade beim Essen zusammensitzen«, begann Robert Vonhof am nächsten Mittag so förmlich, daß ihn sogar Viktor entsetzt anschaute, »möchte ich bekanntgeben, daß in Kürze hoffentlich wieder etwas mehr Leben ins Haus kommen wird.«

Hella Schmitzke befürchtete das Schlimmste.

»Willst du in der Bibliothek eine öffentliche Bar einrichten?« fragte Viktor grinsend. »*Die besten Martinis am Niederrhein* in Leuchtschrift über der Einfahrt. Keine üble Idee. Ließe sich was draus machen.«

»Ich werde darüber nachdenken. Aber wenn du nicht das Unternehmen ruinierst, können wir uns auch ohne Zusatzeinkünfte über Wasser halten. – Nein, ich habe Frau Hallstein gebeten, bei uns einzuziehen.«

Frau Schmitzkes Unterkiefer klappte herunter.

Viktor schluckte nervös.

»Zunächst auf Probe, sozusagen. Nicht, weil ich das für erforderlich hielte, sondern weil sich Frau Hallstein hier nicht willkommen fühlt. Ich bin daher entschlossen, ihr am nächsten Wochenende zu beweisen, daß mein werter Herr Sohn willens und in der Lage ist, sich wie ein Gentleman zu benehmen, und auch Sie, Frau Schmitzke, das dringende Bedürfnis verspüren, den, sagen wir, etwas zwiespältigen ersten Eindruck, den Sie hinterlassen haben, wettzumachen.«

Das Blut wich ihr aus dem Gesicht. Sie faltete im Schoß die Hände und schickte ein Stoßgebet gen Himmel.

»Ich sähe mich andernfalls gezwungen, beide Augen aufzuhalten, statt sie zuzudrücken, was zum Beispiel Ihre durchaus noble Vorliebe für Martinis oder das Hamstern von Lebensmitteln angeht. Ich hoffe, wir verstehen uns?«

Was blieb ihr übrig, als betreten zu nicken? Er war also im Souterrain gewesen! Sie hatte es im stillen befürchtet. Armer Ingo, nun würde er auf die geliebten Leckereien verzichten müssen. Vorerst zumindest.

»Frau Hallstein kommt am Freitag und bleibt bis Sonntag abend. Ich gehe davon aus, daß es keine unliebsamen Zwischenfälle geben wird.« Er guckte zu seinem Sohn.

Der bot ihm an, über das Wochenende wegzufahren.

»Wie sieht das denn aus?« fragte der Doktor. »Hast du so wenig Kinderstube mitbekommen, daß du dir nicht zutraust, höflich bleiben zu können?«

»Es war ein nett gemeintes Angebot!« verteidigte sich Viktor. »Ich bleibe hier, bis sie angekommen ist, und fahre dann nach Amsterdam. Frau Schmitzke hat am Wochenende sowieso frei, da seid ihr dann ganz ungestört.«

»Herzlichen Dank für deine Rücksichtnahme!« sagte sein Vater. »Darf ich fragen, was du in Amsterdam machst?«

Ja, das interessierte auch Hella Schmitzke brennend. Wie gut, daß der Doktor fragte.

»Kurzurlaub!« sagte Viktor enttäuschenderweise.

»Also gut.« Der Doktor wandte sich an sie. »Frau Schmitzke, Sie bereiten am Freitag noch ein kleines Abendessen und nehmen dann wie geplant frei.«

»Ich backe Ihnen vorher noch eine Torte!« versprach sie eifrig. »Und Samstag fahre ich gleich morgens zu meinem Ingo. Der wird sich bestimmt freuen, der gute Junge.«

»Bestimmt!« sagte Viktor.

Informationsdienst

Barbara schob langsam einen Zwanziger über den Tisch. Wie der Teufel aus der Kiste fuhr Edith Zeitz' Hand aus der Kittelschürze, erreichte die Banknote, und blitzartig verschwanden Hand wie Geld in der Schürzentasche. »Also los!« sagte sie aufmunternd. »Was gibt's diese Woche Neues?«

»Frau Schulte-Freising will sich liften lassen.«

»Ach nee?«

»Sie hat das nicht direkt gesagt, selbstverständlich, aber beim Aufräumen habe ich Prospekte von Kliniken gefunden, die so was machen. Mit Fotos von krummen Nasen und wie sie dann gerade sind, oder mit Hängebäckchen«, die Zeitz faßte sich ins Gesicht, »und ohne. Tut das nicht weh, wenn man das richten läßt?«

»Vermutlich. Außerdem ist es albern. Es kommt schließlich auf die inneren Werte an.«

»Das sagt mein Alter auch jedesmal, wenn ich ihn frage, ob er unbedingt im Unterhemd rumsitzen muß. Und ich sage dann: Deine inneren Werte kann man nur in Promille messen.«

»Gut gegeben, Frau Zeitz. Aber erzählen Sie mir lieber, was im Hause Vonhof vor sich geht.«

»Natürlich. Sie wollen schließlich was hören für Ihr Geld. Kann ich verstehen. Das bleibt aber unter uns, was ich Ihnen sage, und das kleine Trinkgeld auch?« Edith Zeitz sah sie mit zusammengekniffenen Augenbrauen an.

»Glauben Sie, ich renne zu Ihrer Frau Schmitzke und plaudere?«

»Bloß nicht!« antwortete die Zeitz besorgt. »Die versteht keinen Spaß.«

»Kann ich mir denken. Also, was jetzt?«

»Frau Schmitzke hat mich heute das Gästezimmer putzen lassen und beiläufig erwähnt, daß Viktor Freitag abend verreist und sie am Wochenende zu ihrem Enkel fährt.«

»Sie meinen zu dem, der Clown studiert?«

»Genau, der Ingo. Sie hat ja nur den einen und hängt sehr an ihm. Dabei ist er unehelich, wußten Sie das?«

»So viel Toleranz hätte ich ihr gar nicht zugetraut. Alle Achtung.«

»Aber ein Kind braucht einen Vater.«

»Bestimmt keinen, der sich zu Hause im Unterhemd vor dem Fernseher sitzend vollaufen läßt.«

Das saß.

»Mein Alter war aber nicht immer so. Das ist erst, seit er arbeitslos ist.«

»Tja, bitter, aber wahr. Sie haben also das Gästezimmer geputzt und dann?«

»Das heißt selbstredend, daß am Freitag abend Besuch erwartet wird, aber Frau Schmitzke trotzdem frei hat.«

»Na und? Bleibt sie sonst als Anstandsdame?«

»Eben! Also nein, nicht direkt, natürlich«, korrigierte sich die Zeitz und spielte nervös in der Kitteltasche mit dem Geldschein. »Sie kümmert sich eben um alles, gerade wenn Gäste da sind. Verstehen Sie?«

»Jetzt machen Sie's nicht so spannend!«

»Na ja, ich denke, es läuft auf«, die Zeitz senkte ihre Stimme zu einem Flüstern, »Damenbesuch hinaus.« Triumphierend schaute sie ihr in die Augen.

Anerkennend pfiff Barbara durch die Zähne. »Miß Marple ist nichts gegen Sie! Aber hört sich das nicht eher nach dem Besuch einer alten Tante an?«

Edith Zeitz schaute sie fragend an.

»Na, Gästezimmer! Ich bitte Sie.«

»Also, Sie sind mir ja eine ganz Schlimme!« kicherte die Zeitz. »Sie meinen, wenn der Doktor seine Freundin einlädt, dann braucht er nicht das ...«

»Gästezimmer, genau!« vervollständigte Barbara.

»Ach so«, winkte die Zeitz ab, »das will nichts heißen. Wissen Sie, das ist in diesen Kreisen so üblich. Schon wegen dem Personal. Die machen die Kissen ein bißchen durcheinander, damit's benutzt aussieht. Und ich kann's dann wieder in Ordnung bringen. Die lassen einen sogar das Bett frisch beziehen, wenn keiner drin geschlafen hat. Ich meine, das riecht man doch, oder?«

»Dann kommt das also öfter vor?«

»Nee, jetzt nicht direkt bei dem Doktor. Aber ich kann Ihnen sagen, was ich so an Verschwendung mitbekomme, das fassen Sie nicht.«

»Da haben Sie recht. Unnützer Wäschewechsel ist ökologisch betrachtet mehr als bedenklich, ganz unverzeihlich. Ich sollte Herrn Vonhof darauf ansprechen.«

»Besser nicht«, sagte die Zeitz hastig, »sonst weiß er ja, daß sie das von mir wissen.«

»Auch wieder wahr. Wie clever, meine Liebe, ich glaube, ich muß mich vor Ihnen in acht nehmen.«

Die Zeitz lächelte bescheiden. Sie war zwar bei den Reichen bloß die Putze, aber sie spielte mal wieder Schicksal. Einen Fünfziger hatte die ansonsten so knickrige Schmitzke dafür springen lassen, daß sie die Roderich unauffällig präparierte, und noch einen gab es als Erfolgshonorar. Schade nur, daß sie erst am Montag erfahren würde, ob der Coup geklappt hatte.

Bunt & lustig

Von Arno bestärkt, befaßte sich Simone wieder intensiv mit der Idee einer eigenen Schuhkollektion. Sie war stundenlang durch die Schuhläden in Düsseldorf gestreift. Im Grunde umfaßte das Angebot alles, was man sich wünschen konnte, nur oftmals nicht in der passenden Farbe.

Bei der Gestaltung einer Wohnung gab es Fächer und Tafeln zum Auswählen der Farben für Wände, Tapeten, Möbel, Vorhangstoffe. Warum sollte das nicht auch bei Schuhen möglich sein? Mit imprägnierten Textilien bezogene Pumps. Oder Lederfarben, nach Kundinnenwunsch gemixt!

Vielleicht doch etwas aufwendig. Für solche Extravaganzen hatte Krüger sowieso keinen Sinn.

Simone breitete auf ihrem Arbeitstisch im Büro alle Entwürfe aus: die Plagiate des Designers und ihre eigenen Zeichnungen.

Eine Beziehung zu den Wolff-Produkten wäre gut, überlegte Simone.

Ihre Assistentin steckte den Kopf durch die Tür. »Wir müssen gleich los.«

»Sie sind doch sportlich, haben Sie mir erzählt. Tragen Sie im Schwimmbad oder in der Sauna Badeschlappen?«

»Igitt«, sagte Ellen und trat neben Simone an den Tisch. »Ich bin doch kein Fußballer!«

»Eben!« sagte Simone. »Und warum haben Sie keine? Weil Badeschlappen immer häßlich aussehen. Aber: es gibt sogar Adiletten von Chanel! In schwarzem Lack! Superteuer und für städtische Schwimmbäder viel zu schade. Also, wir könnten Schlappen in unserem Blau für Männer anbieten und in bunten Farben für Frauen. Was halten Sie davon?«

»Gute Idee. Noch besser wäre es, wenn es diese Fußbettgummisandalen mit Klettverschlüssen auch in bunt gäbe. Die sind nämlich im Sommer am Strand oder zum Wandern superpraktisch, sehen aber leider doof aus.«

»Genau!« sagte Simone begeistert. »Die könnte man mit einer Imprägnierung gegen Fußpilz versehen! Das paßte doch wunderbar zu Dr. Wolff – Wohlsein für die Füße.«

»Auf die Nylonriemen kann man Borten mit lustigen Motiven aufnähen: Entchen, Kätzchen oder Blümchen«, schlug Ellen vor.

»Tolle Idee für Kinder!« Simone gab ihrer Mitarbeiterin einen Begeisterungsklaps auf den Rücken. Sie legte schon die gleiche Von-oben-herab-Jovialität an den Tag wie Krüger, dachte Simone entsetzt.

»Für Kinder natürlich auch«, antwortete Ellen leicht irritiert.

»Entschuldigung!« sagte Simone.

»Kein Problem«, sagte Ellen. »Wir haben eben einen unterschiedlichen Geschmack. Aber jetzt müssen wir wirklich in die Sitzung!«

»Auch schon da!« begrüßte Krüger sie im von der Sonne aufgeheizten kleinen Konferenzraum. Seine Ärmel waren bereits hochgekrempelt.

Mit Erstaunen sah Simone, daß die der Fensterfront gegenüberliegende Wand mit Unterwasserfotos von tropischen Fischen behängt war. Sie kam sich vor wie in einem Aquarium.

»Wenn schon Bilder«, sagte Simone und zeigte auf den Wandschmuck, »dann Motive mit Füßen. Hier sieht's aus, als betrieben wir eine Fischfutterfabrik.«

Die Prinzenrolle kicherte. Herr Schütz, der Marketingmanager, guckte Simone erstaunt an. Krüger tat so, als müsse er seine Ärmel noch höher krempeln.

»Wir haben stimmungsvolle Motive für unsere Anzeigen fotografiert. Die sollten hier hängen. Wer ist eigentlich diesem Anfall von Dekorationswut erlegen?«

»Können wir jetzt zur Tagesordnung übergehen?« fragte Krüger. »Sie hatten doch mal wieder einen Ihrer bewährt lustigen Vorschläge einzubringen.«

»Einen?« sagte Simone. »Ich habe da gleich eine ganze Palette!«

»Dann legen Sie los, wir haben nicht den ganzen Tag Zeit«, sagte Krüger und sah den Marketingleiter an, als seien sie die einzigen, die bei Dr. Wolff arbeiten würden.

»Soll das mit dem Auswechseln der Bilder auch ins Protokoll?« fragte Ellen.

»Nein!« sagte Krüger.

»Ja!« sagte Simone. »Kümmern Sie sich bitte darum. Nun zur Sache. Herr Schütz und ich haben uns Gedanken über das Anlegen einer Datei mit Verbraucheradressen gemacht.«

»Wir wollen ein Gewinnspiel veranstalten«, ergriff der Marketingmann das Wort. Simone fand das wieder typisch. So erweckte er den Eindruck, das seien alles seine Ideen. Er erläuterte die geplante Vorgehensweise.

»Sehr hübsch!« sagte Krüger. »Der Hauptpreis ist hoffentlich ein Auto. Das gewinnt dann Frau Doktor Störmer.«

»Sehr witzig!« sagte Simone zu der Anspielung auf ihren alten Volvo. »Wir dachten bei dem Hauptpreis an einen Angelausflug mit Ihnen, Herr Krüger.«

»Sind Sie des Wahnsinns?« fragte Krüger. »Für irgendwelche Deppen, die einen Karpfen nicht von einer Karausche unterscheiden können, opfere ich nicht meine Freizeit.«

»War nur ein Scherz. Wir verlosen ein Wanderwochenende in der Eifel für vier Füße, gestiftet von *Studimos Reisen.*«

Erleichtert atmete Krüger auf.

»Die mit dem Preisrätsel gesammelten Adressen wollen wir erfassen lassen für eine regelmäßige Aussendung von Produktinformationen direkt an die Verbraucher.«

Krüger nickte zustimmend.

»Bei der Gelegenheit schlage ich vor, eine Verbraucher-Hotline einzurichten.«

»Schon wieder so was Neumodisches. Jeder richtet jetzt eine Hotline ein. Für was eigentlich? Wenn die Leute heiße Füße haben, sollen sie unser Badesalz oder Fußspray benutzen.«

»Die Sache ist bisher nur angedacht«, sagte Herr Schütz.

»Ich würde so weit gehen zu sagen, sie ist sogar durchdacht«, sagte Simone. »Wir erreichen eine optimale Kundenbindung und zeigen unsere Beratungskompetenz.«

»Man bedenke die Kosten«, sagte die Prinzenrolle.

Das war doch sonst Krügers Text.

»Korrekt«, sagte Krüger. »Dieser Internet-Kram ist teuer genug. Sonst noch was?«

»Ja«, sagte Simone, »aber vielleicht verschieben wir das auf einen anderen Termin.«

»Ich bin in nächster Zeit viel unterwegs«, sagte Krüger. »Mal überall nach dem Rechten sehen.« Er schaute in einer Mischung aus Verbundenheit und Vorbildgehabe den Marketingleiter an. »›Das Auge des Herrn macht die Wiesen fett‹, wie es schon in der Bibel so treffend heißt.«

Der Marketingleiter nickte verständig und notierte sich offenbar den Ausspruch in seinen Planer.

»Was hat unsere Gesellschafterin denn noch auf dem Herzen?«

Simone hätte Krüger für seine Überheblichkeit am liebsten eine geknallt.

»Wir hatten eben«, sagte Ellen ungefragt, »eine supertolle Idee.«

Simone ermunterte Ellen mit einem Lächeln, die Sache mit den bunten Gummisandalen zu erklären, um ihrer ambitionierten Mitarbeiterin die Chance zu lassen, sich vor Krüger zu profilieren.

Die Prinzenrolle staunte Ellen fasziniert an.

Krüger und der Marketingleiter schmunzelten, als Ellen von den Bordüren mit den Entchen und Kätzchen anfing.

»Klingt ansonsten vernünftig«, sagte Herr Schütz zu Krüger. »Gegen Me-too-Produkte ist im Prinzip nichts einzuwenden.«

»Das Besondere wäre eine Imprägnierung gegen Fußpilz«, ergänzte Simone.

»Sehr gute Idee!« sagte Schütz.

Krüger schaute seinen Marketingleiter streng an.

»Ich meine«, sagte der eingeschüchtert, »darüber könnte man eventuell nachdenken.«

»Ja, ja«, sagte Krüger, »jetzt kümmern wir uns erst mal um unsere Fußpilzaktion mit den Produktproben in den Freibädern und das Gewinnspiel, Herr Schütz! Und bis das vorüber ist, hat Frau Doktor Störmer schon wieder neue bunte Ideen. Wenn wir jeder nachgingen, wäre die Firma in einem halben Jahr pleite.«

Insider

Die bunten Gummischlappen konnte Simone abschreiben. Gleichgültig, was sie vorschlug, Krüger würde es ablehnen. Es sei denn, er geriet unter Zugzwang.

Ellen packte ihre Sachen zusammen und goß die Büropflanzen.

Von Attenfeldt saß am Schreibtisch, den Blick starr auf die Wanduhr gerichtet. Die Aktentasche, in der er morgens seine Brote mitbrachte und abends die Belegexemplare interessanter Zeitschriften abtransportierte, griffbereit neben sich.

Sie hatte eine noch vage, aber wie ihr schien, geniale Idee, Krüger unter Druck zu setzen. Bevor Opa ihr entwischen konnte, stürzte sie in sein Büro und schloß die Glastür hinter sich. Ellen schaute ihr überrascht hinterher.

»Mein lieber O …«, sie stockte kurz und korrigierte, »Herr von Attenfeldt, Sie sind sozusagen der Spiritus rector des Unternehmens, und keiner kennt sich in der Branche aus wie Sie.«

Attenfeldts aristokratisches Kinn klappte nach unten, und sie sah seine Goldinlays glänzen.

»Ja, und da wollte ich Sie um Rat fragen.«

Sie überlegte, während sie sprach, wie sie die Sache am geschicktesten einfädelte, und hoffte, es würde schon irgendwie klappen.

»Ich habe da so was läuten hören, daß *Tretus* eine eigene Schuhlinie plant«, verriet sie ihm hinter symbolisch vorgehaltener Hand.

»Sie meinen«, flüsterte Attenfeldt atemlos, »die Konkurrenz will auch in die Schuhbranche? Aber das wäre ja …«

»Eben!« sagte Simone. »Dachte ich mir's, daß Sie als Brancheninsider auch schon davon erfahren haben. Bei der Firma *Tretus* muß es eine undichte Stelle geben. Freiwillig läßt man so eine Info nicht raus. Was sagt denn die Fachpresse dazu? Wollen Sie mal ganz diskret bei Ihren Spezis nachfragen? Sie können das doch so gut!« schmeichelte sie.

»Würde uns natürlich schon interessieren, was die Presse bereits an Einzelheiten weiß.«

»Ich habe da meine langjährigen Verbindungen, die kann ich durchaus spielen lassen«, sagte Attenfeldt verschwörerisch.

»Was würde ich nur tun, wenn ich Sie nicht hätte?« sagte Simone schmunzelnd.

Vorgesorgt

Frau Schmitzke zwang sich zu einem Lächeln. Sie hieß die potentielle neue Dame des Hauses herzlich willkommen, was ihr zwar nicht zustand, aber die eigene Einschätzung ihrer Stellung in diesem Haushalt gut zum Ausdruck brachte.

Sie fragte Frau Hallstein betont zuvorkommend, ob sie sich von der Reise erst frisch machen wolle und ob sie ihr in irgendeiner Weise behilflich sein könne.

»Frau Schmitzke, sie ist nicht mit der Postkutsche gefahren«, sagte der Doktor. Doch seine Freundin bedankte sich und meinte, sie würde sich gerne die Hände waschen.

Hella Schmitzke nahm die Reisetasche entgegen und trug sie demonstrativ ins Gästezimmer. Die Neue folgte ihr. Bestimmt hatte sie keine guten Erinnerungen an das Gästezimmer. Nachdem ihr beim ersten Besuch auf der Terrasse schlecht geworden war, hatte sie hier erfolglos versucht, den riesigen Fleck aus ihrem Kostümrock zu waschen.

»Sie kennen sich ja schon aus«, sagte sie. »Ich habe Ihnen diesmal eine Thermoskanne mit heißem Wasser und Kamillenteebeutel sowie alles, was sie sonst brauchen könnten, bereitgestellt.« Sie wies im Bad auf ein Körbchen, das eine Flasche Reinigungsbenzin, ein Probepäckchen Fleckensalz und zwei Tabletten Gebißreiniger enthielt. »Und ich habe Ihnen eine Torte gebacken.« Mit Genugtuung hatte sie dazu so viel Buttercreme und Schokolade verwendet, daß der jungen Dame unweigerlich erneut schlecht werden würde. »Ich hoffe, Sie machen mir die Freude und probieren gleich ein Stück.«

»Wie freundlich von Ihnen, Frau Schmitzke«, erwiderte Mona Hallstein. »Aber ich mag im Moment leider gar nichts Süßes essen.«

»Das können Sie mir nicht antun. Machen Sie eine Diät?«

Frau Hallstein lächelte irgendwie seltsam.

»Sie entschuldigen mich bitte«, sagte sie nur und verschwand im Bad.

Die Stunde der Wahrheit

»Endlich allein!« seufzte Robert und ließ sich neben Mona auf der Chaiselongue in der Bibliothek nieder. »Wurde auch Zeit.«

Er nahm sie in den Arm, sie küßten sich, und er konnte sich nur schwer beherrschen, Mona auf der Stelle das Kleid auszuziehen. Als er sie streichelte, wurde sie nicht weich und anschmiegsam, sondern verspannte sich in innerer Abwehr.

»Es wird uns wirklich niemand stören«, flüsterte er ihr ins Ohr, ließ seine Lippen ihren Hals entlangwandern und versuchte, sie mit sanftem Nachdruck zu bewegen, sich hinzulegen. Mona blieb kerzengerade sitzen. Als er sie anschaute, streichelte sie melancholischen Blickes mit der

Außenseite ihrer Finger über seine Wange, als müsse sie ihn trösten.

Das Mütterliche dieser Geste ließ in ihm schlagartig jegliches erotische Verlangen ersterben. Er setzte sich auf, räusperte sich und fragte, ob irgend etwas nicht in Ordnung sei. Sie schaue so traurig.

»Ich bin nicht traurig«, sagte Mona. »Ich bin im Gegenteil froh, mit dir alleine zu sein.« Sie stockte. »Kann ich ein Glas Wasser bekommen?«

»Aber sicher, natürlich«, beeilte er sich seine Unaufmerksamkeit wettzumachen.

Als er ihr das Glas reichte, mußte sie ihm seine Besorgnis angesehen haben, denn sie streichelte noch einmal seine Wange. In seinem Inneren zog sich bei dieser Berührung alles zusammen. Dieser bedauernde Blick, mit dem sie ihn anschaute, konnte nur heißen, daß sie sich endgültig von ihm trennen wollte und Hemmungen hatte, es ihm unverblümt ins Gesicht zu sagen. Er brauchte jetzt einen Cognac, eine Zigarre, irgendwas, an dem er sich festhalten konnte, damit der Schmerz, den sie ihm gleich zufügen würde, nicht so deutlich sichtbar und erträglicher würde.

Er klappte das Holzkistchen auf dem Beistelltisch auf, hätte sich jetzt am liebsten staatsmännisch mit einer Churchill gegeben, fand aber, das lasse ihn womöglich älter wirken. Da sie noch nicht gegessen hatten und mit Rücksicht auf Mona wählte er eine Cohiba Exquisitos mit feinem Aroma, das ihr hoffentlich nicht auf den Magen schlug.

»Würdest du bitte nicht rauchen«, bat Mona.

»Na gut«, antwortete er und merkte selbst, daß es beleidigt klang, »kein Problem.« Er behielt jedoch die Havanna in der Hand und rollte sie ein wenig am Ohr, schon um überhaupt etwas zu tun, das seiner Gewohnheit entsprach.

»Du willst mir etwas sagen, also tu es bitte«, sagte er unwirsch. »Ich merke doch, daß du etwas auf dem Herzen hast«, fügte er versöhnlicher an.

»Das stimmt«, gab sie nun endlich zu, verknotete die Hände ineinander und blickte auf ihren Ringfinger, an dem sie seit dem Urlaub statt des Traurings, den sie in seiner Gegenwart ins Meer geworfen hatte, einen grünen Turmalin in einer altmodischen Fassung trug. Nervös drehte sie den Ring hin und her.

Er wünschte sich, sie möge ihn endlich von der unerträglichen Anspannung erlösen.

»Ich«, sagte sie kaum vernehmbar, »ich bin im dritten Monat schwanger.«

Sie schaute ihn mit großen, erwartungsvollen Augen an.

Er war auf diese Eröffnung nicht gefaßt gewesen und reagierte erst mal gar nicht. Dabei war ihm klar, daß es auf jede Sekunde ankam. Also sagte er das für ihn Nächstliegende: »Weiß Lars es schon?«

Monas Augen weiteten sich noch ein wenig mehr. Was hatte er falsch gemacht? Sie eröffnete ihm, daß sie ein Kind von dem Mann bekam, mit dem sie in Scheidung lebte, und als nächstes würde sie ihm erklären, daß sie deshalb zu ihm zurückginge. Warum also verstörte sie die Frage?

»Lars? Was hat Lars damit zu tun?«

»Du meinst, das Kind sei von mir?« fragte er, obwohl er es für unklug hielt, diesen unwahrscheinlichen Fall überhaupt in Erwägung zu ziehen. Jetzt strahlte sie, als sei seine Frage ein Zeichen freudiger Überraschung.

»Sicher, von wem sonst? Du kannst Fragen stellen!« sagte sie lächelnd. »Wie findest du das?«

»Verblüffend!« antwortete er.

»Es muß auf Maui passiert sein. Ist das nicht schön, ein

Baby zu bekommen, das in dieser traumhaften Umgebung gezeugt wurde?«

»Ein ungewöhnliches Souvenir.«

»Ist das alles?« fragte Mona. »Du bezeichnest dein Kind als Souvenir?«

»Entschuldige«, sagte er und nahm sie in den Arm, »ich war auf Nachwuchs nicht gefaßt.« Und einen Augenblick später fügte er an: »Du hast dich mit dem Gedanken längst vertraut gemacht. Also hilf einem älteren Herrn auf die Sprünge, und erzähl mir, was du vorhast.«

»Das liegt ganz bei dir«, sagte Mona. »Fühl dich in keiner Weise verpflichtet.«

Das war zwar nett gesagt, aber nicht das, was er erfahren wollte. Bevor er sich mit der Vorstellung, Vater zu werden, vertraut machen konnte, mußte er sich erst sicher sein, ob sie eine gemeinsame Zukunft plante.

»Würdest du denn unter diesen Umständen in Betracht ziehen, mit mir zusammenzuleben?«

»Auf Probe, wie besprochen, daran hat sich nichts geändert.«

Unwissentlich räumte sie damit auch ihm eine Bedenkzeit ein, und das war sicher nicht die schlechteste Lösung. Er nickte bedächtig.

»Ich hoffe inständig, es klappt mit uns beiden«, fügte sie zaghaft an. »Ich wünsche mir so sehr eine richtige Familie.«

»Ja, ich weiß!« sagte er und dachte an die vielen rechtlichen Probleme, die vor ihnen lagen.

Mona kuschelte sich in seinen Arm. »Ich bin froh, daß du dich freust. Du wirst ein toller Vater.«

Ein toller Liebhaber zu sein hätte ihm vorläufig gereicht.

Zierkonifere

Barbara wartete ungeduldig darauf, daß Simone sich endlich zu ihrem samstäglichen Einkaufsbummel verabschiedete.

Kaum war ihre Tochter abgefahren, ging sie in den Garten, um nachzusehen, ob sie das Grundstück der Schulte-Freisings gefahrlos überqueren könne.

Die kleine Pforte zwischen den Gärten quietschte ein wenig, doch die Luft schien rein zu sein. Wahrscheinlich saßen die Nachbarn noch beim Frühstück. Geduckt schlich sie am Pool vorbei, das kleine weiße Tor zum Vonhofschen Grundstück fest im Blick. Daß sie dort angekommen war, ohne erwischt zu werden, stimmte sie bereits siegessicher.

Sie drückte die Klinke. Das Törchen öffnete sich nicht. Konnte es abgeschlossen sein? Das wäre äußerst ärgerlich, zumal bei Schulte-Freisings nun die Terrassentür aufgeschoben wurde. Zurück konnte sie daher nicht. Vermutlich war das Tor lange nicht benutzt worden und klemmte. Sie trat heftig dagegen. Es sprang auf.

Geschützt von einer mehr breit als hoch wachsenden Konifere, hatte sie die Vonhofsche Terrasse im Blick, auf der Sitzgruppe und Eßplatz mit Polstern belegt waren, jedoch verlassen dastanden. Bestimmt kochte das Frauchen gerade Kaffee und würde gleich den Tisch auf der Terrasse decken.

Sie hatte nicht wirklich einen Plan, den zielstrebig umzusetzen sie hergekommen war. So ganz ohne Script war das schwierig. Es trieb sie lediglich der Entschluß, den reichen und attraktiven Robert nicht kampflos einer anderen zu überlassen.

Barbara machte es sich auf dem Terrassensofa bequem, legte den Arm besitzergreifend über die Rückenlehne und suchte nach einem zündenden Satz, den sie wahlweise Robert oder seiner Freundin entgegenschleudern konnte.

Leider kam sie nicht groß zum Nachdenken, denn auf der Terrasse nebenan entspann sich ein Streit. Chantal nannte ihren Mann im Verlauf der Auseinandersetzung einen »turbogeilen Macho« und er sie eine »frigide Schnapsleiche«. Schmunzelnd hielt sie ihr Gesicht in die Sonne und genoß das Hörspiel über die sexuellen Gepflogenheiten im Hause Schulte-Freising.

»Was suchen Sie hier?« fragte eine Frauenstimme eher ängstlich als ärgerlich.

Sie öffnete die Augen und drehte sich um. Da war ja ihr Opfer. Allein, ungeschminkt und im Morgenmantel. Wunderbar!

»Was machen Sie denn hier?« fragte sie seelenruhig zurück und blieb sitzen.

Roberts Freundin trat vor sie hin und stemmte die Hände in die Hüften. »Frau Roderich?« fragte sie, als bestünde daran Zweifel.

»Sie stehen mir in der Sonne!«

»Mit welchem Recht machen Sie sich hier breit?« fragte Mona. Das »breit« war eine glatte Unverschämtheit, seit sie abgenommen hatte.

»Ich wohne schließlich hier«, antwortete Barbara und sah ihre Rivalin an. »Wie Sie wissen, sind Robert und ich liiert. Ich könnte jetzt böse sein, daß Sie bei ihm übernachtet haben, aber wir führen eine tolerante Beziehung. Er läßt mir ja auch meine Freiheiten.«

Wieso griente diese blöde Pute? Das Sofa kippte nach hinten. Sie hing mit den Füßen in der Luft und schrie um Hilfe.

»Na, meine Liebe?« hörte sie Robert hinter sich. »Was machen wir denn hier?«

»Ich hatte Sehnsucht nach dir«, sagte sie, besorgt umzufallen. Sie streckte Robert überkopf ihre Arme entgegen, um sich anzuklammern.

Vor sich sah sie zu allem Übel Jürgen und Chantal Schulte-Freising durchs Törchen treten. Wahrscheinlich hatten sie voneinander abgelassen, weil sich hier eine weit interessantere Handlung anzubahnen schien.

Robert ließ endlich die Bank los. Unsanft kam Barbara wieder in eine sitzende Position, die sie aber sogleich aufgab, um ihm vor Wut darüber, daß er sie so erschreckt hatte, mit der flachen Hand ins Gesicht zu schlagen.

Leider war er schneller und hielt ihr Handgelenk fest.

»Dir als Schauspielerin hätte ich einen besseren Auftritt zugetraut«, sagte er und ließ ihren Arm los.

Wütend blitzte sie ihn an.

Die Schulte-Freisings standen grinsend neben der breiten Zierkonifere und hielten Händchen.

»So lasse ich mich nicht von dir behandeln. Nicht nach dem, was zwischen uns vorgefallen ist«, versuchte sie, ihre Rolle zu retten. »Und das vor allen Leuten. Wie stehe ich denn jetzt da?«

»Dumm!« rief Schulte-Freising von der Douglasie aus.

»Also wirklich, Jürgen!« mischte sich seine Frau ein. »Barbara liebt ihn, und nun steht er mit einer anderen mit Bademantel vor ihr und macht sich lustig. Typisch Mann. Keine Rücksicht auf Gefühle.«

»Wie? Du liebst sie?« fragte Mona und guckte Robert mißtrauisch an.

»Unsinn. Weiber!« sagte Robert.

»Was heißt hier Weiber?« fragten Mona und Barbara beinahe gleichzeitig.

»Dich habe ich ja nicht gemeint!« sagte Robert zu Mona.

»Und du gehst jetzt besser nach Hause«, sagte er zu Barbara. »Du findest den Weg?«

Barbara schaute ihn hochnäsig an, drehte sich wortlos auf dem Absatz um und wurde an der Douglasfichte begeistert von Chantal empfangen, die solidarisch den Arm um sie legte und unversehens ihren Mann anpfiff, er solle zu seinen Nutten gehen, die würden sicher schon ungeduldig auf ihn warten.

Trüffel

Als Simone das Lachen ihrer Mutter vom Nachbargrundstück hörte, ging sie nachsehen, was es mit diesem Heiterkeitsausbruch auf sich habe. Sie traf Chantal und Barbara auf der Terrasse sitzend an, eine Schale mit Trüffelpralinen zwischen sich und große Cognacschwenker in den Händen.

»Ach, Simonchen«, rief Barbara ihr entgegen. »Schon wieder zurück?«

»Tag, Frau Schulte-Freising. Ich wollte nur nachschauen, wo du bist.«

Barbara ergriff ihr Handgelenk, als wolle sie Chantal ihre Tochter vorführen oder hätte Sorge, Simone könne sogleich wieder entschwinden.

Kritisch betrachtete Simone ihre Mutter und kam zu dem Schluß, sie müsse schon einiges getrunken haben – und das am späten Vormittag!

»Meine Tochter!« sagte Barbara zu Chantal.

»Setzen Sie sich zu uns!« forderte Frau Schulte-Freising sie auf und zog eine der herumstehenden Sonnenliegen für sie heran. Simone nahm Platz, legte sich aber nicht lang wie die beiden Damen.

»Auch ein warmes Jäckchen?« fragte Chantal und wies auf die Cognac-Karaffe.

»Danke, nein, höchstens einen Kaffee«, antwortete Simone.

»Das ist schlecht«, entgegnete die Gastgeberin, »Marie-Laure hat frei. Da bleibt die Küche kalt.«

»Macht ja nichts«, sagte Simone rasch.

»Ihrer Mutter ist was ganz Schreckliches passiert!« verkündete Chantal im Brustton der Empörung.

Barbara winkte ab. »Ach was. Außerdem interessiert das Simone sowieso nicht.«

»Doch«, insistierte Chantal, »man kann vor solchen Männern nur warnen. Und er soll es nicht wagen, mit der auf meiner Pool-Party zu erscheinen!« drohte Chantal in Richtung Vonhof-Villa. »Ausladen kann ich ihn schlecht, aber du mußt dich unbedingt revanchieren«, meinte sie zu Barbara. »Laß dir was einfallen!«

»Aber was? Wenn er wenigstens ein Toupet tragen würde, dann könnte man ihn versehentlich in den Pool stoßen, und alle würden seine Glatze sehen. Aber er steht ja zu seinem lichten Haupthaar.«

»Ja, leider. Das entfällt.«

»Hat er überhaupt eine Achillesferse?« fragte Barbara nachdenklich.

Simone wurde neugierig, was die Damen zu ihren Rachephantasien animierte. Sie griff zu einer der Trüffelpralinen.

»Fünf Sekunden im Mund, fünf Jahre auf der Hüfte«, prophezeite Chantal, und Simone fragte, wieso hier überhaupt ein Kilo Trüffelpralinen von *Heinemann* herumstand, wenn die Damen um ihre Figur bangten.

»Wir testen unsere Willensstärke«, erläuterte ihre Mutter. »Aber da du nun schon den Bann gebrochen hast, kann ich auch eine nehmen.«

»Juhu!« trällerte Chantal. »Ich habe gewonnen. Und ihr bekommt die Pralinenschenkel!«

»Also, was war nun?« fragte Simone.

»Robert Vonhof«, begann Chantal bedeutungsvoll, »betrügt Barbara mit einer Jüngeren. In just diesem Moment befinden sich die beiden im angrenzenden Haus und treiben es miteinander. Da bin ich mir ganz sicher.«

»Hissen sie jedesmal eine Flagge, oder woher wissen Sie das?«

Chantal zog die Achseln hoch. »So was weiß man eben! Ich kenne die Männer.«

»Und was hat das mit dir zu tun?« fragte Simone verständnislos ihre Mutter.

»Nichts, absolut nichts. Vergiß es.«

Chantal lachte. »Barbara und Robert waren zusammen in Marbella.«

»Ja und?«

»Na, was und? Natürlich hat es da zwischen den beiden gefunkt«, erklärte Chantal, Barbaras Gegenwart völlig ignorierend und als sei sie dabeigewesen, »so daß Barbara davon ausging, mit Robert liiert zu sein. Also: heute morgen sitzt sie ganz friedlich auf seiner Terrasse, da taucht diese Neue auf, und dann kommt er mit einemmal von hinten, erschreckt sie zu Tode, und beide sind im Bademantel. Ich bitte Sie! Das ist ein Skandal!«

»Ich tippe auf unbefugtes Betreten eines fremden Grundstücks«, sagte Simone nüchtern. »Mußte das sein? Ich denke, du hattest gar nichts mit ihm?«

»Na ja«, antwortete ihre Mutter. »Nicht direkt.«

»Natürlich hattest du«, befand Chantal, »das stand sogar in der Zeitung.«

Bürokaffee

Simone, die nur ins Büro gekommen war, um Produktmuster zu holen und mit Ellen zu besprechen, was heute zu erledigen war, stellte angewidert die Kaffeetasse ab.

»Was ist denn da passiert? Schmeckt absolut grauenhaft.«

»Tut mir leid!« sagte Ellen mit erstickter Stimme und begann gleich darauf zu weinen.

»Na, so schlimm ist es auch wieder nicht. Ich mache schnell frischen.«

Sie goß die durchsichtige Plörre in den Ausguß und schaufelte reichlich Kaffeemehl in den Filter. »Ich denke, Sie waren am Wochenende mit Viktor in Amsterdam?«

»Das ist es ja!« schniefte Ellen.

»Wieso? Gab's Ärger?«

Ellen schüttelte den Kopf.

»Na, was war denn?« fragte sie fürsorglich und setzte sich neben ihre Mitarbeiterin. Darin, unglücklich verliebte Assistentinnen zu trösten, hatte sie Erfahrung. »Sicher geht es Ihnen besser, wenn Sie darüber reden. Schließlich kenne ich Viktor und habe Sie zusammengebracht, bin daher quasi verantwortlich für Ihren Kummer. Also, was ist in Amsterdam passiert?«

»Nichts!« stöhnte Ellen auf.

»Aha«, antwortete Simone. »Zugegebenermaßen ist Viktor gelegentlich etwas langweilig.«

»Überhaupt nicht! Wir haben eine Grachtenrundfahrt gemacht, waren schick essen, in Museen und auf dem Flohmarkt, was man eben so unternimmt. Es war wirklich ganz schön, und das Wetter war auch toll.«

Oje, dachte Simone, wenn jetzt schon das Wetter erwähnt werden muß, dann scheint der Ausflug eine mittlere Katastrophe gewesen zu sein.

»Haben Sie sich gut verstanden? Ich meine, manchmal merkt man erst, daß man sich nichts zu sagen hat, wenn man Tag und Nacht zusammen ist.«

Damit hatte sie den wunden Punkt getroffen, denn Ellen schluchzte heftiger. Simone streichelte ihr beruhigend den Rücken.

»Ist doch besser, man merkt es gleich am Anfang, daß man nicht zueinander paßt«, versuchte sie zu trösten.

»Das ist es nicht! Wir haben uns super verstanden. Total viel gelacht und so, aber ...« Ellen setzte sich auf und schaute sie vorwurfsvoll an. »Sie hätten mir sagen müssen, daß er schwul ist.«

»Wie bitte?« fragte Simone. »Er ist was?«

»Schwul!«

»Hat er das gesagt?«

»Natürlich nicht. Aber er hat nicht mit mir geschlafen. Das ist ja wohl eindeutig!«

Simone dachte, daß Viktor für einen schwulen Mann nicht gut genug aussah, aber das mochte durchaus ein Vorurteil sein, zu dem sie Arnos bester Freund Lutger verleitete, der längere Zeit bei ihnen in Frankfurt gewohnt hatte. Ihr fiel allerdings ein, daß sich bei Viktor nichts geregt hatte, als sie nach dem Duschen, nur mit einem Handtuch bekleidet, vor ihm stand. Aber da er sie als ältere Schwester betrachtete, mußte es nichts bedeuten.

»Haben Sie ihn gefragt?«

Ellen guckte sie an, als sei sie nicht ganz richtig im Kopf.

»Blöde Frage, ziehe ich zurück«, sagte Simone. »Wahrscheinlich ist er sexuell nicht so aktiv. Jede Menge junge Männer leben zölibatär. Nun ja«, räumte sie ein, »wahrscheinlich können sie sich nicht entscheiden, ob sie Männer oder Frauen attraktiver finden, und verhungern sozusagen in der Mitte. Aber Viktor?«

Sie überlegte und goß derweil den frisch gebrühten Kaffee ein.

»Geküßt hat er Sie aber schon?« fragte sie nach einer Weile.

Ellen nickte.

»Na also! Die Hauptsache ist, Sie verstehen sich gut und haben Spaß miteinander. Im neunzehnten Jahrhundert sind die Leute auch nicht beim ersten gemeinsamen Ausflug miteinander ins Bett gegangen und haben sich trotzdem geliebt. Man kann durchaus ohne auskommen«, sagte sie aus akuter eigener Erfahrung. »Und falls es Sie tröstet: Oliver Prinz würde sich vermutlich nicht so zieren.«

»Ach, der interessiert sich in Wirklichkeit nur für Süßigkeiten!«

Simone sah auf die Uhr.

»Jetzt muß ich aber los!« Sie griff nach ihrer Tasche und dem Karton mit den Wohlsein-für-die-Füße-Produkten. »Bin den ganzen Tag im Studio für die Katalogaufnahmen, bis morgen dann!« In der Tür drehte sie sich noch einmal um. »Lassen Sie den Kopf nicht hängen, ich fühle Viktor heute abend auf den Zeh.«

Erscheinung

Am späten Vormittag wirbelte Barbara Roderich ins Büro. Ellen stöhnte leise auf. Otto-Paul von Attenfeldt zog in seinem Glaskasten den Kopf ein und tat schnell so, als telefoniere er, um nicht belästigt zu werden.

»Tagchen, Simone nicht da?« fragte Frau Roderich.

»Den ganzen Tag außer Haus«, antwortete Ellen bemüht freundlich. »Kann ich etwas für Sie tun?«

»Überhaupt nicht. Bin ohnehin auf dem Weg zu Krüger und wollte Simone nur einen Schirm bringen. Sieht nach Regen aus.«

»Sie ist mit dem Wagen unterwegs.«

Die Roderich lachte. »Stimmt! Aber Sie, Kindchen, sehen nach Schlechtwetter aus! Was ist denn mit Ihnen? Sie haben ja ganz verweinte Augen. Liebeskummer? Sind Sie nicht mit dem jungen Vonhof zusammen? Den haben Sie auf meiner Party kennengelernt, stimmt's? Und jetzt hat er schon eine andere, nicht? Genau wie sein Vater!«

»Nein«, sagte Ellen nur, und schon traten ihr Tränen in die Augen. »Das ist es nicht. Wenn Sie mich bitte entschuldigen.« Sie wies auf das fiepende Telefon.

Die Roderich setzte sich mit einem Bein auf ihren Schreibtisch und legte gebieterisch die Hand auf den Hörer.

»Jetzt schütten Sie mir erst mal Ihr Herz aus! Dann geht's Ihnen gleich besser, und Sie können die Arbeit viel schneller erledigen.«

»Vielleicht«, sagte Ellen, eine Chance witternd, die Folgen ihres morgendlichen Geständnisses abzuwenden und gleichzeitig die Roderich abzuwimmeln, »könnten Sie Ihre Tochter davon abhalten, sich heute abend mit Viktor zu treffen.«

»Das ist ja das Allerletzte!« Die Roderich stand vom Schreibtisch auf. »Natürlich verhindere ich, daß die beiden sich treffen.«

Mütterlich legte sie ihr die Hand auf den Unterarm.

»Sie können sich ganz auf mich verlassen. Ich regele

das. Und jetzt frage ich Herrn Krüger, ob er Ihnen freigibt. Sie sind ja völlig fertig mit den Nerven. Kein Wunder!«

Nachdem die Roderich ohne ein weiteres Wort den Raum wieder verlassen hatte, zweifelte Ellen einen Moment, ob das real gewesen war oder ob sie eine Müttererscheinung gehabt hatte. Dann nahm sie endlich den Hörer ab.

Wilder Fisch

Als Barbara an Peters Sekretärin vorbei in sein Büro stürmte, telefonierte er. Sie warf ihm eine Kußhand zu und setzte sich auf seinen Schreibtisch. Papiere lagen herum. Sie ließ gelangweilt ihren Blick darüber schweifen. Hastig nahm er die Seiten weg und steckte sie in eine Mappe. Was sollte das? Sah sie aus wie jemand, der Betriebsgeheimnisse ausspionierte? Über neue Hühneraugenpflaster?

»Ja sicher geht das klar, habe ich dir schon gesagt«, versicherte Krüger.

Er klang unwillig. Ob er schlechte Laune hatte?

»Nein, da kommt nichts mehr dazwischen. Geht heute noch per Post an dich raus. Ich muß jetzt Schluß machen, grüß Marlies von mir.«

Seine Schwester? Ein Privatgespräch während der Arbeitszeit? Wo er Simone nicht einmal eine Mittagspause zugestand?

Er legte den Hörer auf.

Barbara erhob sich.

»Fischchen«, sagte sie statt einer Begrüßung, »tu mir die Liebe, und gib dieser netten Sekretärin frei!«

Peter stieg eine leichte Röte ins Gesicht. Er erhob sich, drückte dabei den Knopf der Sprechanlage.

»Müllerin, nehmen Sie sich für eine Stunde frei, und schließen Sie hinter sich ab.«

Dann stand er schon vor ihr, nahm sie in den Arm und drängte sie in Richtung Sitzgruppe.

»Nicht so stürmisch, mein Lieber!« wehrte sie sich. »Das hast du mißverstanden. Ich meinte die Sekretärin von Simone.« Sie ließ sich, von Peter geschoben, auf das Sofa fallen.

»Der gebe ich auch noch frei«, sagte er schwer atmend und versuchte, sie zu küssen.

»Nun hör mir bitte zu!« forderte sie resolut. »Diese Ellen hat Liebeskummer.«

»Ich auch«, sagte Peter und machte sich am Reißverschluß ihres Rocks zu schaffen.

»Im Ernst. Sie ist mit dem jungen Vonhof zusammen, du weißt, der war auch auf der Party. Und nun trifft sich Simone mit ihm. Ist das zu fassen? Diese Vonhofs, ich sage dir! Und Simone, wer hätte das gedacht? Kannst du bitte mit ihr reden?«

Peter ließ kurz von ihr ab. »Mit wem?«

»Na, mit meiner Tochter. Als Mutter kann man da nicht viel sagen, da heißt es dann gleich, man sei eifersüchtig oder so.«

»Ich rede morgen mit ihr, aber jetzt, meine zauberhafte Äsche, sind wir ganz unter uns.«

»Fischchen«, sagte Barbara, »du hast kalte Flossen.«

Erfolgshonorar

Edith Zeitz traute ihren Augen nicht. Frau Antje schuppte einen exotisch buntschillernden Fisch. Die fingernagelgroßen Schuppen flogen im hohen Bogen durch die eben von ihr frisch geputzte Küche.

»Muß das sein? Ich hab' keine Zeit mehr, hier noch mal durchzuwischen.«

Frau Antje zuckte gleichgültig mit den Schultern.

»Wo ist denn Frau Schmitzke?«

Frau Antje wies mit dem Ellenbogen auf den Flur, was heißen konnte, daß sich die Schmitzke hier irgendwo im Souterrain oder sonstwo im Haus aufhielt, nur eben nicht in der Küche. Verärgert über Frau Antjes mangelnde Auskunftsbereitschaft, machte sie sich auf die Suche. Schließlich fand sie ihre Chefin im alten Eßzimmer im Parterre, wo sie beim Silber augenscheinlich eine Inventur durchführte.

»Ich hab' nichts genommen!« sagte sie vorsorglich.

»Behauptet ja keiner! – Dreiundzwanzig. Einer fehlt.« Die Schmitzke notierte die Zahl auf einem Klemmbrett. »Was gibt's? Sind Sie etwa schon fertig?«

»Oben muß ich noch. Aber was ich fragen wollte: Wie sieht's denn mit meinem Erfolgshonorar aus?«

»Zwölf Fischbestecke! Ihrem was?«

»Hören Sie!« sagte Edith Zeitz aufgeregt. »Wir hatten schließlich eine Abmachung, und ich habe mich an meinen Teil gehalten!«

»Zwei Suppenkellen, stimmt!« Sie hakte das auf ihrer Liste ab. »Ich weiß nicht, was Sie meinen.« Sie zählte weiter die Bestecke.

Edith Zeitz trat von einem Bein aufs andere. Von der Schmitzke mußte man sich alles schriftlich geben lassen, wieso hatte sie daran wieder nicht gedacht?

»Das finde ich jetzt aber nicht richtig, Frau Schmitzke! Sie haben mir gesagt, ich solle Frau Roderich anstacheln …«

»Gar nichts habe ich gesagt!« fuhr die Schmitzke dazwischen und drehte sich zu ihr um. »Unterstehen Sie sich, solche Lügen in die Welt zu setzen!«

»Aber mein Erfolgshonorar!« wandte Edith Zeitz kleinlaut ein.

»Kommen Sie in mein Apartment, wenn Sie mit der Arbeit fertig sind! *Go Lucky* hat im dritten Rennen gewonnen. Ich gebe Ihnen dann den besprochenen Anteil.«

»Verstehe!« sagte Edith Zeitz.

Die Schmitzke hatte ihr mal wieder eine Lektion in Sachen Diskretion erteilt.

Dicke Luft

Nach einem Tag im abgedunkelten Studio, ausgelaugt von der zermürbenden Warterei zwischen den einzelnen Pack-Shots für den neuen Wolff-Katalog, freute sich Simone auf Bewegung an frischer Luft. Sie hatte sich mit Viktor für halb acht verabredet. Gerade noch fünfzehn Minuten blieben ihr, um sich umzuziehen. Zwei Stufen auf einmal nehmend, eilte sie die Treppe ins Obergeschoß hinauf.

Breitbeinig stand Barbara am Treppenabsatz und verwehrte ihr den Zutritt zu ihrem Zimmer.

»Ich muß mit dir reden!« sagte sie.

»Später, ich hab's eilig!« antwortete Simone und wollte sich an ihrer Mutter vorbeidrücken.

»Falls es um dein Treffen mit Viktor Vonhof geht, das habe ich abgesagt.«

»Was fällt dir ein!«

»Wie kommst du dazu, dich auf ein Verhältnis mit ihm einzulassen, wo er mit deiner Sekretärin zusammen ist? Von diesen Vonhofs ist ja nichts anderes zu erwarten, aber dich hätte ich für vernünftiger gehalten.«

Simone, die noch auf der Treppe unterhalb ihrer Mutter

stand, atmete tief durch, faßte ihre Mutter ans Handgelenk, so wie sie das erst vorgestern bei ihr gemacht hatte, und zog sie wortlos mit sich ins Wohnzimmer im Erdgeschoß.

»Also noch mal von vorne«, sagte sie mühsam beherrscht, als sie beide saßen. »Du hast dir erlaubt, meine Verabredung mit Viktor abzusagen? Bist du noch ganz dicht? Und wie kommst du auf die wahnwitzige Idee, ich hätte ein Verhältnis mit ihm?«

»Ich war heute bei deiner Sekretärin, und die hat mir ihr Leid geklagt. Sie war richtig erleichtert, sich aussprechen zu können, und hat mich inständig gebeten, dich zur Vernunft zu bringen. Meine Güte, Simone, sie liebt den Jungen! Wie kannst du nur? Noch dazu, wo du verheiratet bist. Ich habe mich natürlich furchtbar aufgeregt und Peter gebeten, mit dir ein ernstes Wort zu reden. Das ist keine Art, daß ich das zufällig erfahre. Bei dem Vater kann man sich denken, daß der Sohn auch nicht besser ist. Aber du? Sonst tust du so moralisch!«

Simone kämpfte mit einer aufsteigenden Übelkeit. Sie hätte eines von den Sandwiches essen sollen, die der Fotograf hatte kommen lassen.

»Ich weiß gar nicht, was ich dazu sagen soll!«

»Das kann ich mir vorstellen! Du solltest dich schämen.«

»Jetzt hör mir gut zu«, sagte Simone, um Vernunft bemüht und ihre Wut unterdrückend, »ich lasse dich hier wohnen, ich mache deine Affektiertheiten mit, zahle deine Extravaganzen, aber ich bin nicht willens, mir von dir mein Leben ruinieren zu lassen.«

»So weit ist es also schon!« sagte ihre Mutter. »Du willst dich scheiden lassen. Dann müssen wir aber aus dem Haus raus, und du verlierst deinen Anteil an der Firma. Hast du das bedacht?«

»Ach, du sorgst dich um meinen Wohlstand, von dem du so uneingeschränkt profitierst?«

»Verkauf lieber jetzt deinen Anteil an der Firma, dann bist du reich und kannst tun, was du willst. Bis fünfundzwanzig Prozent ist das sogar steuerfrei.«

»Moment, das ist doch nicht auf deinem Mist gewachsen.«

»Ich meine ja bloß!« sagte Barbara. »Als Mutter kann man das kaum mit ansehen, wie die eigene Tochter bis zur Erschöpfung schuftet. Und dein Mann läßt sich nicht mal blicken.«

Damit hatte Barbara ausnahmsweise recht.

»Ich rede morgen mit Ellen und gehe gleich rüber, um mich bei Vonhofs für dein unmögliches Benehmen zu entschuldigen«, sagte Simone.

»Sollen die denken, was sie wollen!« Beleidigt verschränkte ihre Mutter die Arme.

Nestbautrieb

Als Simone bei den Nachbarn klingelte, öffnete ihr Robert Vonhof die Tür und bat sie in die Bibliothek, in der im Schein einer Stehlampe ein aufgeschlagenes Buch auf einem Sessel lag und von einer abgelegten Zigarre ein dünnes Rauchfähnchen aufstieg.

»Viktor ist noch mit Burano unterwegs, wird aber sicher gleich kommen. Wollen Sie nachher mit uns essen? Würde mich freuen.«

Simone nahm die Einladung gerne an. Je länger sie hierblieb, stellte sie sich vor, desto größer wäre die Chance, daß ihre Mutter inzwischen ihre Sachen packte und verschwand. Natürlich war das nur ein Wunsch. Wenn ihre Mutter überhaupt auf die Idee käme, das Haus zu verlassen, dann würde sie mit Sicherheit zu Krüger ziehen. Wer weiß, wieviel Unheil sie anrichtete, wenn sie gänzlich ihrer Kontrolle entzogen war.

»Ich möchte mich übrigens für das aufdringliche Verhalten meiner Mutter entschuldigen.«

»Das müssen Sie nicht«, antwortete Robert.

Sie fand das generös. Doch dann fügte er etwas an, das weniger wie Nachsicht mit Barbara als wie ein Tadel an ihr klang.

»Ihre Mutter ist alt genug, ihr Verhalten selbst zu verantworten, finden Sie nicht?«

»Schon«, sagte sie kleinlaut.

Robert Vonhof hatte eine Art, ihr Selbstbewußtsein zu untergraben, die sie jedesmal von neuem überraschte. In dieser Hinsicht würde er wirklich gut zu ihrer Mutter passen, dachte sie bitter. Viktor ging es vermutlich mit ihm kaum besser als ihr mit Barbara. Manche Leute bekamen Kinder, damit sie jemanden dominieren konnten.

»Sicher bekommt meine Mutter in Kürze ein Engagement«, sagte Simone, um Robert zu überzeugen, daß Barbara ihm und ihr nicht mehr in die Quere käme. »Sie hält es nie lange an einem Ort aus.«

»Nun kommt Arno ja wieder«, sagte Robert unvermittelt. »Habe ihn lange nicht gesehen.«

»Da wissen Sie anscheinend mehr als ich«, sagte Simone.

»Krüger hat endlich den Jahresabschluß fertig, und ich habe mit Yolanda vereinbart, daß wir die Gesellschafterversammlung am Montag nach der Pool-Party bei Schulte-Freisings abhalten. Sie bekommen die offizielle Einladung noch von Krüger. Dann tagt auch der Beirat.«

»So schnell schon? Ich dachte, ich hätte etwas mehr Zeit, meine Fähigkeiten unter Beweis zu stellen.«

»Vertrauen Sie darauf, daß wir das beurteilen können!« sagte Robert und wechselte abrupt das Thema. »Haben Sie sich inzwischen gut eingelebt?«

Simone fragte sich, worauf er hinauswollte. »Durchaus«, antwortete sie unbestimmt.

»Aber?«

»Nun, es ist seltsam, in einem fremden Haus zu leben«, erklärte sie. »Zumal ich mich seinerzeit als Chefredakteurin von *Schönere Häuser & Gärten* viel mit Einrichtungen beschäftigt habe. Und jetzt lebe ich in einer Umgebung, die im Grunde gar nicht meinem Geschmack entspricht.«

»Aber Wolffs sind zeitlos gediegen eingerichtet.«

»Sie sagen es.«

»Und das gefällt Ihnen nicht?«

»Es ist weniger der Stil als vielmehr die Tatsache, es nicht selbst ausgesucht zu haben. Das vermittelt das Gefühl, in einem Hotel zu leben. Es bleibt unpersönlich.«

»Wirklich? Schwer nachzuvollziehen. Auf die Idee, mir über die Einrichtung Gedanken zu machen, käme ich nie.«

»Das ist sicher der weibliche Nestbautrieb, der da eine Rolle spielt.« Und in Gedanken an ihre herumzigeunernde Mutter fügte sie an: »Damit möchte ich nicht so weit gehen, zu behaupten, daß es sich dabei um einen Urinstinkt handelt, der noch bei allen Frauen vorhanden ist.«

»Wie beruhigend«, meinte Robert schmunzelnd. »Nein, ich dachte eher, ob Sie sich hier eingelebt haben im Sinne von, wie soll ich sagen, was man so braucht.«

Sie runzelte die Stirn. »Lebensmittel?« fragte sie vorsichtig.

»Nicht direkt.«

War das ein Quiz? »Friseur?«

Robert nickte. »Zum Beispiel.«

»Friseur und Frauenarzt sind am schwierigsten zu finden. An meine Zähne lasse ich zwar auch nicht jeden, aber an meine Haare und … also, das ist schon Vertrauenssache. Nächste Woche Freitag fahre ich extra deswegen nach Frankfurt. Schon komisch, nicht? Wieso fragen Sie?«

»Ach nur so«, wich Robert aus. »Aber wenn Sie sowieso nach Frankfurt fahren, könnten Sie Frau Hallstein mitbringen. Sie kennen Frau Hallstein?«

»Ja, flüchtig«, sagte sie einigermaßen erstaunt über die Selbstverständlichkeit, mit der er sie zur Mitfahrgelegenheit verpflichtete. Schließlich war so etwas mit umständlichem Verabreden verbunden. Vermutlich sollte sie sich nach seiner Freundin richten, und dann würde sie mindestens zwei Stunden bei zwanghafter Konversation mit ihr im Auto verbringen müssen.

»Aber ist das nicht etwas unpraktisch?« wandte sie ein. »Ich weiß ja nicht, wie lange es beim Arzt dauert, und dann wollte ich auch noch …«

»Kein Problem!« schnitt ihr Robert das Wort ab. »Ich würde ja selbst fahren, aber für Transporte wurde der Jaguar nun wirklich nicht gebaut. Und dann müßte sich Frau Hallstein extra ein Auto mieten. Das ist Unsinn, wo Sie sowieso mit Ihrem Kombi fahren, nicht?«

»Schon«, antwortete sie gedehnt. »Was soll denn transportiert werden?«

»Frau Hallstein zieht zu mir.«

»Dafür gibt's Umzugsfirmen!«

Robert lachte. »Die paar Sachen, ich bitte Sie, das lohnt nicht. Hier hat sie ja alles, was sie braucht.«

Auf dem Weg zum Büro bekam Simone Magenkrämpfe. Wie würde Krüger sich verhalten? Und was sollte sie Ellen sagen? Hoffentlich hatte sie sich inzwischen beruhigt.

»Morgen!« rief sie betont munter beim Betreten des Büros.

»Morgen!« muffelte Ellen zurück. »Haben Sie einen Moment für mich Zeit?«

»Klar! Was gibt's?« Sie ging in ihr Zimmer vor, und Ellen schloß hinter sich die Tür. Opa schaute ihnen interessiert zu, und Simone lächelte verbindlich durch die Glasscheiben zu Attenfeldt hinüber.

»Ich glaube«, sagte Ellen, »Ihre Mutter hat gestern etwas mißverstanden.«

»Mag sein«, sagte Simone.

»Sie ist reichlich überdreht, kommt hier herein und macht einen ganz wirr im Kopf.«

»Sie hat es sicher nur gut gemeint«, verteidigte Simone unversehens ihre Mutter, die sie seit dem Gespräch im Wohnzimmer nicht mehr gesehen hatte. »Ist Krüger schon im Haus?«

»Hat bereits nach Ihnen gefragt.«

»Na, dann gehe ich besser gleich hin«, sagte sie und stand auf.

»Haben Sie mit Viktor geredet?« fragte Ellen kleinlaut.

»Ich habe ihn gestern kurz gesehen, ja. Aber wir haben nicht über Persönliches gesprochen, sein Vater war die ganze Zeit dabei.«

»Und was mache ich nun?«

»Ich habe Sie zwar bekannt gemacht, aber jetzt halte ich mich raus. Entschuldigen Sie mich, Krüger wartet.«

Krüger rückte, als Simone in sein Büro trat, die Krawatte zurecht. Er bat sie, sich zu setzen, und wies auf das leberwurstfarbene Sofa unter dem Fischkopf. Jetzt wird's privat, dachte sie, denn Geschäftliches wurde am Schreibtisch besprochen, wo er sich in seinem federnden Ledersessel zurücklehnen und den Boß herauskehren konnte.

Innerlich hatte sie sich schon darauf eingestellt, etwaigen moralischen Vorhaltungen resolut zu begegnen. Immerhin war die von ihrer Mutter verursachte Konfusion eine heikle Angelegenheit, und sie überlegte, ob sie Krüger den Wind aus den Segeln nehmen und das Gespräch mit einem Dementi einleiten oder lieber abwarten sollte, was er sich an Anmaßungen herausnehmen würde.

»Die Sache ist delikat, sozusagen«, begann Krüger, »es geht um Privates, und eigentlich ist dies nicht der richtige Ort, um es zu besprechen, aber ich konnte nicht länger warten ...« Er stockte.

Junge, mach's kurz! dachte Simone. Dich in meine Intimsphäre einzumischen steht dir ohnehin nicht zu.

»Also, wenn Sie jetzt auf dieses angebliche Verhältnis anspielen, dann kann ich Ihnen gleich sagen, daß es ein reines Phantasieprodukt ist. Das hat Ihnen meine Mutter wahrscheinlich schon selbst gesagt.«

Krügers Adamsapfel bewegte sich oberhalb des engen Kragens rauf und runter. Er fuhr mit dem Zeigefinger zwischen Hemd und Hals.

»Sie war heute nacht bei Ihnen, oder?« hakte sie nach.

»Phantasieprodukt?« fragte Krüger, sichtlich aus dem Konzept gebracht, zurück.

Simone nickte.

»Da müssen Sie sich irren!«

»Ich bitte Sie«, antwortete Simone. »Ich weiß, wer hier

mit wem ein Verhältnis hat. Ich jedenfalls habe keines, da können Sie ganz sicher sein. Ich bin nämlich glücklich verheiratet.«

»Wie hübsch für Sie«, sagte Krüger nachdenklich. »Und gerade deswegen werden Sie Ihrer Mutter ebenfalls ihr persönliches Glück gönnen.« Fragend schaute er sie an.

»Selbstverständlich, wieso?«

»Dann hätten Sie also nichts dagegen, wenn Ihre Mutter und ich«, er fokussierte nicht mehr sie, sondern blickte ins Unendliche und sagte schließlich feierlich, »heiraten.«

Sie lachte – aus Erleichterung darüber, daß nicht sie Gegenstand dieses Gespräches war, und auch, weil ihr die Offenbarung von Krügers romantischen Gefühlen unter einem ausgestopften Fischkopf in einem schlecht gelüfteten Büro der Firma Wohlsein-für-die-Füße-Wolff absolut deplaziert vorkam.

Krüger stellte sich mit dem Rücken zu ihr ans Fenster.

»Entschuldigung!« sagte sie, um Ernsthaftigkeit bemüht. »Darauf war ich nicht gefaßt.«

»Es kommt«, sagte Krüger, sich umdrehend, »zugegeben etwas plötzlich. Und ich wollte erst mit Ihnen reden, weil eine dauerhafte Verbindung mit Ihrer Mutter Sie möglicherweise zu falschen Annahmen verleitet. Ich kann jedoch Berufliches und Privates absolut trennen.«

»Sicher«, antwortete sie lakonisch und fuhr mit dem Selbstbewußtsein der Anteilseignerin fort, »deshalb eröffnen Sie mir auch während der Arbeitszeit, daß Sie beabsichtigen, meine Mutter zu heiraten.«

»Dies ist«, wiegelte Krüger ab, »eine Ausnahmesituation. Sie haben sicher etwa eine Stunde Zeit?«

Sie fragte sich, ob er ihr nun noch seine Familiengeschichte erzählen wollte, und sah auf die Uhr. »Die Arbeit wartet. Sie wissen ja selbst, ich bin mitten in der Katalogproduktion.«

»Na, ein Stündchen werden Sie schon erübrigen können. Wie ich Sie kenne, sind Sie sowieso dem Zeitplan voraus.«

Sie wunderte sich. Krüger hatte recht, außerdem ging er mit Sicherheit davon aus, daß sie die Stunde, die er sie zu beanspruchen gedachte, abends dranhängen würde.

»Wissen Sie«, sagte er leutselig, »als Mann hat man nicht so ein Geschick, was Geschenke angeht. Wir fahren schnell in die Stadt, und Sie helfen mir beim Aussuchen.«

»Von was?« fragte sie.

Krüger schien die Frage zu erstaunen.

»Ich brauche einen Verlobungsring, wenn ich Ihrer Mutter einen Antrag mache!«

Nulltarif

Barbara lehnte in der Tür zum indischen Bad und sah der Zeitz dabei zu, wie sie Simones Cremetöpfchen und Tuben einzeln von der Ablage unter dem Spiegel hochnahm, darunter wischte und sie wieder hinstellte.

»Hätte gar nicht vermutet, daß Frau Schmitzke nähen kann«, sagte sie erstaunt. »Bunt mit Pailletten? Will sie auf 'nen Tuntenball?«

»Ich glaube, es ist eine Überraschung für ihren Ingo. Der soll nämlich, wie ich zufällig gehört habe, am nächsten Wochenende auf der Pool-Party von Schulte-Freisings was vorführen.«

»Interessant!«

Die Erwähnung dieses die Nachbarschaft ungeheuer beschäftigenden Ereignisses erinnerte sie an die ausstehende Revanche. Um die zu planen, benötigte sie noch Informationen.

»Sie sind schon länger im Hause Vonhof beschäftigt, stimmt's?«

»Jedenfalls länger als Frau Schmitzke, soviel steht fest.«

»Und ist Ihnen da mal bei Herrn Vonhof etwas aufgefallen?«

Die Zeitz hielt im Putzen inne und lehnte sich an das Waschbecken. »Wie meinen Sie denn das?« fragte sie.

»Kleine Schwächen, zum Beispiel. Irgendwas, das nur Sie wissen, weil Sie ja eine Vertrauensstellung haben.«

»Das kann man sagen!« antwortete die Zeitz stolz. »Es gab nie Beschwerden. Aber, wie sagt immer Frau Schmitzke: Diskretion! Diskretion!«

»Es wäre mir einen Bonus wert«, lockte Barbara.

Edith Zeitz zögerte.

Barbara nahm an, sie versuche damit, den Bonus im Vorfeld zu erhöhen.

»Es gäbe da schon was.«

Barbara ließ einen Fünfziger aus ihrer Jackentasche blitzen.

Die Zeitz legte den Lappen weg und beugte sich näher. »Aber es bleibt unter uns!«

»Auf jeden Fall«, bestätigte Barbara. »Lassen Sie endlich die Katze aus dem Sack!«

»Ach, Sie wissen es schon?« fragte die Zeitz, enttäuscht zurückweichend.

»Was denn?«

»Na, das mit der Katzenhaarallergie.«

»Ja das«, log Barbara und steckte den Schein tiefer in die Tasche, »das wußte ich bereits. Das ist jetzt Pech für Sie.«

»Haben Sie denn auch schon gehört, daß die neue Freundin vom Doktor am Wochenende einzieht?«

»Klar, alles längst bekannt«, winkte Barbara ab. Das Spiel machte ihr Spaß. Informationen zum Nulltarif, wie praktisch. »War das schon alles?«

»Aber daß sie ihre Katze mitbringt, das wissen Sie bestimmt noch nicht.«

»Das glaube ich nicht«, sagte Barbara, um die Taktik zu wechseln, »wer behauptet denn so was?«

»Der Doktor ist heute beim Allergieologen oder so ähnlich, jedenfalls beim Doktor. Das hat mir Frau Schmitzke erzählt, und da ist er, weil die Neue ihre Katze mitbringt. Frau Schmitzke findet das gar nicht richtig, daß er ihr das erlaubt, wo er leicht Anfälle kriegt. Und außerdem, sagt Frau Schmitzke, übergeben sich Katzen im Haus, und sie mache das nicht weg, denn sie habe erst letztens beim Ingo putzen müssen, weil der sich auch übergeben habe.«

»Wie unappetitlich!«

Die Zeitz lachte. »Bestimmt hat sie ihn mit einer ihrer fetten Torten gefüttert. Da muß sie sich dann nicht wundern, wenn ihm schlecht wird. Ich kenne das, wenn mein Alter zuviel getrunken hat, dann ...«

»Ist gut, Frau Zeitz«, unterbrach Barbara, »wir wollen dieses unschöne Thema nicht vertiefen.«

»Schade«, sagte die Zeitz und hauchte den Spiegel an, um die Stelle anschließend mit dem Zipfel ihrer Schürze quietschend zu polieren, »ich weiß nämlich von noch jemandem, dem so was Peinliches passiert ist.«

»Och nö, Frau Zeitz, wirklich nicht!« sagte Barbara angewidert und ging nach unten, um in Ruhe zu überlegen, wie sie diese zwar läppischen, jedoch immerhin kostenlos erhaltenen Informationen gegen Robert verwenden könne.

Im Ring

»Du willst wahrscheinlich nichts essen?« fragte Simone, kaum zu Hause angekommen und schon in der Küche.

»Habe ich zugenommen?« Barbara schaute an sich herunter.

»Nein, ich dachte nur, weil du dich mit Krüger triffst.«

»Wie kommst du denn darauf?«

»Nur so«, wich sie aus und setzte Wasser für Nudeln auf, »seid ihr denn nicht verabredet?«

»Nicht, daß ich wüßte. Ich dachte, wir könnten uns einen netten Frauenabend machen.«

»Im Duett vor dem Fernseher bügeln? Ich habe keine einzige Bluse mehr im Schrank hängen.«

»Du solltest die Sachen wirklich außer Haus geben. Das ist kein Zustand, daß du dir morgens schnell was bügelst und dann ohne Frühstück ins Büro fährst. Und mittags ißt du auch nichts. Peter muß dir eine Mittagspause zugestehen. Ich rede mit ihm.« Barbara faßte ihr an die Wangen. »Du siehst schon richtig verhungert aus.«

»Was ist denn mit dir los?« wunderte sich Simone. »So besorgt um mich?«

»Du bist mein Kind!«

»Wie stehst du überhaupt zu Krüger?« Simone hobelte Pecorino.

»Wieso fragst du?«

»Mich wundert, daß er dein Typ ist.«

»Er ist ganz nett. Aber ein wenig …, wie soll ich es nennen …, ich meine, er angelt!« stöhnte Barbara. »Das sagt doch alles.«

»Angeln ist kein Charakterfehler«, antwortete Simone und schälte Knoblauch. »Sei froh, daß du ihn hast.«

Was redete sie? Jetzt war sie schon so weit, für Krüger Partei zu ergreifen! Sie mußte ihren gutmütigen Tag haben.

»Weißt du, daß Vonhofs Freundin bei ihm einzieht? Er hat tatsächlich die Stirn, mich zu bitten, sie samt ihren Sachen in Frankfurt abzuholen. Das mußt du dir vorstellen!«

»Du fährst extra nach Frankfurt, um sie abzuholen? Schön blöd.«

»Nein, das natürlich nicht. Ich muß zum Frauenarzt.«

»Bist du schwanger?« fragte Barbara, ihre Stimme in ungewöhnliche Höhen schraubend. Sie reagierte wie die Mutter einer unmündigen Tochter.

»Von was? Vom heiligen Geist?«

»Hast du mich erschreckt!«

»Wieso eigentlich?« Sie hielt inne und schaute ihre Mutter an. »Ich bin in einem Alter, in dem es höchste Zeit wird, und sogar verheiratet. Was wäre so Schlimmes daran, ein Kind zu bekommen?«

»Ich bitte dich! Das ist doch furchtbar! Diese gräßliche Schwangerschaft. Dauernd ist einem übel. Die Geburt. Entsetzlich! Wehen ohne Ende, du denkst, du überlebst es nicht. Und dann, wenn du meinst, nun sei es überstanden, hast du das Baby, um das du dich Tag und Nacht kümmern mußt. Und die Figur ist für alle Zeiten im Eimer.«

Simone fühlte sich getroffen. So offen hatte Barbara die Abscheu vor einem Kind ihr gegenüber noch nie bekundet. Sie merkte nicht einmal, wie verletzend ihr Appell zur Kinderlosigkeit war.

»Stell dir vor, es gäbe mich nicht. Bei wem würdest du dann wohnen? Bei Tante Gudrun, mit der du dich gründlich verkracht hast? Bei deinem geizigen Bruder, der mir nicht einmal eine Karte zum Geburtstag schickt? Gerade wenn man älter wird, kann man froh sein, Kinder zu haben, die sich kümmern. Wenn ich alt bin, habe ich niemanden, zu dem ich mich flüchten kann.«

»Dann hast du mich!« sagte Barbara.

Simone schnappte nach Luft.

Ja, Barbara Roderich war unsterblich!

Sie röstete Pinienkerne in einer Pfanne ohne Fett an und mußte aufpassen, daß sie nicht zu dunkel wurden.

»Wo wir gerade beim Thema sind«, sagte Barbara. »Ich vermute, Roberts Freundin, diese Mona, ist schwanger. Anders kann ich mir nicht erklären, warum er mit der zusammenzieht.«

»Da brauchst du dir, glaube ich, keine Sorgen zu machen, daß sie sich ihre Figur ruiniert. Soweit ich weiß, ist Robert, du weißt schon.«

»Impotent, also doch!« sagte Barbara und schlug sich auf die Schenkel.

Simone war ganz auf die Pinienkerne konzentriert. Rasch ließ sie diese auf einen Teller gleiten, weil sie in der heißen Pfanne sonst nachbräunten.

»Nein, nur zeugungsunfähig.«

»Das glaube ich nicht«, sagte Barbara. »Ganz sicher ist er impotent. Woher willst ausgerechnet du davon wissen?«

»Von Viktor natürlich.« Sie fühlte sich, um den Wahrheitsgehalt zu unterstreichen, bemüßigt, mit Details aufzuwarten: »Vonhofs wollten damals unbedingt noch ein Kind. Als es nicht klappte, hat er sich untersuchen lassen. Und was stellt sich raus? Pustekuchen. Vonhof hat die Vaterschaft an Viktor jedoch nie in Frage gestellt. Zumindest hat Viktor nichts dergleichen erwähnt.«

»Ist ja ein Knüller!« sagte Barbara und schien mit ihren Gedanken ganz woanders zu sein.

»Behalte es aber für dich!«

»Mmh«, sagte Barbara, »wann können wir essen?«

»Wenn du nicht nur dabeisitzen, sondern mithelfen würdest, ginge es bedeutend schneller. Du bist schlimmer als Arno.«

Dabei fiel ihr wieder ein, daß Krüger vermutlich noch mit dem gemeinsam ausgesuchten Ring vorbeikommen würde. Wieso wollte er Barbara den Antrag ausgerechnet in ihrer Gegenwart machen? Er hatte ein eigenes Zuhause, wo sie ungestört waren. Merkwürdig! Wollte er gleich seinen Familiensinn unter Beweis stellen? Sicher würde es ihn verwirren, wenn Barbara nach Knoblauch roch. Aber nun hatte sie sich schon auf die Spaghetti mit Pecorino, Minze und Pinienkernen gefreut, und an die gehörte Knoblauch.

Sie gab Meersalz und die Nudeln ins sprudelnde Wasser.

Sie konnte ihm ja ein bißchen Pasta aufheben, bestimmt hatte er Hunger. Wieso nahm sie auf ihn Rücksicht? Wollte sie unbewußt, daß Krüger bei Barbara Erfolg hatte?

Papi würde sie Krüger jedenfalls nie nennen!

Warten

Barbara und Simone guckten einen Fernsehfilm, der, selbst wenn man dabei bügelte, gähnende Langeweile aufkommen ließ. Und Simone bügelte nicht einmal, da sie jeden Moment mit Krügers Erscheinen rechnete.

»Mußt du dauernd aufspringen?« fragte Barbara, als Simone zum wiederholten Mal ans Fenster gegangen war, weil sie meinte, ein Auto sei vorgefahren. »Erwartest du Besuch?«

»Nö, du?«

Simone benahm sich, als bliebe ihr Liebhaber mit seinem Heiratsantrag aus.

»Meine Güte, hast du das gesehen? So kann man die Rolle einer betrogenen Ehefrau nicht anlegen! Und das Licht, guck dir das Licht an! Die absolute Soße! Ekelhaft. Willst du noch den Schluß sehen? Ich gehe ins Bett.«

»Jetzt schon?« sagte Simone. »Es ist noch gar nicht spät.«

»Ich muß«, sagte Barbara und stand auf. »Ich fliege morgen ganz früh nach Berlin zu einem Casting.«

»Das hast du gar nicht erzählt. Ist ja toll. Meinst du, du kriegst die Rolle? Was ist es denn?«

»Ach, bloß eine Serie.« Barbara setzte sich wieder hin. »Ich weiß nicht, ob ich sie überhaupt will. Diese ewige Warterei, bis man drei Sätze sagen kann. Außerdem kommst du aus so 'ner Serie schlecht wieder raus und bist für alle Zeiten abgestempelt.«

»Aber du wirst ungeheuer populär. Das wolltest du doch immer sein.«

»Stimmt schon«, sagte Barbara. »Solche Serien werden manchmal sogar ins Ausland verkauft.«

»Hast du schon ein Drehbuch gelesen?«

»Das Treatment und einen Auszug aus dem Pilotfilm fürs Vorsprechen, ich meine, die Probeaufnahmen. Ich soll eine Witwe spielen, die in Berlin ein Hotel und dazu einen Callgirlring erbt. Weißt du, was mein Agent gesagt hat?«

Simone schüttelte den Kopf.

»Wir machen Sie zur Joan Collins von Pankow.«

»Toll!« sagte Simone.

»Pankow! Ist das nicht eine Frechheit?« meinte Barbara gleichzeitig.

Lizenz zum Treten

Während ihre Mutter in Berlin war, fragte sich Simone, wie sie die verbleibende Woche bis zur Entscheidung des Beirates überstehen sollte. Da zeigte ihr Attenfeldt eine kurze Notiz in einem Nachrichtenblatt der Schuhbranche, und Simone witterte die Chance, Krüger, und damit den Beirat, wenn schon nicht von einer eigenen, so doch vom Vertrieb einer Schuhkollektion zu überzeugen. Zwei Tage später hatte Simone alle nötigen Informationen eingeholt und berief eine Sitzung ein.

Krüger zog sein Jackett aus und hängte es über die Stuhllehne. Darunter kamen mit Fischen bedruckte Hosenträger zum Vorschein. Oliver Prinz stieß einen anerkennenden Pfiff aus. Krüger schien sich neuerdings modisch an seinem Assistenten zu orientieren.

»Ihre Einwände gegen eine eigene Schuhkollektion berücksichtigend«, sagte Simone zu Krüger, der seine Daumen hinter die Fischträger klemmte, »habe ich Ihnen einen völlig neuen Vorschlag zu unterbreiten.«

»Na, da sind wir aber mächtig gespannt, was, Prinz?« sagte Krüger. »Schießen Sie los!«

»Sie liefern mir das Stichwort«, fuhr Simone fort und signalisierte mit Daumen und Zeigefinger eine Pistole. »Mein Name ist Bond, James Bond. Was sagt Ihnen das?«

Die Prinzenrolle hob den Arm und schnipste mit den

Fingern. Der würde gefeuert, falls sie Geschäftsführerin wurde. Genau wie Krüger.

»Herr Prinz meldet sich zu Wort. Ja bitte.«

»Das sagt mir, daß Sie sich irren, denn Sie heißen Störmer, Simone Störmer.«

Krüger ließ die Hosenträger schnalzen. »Doktor Störmer, Herr Prinz. Darauf legt sie Wert.«

Las man nicht häufiger von gedungenen Killern aus Billiglohnländern? Kurz mit der Knarre draufgehalten, und aus der Spuk? Oder die Luxusvariante: ein hübscher Angelunfall? Gluck, gluck und weg? Am besten mit der Prinzenrolle im Fischli-Doppelpack.

»James Bond, meine Herren«, schlug sie bewußt einen dozierenden Ton an, um sich gegen das Kindergarten-Niveau abzugrenzen, »ist sicher selbst Ihnen ein Begriff. Der Agent mit der Lizenz zum Töten zeichnet sich durch einen besonders gepflegten Stil aus. Auch in bezug auf seine Schuhe. Ein schwedischer Hersteller erwarb jetzt das Recht, seine Schuhkollektion unter dem Namen James Bond zu vermarkten. Und wir können diese Kollektion im deutschsprachigen Raum vertreiben. Sie müssen zugeben, dies ist eine einmalige Chance, ins Geschäft zu kommen.«

»Echt klasse«, sagte die Prinzenrolle sichtlich beeindruckt.

»Hübsch!« sagte Krüger. »Kann man mit den Schuhen schießen? Oder was?«

»Es handelt sich dabei um hochwertige Produkte, mit denen sich Attribute wie elegant, schick, teuer verbinden.«

»Und Sex«, ergänzte die Prinzenrolle, »das auch. Oder etwa nicht?«

»Das ist das Dümmste, was ich je gehört habe«, sagte Krüger. »Zu ›Wohlsein für die Füße‹ paßt 08/15, aber nicht 007. James Bond mit Schweißfüßen und Einlagen, oder wie?«

»Damen- und Herrenschuhe«, sagte Simone resigniert.

»Unsere Kunden sind Oma und Opa, nicht Damen und Herren«, sagte Krüger.

»Die Linie richtet sich an«, sie reichte eine schwere Ledermappe mit Abbildungen herum, »Frauen zwischen dreißig und vierzig sowie Männer in gehobenen Positionen. Die Endverbraucherpreise werden im oberen Bereich liegen. Wir hätten mit der James Bond-Kollektion eine ideale Plattform für unsere werblichen Maßnahmen. Ich dachte dabei an«, sie zeichnete ein imaginäres Schriftband in die Luft, »*James Bond Collection by Wolff*. Ohne Doktor«, fügte sie, Krüger ansehend, hinzu.

Krüger blätterte stirnrunzelnd in der Präsentationsmappe.

»Geil!« sagte die Prinzenrolle angesichts der Fotos mit langbeinigen Schuh-Models.

»Wir könnten einen Look-alike-Wettbewerb für die verschiedenen Bond-Darsteller veranstalten«, schwärmte Simone. »Damit erreichen wir unterschiedliche Alters- und Zielgruppen.« Auf die Idee war sie durch die Ähnlichkeit von Robert Vonhof mit Sean Connery gekommen, die zumindest Barbara frappierend fand.

»Für die Frauen aber auch!« assistierte ihr Prinz erstaunlicherweise.

»Nun ist aber gut!« sagte Krüger und schlug die Mappe heftig zu, wobei er Prinzens Patschfinger einklemmte. Die Prinzenrolle schlenkerte stumm die malträtierte Hand.

»Sie haben hoffentlich noch keine mündliche Zusage gegeben?« fragte Krüger.

»Dazu bin ich formell leider nicht berechtigt.«

»Darüber sind wir auch alle herzlich froh, liebe Frau Doktor Störmer. Nicht auszudenken! Ihre ausgefallenen

Ideen sind ja eine hübsche Belustigung im grauen Alltag, aber damit ist nun Schluß. Kümmern Sie sich lieber um unsere Wohlsein-für-die-Füße-Werbung, wie es Ihr Vertrag vorsieht, und überlassen Sie die Zukunftsplanung Leuten, die etwas davon verstehen.«

»Aber die Konditionen sind äußerst attraktiv, und wir hätten ein wesentlich geringeres Risiko als mit einer eigenen Produktion.«

Krüger gab der Mappe einen Stoß, so daß sie über den Tisch zu ihr rutschte. »Abgelehnt! Ende der Durchsage.« Er krempelte die Ärmel herunter.

Was für ein aufgeblasener Ignorant!

Er war der Mann mit der Lizenz zum Treten.

Nix wie weg

Simone nahm sich Freitag frei, um in Frankfurt ihren Frauenarzt und ihre Freundin Gaby zu besuchen. Am späten Nachmittag verabschiedete sie sich mit Bedauern aus einem angeregten Plausch, um Mona Hallstein abzuholen.

Sie wunderte sich, daß Vonhofs Freundin in einer Hochhaussiedlung wohnte, die als sozialer Brennpunkt galt. Im Lift stand ein kleiner Junge. Nach den dunklen Bahnen in seinem Gesicht zu schließen, lief ihm schon längere Zeit die Nase. Unentwegt trat er gegen die bekrakelte Metallwand der Kabine. Sie schwankte zwischen dem Drang, ihm eine zu scheuern, und dem Impuls, ihm ein Taschentuch zu geben. Sie unterließ beides und konzentrierte sich darauf, möglichst wenig von dem beißenden Geruch, der im Aufzug stand, einzuatmen.

Als der Lift hielt und sie der verlegen lächelnden Mona

gegenüberstand, rief ihr die kleine Rotznase »blöde Votze« hinterher.

»Entschuldigung«, sagte Mona rasch und reichte ihr die Hand. »Danke, daß Sie gekommen sind.«

»Och«, sagte Simone, die Roberts Auftrag nun als verschärfte Zumutung empfand, »kein Problem, war sowieso in der Stadt.«

Im Flur hing der intensive Geruch von Kreuzkümmel, der ein wenig dem von ungewaschenen Socken ähnelte. Sie folgte Mona zu ihrem Apartment, wo sich diese schon wieder entschuldigte, weil sie nichts anzubieten hatte.

»Ich würde ohnehin gerne bald fahren.« Simone taxierte den Berg der im Zimmer aufgestellten Koffer und Kartons. »Die Möbel bleiben hier?« fragte sie, inzwischen mit allem rechnend.

»Ja, sicher«, antwortete Mona, »ich muß nur noch Bertha in ihren Korb setzen. Das hat sie nicht so gerne. Sie denkt, es ginge zum Arzt.«

»Na, denn los!« sagte Simone, die niemanden namens Bertha entdecken konnte.

Mona verschwand im Bad. Simone transportierte den ersten Koffer von der Wohnung direkt zum Auto, weil man die Sachen, wie Mona ausdrücklich meinte, nicht unbeaufsichtigt am Aufzug sammeln könne.

Sie wunderte sich, daß Mona nicht mit dem nächsten Gepäckstück am Lift stand, und bahnte sich den Weg durch eine Gruppe im Hausflur spielender Kinder zurück ins Apartment. Mona schien noch im Bad zu sein. Seufzend griff sie sich einen Karton, verstaute auch diesen im Auto, hielt sich im Aufzug die Nase zu und gab, zurück im Apartment, die Hoffnung, Vonhofs Freundin würde sich am Abtransport ihrer Sachen beteiligen, endgültig auf.

Sie ärgerte sich über sich selbst. Wieso war sie so gutmütig und ließ sich schamlos von Robert und seiner Freundin ausnutzen? Bei Vonhof war es ihr aus Respekt schwergefallen, seine Bitte rundheraus abzulehnen. Aber diese Mona war schlichtweg dreist. Ließ sie die Sachen schleppen, während sie sich vermutlich die Wimpern tuschte. Wenn sie jedoch wartete, bis die sich entschloß, mit anzupacken, würde sie vermutlich morgen früh noch in diesem stinkigen Hochhaus sitzen.

Als Mona frisch parfümiert mit einer gräßlich miauenden Katze endlich im vollgeladenen Volvo Platz nahm, war Simone verschwitzt und stinksauer.

»Ich hoffe, wir müssen auf der Autobahn nicht an jeder Raststätte halten!« sagte sie, auf die ausgedehnten Badezimmeraufenthalte ihrer Mitreisenden anspielend.

»Ich hätte Ihnen ja gerne geholfen, aber Bertha hatte sich versteckt. Außerdem darf ich sowieso nichts Schweres heben, ich bin schwanger. Hat Robert Ihnen das nicht gesagt?«

»Ach wissen Sie«, antwortete Simone spitz, »Herr Doktor Vonhof ist wahnsinnig diskret.«

»Aber auch sehr fürsorglich. Er hat mir Ihre Hilfe geradezu aufgedrängt.«

»So, hat er das.«

»Er meinte, da wisse er mich in guten Händen. Ich hatte zunächst etwas Bedenken, wegen Ihrer Mutter.«

»Sollte die auch tragen helfen?« fragte Simone.

»Weil sie … na, ist ja auch egal.«

»Wenn Sie schon so eine Andeutung machen, dann sagen Sie auch, was Sie meinen!«

Simone überholte auf der von Schlaglöchern übersäten Mörfelder Landstraße einen langsam fahrenden Groß-Gerauer. Auf der Ladefläche hüpften die Kartons. Es schepperte darin.

»Würden Sie bitte vorsichtig fahren!« mahnte Mona.

»Wissen Sie was«, sagte Simone, »wenn es Ihnen nicht paßt, wie ich fahre, dann lasse ich Sie gerne an der nächsten Haltestelle raus.«

»Entschuldigung! Ich bin nervös und …«

»… schwanger, ich weiß«, ergänzte Simone. »Sieht man gar nicht.«

»Ich hoffe, Ihre Mutter wird das respektieren.«

»Was hacken Sie dauernd auf meiner Mutter herum? Vonhof hat sie nach Marbella eingeladen. Na und? Daraus können Sie ihr keinen Vorwurf machen. Wieso ist er denn nicht mit Ihnen hingefahren?«

»Ich hatte keinen Urlaub mehr.«

»Hat er Sie überhaupt gefragt?«

»Wie bitte?«

»Na, geht mich nichts an.«

»Ihre Mutter hat das schamlos ausgenutzt!«

»Wenn meine Mutter jemanden ausnutzt, dann bestimmt nicht Herrn Vonhof.«

»Wie darf ich das verstehen?« fragte Mona, nun auch in einem gereizten Tonfall.

»Das steht hier nicht zur Debatte.«

»Ich verstehe gar nicht, warum Sie so aggressiv sind.«

»Wie kommen Sie denn darauf? Nur weil Sie mich Koffer und Kisten haben alleine runtertragen lassen? Also wirklich nicht. Das habe ich doch gerne getan.«

Simone wollte nicht Gefahr laufen, die Sachen von Mona Hallstein auch noch zu entladen. Also ließ sie den vollgepackten Volvo bei Vonhofs in der Auffahrt stehen und den Schlüssel stecken, damit sie ihn ihr später vors Haus fahren konnten.

Sie freute sich auf ein heißes Bad. Hoffentlich war ihre Mutter nicht daheim! Bei ihrer Laune würde es zu Zankereien kommen, und sie wollte Ruhe, nichts als Ruhe.

Als sie vors Haus trat, sah sie gelbliches Licht hinter den Fenstern flackern. Es brannte!

Barbara! Sie mußte ihre Mutter aus dem Flammeninferno retten!

Sie zitterte so, daß sie beide Hände brauchte, um mit dem Schlüssel ins Schloß zu treffen. Endlich flog die Haustür auf. Mit ausholenden Schritten durchmaß sie den Flur, griff mit der Linken zur Klinke der Wohnzimmertür, stieß sie auf, den rechten Ellenbogen schützend vor dem Gesicht.

Es war nicht heiß. Es roch durchdringend nach …? Den Geruch kannte sie aus ihrer Kindheit. Kräutertabak hatten die Erwachsenen das genannt. Sie nahm den Arm herunter.

Von Unmengen Kerzen umgeben, wälzten sich zwei massige Körper stöhnend auf dem Teppich.

Die eigene Mutter in Ekstase! Ein Geschäftsführer ohne Hose!

Es war widerlich!

Sie schloß die Tür und fühlte sich als Störenfried in ihrem Zuhause.

Es gab nur einen Lichtblick: Das große Bad war frei.

Verschwunden

»Frau Schmitzke, warten Sie noch mit dem Servieren!« sagte Lore Vonhof. »Deine neue Flamme läßt sich reichlich Zeit!« meinte sie zu Robert.

»Ja wirklich«, schloß Viktor sich an.

»Ich verstehe auch nicht, wo sie bleibt«, sagte Robert.

»Das Roastbeef wird trocken!« mäkelte die Schmitzke aus dem Hintergrund. »Soll ich nachschauen? Vielleicht ist der jungen Dame wieder schlecht geworden.«

Robert nickte zustimmend.

Lore lachte. »Was meint sie denn damit?«

»Nichts weiter«, wiegelte Robert ab.

Die Gelegenheit, nun seiner Mutter die Geschichte von Monas erstem Besuch, die ihm Frau Schmitzke detailliert geschildert hatte, zu erzählen, konnte Viktor sich nicht entgehen lassen.

»Gott, wie unappetitlich! Und das bei Tisch, also Viktor, wirklich!« sagte Lore mit gespielter Empörung und echter Belustigung.

»Kann sie nirgendwo finden!« Die Schmitzke kam keuchend zurück. »Habe sie im ganzen Haus gesucht. Hat sich in Luft aufgelöst.«

»Sie wollte im Wagen nach ihrer Katze sehen«, sagte Robert und eilte hinaus, die Schmitzke hinter ihm her.

»Was für ein Theater!« stöhnte Viktor. »Wollen wir nicht endlich essen?«

»Ich find's lustig«, antwortete seine Mutter.

»Sie ist weg«, verkündete Robert, als er ins Speisezimmer zurückkam. »Mit dem Volvo von der Störmer und ihren Sachen.«

»Auf Nimmerwiedersehen! Was will man mehr!« triumphierte Viktor.

Robert schaute ihn an.

»Dein Sohn!« sagte er zu Lore. »Nimm ihn mit nach Spanien. Ich schenke ihn dir!«

»Nein danke, ich bin froh, daß ich die Last los bin.«

»Wie redet ihr über mich?«

»Halt die Klappe!« fuhr ihn Robert an. »Und jetzt?« wandte er sich ratlos an Lore. »Wieso mußtest du auch unerwartet hier aufkreuzen?«

»Ich konnte nicht wissen, daß deine Freundin heute einziehen wollte. Am besten, du suchst sie. Wo kann sie denn sein?«

»Woher soll ich das wissen?«

»Na, habt ihr nicht irgendwelche romantischen Treffpunkte, an denen sie sich verkriechen könnte?«

»Ich bitte dich!«

»War ja nur so ein Gedanke. Also, Pascual und ich ...«

»Lore!« sagte Robert drohend.

»Im Zweifelsfall wird sie nach Hause zurückfahren. Gib eine Diebstahlsmeldung auf, dann hält die Polizei das Auto an. Sie hat es schließlich entwendet.«

»Ich kann sie schlecht verhaften lassen.«

»Willst du sie zurück, oder was? Frau Schmitzke, das Telefon!« kommandierte Lore. »Welches Kennzeichen?«

»Ich rufe Simone an und frage sie«, mischte Viktor sich ein, zog sein Mobiltelefon aus der Tasche und tippte die Nummer. – »Da meldet sich niemand. Merkwürdig! Sie muß doch zu Hause sein.«

»Wenn ich einen Vorschlag machen dürfte«, sagte die Schmitzke, »Frau Zeitz hat einen Schlüssel von drüben. Ich könnte schnell losfahren, ihn holen.«

Lauffeuer

Kaum zwanzig Minuten später war die Schmitzke mit Frau Zeitz zurück. Die hatte sich standhaft geweigert, den ihr anvertrauten Schlüssel aus der Hand zu geben.

Da Robert es für keine gute Idee hielt, unbefugt ins Haus der Nachbarn einzudringen, bot sich Viktor an, die Damen Schmitzke und Zeitz zu Wolffs zu begleiten.

»Mein Gott, es brennt!« schrie die Zeitz panisch auf, als sie vor dem Haus standen. »Wahrscheinlich sind sie alle bewußtlos.«

»Rufen Sie sofort die Feuerwehr an!« sekundierte ihr die Schmitzke, an Viktor gewandt.

Er zog sein Telefon aus der Hosentasche und wählte die Notrufnummer.

»Sollten wir nicht reingehen und Menschenleben retten?« fragte er anschließend.

»Viel zu gefährlich!« warnte die Schmitzke. »Da bekommen wir dann auch noch eine Rauchvergiftung. Besser, wir warten hier und lassen die Profis ran.«

»Wie aufregend!« meinte die Zeitz, zitternd vor Spannung. »Wie im Fernsehen! Und mit einer echten Schauspielerin. Wenn ich das meinem Alten erzähle, der glaubt mir kein Wort.«

»Wahrscheinlich, weil Sie immer übertreiben!« sagte Frau Schmitzke. »Wie gut, daß ich die Idee hatte herzukommen. Die werden mir noch dankbar sein. Meinen Sie nicht, wir sollten Frau Wolff in der Schweiz informieren, daß ihr Haus abbrennt?«

»Bis die mit dem Löschwasser aus dem Vierwaldstätter See da ist, wird es vermutlich zu spät sein«, antwortete Viktor.

»Ich glaube, ich höre Sirenen!« sagte die Zeitz und eilte zum Gartentor.

»Die Wolffs werden mir noch dankbar sein!« wiederholte die Schmitzke mit Blick aufs Haus und ging gemessenen Schrittes der Putzfrau hinterher.

Edith Zeitz ließ es sich nicht nehmen, den Feuerwehrleuten persönlich die Haustür zu öffnen. Vier Mann betraten den Flur.

»Nun machen Sie!« sagte die Zeitz nervös. »Wo haben Sie denn Ihre Schläuche?«

»Immer mit der Ruhe, junge Frau«, sagte der Brandmeister, »noch steht der Dachstuhl nicht in Flammen!«

»Merkwürdiger Humor«, flüsterte die Schmitzke Viktor zu. Sie waren an der Eingangstür stehengeblieben. »Man riecht gar nichts!«

In einen Bademantel gehüllt, erschien Simone am oberen Treppenabsatz.

»Was ist denn hier los?«

Gleichzeitig stürmten die Feuerwehrleute das Wohnzimmer und kamen breit grinsend wieder heraus.

»Was war denn nun?« fragte die Schmitzke. »Gibt's Verletzte? Sollen wir einen Krankenwagen anfordern? Wir haben ein Handy.«

»Kann mir bitte jemand erklären, was Sie hier im Haus machen?« setzte sich Simones Stimme im allgemeinen Tohuwabohu durch.

»Junge Frau, uns ist ein Brand gemeldet worden. Falscher Alarm. Wir gehen dann wieder. Nichts für ungut. Aber sagen Sie den Herrschaften im Wohnzimmer, sie sollen mit den Kerzen aufpassen. Da stehen schnell die Vorhänge in Flammen. Wem dürfen wir die Rechnung schicken?«

Die Zeitz und Viktor zeigten auf Frau Schmitzke.

»Das hat man nun von seiner Hilfsbereitschaft!« jammerte die Schmitzke.

»Wie kamt ihr überhaupt darauf, die Feuerwehr zu rufen?« fragte Simone. »Könnten wir die Haustür zumachen? Mir wird kalt.«

»Na, weil keiner ans Telefon ging, natürlich«, antwortete Viktor.

»Da haben sie mich extra vom Bügeln weggeholt!« ergänzte Frau Zeitz.

»Und wozu das Ganze?« fragte Simone genervt und setzte sich auf die Treppe.

»Das hätte ich fast vergessen: Dein Auto ist geklaut worden!«

Viktor setzte sich mit den einleitenden Worten »die Sache ist die« zu Simone und notierte sich das Fahrzeugkennzeichen.

Frau Schmitzke diktierte dem Brandmeister ihre Adresse.

Frau Zeitz wollte gerade die Tür hinter den Feuerwehrleuten schließen, da erschienen Lore und Robert.

»Ist etwas passiert?« fragte Robert, ohne jemanden direkt anzusprechen.

»Keine Sorge, Herr Doktor, Ihrem Sohn geht es gut«, sagte die Schmitzke diensteifrig.

»Wir möchten nicht stören«, wandte sich Robert an Simone, »aber meine Frau meinte, wir sollten nachsehen, was los ist. Sie hatten einen Brand?«

»Nein, zum Glück nicht«, antwortete Simone und erhob sich. »Ihre Truppe hat etwas übereilt die Feuerwehr gerufen.« Sie reichte Lore die Hand. »Ich lag ganz friedlich in der Badewanne, als das Haus gestürmt wurde.«

»Das ist uns wahnsinnig unangenehm«, sagte Lore und schaute sich um. »Im Grunde schade, daß es nicht gebrannt hat, dann hätte die Versicherung die dringend nötige Renovierung bezahlt.«

»Was erlauben Sie sich?« fuhr Simone Lore an. »Lassen mein Auto klauen, platzen hier mit der Feuerwehr rein und mokieren sich auch noch über die Einrichtung!«

Mit einemmal war es ganz still. Der Brandmeister, Frau Zeitz und Frau Schmitzke, Lore, Robert und Viktor schauten Simone an.

»Kann ich Sie bitte unter vier Augen sprechen?« fragte Robert ganz ruhig.

Der Brandmeister verabschiedete sich, und Robert schickte sie alle zurück ins eigene Haus.

»Wir sollten ins Wohnzimmer gehen«, sagte Robert. Er sah wohl, daß sie vor Anspannung bibberte. »Sie erkälten sich sonst noch.«

»Ich habe Ihretwegen schon genug Ärger gehabt, mein Bedarf ist gedeckt.«

»Bitte!« sagte Robert. »Es ist wichtig.«

Wortlos ging sie voraus in die Küche. »Also, was wollen Sie?«

»Frau Hallstein sollte heute bei uns einziehen.«

»Ich weiß!« unterbrach sie ihn. »Was glauben Sie, wer den Möbelpacker gespielt hat?«

»Wie Sie gesehen haben, ist meine Frau eingetroffen. Frau Hallstein hat das mißverstanden und ist nun leider mit Ihrem Auto verschwunden. Und ich mache mir Sorgen, vor allem, weil sie sich nicht aufregen soll.«

Er schwieg einen Moment, als müsse er sich überwinden, und fügte dann an: »Sie erwartet ein Kind, und sie hat schon eines verloren.«

Simone stöhnte wegen des Theaters um die Schwangerschaft.

»Deshalb hat mich Ihre Freundin die ganzen Sachen alleine tragen lassen. Kennen Sie das Haus? Puh! Allein der Geruch! Auf jeden Fall entschuldigte sie sich quasi damit, daß sie schwanger sei, und tat so, als hätten Sie mich als Gepäckträger engagiert.«

»Ich hätte Ihnen das bestimmt nicht zugemutet, wenn ich gewußt hätte, wieviel Sachen sie mitbringt. Jetzt müssen wir sie, und natürlich Ihr Auto, schnellstens wiederfinden. Wenn Sie an ihrer Stelle wären, wo würden Sie hinfahren?«

Simone überlegte. Normalerweise fuhren schwangere, mit ihrem Gatten, wahlweise Liebhaber, verkrachte Frauen zu ihrer Mutter. Falls frau wußte, wo sie ihre Mutter finden konnte.

»Zu ihren Eltern, zu einer Freundin, wieder zurück nach Frankfurt. Das müßten Sie besser wissen.«

Bevor Robert etwas darauf sagen konnte, ging die Küchentür auf, und Krüger kam, nur mit einer Hose bekleidet, herein.

»'n Abend allerseits! Will nur an den Kühlschrank.«

Sie sahen zu, wie er sich eine Flasche Bier angelte.

Er musterte Robert mit glasigen Augen. »Schon komisch. Das mit der Feuerwehr muß ich geträumt haben.«

»Krüger? Hier?« Robert stand auf. »Entschuldigen Sie, ich konnte ja nicht wissen, daß ... Es ist mir überaus unangenehm. Wie indiskret von Viktor, hier einzudringen.« Er war schon an der Haustür. »Dann lassen Sie Herrn Krüger bitte meinetwegen nicht warten.«

Leihwagen

Am nächsten Vormittag wollte Simone, wie samstags üblich, zum Markt fahren. Ohne Auto war das jedoch schlecht möglich. Also ging sie zu Vonhofs, um nachzusehen, ob ihr

Volvo inzwischen eingetroffen war. Vollbeladen fand sie ihn in der Einfahrt stehend vor und klingelte. Frau Schmitzke ließ sie eintreten.

»Die Herrschaften ruhen noch«, flüsterte sie. »Sie haben uns ja gestern einen schönen Schreck eingejagt.«

»Das waren doch wohl eher Sie!« entgegnete Simone.

»Wo Sie nicht ans Telefon gegangen sind. Stellen Sie sich vor, es passiert wirklich etwas. Da können Sie dann froh sein, wenn es jemand merkt.«

»Mein Wagen ist immer noch nicht entladen. Ich muß zum Einkaufen.«

»Das war aber auch eine Aufregung!« entgegnete die Schmitzke. »Ich leihe Ihnen meinen. Ich habe ja heute frei und nichts weiter vor. Natürlich habe ich den Herrschaften noch schnell den Frühstückstisch gedeckt. Kommen Sie einen Moment mit zu mir rauf, mein Kaffee läuft gerade durch, dann gebe ich Ihnen den Schlüssel.«

Simone war neugierig genug, Frau Schmitzke ins Dachgeschoß zu folgen.

Mit ihrem für Einrichtungen geschulten Blick erkannte Simone sogleich, daß die Schmitzke zum Wohntyp Bewahrerin mit einem Faible für Gemütlichkeitsbedarf gehörte. Die Möbel waren entweder geerbt oder überzählige Stücke aus dem Vonhof-Fundus. Daß Frau Schmitzke die Mischung aus Gelsenkirchener Barock und gemäßigtem Jugendstil in Möbelbunkern zusammengesucht hatte, wollte sie ihr nicht unterstellen.

Zwischen den Blumentöpfen auf der Fensterbank standen Keramiktierchen. Über der gemusterten Tapete hing das Kaufhaus-Ölgemälde eines Pferdekopfes. Auf dem Telefontischchen neben dem Fernsehsessel standen auf einem Brokatdeckchen Bilderrähmchen mit Familienfotos.

Simone mußte sich etwas überwinden, um sich auf die mit Plastikfolie geschützte Sitzfläche des geschnitzten Stuhls zu setzen, den ihr die Schmitzke anbot.

»Milch?« fragte die Hausdame beim Eingießen des Kaffees.

Simone lehnte dankend ab. Die Schmitzke goß ordentlich Sahne in ihre Tasse und rührte dann, mit dem Löffel am Porzellanrand entlangklimpernd, darin herum.

»Nun müssen Sie mir aber verraten, was Sie mit dem Doktor besprochen haben!«

»Nichts weiter.«

»Verstehe. Diskretion!« Sie zwinkerte ihr wissend zu. »Während der Doktor bei Ihnen war, hat Viktor eine Meldung bei der Polizei aufgegeben. Und nachts kamen die Beamten.«

»Die waren zuvor schon bei mir«, sagte Simone.

»Und dann ist der Doktor mit Viktor losgefahren, um diese Frau Hallstein zu holen. Ich verstehe die jungen Frauen nicht. Wie kann man einem so vornehmen, netten Herrn wie unserem Doktor weglaufen? Noch dazu mit einem fremden Auto. Aber das hat sie ja schon mal gemacht.«

Die Schmitzke nahm einen Schluck Kaffee und redete sich weiter in Fahrt.

»Da ist sie auch bei Nacht und Nebel verschwunden, ohne dem Doktor ein Wort zu sagen. Nachdem wir sie heute nacht ins Gästezimmer gebracht hatten, habe ich zum Doktor gesagt, er solle besser die Tür von außen abschließen. Wer weiß, ob sie sonst zum Frühstück noch da ist. Obwohl: mir könnte es ja egal sein.«

Ausbügeln

Peter Krüger saß mit Barbara ziemlich schweigsam am Frühstückstisch. Er wartete darauf, daß zwei Aspirin-Tabletten wirkten, die ihm Barbara eben verabreicht hatte.

Als die Haustür aufgeschlossen wurde und dann mit Schwung ins Schloß fiel, schien sein Kopf förmlich zu platzen. Sekunden später polterte die Störmer grußlos mit ihren Einkaufstaschen zu ihnen in die Küche und fragte: »Bleibt Krüger zum Essen?«, als sei er Luft für sie.

»Selbstverständlich!« antwortete Barbara. »Was war denn heute nacht hier los?«

»Während ihr eure Verlobung gefeiert habt«, sagte die Störmer und räumte Schranktüren knallend die Lebensmittel weg, »hat sich die Freundin von Robert Vonhof mit meinem Auto ...«

»Wir haben was?« fragte Barbara dazwischen.

Krüger begann, die Brötchenkrümel auf der Tischdecke hin- und herzuschieben. Diese Weiber brachten dauernd seine Pläne durcheinander!

»Na, ich denke, er hat ...«, sagte die Störmer hinter seinem Rücken. Vermutlich wies sie mit dem Finger auf ihn oder zog eine Grimasse. Wieso war er nur so unvorsichtig gewesen, sie zum Ringkauf mitzunehmen?

»Oder wozu habt ihr dieses Kerzenfestival veranstaltet? Es hätte übrigens wirklich leicht brennen können«, fuhr sie fort.

»Jetzt hab dich nicht schon wieder so. Die paar Wachsflecke im Teppich kannst du rausschneiden.«

Die Störmer zeigte ihrer Mutter einen Vogel. »Du glaubst anscheinend, Teppichflor wächst nach. Das wirst du ordentlich mit Löschpapier rausbügeln! Habe extra welches mitgebracht.«

Sie legte das Heft mit den bunten Blättern vor Barbara auf den Tisch. Daß Barbara keinen Ring trug, war offensichtlich. Die Störmer wirkte irritiert, machte aber wenigstens keine weitere ihrer vorlauten Bemerkungen, sondern sagte nur: »Das Bügeleisen steht im Wandschrank. Herr Krüger wird dir sicher gerne dabei helfen.«

»Ich muß leider nach Hause«, sagte er rasch und erhob sich. »Ich habe Ihre Gastfreundschaft schon viel zu lange beansprucht.«

»Du bleibst!« befahl Barbara ihm. »Wie kommst du auf die Idee mit der Verlobung?« fragte sie ihre Tochter. »Wir haben mein Engagement gefeiert! Ich nehme die Rolle in der Serie an.«

Erleichtert gratulierte die Störmer ihrer Mutter. Natürlich hatte sie etwas dagegen, daß er Barbara heiratete. »Ich bringe der Schmitzke schnell ihr Auto zurück«, sagte sie und verließ die Küche.

»Jetzt aber raus mit der Sprache!« sagte Barbara viel zu laut und zudem in dieser resoluten Art, die Peter Krüger einschüchterte. »Wie kommt das Kind auf so eine Schnapsidee?«

»Könnte ich jetzt gebrauchen«, sagte er und öffnete den Kühlschrank.

»Am frühen Morgen? Bist du Alkoholiker?«

Er seufzte beim Anblick der Wodkaflasche, ließ sie aber unberührt im Eisfach liegen.

Gestern abend wollte er ihr einen Antrag machen, aber sie ließ ihn nicht zum Zuge kommen, redete unentwegt von ihrer Hauptrolle in einer Serie. Es wurmte ihn, daß sie entschied, was sie wollte, ohne dabei auf ihn und seine Situation Rücksicht zu nehmen. Und dann Barbaras großspuriger Lebensstil! Falls die Störmer wirklich Geschäftsführerin wurde, war er die längste Zeit bei Dr. Wolff gewesen. Und wer konnte sagen, wie es dann um seine finanzielle Zukunft bestellt war?

»Ich warte!« sagte Barbara drohend.

»Äschlein«, schmeichelte er, »nun guck mich nicht so wütend an.«

»Fischchen«, erwiderte Barbara spitz, »wenn du mir jetzt nicht sagst, was los ist, gibt's eins auf die Kiemen!«

Was erlaubte sich die blöde Störmer, ihn in eine solch mißliche Lage zu bringen? Noch war er ihr Vorgesetzter.

»Es war ein wirklich netter Abend, warum willst du ihn nachträglich verderben?«

»Wieso verderbe ich ihn, nur weil ich frage, was Simone damit gemeint hat?«

»Schon gut«, lenkte er ein. »Wir haben doch gestern dein neues Engagement gefeiert.«

»Ja, ist das nicht fabelhaft? Auch wenn es bloß eine Serie ist.«

»Schon, aber immerhin wirst du für längere Zeit nach Berlin gehen.«

Barbara schaute ihn ungläubig an. »Ja und?«

»So hatte ich mir«, wandte er ein und merkte, wie sein Blutdruck anstieg, »unsere Zukunft nicht vorgestellt.«

»Sondern wie? Daß ich dir auf einem Klappstuhl sitzend beim Angeln zusehe?«

»Fischen!«

»Außerdem kannst du ja mitkommen. Denk nur an die vielen Gewässer dort!«

»Ich habe schließlich hier eine verantwortungsvolle Position.«

»Ja, ja«, sagte Barbara, »das ist wieder typisch Mann. Glaub bloß nicht, daß ich meine künstlerische Laufbahn für dich aufgebe, gerade jetzt, wo die Aussichten so gut sind. Warum sollen nur wir Frauen zurückstecken? Ich gebe zu, daß mir der Gedanke, mich ganz aus dem öffentlichen Leben zurückzuziehen, gekommen ist. In unserem Alter denkt man an die Zeit, die einem noch bleibt, und was man mit ihr anfängt. Jetzt mal ganz ehrlich: Wolltest du mir wirklich einen Heiratsantrag machen?«

»Nö«, sagte er verärgert.

»Schade, das wäre eine interessante Erfahrung. So eine herrlich spießige Verlobung, wie zu unserer Jugendzeit, mit Vorstellung bei den Eltern. Hast du überhaupt Eltern?«

»Ja, rüstig und bei bester Gesundheit! Aber wir sind keine zwanzig mehr.«

»Innerlich schon!« antwortete Barbara.

Teatime

Hella Schmitzke kehrte mit Burano vom Gassigehen zurück. Sobald sie das Tor zur Straße hinter sich geschlossen hatte, nahm sie dem Hund die Leine ab. Aus der gebückten Haltung kam sie nur mit Mühe wieder hoch. Als sie sich stöhnend aufrichtete, sah sie Mona auf sich zukommen, die schon von weitem fragte, ob sie ihre Katze gesehen habe.

»Sicher«, sagte die Schmitzke, »die liegt bestimmt noch oben auf meinem Sofa und wartet auf Nachschlag von der französischen Leberpastete. Kommen Sie mit zu mir rauf, dann sehen Sie es selbst.«

Zunächst war sie ja gegen eine Frau im Haus gewesen, da sie ihre Stellung gefährdete, aber wenn sie hier einzog, würde es ratsam sein, sich mit der Situation zu arrangieren. Davon abgesehen, wirkte die Freundin vom Doktor ganz verträglich. Daß sie gestern geflohen war, konnte sie zwar nicht billigen, und daß sie sich an die gestickten Kissen auf dem guten Sofa lehnte, ging ihr durch Mark und Bein. Doch so traurig, wie sie dasaß und ihre Katze streichelte, die sie nicht mehr um sich haben durfte, tat sie ihr leid. Der Doktor hatte angeordnet, daß Bertha draußen bleiben müsse, aber der Hund durfte in der Halle schlafen. Da hatte sie gleich angeboten, die Katze abends mit zu sich zu nehmen.

»Ich koche uns einen schönen Tee, was meinen Sie? Natürlich richtig mit Blättern, nicht so einen Beutelkram.«

»Gerne«, antwortete Mona. »Sagen Sie, wie ist das eigentlich? Gibt es noch Abendessen?«

»Ich hätte zwar frei, aber wenn Sie möchten, könnte ich ein paar Schnittchen richten.«

»Ich weiß nicht, was ist denn üblich?«

In die Frage hinein klingelte das Haustelefon, und Hella Schmitzke eilte, die Teedose noch in der Hand, an den Apparat. »Ist bei mir«, sagte sie und: »Das läßt sich einrichten. In einer Stunde. Sehr wohl, Herr Doktor.«

»Das war der Doktor«, erläuterte sie Mona, während sie den Tee zubereitete, »er möchte in einer Stunde ein kleines Abendessen einnehmen. Aber üblich ist das nicht.«

»Streiten macht hungrig«, murmelte Mona.

»Sie haben sich gestritten? Ich vermutete schon so was, weil sie draußen waren.«

»Nicht wir.«

»Ach, die Gnädigste! Habe ich mir gleich gedacht. Das sieht man von weitem, wenn man über Menschenkenntnis verfügt. Und ich kenne mich aus, das dürfen Sie mir glauben.«

Sie stellte ein Stövchen auf den Eßtisch und holte Tassen aus dem Schrank.

Mona stand auf, um sich zu ihr an den Tisch zu setzen.

»Nicht den!« sagte sie und entriß ihr den Stuhl mit der Plastikfolie, um ihr einen mit einer ungeschützten Petitpoint-Stickerei anzubieten.

»Selbstgemacht?« fragte Mona mit Blick auf den Stuhl.

Hella Schmitzke nickte. »Handarbeiten und Backen. Haben Sie auch Hobbys?«

Mona lächelte. »Nein, zuwenig Zeit. Und wenn man schon den ganzen Tag mit den Händen arbeitet ...«

»Sie sind Masseuse?«

»Masseurin, aber jetzt werde ich vorläufig nicht mehr arbeiten. Sie wissen vermutlich schon, daß ich ein Baby erwarte.«

»Vom Doktor?«

»Sie fragen das so irritiert.«

»Nein!« beeilte Hella Schmitzke sich zu antworten und goß Tee ein, um den Schock zu überspielen. Ein Schreihals hier im Haus hatte ihr gerade noch gefehlt.

»Mögen Sie Kinder?« fragte Mona.

»Vor allem, wenn sie noch so goldig klein sind. Was wird es denn? Junge oder Mädchen?«

»Auf jeden Fall eines von beiden.«

Schnittchen

Mit ihrem Angebot, Frau Schmitzke bei der Zubereitung des Abendessens zu helfen, konnte Mona sich nicht durchsetzen. Also ging sie sich »frisch machen«, wie Frau Schmitzke vorschlug.

Ob Viktor auch zum Essen erscheinen würde? Sie am Tisch mit der Dreifaltigkeit? Es half nichts, da mußte sie durch.

Der Eßtisch im Wohnzimmer war nicht gedeckt, also ging Mona ins Speisezimmer und wartete. Daß niemand erschien, machte sie noch nervöser.

Wo war die Schmitzke? Über die enge Dienstbotentreppe eilte Mona ins Souterrain, suchte die Hausdame in der beleuchteten, aber leeren Küche.

Kasserollen hingen glänzend über dem großen Herd. Hinter einem Hackklotz prangten martialische Schneidewerkzeuge an der Wand. Ob hier noch geschlachtet wurde? Das Huhn konnte dann gleich über dem altmodischen Schüttstein neben dem Hackklotz ausbluten.

Es kam ihr vor, als wäre sie ganz alleine im Haus, von allen verlassen. Der Kühlschrank verstummte, nur die Uhr im Backofen zählte weiter leuchtendrot die Sekunden.

Diese Küche war das reinste Gruselkabinett. Falls sie wirklich hier wohnen blieb, mußte das alles heller, freundlicher und vor allem leichter zugänglich werden.

Sie trat wieder in den Gang und rechnete fest damit, aus einer der dunklen Ecken von einem Mann mit einem Hakkebeil angesprungen zu werden. Als ihr die Schmitzke von der Treppenstiege aus plötzlich entgegentrat, schrie sie laut auf.

Die Schmitzke griff sich ans Herz. »Sie können einen erschrecken! Was machen Sie denn hier?«

»Im Eßzimmer war niemand.«

»Schnittchen immer in der Bibliothek. Soll ich Sie hochbringen? Sie sind ja kreidebleich.«

»Danke, geht schon.«

Reflexartig klopfte Mona an die Tür, bevor sie in die Bibliothek trat. Die Familie saß vollständig versammelt in den alten, abgeschabten Ledersesseln und starrte sie an.

»Dein Gast!« bemerkte Lore zu Robert.

Sie ärgerte sich, angeklopft zu haben.

»Da bist du ja«, sagte Robert und stand auf. »Wir haben uns schon gefragt, wo du bleibst.« Er wies Mona den Platz neben sich an. »Was möchtest du trinken?«

»Ein Wasser«, sagte sie leise. Die anderen tranken Altbier, was sie merkwürdig fand.

»Noch was vor?« fragte Lore mit Blick auf ihr schwarzes Kleid.

Peinlich berührt schaute sie an sich herunter.

»Schön, daß du dich hübsch gemacht hast«, sagte Robert. »Wir sind nachlässig geworden, vor allem am Wochenende, wenn die Küche kalt bleibt.«

Er forderte sie auf, sich bei den belegten Broten zu bedienen. Wie ein Filmausschnitt tauchte vor ihrem inneren Auge die Szene wieder auf, wie sie bei ihrem ersten Ausflug mit Robert auf Maui Sandwiches aß und sich bemüht hatte, eine einigermaßen intelligente Konversation zu betreiben. Stumm an ihrem Toastbrotbissen würgend, hätte sie auch jetzt sonst was für die Idee zu einem Unterhaltungsbeitrag gegeben.

»Ich habe mir das Penthouse angesehen«, sagte Viktor. »Da muß ja noch einiges gemacht werden. Kein Mensch hat heute mehr Teppichboden. Ich denke an Granit. Natürlich mit Fußbodenheizung. Ins Bad gehört unbedingt ein Whirlpool, Platz genug ist ja, und dann müssen noch jede Menge Anschlüsse unter Putz gelegt werden. Die Wand zwischen Wohn- und Eßbereich will ich übrigens rausreißen lassen. Ein paar Monate wird das dauern. Du weißt ja selbst, wie schwierig es ist, vernünftige Handwerker zu bekommen.«

»Mach's dir nur schön«, sagte Lore. »Wenn man's nicht gleich richtig einrichtet, ärgert man sich hinterher bloß.«

»Hauptsache, die Angelegenheit kommt voran«, sagte Robert. »Du kannst schließlich nicht ewig zu Hause wohnen.«

»Du bist aus deinem Elternhaus auch nie ausgezogen«, schoß Lore eine Spitze gegen Robert ab.

»Das war etwas anderes«, wandte Robert ein. »Ich konnte Mutter nicht alleine lassen.«

»Stimmt, aber um die mußte ich mich kümmern«, sagte Lore. »Hätte ich sie nicht in diesem hervorragenden Stift unterbekommen, würde sie heute noch hier wohnen.«

»Finden Sie die Küche nicht etwas gruselig?« fragte Mona.

»Ich kann mich nicht erinnern«, sagte Lore. »Hat die Köchin sich beschwert?«

»Ich meine nur«, sagte Mona, »in die Küche über eine enge Treppe zu gehen ist recht unbequem, und unten gibt es wenig Tageslicht.«

»Das muß Sie doch nicht kümmern«, sagte Lore. »Das ist eben eine Dienstbotenküche. Aber ein schlichtes Gemüt wie Sie weiß Tradition gar nicht zu schätzen! Ich meine, man sollte nicht über seine Verhältnisse leben.« Lore lächelte selbstsicher. »Das geht nie gut. Glauben Sie nicht, Sie könnten sich durch eine Ehe mit Robert bereichern. Nicht, wenn ich mit ihm fertig bin.«

»Das reicht jetzt, Lore!« sagte Robert.

Besuch

Vom Nachbargrundstück dröhnten am Sonntag morgen Musikfetzen. Barbara stieg, um sich einen Überblick zu verschaffen, ins Dachgeschoß, das sich, wie sie sich erneut vergewisserte, zu einer komfortablen Einliegerwohnung für sie ausbauen ließe.

Aus der Luke konnte sie beobachten, wie unter der Aufsicht von Viktor Vonhof und Jürgen Schulte-Freising die Außenbeschallung installiert wurde.

Chantal unterhielt sich angeregt mit Lore. Kam nur wegen dieser dusseligen Pool-Party aus Marbella! Wo sie das dort jeden Tag haben konnte. Lore hätte sie ruhig vorher anrufen können, schließlich kannten sie sich ebenfalls.

Robert war folglich doppelt besetzt – mit Gattin und Geliebter. Und mit wem sollte sie auf der Party erscheinen? Peter war heute morgen zu seinen Eltern gefahren, wollte es aber möglich machen, später nachzukommen.

Na ja, Simone war auch alleine. So schlimm würde es nicht werden.

Sie hörte es klingeln und verließ eilig ihren Beobachtungsposten. Peter, die treue Seele, war schon zurück!

Es war jedoch nicht Peter, den Simone ins Haus ließ, sondern eine ältere Frau in einer Parfümwolke und Arno. Was wollten die denn hier? Simone fiel Arno um den Hals. Der aufgetakelten Frau, die Lores Schwester hätte sein können, reichte sie bloß die Hand.

»Darf ich vorstellen?« sagte ihre Tochter. »Yolanda Wolff. Meine Mutter, Barbara Roderich.«

Die Frau mit dem Pferdenamen und der Fußpilz-Erbe! Wie nett. Barbara verzog ihr Gesicht zu einem Lächeln und reichte erst ihr, dann Arno die Hand.

»Da seid ihr ja endlich«, sagte Simone.

»Hast du gedacht, ich würde dich alleine zu Schulte-Freisings berühmt-berüchtigter Pool-Party gehen lassen?« fragte Arno.

»Eigentlich wollte Arno lieber noch mal nach Venedig,

aber Chantal wäre so enttäuscht, wenn ich nicht käme. Müssen wir im Flur stehen?«

Yolanda ging vorweg ins Wohnzimmer. Barbara hielt Simone davon ab, den beiden zu folgen.

»Wieso hast du mir nicht gesagt, daß deine Schwiegermutter heute kommt?« zischte sie ihre Tochter an.

»Das ist wirklich schön, daß ihr da seid!« sagte Simone laut ins Wohnzimmer hinein und schob Barbara vor sich her in den Raum, als sei sie der Barwagen. »Kann ich euch etwas anbieten? Einen Kaffee?«

»Koffeinfrei«, sagte Yolanda und warf einen skeptischen Blick auf ihre Delfter Vasen.

»Barbara, machst du bitte mal?« wandte sich Simone an sie.

»Machst du mal was?«

»Kaffee«, sagte Simone mit zusammengebissenen Zähnen.

Was hatte das Kind nur? Seit wann kochte sie Kaffee? Sie wußte bestenfalls, wo sich die Küche befand.

»Momentchen«, sagte Simone zu ihrer Schwiegermutter und schob Barbara in die Küche – was war das nur für eine neue Angewohnheit?

»Hast du die Klunker an ihren Händen gesehen? Will die etwa hier übernachten?«

»Wie mache ich das bloß?« überlegte Simone laut.

»Kind, du weißt doch, wie man Kaffee kocht!«

»Übernimm du das bitte!« sagte Simone. »Ich muß mich um die beiden kümmern.«

Nun stand sie alleine in der Küche. Wenn nicht gerade Sonntag wäre, hätte sie die Zeitz um Hilfe bitten können.

»Tja«, sagte Simone, »ich bin ganz durcheinander!«, als sie wieder ins Wohnzimmer trat. »Schön, daß du da bist«, sagte sie zu Arno und setzte sich neben ihn. »Jetzt lasse ich dich nicht wieder weg.«

»Was sind denn das für dicke Wachsflecke in den Teppichen?« fragte Yolanda. »Feierst du hier Partys, wenn Arno nicht da ist?«

»Mutter, bitte laß das!« sagte Arno.

»Barbara wohnt für eine Weile hier. Ich hoffe, es macht euch nichts aus.«

»Sie ist Schauspielerin, nicht?« fragte Yolanda und zog mit spitzen Fingern einen von Barbaras Nylonstrümpfen aus der Sofaritze. Der war Simone offenbar beim Aufräumen entgangen.

»Du siehst wirklich erholt aus«, sagte Simone zu Yolanda.

»Vom Äußeren sollte man keine Rückschlüsse auf das Innere ziehen«, antwortete ihre Schwiegermutter. »Immerhin sind die Fenster geputzt.« Sie stand auf und verließ das Wohnzimmer.

Hoffentlich ging sie nur auf die Toilette und nicht in die Küche.

Kaum hatte Yolanda Arno und ihr den Rücken zugekehrt, umarmten und küßten sie sich. Simone dachte, sie verhielten sich wie mit vierzehn.

»Bleibt sie auch?« fragte Simone, als Arno ihren Mund kurzfristig freigab.

»Ich hatte schwer Sehnsucht nach dir!« sagte Arno und schob seine Hand unter ihr T-Shirt.

»Sie kommt bestimmt gleich wieder rein!«

»Wir müssen unbedingt versuchen, unsere beiden Mütter loszuwerden«, meinte Arno. »Notfalls schleichen wir uns von der Party weg. Wann fängt die an? Um drei Uhr? Jetzt ist es gleich zwölf, das kann ich notfalls noch aushalten.«

Simone entfernte Arnos Hand von ihrem BH. »Sag mir lieber, ob sie hier wohnen will.«

»Wer?« fragte Arno, die Hände schon wieder da, wo sie nicht sein sollten.

»Yolanda natürlich.«

»Was ist mit mir?« fragte Yolanda, die gerade wieder ins Zimmer kam.

»Nichts!« antwortete Simone. »Wo bleibt denn Barbara? Ich glaube, ich sehe mal nach.«

»Nicht nötig«, sagte Yolanda. »Sie räumt gerade das Schlafzimmer.«

Arno schaute seine Mutter fragend an.

»Irgendwo müssen wir schließlich übernachten!«

»Moment, du schläfst mit deinem Sohn im Doppelbett? Gibt es da vielleicht etwas, das ich wissen sollte?«

»Sei bitte nicht albern!« sagte Yolanda.

»Wie du weißt, spricht meine Mutter gelegentlich von sich im Pluralis majestatis. Ich hole jetzt das Gepäck rein. Wir haben übrigens ein neues Auto. Und damit meine ich dich und mich.«

Probefahrt

Vor der Garage stand ein riesiger schwarzer Mercedes.

»Das ist der Wagen deines Vaters!« sagte Simone erstaunt. »Der verbraucht mehr Benzin als Roberts Jaguar. Was sollen wir denn mit dem Schiff?«

»Fahren!« sagte Arno. »Oder gegen ein anderes Modell eintauschen.«

»Und was wird aus deinem geliebten Volvo?«

»Unser Zweitwagen. Kleine Probefahrt?« Er warf Simone den Schlüssel zu und ging auf die Beifahrerseite.

Sie zog den Sitz nach vorne, stellte den Rückspiegel ein und ließ den Motor an. »Automatik«, sagte sie verächtlich.

Der Wagen rollte rückwärts aus der Einfahrt.

»Guckst du nie nach hinten?« fragte Arno.

»Fängst du schon an, über meinen Fahrstil zu meckern, bevor wir vom Grundstück sind?«

»Fährt sich gut, nicht?« bemerkte Arno, als sie auf der Hauptstraße waren. »V6-Motor!«

»Jetzt aber raus mit der Sprache. Wie lange bleibt sie? Was wird mit dem Haus?«

»Och, Schneckchen. Du freust dich gar nicht über das Auto.«

»Riesig. Vor allem über die Farbe. Sieht aus wie von einem Beerdigungsinstitut.«

»Du fährst zu schnell!«

»Sobald sie weg ist, fange ich an, ihren Schnörkelkram rauszuwerfen. Du glaubst nicht, wie ich mich danach sehne, in einer nach meinem Geschmack eingerichteten Umgebung zu wohnen. Ein oder zwei Wände müssen wir auf jeden Fall rausreißen, und das gibt Dreck. Vielleicht können wir während der Umbauarbeiten bei Vonhofs wohnen. Ach nein, die kriegen ja ein Kind, das paßt natürlich schlecht. Na, wir werden schon eine Lösung finden.«

»Stopp, Simone«, sagte Arno.

Sie trat auf die Bremse.

»Ich meine mit deinen Plänen. Über das Haus habe ich mit Yolanda noch nicht geredet. Ich wollte erst mit dir sprechen.«

Simone bog in einen Weg ein, der durch ein Naturschutzgebiet führte, stellte den Wagen auf dem kleinen Parkplatz gleich am Anfang ab, öffnete die Tür, blieb aber sitzen.

Vögel zwitscherten in den alten Weiden an einem Bach. In der Ferne hörte man ein Flugzeug.

»Ein Leben im Luxus können wir uns zwar nicht leisten«, begann Arno, »aber ich sehe keinen Grund, warum du dich für die Firma aufopfern solltest. Hansernst hat sich seine Gesundheit ruiniert, und ich will nicht, daß dir das gleiche passiert.«

»Ich habe es ihm versprochen«, antwortete Simone.

»Für unser Leben sind wir ganz alleine verantwortlich.«

»Am Montag entscheidet der Beirat, ob ich in die Geschäftsführung aufgenommen werde.«

»Daß dir Hansernst das angetan hat, werde ich ihm nie verzeihen. Schlimm genug, dich hierherzuholen, um in der Firma zu arbeiten, aber auch noch als Geschäftsführerin, das geht zu weit. Er kann nicht über den Tod hinaus unser Leben bestimmen. Erinnere dich, wie es war, als du in Hannover bei Zipfel gearbeitet hast. Wir haben uns kaum gesehen.«

»Na hör mal, wer ist denn in New York geblieben, als dein Vater mich hierherbeordert hat? Und wer war jetzt endlos mit seiner Mutter auf Tour? Für mich war es auch schlimm, Hansernst zu verlieren. Und wer hat mich getröstet?«

»Du hast ja recht. Aber ich habe keine Lust, wieder in dem Zimmer zu wohnen, in dem ich meine Kindheit verbracht habe. Das ist, als würde man die Zeit zurückdrehen. Ich bin nach Paris, dann nach Frankfurt gegangen, um den großen Erwartungen meiner Eltern zu entkommen. Und jetzt soll ich zurück in ihr Haus ziehen?«

»Wenn ich es renoviert habe, erkennst du es nicht wieder«, wandte Simone ein. »Außerdem kannst du deine Abstammung aus einer Unternehmerfamilie sowieso nicht abschütteln, egal, wie weit du wegziehst.«

»Ich habe das Apartment in Manhattan vorläufig nur untervermietet.«

»Du willst wieder zurück?« fragte Simone.

»Irgendwann. Aber nicht alleine.«

»Ach, Arno. Und wenn mich der Beirat zur Geschäftsführerin macht?«

»Und was, wenn nicht? Hast du dir das überlegt? Willst du dann trotzdem weiter dort bleiben? Und was ist mit Krüger? Du hast mir bei jedem Telefonat die Ohren vollgejammert, wie gemein er zu dir ist. Und mit dem willst du zusammenarbeiten? Ist dir eigentlich klar, daß du selbst bei getrennten Geschäftsbereichen auch für seine Entscheidungen mitverantwortlich bist? Schneckchen«, er faßte sie an den Schultern, so daß sie ihn ansehen mußte, »dir macht das doch im Grunde keinen Spaß. Uns gehört zwar der Laden, aber aus lauter Pflichtbewußtsein mußt du nicht dort arbeiten.«

»Gib dir keine Mühe! Ich werde nicht zur Fraktion der Müßiggänger überwechseln. So leben wie Yolanda oder Lore? Nein, danke.«

Arno lachte. »Verlangt ja keiner. Ich weiß noch, wie unzufrieden du während deiner Arbeitslosigkeit warst. Vier Kilo habe ich zugenommen, weil du aus Frust ununterbrochen gekocht hast. Nein, du ohne Aufgabe, das ist auf Dauer nicht auszuhalten. Aber ich möchte, daß du glücklich bist, und in der Firma meines Vaters bist du es nicht.«

»Du meinst wohl, es wäre an der Zeit, daß ich schwanger werde!«

»Das erinnert mich an was.« Er lehnte sich über sie und schloß die Wagentür. »Wir haben die Sitze noch gar nicht richtig ausprobiert.«

»Wenn uns jemand sieht!«

»Na und? Schau mal auf das Schild. Hier ist ein Naturschutzgebiet mit Vögeln!«

Spiegelbild

»Die hat sie nicht mehr alle, die blöde Kuh!« schimpfte Barbara. »Komplimentiert mich aus dem Schlafzimmer raus. Sie hätte doch selbst ins Gästezimmer gehen können.«

Simone schaute im indischen Bad stehend zu, wie Barbara ihren kraterförmigen Lippenstift mit einem Pinsel malträtierte.

»Ich habe dir ja gleich gesagt, eines Tages taucht sie hier auf und beansprucht ihr Schlafzimmer, wenn nicht das ganze Haus.«

»Was sind das für Manieren?« empörte sich ihre Mutter. »Läßt dich hier in ihrem Trödel wohnen. Die hat sich am Genfer See bestimmt komplett neu eingerichtet.«

»Vierwaldstätter ... Ja, sicher. Wolffs wollten dieses Haus schließlich zeitweise ebenfalls bewohnen.«

»Meinst du, sie will ins Dachgeschoß einziehen?«

»Kann durchaus sein«, seufzte Simone.

»Sonst bekomme ich es!« jubilierte Barbara, als sei das bereits beschlossen. »Dann habe ich endlich eine eigene Bleibe.«

»Du gehst bald nach Berlin«, sagte Simone.

»Schon, aber ich muß schließlich an später denken. Wenn ich eines Tages keine Engagements mehr bekomme, sitze ich mittellos auf der Straße.«

»Ich rede mit Arno«, sagte Simone. »Vielleicht können wir dir in Berlin eine kleine Eigentumswohnung ...«

Barbara fiel ihr um den Hals. »Das würdest du machen? Wie süß von dir. Ich habe schon einen Blick auf die Immobilienangebote geworfen. Grund und Boden sind immer eine gute Geldanlage.«

Barbara schien geradezu darauf spekuliert zu haben, daß Simone ihr den Verzicht auf das Wohnen unter einem Dach versüßen würde.

Ihre Mutter legte den Arm um sie. Barbara trug zum weißen Marbella-Kostüm großes Make-up wie für einen Auftritt vor Kameras.

Gemeinsam betrachteten sie sich im Spiegel. Dank Diät und neuer Frisur wurde Barbara ihr äußerlich ein bißchen ähnlicher, aber charakterlich waren sie so verschieden, daß man sie kaum für Mutter und Tochter halten würde.

Barbara drückte Simone an sich. »Ist es nicht wunderbar, daß wir uns so gut verstehen?«

Hokuspokus

Um mit ihren hohen Absätzen nicht im Rasen steckenzubleiben, ging Barbara, wie Simone, auf Zehenspitzen hinter Yolanda und Arno durchs Törchen in der Hecke.

Da High Heels bei den Damen Pflicht waren, hatten Schulte-Freisings ihren Rasen mit Zeltplanen überdeckt. Darauf waren unter Sonnenschirmen Liegen und Stühle verteilt, im Pool schwammen Rosen (welch eine Verschwendung!), und auf der Terrasse standen ein Buffet und eine Bar.

Chantal stürzte, Entzückensschreie ausstoßend, auf Yolanda los und bedachte Barbara bloß mit einem Nicken.

Robert im hellen Anzug und mit Panamahut überstrahlte alle anderen. Stolz stand er neben seiner schwangeren Wanze nahe dem Törchen auf der gegenüberliegenden Seite und würdigte Barbara keines Blickes.

»Schwiegermama«, sagte Arno zu ihr und reichte ihr charmanterweise seinen Arm, machte das gleiche jedoch mit Simone, was nun wirklich nicht nötig gewesen wäre.

Zu dritt stolzierten sie zur Bar, an der sich Schulte-Freising und Viktor als Cocktailschwenker betätigten.

»Hallöchen!« sagte Schulte-Freising und ließ sein goldenes Armband klimpern. »Auch mal wieder im Land!«

»Tag, Herr Schulte-Freising, hallo, Viktor«, sagte Arno. »Wie laufen die Geschäfte?«

»Man kann nicht genug klagen!« antwortete der Gastgeber. »Ihr habt es gut. Schweißfüße sterben nicht aus.«

Simone sah Barbara, eine Augenbraue hochziehend, hinter dem Rücken ihres Mannes an.

Edith Zeitz kam mit einem silbernen Serviertablett. Viktor stellte ihr darauf die vorbereiteten Gläser, in denen Spieße mit bunten Früchten steckten.

»Auch einen Cocktail, die Damen?« fragte Viktor und reichte ihnen Getränke.

»Ihre Mutter ist auch hier?« fragte Barbara den jungen Vonhof. »Ach, da kommt sie ja!«

Durch das Wohnzimmer schritt Lore direkt auf sie zu. Sah sie und blickte frech über sie hinweg.

»Hallo, Yolanda!« rief Lore in den Garten.

»Hallo, Lore!« sagte Barbara und stellte sich ihr in den Weg. »Reizend, daß man sich wieder mal begegnet.«

»Ach, Barbara!« sagte Lore, als erinnere sie sich mühsam an einen unliebsamen Gast. »Ich muß unbedingt Yolanda begrüßen.«

Das würde sie ihr büßen! Eine Barbara Roderich ließ man nicht unbeachtet stehen!

Sie ging auf Renate Wurz zu, die sich jedoch auch nicht aus dem Pulk um Lore und Yolanda entfernen wollte. Irmgard Pauly schwamm mit Badehaube im Pool.

Barbara hoffte inständig, Peter würde endlich aufkreuzen.

Nachdem sie sich eine Stunde gelangweilt hatte, erbat Chantal die allgemeine Aufmerksamkeit.

Hinter dem Buffet stand die Schmitzke. Sie wandte ihnen, die sich im Halbkreis um die Terrasse versammelten, das hochrote Gesicht zu, als wolle sie gleich eine Backvorführung abhalten.

»Lassen Sie sich also überraschen!« sagte Chantal und wies auf die Schmitzke, die nun aber nicht, wie erwartet, zum kollektiven Dekorieren einer Torte aufforderte, sondern in einer grotesken Pantomime, mit der Hand die Augen beschirmend, neben sich hinter das Buffet schaute, Erstaunen durch das Auseinanderreißen ihrer wabbeligen Altfrauenarme bekundete, erneut mit steifem Rücken halb hinters Buffet tauchte und dann den blonden Schopf eines Jünglings hervorzog.

»Ah« und »oh« machten die anderen Zuschauer, sich auf diese alberne Posse einlassend. Wahrscheinlich hatte Laientheater hier Tradition.

Der Blondschopf zappelte höher.

Nur die Zeitz klatschte begeistert, als die bunte Paillettenjacke des Blonden sichtbar wurde. Na klar, das war der Clown studierende Enkel der Schmitzke. Wie hieß er gleich? überlegte Barbara. Hanswurst? Unsinn. Ob Simone das wußte? Ihre Tochter stand zu weit weg, um sie zu fragen.

Er zog ein schwarzes Tuch aus den leeren Händen, hielt es

seiner Oma vor, und als er es wegnahm, war die Schmitzke verschwunden. Alle klatschten begeistert. War ja auch kein Wunder. Niemand legte auf die Anwesenheit der Schmitzke Wert. Wahrscheinlich kauerte sie jetzt unbequem unterm Buffet und bekam einen Hexenschuß. Geschah ihr recht. Was mußte sie ihren Enkel hier anschleppen.

Er ließ das Tuch in der linken Faust verschwinden und wies die leeren Hände vor.

»Wie zauberhaft«, tirilierte Chantal beifallheischend übers Gelände. »Ist er nicht reizend, der Ingo?«

Sie reichte dem Magier einen Glaskrug mit Wasser und knickste anschließend wie ein Nummerngirl zum Publikum. Ingolein füllte Wasser in einen Becher auf dem Buffet, deckte dann ein Tuch darüber, und Hokuspokus warf er Becher und Tuch hoch in die Luft. Herunter fiel nur das Tuch, und alle waren verblüfft.

Dabei war das ein echter Anfängertrick!

Da Barbara keine Lust hatte, diesem Unsinn länger ihre Beachtung zu schenken, schlenderte sie langsam durch den Garten.

Wo blieb Peter? Er wußte, wie wichtig es ihr gewesen war, hier mit ihm zu erscheinen.

Hinter dem Zaun lauerte eine Katze. Das erinnerte Barbara an ihr Gespräch mit der Zeitz. Sie erwog, ihren Plan, das haarende Tier in Roberts Bett zu verfrachten, jetzt gleich umzusetzen. Das würde ihm eine unruhige Nacht bescheren, und sicher wäre er wütend auf seine Geliebte! Dazu müßte sie die Katze anfassen. Das schöne Kostüm! Überhaupt: so ein Kinderstreich war unter ihrer Würde.

Sie entschloß sich statt dessen, der Schmitzke für die endlich beendete Vorstellung ihres Enkels ein Kompliment zu machen, um diese ins Gespräch zu ziehen. Eine gezielt lancierte Indiskretion war mehr ihr Stil und würde überdies Schwung in die Party bringen.

»Ihr Enkel ist ja unerhört begabt. Wie er das gemacht hat! Ganz unglaublich. Man hat überhaupt nicht gemerkt, daß er noch kein Profi ist. Aus dem wird mal was.«

»Ein Lob aus so berufenem Mund freut mich besonders«, antwortete die Schmitzke. »Wo Sie vom Fach sind!«

Was erlaubte sich diese Schmitzke? Sie war eine seriöse Mimin und nicht beim Zirkus! Aber sei's drum. Sie lächelte zähneknirschend und setzte zum Rückschlag an.

»Ich bedauere schon jetzt, daß wir in unserer gemütlichen Pokerrunde demnächst ohne Sie auskommen müssen.«

»Wie kommen Sie darauf?« fragte die Schmitzke zurück. »Nur weil ich Ihnen etwas Geld schulde? Das bekommen Sie schon noch.«

»Würde mich freuen, wenn es klappte, solange Sie noch bei Vonhofs tätig sind. Sie wissen ja, Spielschulden sind Ehrenschulden.«

»Ich habe nicht vor, die Stellung zu wechseln«, sagte die Schmitzke.

Sie versuchte, ihre Irritation hinter einem arroganten Ton zu verbergen. Aber eine Barbara Roderich ließ sich nicht so leicht täuschen. Es war der richtige Zeitpunkt, ein heiteres Lachen erklingen zu lassen und der Schmitzke pseudo-freundschaftlich den Arm zu tätscheln.

»Sie vielleicht nicht, meine Beste. Nehmen Sie's nicht so tragisch. Sie haben schließlich Anspruch auf Rente.«

Die Schmitzke guckte, als versuche sie, ein Ei zu legen.

»Frau Hallstein hat mir ganz im Vertrauen gesagt, daß sie jemand Jüngeres einstellen möchte.« Sie legte der Schmitzke die Hand auf die Schulter. »Damit muß man rechnen, wenn so eine Frau ins Haus kommt. Die will schließlich keine Mitwisser. Und Sie wissen natürlich etwas, das sie ungeheuer kompromittiert.«

»Nämlich?« fragte die Schmitzke allen Ernstes.

»Na, hören Sie«, Barbara neigte sich zum Schmitzke-Ohr, »wir beiden Poker-Asse können doch ganz offen reden. Was sagen Sie denn dazu, daß Vonhof sie aufnimmt, obwohl sie von einem anderen ein Kind erwartet? Ist das nicht wahnsinnig nobel von ihm? Also, ich finde das generös. Man sagt ja, Viktor sei auch nicht von ihm, weil er generell zeugungsunfähig sei. So gesehen, besitzt er im Akzeptieren fremder Kinder wenigstens schon Übung.«

Die Schmitzke japste wie ein Fisch beim Landgang.

Das erinnerte sie an Peter. Er war hoffentlich nicht zum Angeln gefahren, statt hier mit ihr auf der Party rumzustehen.

Fidibus

»Aber Hella! Ist Ihnen nicht gut?« fragte Chantal Schulte-Freising, als sie in die Küche kam, wo Frau Schmitzke versuchte, sich von dem Schock zu erholen. »Das ist sicher die Aufregung wegen des Auftritts. Ist doch wunderbar gelaufen! Wir freuen uns schon alle darauf, daß Ingo später noch jonglieren wird. Schnäpschen?«

»Gern!«

Chantal schenkte ihr – und natürlich sich selbst – Cognac ein. »Prösterchen.«

Die Zuwendung der Nachbarin, die es vorzog, mit ihr in der Küche zu sitzen, statt sich mit ihren Gästen zu amüsieren, und auch die belebende Wirkung des Alkohols ermunterten sie, Chantal Schulte-Freising ihr Leid zu klagen.

»Ich bin Ihnen zutiefst verbunden«, sagte sie zu Chantal, die sie ein wenig rotäugig über den Küchentisch hinweg anschaute, »daß Sie mich wie eine Freundin in Ihren Kreis aufgenommen haben.«

»Och bitte, gern!« sagte Chantal und schenkte sich nach. »Apropos, nicht vergessen, daß ich noch einen Schuldschein habe. Sie haben sich ja bös von der Roderich abzokken lassen. Meine Güte!« Chantal lachte. »Hat ein Full House und verliert trotzdem. Ich dachte natürlich, Barbara blufft. Vier Gleiche! Konnte man ja nicht ahnen! Aber wenn sie schon so unverschämtes Glück im Spiel hat, dann hat sie bestimmt Pech in der Liebe.«

»Ich wünsche es ihr!« sagte Hella Schmitzke inbrünstig. »Vor der müssen wir uns in acht nehmen!«

»Wieso?« fragte Chantal belustigt.

»Ganz im Ernst, meine Liebe. Diese Frau ist neidisch und mißgünstig. Sie gönnt meinem Doktor seine neue Freundin nicht.«

»Da ist sie nicht die einzige!«

»Bitte?«

Wer denn noch? Langsam wurde ihr das wirklich zuviel. Früher machten ihr solche unmoralischen Verhältnisse weniger aus. Aber mit dem Alter wurde man dünnhäutiger.

»Na, glauben Sie, Lore sei begeistert?«

»Ach so!« sagte die Schmitzke erleichtert. »Ich dachte schon, da wären noch mehr Frauen im Spiel. Diese Schauspielerin hatte sich ja auch Hoffnungen gemacht. Denken Sie nur an das Bild in der Illustrierten.«

»Soll angeblich gestellt gewesen sein«, sagte Chantal. »Wie ich aber erst viel später erfahren habe.«

»Da können Sie drauf wetten! Die ist raffinierter als wir beide zusammen.«

»Das ist nicht besonders schwierig«, antwortete Chantal zu ihrer Verwunderung.

Das mochte auf sie durchaus zutreffen. Frau Schulte-Freising war ihr stets naiv vorgekommen, aber als Hausdame war man durch die harte Schule des Lebens gegangen. Rente! Was dachte diese Roderich sich? Würde sie als Hausdame arbeiten, wenn sie Rente bekäme?

»Auf jeden Fall setzt sie jetzt das Gerücht in die Welt, der Doktor wolle mich entlassen – mich, die ich mich so um ihn kümmere –, weil seine Freundin ein Kind bekommt.«

»Deswegen trinkt sie nichts. Ich dachte schon, sie sei von den AAs.«

Von den was? War ja auch egal.

»Und das Kind sei überhaupt nicht vom Doktor. Können Sie sich das vorstellen?«

»Klar!« Chantal machte ein ordinäres Zeichen und meinte, das könne schließlich jeder, nicht nur Robert Vonhof.

Wie gewöhnlich wohlhabende Menschen sein konnten! Da war der Doktor vornehmer. Aber Chantals Mann, angeblich ein Vermögensverwalter, sah eher aus wie ein Gebrauchtwagenhändler. Er hieß Jürgen. Das sagte alles.

Ein wenig bereute sie schon, Chantal überhaupt von dieser intriganten Schauspielerin erzählt zu haben, und beteuerte deshalb: »Ich glaube ihr kein Wort! Das ist bloß üble Nachrede.«

»Hier bist du!« sagte Yolanda Wolff zu Chantal. »Wir haben dich schon überall gesucht, und du hockst in der Küche.«

Sie setzte sich auf einen Stuhl und zog die Schuhe aus. »Ich bin die Steherei in hohen Absätzen nicht mehr gewohnt.« Sie trank einen Schluck Cognac aus Chantals Glas. »Nimm's bitte nicht persönlich, meine liebe Chantal, aber ohne Begleiter auf Partys zu gehen ist unendlich langweilig! Gibt's wenigstens hier was Interessantes?«

Frau Schmitzke fragte sich, ob sie jetzt aufstehen und unauffällig verschwinden sollte. Oder konnte sie sitzen bleiben? Die beiden nahmen überhaupt keine Notiz von ihr.

Chantal legte ihre Hand auf Frau Wolffs Arm und beugte sich näher zu ihr. »Die Freundin von Robert ist schwanger!«

»Die in dem pastellfarbenen Chiffonsack? Nein!«

»Doch«, kicherte Chantal. »Und es ist nicht von ihm!«

»Weiß Lore es schon?« Die Wolff zog ihre Schuhe wieder an. »Wir müssen es ihr sagen!«

Hella Schmitzke preßte die Lippen zusammen. Hätte sie nur ihren Mund gehalten!

Mona

Robert saß auf der anderen Seite des Pools in einer Herrenrunde. Ab und an blickte er auf, wie um sich zu vergewissern, daß Mona noch da sei.

Niemand suchte das Gespräch mit ihr, weil alle lieber über sie redeten. Warum schauten die Frauen sonst dauernd zu ihr her?

Als sich die Gastgeberin aus der Gruppe ihrer Freundinnen löste und auf sie zukam, nahm sie an, das sei reine Höflichkeit.

»Mona! Ich darf Sie doch Mona nennen?« flötete Chantal Schulte-Freising, noch Schritte von ihr entfernt, und setzte sich auf die Sonnenliege neben ihr.

»Ich hatte noch keine Gelegenheit, mich um Sie zu kümmern. Amüsieren Sie sich? Ja, unsere Pool-Partys sind berüchtigt!«

Sie lachte und schwenkte heftig ihren Cognac in dem als Vase tauglichen Glas.

»Wer bleibt, bis es dunkel wird, darf nackt baden. Aber das kommt für Sie wohl nicht in Frage.«

»Wieso?« fragte Mona.

»Ich kenne Ihr kleines, süßes Geheimnis!« sagte Chantal neckisch. »Es ist bei mir gut aufgehoben, keine Sorge.«

Hatte es sich also schon herumgesprochen! Das war sicher Lores Werk.

»Da gibt es nichts aufzuheben«, sagte sie, bemüht, Frau Schulte-Freising den Wind aus den Segeln zu nehmen. »Es darf ruhig jeder wissen, daß Robert und ich ein Baby erwarten.«

»Tja«, sagte die Gastgeberin, schaute sie augenzwinkernd an und orakelte schlagerhaft: »Wunder gibt es immer wieder!«

»Sind nicht alle Schwangerschaften und Geburten ein Wunder?« entgegnete Mona, ebenfalls zu einer Platitüde greifend. Meine Güte, diese aufgetakelte Alkoholikerin war schlimmer als ihre Patientinnen.

»Ha, ha, wie lustig!« Chantal trank einen Schluck. »Aber in Ihrem Fall liegen die Dinge schon etwas anders.«

»Was reden Sie nur? Ich glaube, Sie sind nicht mehr ganz nüchtern.«

Mona stand auf. Sie wußte zwar nicht, was diese Frau von ihr wollte, aber sie verspürte keine Lust, sich derartig dumm von der Seite anreden zu lassen.

»Man kann vor der Wahrheit nicht davonlaufen!« rief Frau Schulte-Freising ihr hinterher.

Mona beschloß, dem eigenartigen Fest für eine Weile den Rücken zu kehren.

Bertha kam ihr in Roberts Garten maunzend entgegen,

Burano im Schlepptau. Die beiden schienen sich angefreundet zu haben. Sie nahm das als gutes Zeichen und setzte sich auf das Terrassensofa, die Katze auf dem Schoß, den Hund neben sich.

Es roch nach feuchtem Rasen. Die Vögel zwitscherten gegen die Beschallung vom Nachbargrundstück an. Der Musikgeschmack der Schulte-Freisings erinnerte sie stark an den des Supermarktleiters aus Sachsenhausen. Fehlten nur die Sonderangebotsdurchsagen.

Drüben gingen Fackeln an und Lichterketten, die zwischen den Statuen gespannt waren.

Es war schön, abseits in der Dämmerung zu sitzen und die Tiere zu kraulen.

»Gehst du da runter!« schimpfte die Schmitzke hinter ihr. Burano sprang vom Sofa, vermutlich ebenso erschrokken wie sie.

Die Schmitzke trug drei Zigarrenkisten unter dem Arm.

»Rauchen Sie neuerdings?«

»Du meine Güte, nein, die sind für eine Jongliernummer vom Ingo!« versicherte die Schmitzke. »Warum sitzen Sie denn hier so alleine? Gefällt Ihnen die Party nicht?«

»Ganz ehrlich, Frau Schmitzke, sehe ich aus wie jemand, der nicht hierher gehört? Habe ich irgend etwas an mir, das abstoßend ist? Liegt es daran, daß ich einen Beruf ausübe? Mit meinen Händen arbeite?«

»Ganz bestimmt nicht!« sagte die Schmitzke und setzte sich auf den Sessel ihr gegenüber, die drei gestapelten Zigarrenkisten zwischen Bein und Busen eingeklemmt.

»Was sind das gehässige Leute!« sagte Mona.

»Ich bin daran nicht ganz unschuldig.«

Dieses, wie ihr schien, unnötige Bekenntnis der Schmitzke verwunderte sie.

»Es war so …, aber versprechen Sie mir, nicht wegzulaufen!«

Wie die Schmitzke das sagte, reizte es Mona zum Lachen. »Nein, warum sollte ich?«

»Na, wenn Sie das hören, hätten Sie allen Grund.«

Die Schmitzke machte eine Kunstpause, in der sie die Kistenkanten ordentlich ausrichtete.

»Diese erfolglose Schauspielerin zieht über Sie her«, sagte sie, ohne Mona anzusehen. »Sie erzählt, sie seien schwanger und das Kind sei nicht vom Doktor, und deshalb wollten Sie mich entlassen.«

Mona verspürte eine Hitzewelle durch ihren Körper rollen. Ein einziges Mal hatte sie im Urlaub mit ihrem Mann geschlafen und den erschreckenden Gedanken, das Kind könnte von Lars sein, erfolgreich verdrängt. Woher konnte ausgerechnet die Roderich davon wissen? Stand ihr der Zweifel an Roberts Vaterschaft ins Gesicht geschrieben? Sie zwang sich zu einer heiteren Reaktion.

»Was für ein blühender Unsinn! Frau Schmitzke, das glaubt doch niemand! Machen Sie sich keine Sorgen. Wenn ich bald nicht mehr so beweglich bin, sind mir die Treppen in die Küche viel zu steil. Und ist erst das Baby da …«

»Sie wollen bestimmt keine Jüngere?«

»Ich bitte Sie, Frau Schmitzke! Wir kommen, wie mir scheint, neuerdings ganz gut miteinander aus. Und wenn das so bleibt …« Diese kleine Anspielung auf das anfangs überhebliche Benehmen der Hausdame konnte sie sich nicht verkneifen.

»Ganz sicher!« sagte die Schmitzke nachdrücklich. »Na, da bin ich aber froh. Ich muß jetzt schnell rüber, der Ingo wartet. Kommen Sie mit, und schauen Sie sich an, wie großartig der Junge jonglieren kann! Sie werden staunen.«

Zwangloses Gespräch

Simone und Arno kamen von ihrer Wiedersehensfeier zurück auf die Party. Yolanda winkte Arno. Simone ging zu Viktor, der ihr erzählte, daß ihm sein Vater ein Penthouse geschenkt habe, um ihn loszuwerden, und er demnächst umziehen würde.

»Wie schade! Dann können wir gar nicht mehr zusammen joggen. Und was wird aus Burano?«

»Darüber habe ich mir noch keine Gedanken gemacht«, antwortete Viktor. »Mitnehmen kann ich ihn nicht, bin ja den ganzen Tag in der Firma, und Robert wird ihn nicht behalten wollen. Die haben dann ja mit dem Balg genug zu tun.«

»Meinst du, ich könnte ihn haben?« fragte Simone. »Ich wollte schon immer einen Hund. Und Arno arbeitet normalerweise zu Hause.«

»Ich überlege es mir«, sagte Viktor, »aber jetzt muß ich Ingo bei seinen Vorbereitungen helfen.«

Als Viktor sich entfernte, sah sie, wie Mona vom Vonhof-Grundstück zur Party zurückkam, und entschloß sich, sie anzusprechen.

»Haben Sie sich ein wenig ausgeruht?« sagte Simone und sah an Monas Gesicht, daß dies die falsche Frage gewesen war.

»Ich bin nicht krank«, antwortete Mona.

»Wenn Sie lieber alleine sein möchten …«, sagte Simone.

Sie wollte dieser Mona schließlich kein Gespräch aufzwingen und machte einen Schritt in Richtung Terrasse.

»Nein«, sagte Mona, »keineswegs. Ich wollte auch schon mit Ihnen reden. Wollen wir uns setzen?«

Sie wies auf eine Liege, und sie nahmen nebeneinander Platz.

»Hübsches Kleid!« sagte Simone.

»So was Enges wie Sie kann ich für eine Weile nicht mehr tragen«, antwortete Mona. »Es tut mir wirklich leid, daß ich Ihnen soviel Probleme bereitet habe. Sie müssen mich für total hysterisch halten. In der letzten Zeit ist viel passiert ... oft denke ich, das kann gar nicht real sein, das ist ein Film oder so.«

»Ein bißchen haben Sie mir ja schon am Freitag erzählt. Die Trennung von Ihrem Mann im Urlaub klingt wirklich abenteuerlich.«

»Ich habe recht jung geheiratet und dachte, ich müsse endlich richtig selbständig sein. Das ist aber gar nicht so leicht. Ich bin keine Kämpfernatur. Stellen Sie sich vor«, sagte Mona und lachte, »ich habe vor nicht allzu langer Zeit gedacht, wenn ich Kick-Boxen lerne, kann ich mich besser durchsetzen. Ist natürlich Quatsch. Nur damit er mir keinen Ärger macht, kann ich meinen Mann ja nicht jedesmal k.o. schlagen.«

»So eine Scheidung ist sicher unangenehm«, sagte Simone.

»Robert nimmt mir jetzt den ganzen Ärger ab. Er hat gute Anwälte und meint, bald sei ich eine reiche Frau. Dabei liegt mir nichts daran, meinen Mann finanziell zu ruinieren. Alles, was ich will, ist ein Heim und eine Familie.«

»Ich könnte mir nicht vorstellen, meinen Beruf aufzugeben«, sagte Simone, »um so zu werden wie meine Schwiegermutter oder Lore Vonhof. Und Barbara ist nicht gerade das beste Vorbild für die Mutterrolle. Sie kann mit Kindern nichts anfangen. *Ihre* Eltern freuen sich bestimmt auf ein Enkelkind.«

»Meine Eltern sind bei einem Unfall ums Leben gekommen, als ich noch klein war. Ich bin in der Familie meines Onkels aufgewachsen.«

»Und ich bei meiner Omi.«

»Da haben wir noch etwas Gemeinsames, außer daß wir beide aus Frankfurt kommen. Wollen wir uns duzen?«

»Gerne«, antwortete Simone. »Als Sie bei unserem ersten Zusammentreffen sagten, Sie ließen sich kein Gespräch aufzwingen, dachte ich nicht, daß wir überhaupt mal miteinander reden würden.«

»Das soll ich gesagt haben? Kann gar nicht sein.«

»Ehrlich.«

»Ach, ich weiß«, sagte Mona. »Das ist ein Mißverständnis. Ich dachte daran, wie ich im Zug hierher saß und diese Frau, die sich als deine Mutter herausstellte, mich ausgefragt hat.«

»Ja, das kann sie!« bestätigte Simone. »Wer weiß, was sie gerade wieder anstellt.«

Knockout

Ingo jonglierte. Mit Apfelsinen. Mit Golfbällen. Mit Zigarrenkisten. Das war sicher schwierig, aber so rasend interessant fand Simone es nicht.

Robert Vonhof spekulierte hörbar, daß Frau Schmitzke seine Havannas vermutlich offen auf dem Wohnzimmertisch rumliegen ließ. Yolanda war mit ihren Intimfreundinnen beschäftigt. Viktor wich Ingo nicht von der Seite und schien ihn bei seiner Jonglage regelrecht anzuschmachten. Aber wahrscheinlich, dachte Simone, bildete sie sich das nur ein.

Mona, die sich entschuldigt hatte, um auf die Toilette zu gehen, stand nun in der Nähe von Barbara.

Chantal knipste die Terrassenbeleuchtung aus, Ingos Pailletten glitzerten im schwachen Schein der Gartenfakkeln. Er zeigte, als Höhepunkt seiner Darbietungen, eine Jonglage mit brennenden Tennisbällen. Das stank zwar bestialisch, sah jedoch beeindruckend aus.

Als der Anfangsapplaus verklang, hörte Simone die Stimme ihrer Mutter.

»Sie haben ihm doch selbst ein Kind untergeschoben!«

Die entflammten Bälle tanzten in der Luft. Alle hielten den Atem an.

»Das verbitte ich mir!« schrie Lore.

Ingo ließ zwei Bälle nacheinander in einen wassergefüllten Metalleimer platschen.

»Er ist was?« hörte man Mona gleichzeitig fragen.

Ball Nummer drei erlosch zischend.

»Zeugungsunfähig!« brüllte Chantal in die Stille hinein.

Ingo entzündete vier neue Tennisbälle und wirbelte sie in einer Kaskade umher.

»Wer behauptet das?« fragte Mona.

»Na, diese Schauspielerin!« Das war eindeutig die Stimme von Frau Schmitzke.

Hysterisches Lachen. Das Publikum geriet in Bewegung. Jemand rempelte Simone an, entschuldigte sich.

»Macht endlich Licht!« verlangte eine Männerstimme. Es war nicht die von Robert Vonhof.

Viktor hielt Ingo den Eimer hin. Die Terrassenbeleuchtung ging an. Rauch stieg auf, als die Bälle verloschen. Spärlicher Applaus erklang. Die meisten hatten sich bereits einer neuen Darbietung zugewandt. Da Simone annahm, daß ihre Mutter daran aktiv beteiligt war, drängte sie sich in den Kreis der Schaulustigen.

Mona und Barbara standen einander wutschnaubend gegenüber.

»Aber sie ist schwanger!« rief Frau Schmitzke verzweifelt. »Wo ist denn der Doktor?«

Weder Robert noch Arno waren zu sehen.

Chantal, Lore und Yolanda feuerten die beiden Streithennen an.

Mona streifte ihre Slingpumps ab, ballte die Fäuste, ging langsam auf Barbara zu.

Einige Gäste tuschelten. Wurden schon Wetten angenommen? Wo war die Schmitzke?

Barbara zog ebenfalls die Schuhe aus und brüllte: »Euch werde ich es zeigen!«

Ein Bein vor, eines zurück – das Chiffonkleid spannte –, nahm Mona eine Art Kampfstellung ein.

Wieso tat niemand etwas? Feixend standen Männer im Hintergrund.

Diese Mona sah zu allem entschlossen aus, was man ihr sonst gar nicht zutraute. Barbara war zwar größer, neigte aber dazu, sich zu überschätzen.

Von dem Impuls getrieben, ihre Mutter vor Schaden zu bewahren, stürzte Simone sich dazwischen. Sie sah noch, wie Mona im Drehen das Bein hob. Da traf sie die Ferse am Kinn.

»Simonchen!« hörte sie die Stimme ihrer Mutter.

Eine flache Hand klapste ihr auf die Wangen.

»Eis!«

»Einen Cognac!«

»Den Wassereimer!«

»Wohl bescheuert!«

Viktor stand mit dem Eimer über ihr. Schnell schloß sie wieder die Augen. Die nasse Dusche blieb aus.

»Blöde Zicke!«

Wasser pladderte. Tropfen fielen auf sie herab, als ginge ein Platzregen nieder.

Barbara hockte mit triefenden Haaren neben ihr.

Lore hielt den leeren Eimer in der Hand.

Chantal klopfte Lore anerkennend auf die Schulter.

»Hier ist wenigstens was los«, sagte Yolanda. »Geschieht der Schlampe ganz recht.«

Geschüttelt, nicht gerührt

Barbara sprang auf, strich sich die nassen Haare aus der Stirn, faßte Yolanda bei den Schultern und schüttelte sie wie einen Pflaumenbaum. Die Armreifen rasselten. Ein Ohrclip fiel zu Boden.

»Was fällt Ihnen ein, mich eine Schlampe zu nennen! Sie aufgetakelte Scharteke.«

»Sie waren gar nicht gemeint, aber wenn Sie sich angesprochen fühlen, um so besser!«

Lore wies mit dem Finger auf Barbara. »Sie hat sich bei mir eingenistet und versucht, sich Robert zu krallen. Als ob der sich mit einer wie ihr überhaupt abgeben würde.«

»Immerhin hat er sie eingeladen!« gab Chantal ungerührt zu bedenken.

»Fall du mir auch noch in den Rücken!« sagte Lore. »Was bin ich froh, morgen wieder in Marbella zu sein!«

»Zurück in der Ziegenherde«, sagte Barbara. »Frauen, die es nötig haben, ihren Liebhaber zu bezahlen, sollten den Mund nicht so voll nehmen. Schöne Grüße an den Gigolo!«

»Ach?« sagte Chantal zu Barbara, als sei Lore Luft. »Sie bezahlt ihren Lover?«

»Was dachten Sie denn? Er ist Ende Zwanzig.«

Chantal pfiff durch die Zähne. »Wenn Robert nicht der Vater von Viktor ist, wer dann?« fragte sie unvermittelt Lore. »Ein Callboy?«

»Ganz bestimmt nicht so ein Prolo wie der Vater deiner Tochter. Den kann man wirklich nur im Vollrausch ertragen.«

»Wie gut, daß ihr beiden gemeinen Kühe endlich weggezogen seid!« sagte Chantal.

»Gefärbte Blondine!« sagte Lore zu Chantal.

»Schnapsdrossel!« ergänzte Yolanda.

»Geliftete Schnepfen!« konterte Chantal.

Chantal und Lore gingen zu Handgreiflichkeiten über.

»Seid ihr von Sinnen!« kreischte Yolanda und versuchte, die beiden zu trennen.

Schwer legte sich eine Hand auf ihre Schulter. Barbara sah sich um. Es war Simone. Mit der anderen Hand preßte sie einen Eisbeutel auf ihr Kinn.

»Was war eigentlich los?« fragte das schwer angeschlagene Kind. Tapfer hatte es sich zwischen sie und die Angreiferin geworfen.

Barbara sah aus dem Augenwinkel, daß Mona auf sie zukam. Aber das Kind war jetzt wichtiger.

»Simonchen!« sagte Barbara. »Geht's langsam wieder?«

Ihre Tochter nickte.

Mona blieb vor Barbara stehen und sagte quasi über sie hinweg, als meine sie Simone: »Tut mir leid, daß ich die Falsche getroffen habe.«

Dann wurde es Barbara schwarz vor Augen.

»Frau Zeitz, Frau Zeitz, was machen wir bloß?« jammerte Frau Schmitzke. »Es ist alles meine Schuld!«

Die Zeitz durfte in dem einen, Ingo in dem anderen Mädchenzimmer bei ihr oben unter dem Dach übernachten. Und da die Zimmer kein Bad hatten, zeigte sie der Zeitz notgedrungen ihres.

Durch den alten Kaminschacht hörten sie das dumpfe Echo des im Hause brandenden Streits.

»Mir predigen Sie, ich solle diskret sein! Das haben Sie nun davon! Aber die Prügelei war klasse, die hätte sogar meinem Alten gefallen. Frau gegen Frau, wie beim Damen-Catchen. Ich bin kaum nachgekommen mit dem Fertigmachen von Eisbeuteln.«

»Und vorher war es so ein schönes Fest«, seufzte Hella Schmitzke in Gedanken an ihren begabten Ingo und legte der Zeitz ein Handtuch raus. Kein besonderes natürlich. Eines, das sie nur noch zum Trockenwischen der Badewanne benutzte.

»Bis auf das Getue von Marie-Laure: ›Isch bediene die Errschaften‹«, imitierte die Zeitz den Akzent von Schulte-Freisings Dienstmädchen. »Mich hat sie dauernd zum Gläserspülen geschickt. Von der Party habe ich nichts mitbekommen. Und von dem Ringkampf zwischen Madame Cognac und der Frau Doktor Lore auch nicht.«

»Seien Sie froh! – Brauchen Sie sonst noch was? Seife, Zahnpasta? Baden werden Sie ja hoffentlich nicht.«

Die Zeitz wies auf ihren blümchengemusterten Kulturbeutel. »Alles dabei. – Wenn der Doktor seine Freundin nicht bei der Hand genommen und nach Hause gezerrt hätte, wer weiß, wem sie noch eine verpaßt hätte. Die war richtig gut, fand ich. Ich wollte ja auch schon mal so einen Selbstverteidigungskurs für Frauen belegen. Weil ich im Winter oft im Dunkeln nach Hause komme. Aber mein Alter hat gesagt, ich solle mir keine Hoffnung machen, daß mich ein Mann belästigt.«

Die Zeitz stellte sich breitbeinig mit lockeren Knien hin, winkelte die Arme an und machte mit der flachen Hand Bewegungen, als streiche sie ein Bettuch glatt.

»Karate!« sagte sie. »Was für ein Gefühl, wenn man die Männer einfach umnieten kann.«

»Frau Zeitz, also bitte! Für solche Mätzchen ist jetzt nicht der richtige Augenblick.« Hella Schmitzke legte das Ohr an den Schacht. »Sie streiten noch! Wenn wenigstens Ingo endlich käme. Was macht der mit Viktor denn so lange bei Wolffs? Sie wollten doch nur die Verletzten rübertransportieren.«

»Ich wüßte schon, was. Ihnen ist sicher auch aufgefallen, daß der junge Vonhof Ihren Ingo bewundert? Ich meine, die beiden waren ja ein Herz und eine Seele – vorsichtig formuliert.«

»Ich hoffe, Frau Zeitz, das ist keine Anspielung irgendwelcher Art. Dem wäre ich nicht mehr gewachsen. Gute Nacht!«

Verpufft

Wütend knallte Robert die Tür zum Bad zu, in dem er heftig mit Lore gestritten hatte. Seine Frau verbreitete Indiskretionen über sein Intimleben, sein Sohn guckte diesen Ingo an, als sei er schwul, und seine Freundin prügelte die Nachbarn!

»Und nun zu uns beiden!« sagte er zu Mona, die Erdnüßchen knabbernd gemütlich in seinem Bett saß. Sie stellte das Schälchen mit den Nüssen auf den Nachttisch und sah ihn an.

»Deine gezielten Rundumschläge in allen Ehren, aber es wäre mir lieber, du würdest sie nicht in meinem Bekanntenkreis austeilen.«

Er stand am Fußende des Bettes und hoffte, es wirke bedrohlich.

»Wo warst du eigentlich?« fragte Mona.

Robert zögerte mit der Antwort und sagte dann unwillig: »Mit Arno den neuen Bentley Turbo R von Schulte-Freising begutachten.«

Mona kicherte.

Das hatte man davon, wenn man bei der Wahrheit blieb.

»Dann waren das nur Gerüchte, du seist impotent?«

»Mona! Von Impotenz kann keine Rede sein!«

»'tschuldigung.«

»Etwa ein Jahr nach Viktors Geburt hatte ich einen Tennisunfall. Ich habe einen Ball mit voller Wucht in die ... bekommen.«

»Hat sicher weh getan.«

»Höllisch. Als Lore nicht wieder schwanger wurde, obwohl wir ein zweites Kind wollten, habe ich mich gründlich untersuchen lassen.«

»Das war sicher unangenehm.«

»Ziemlich. Willst du mich auf den Arm nehmen?«

»Überhaupt nicht.«

»Und dabei stellte sich dann raus – na ja.«

»Heiße Luft.«

»So in etwa. Das hat sich jedoch regeneriert.«

»Ach? Woher weißt du das? Zahlst du Alimente?«

»Unsinn. Ich habe mich zwei Jahre später noch mal untersuchen lassen. Da war alles in Ordnung. Aber nun wollte Lore partout kein Kind mehr.«

»Na, ist doch wunderbar!« sagte Mona und klang sehr erleichtert. »Besser spät als nie. Bald hast du ein zweites Kind.«

Sie legten sich unter die Decke, und Mona kuschelte sich in seinen Arm.

Er löschte das Licht.

Vorwürfe hatte er ihr machen wollen. Und wer mußte sich rechtfertigen?

Gab es eigentlich noch irgend jemanden, der vor ihm Respekt hatte?

In der Küche

»Mir tut alles weh«, jammerte Barbara. »Und mein schönes weißes Kostüm ist reif für den Müll.«

Simone füllte in der Küche frische Eiswürfel in einen Plastikbeutel, wickelte ihn in ein kariertes Küchenhandtuch und reichte ihn ihrer Mutter.

»Was mußtest du auch so einen Terror machen? Aber danke, daß ich dabeisein durfte. Das war die mit Abstand peinlichste Veranstaltung meines Lebens!«

Barbara hielt sich den Eisbeutel ans Gesicht, und Simone füllte einen zweiten Gefrierbeutel für sich selbst.

»Übertreib nicht! Zugegeben, mein Temperament ist mit mir durchgegangen, aber diese affektierten Weiber haben es nicht besser verdient. Außerdem bin ich sauer, weil Peter mich hat sitzenlassen.«

»Aus diesem Krüger wird man nicht schlau: Erst kauft er einen Verlobungsring für dich, und dann überlegt er es sich wieder. Das ist keine Art!«

»Woher weißt du das?«

»Ich war dabei.«

»War er wenigstens teuer?« fragte Barbara nach.

»Schon.«

»Auch das noch! Worauf wartet er dann? Schöner werde ich nicht mehr!«

»Würdest du ihn wirklich heiraten? Obwohl du immer gegen die Ehe warst?«

»Ich habe meine Meinung eben geändert. Das ist eine Erfahrung, die mir noch fehlt. Möchte wissen, warum Peter nicht gekommen ist. Eine Frechheit ist das. Habe ich dir eigentlich schon erzählt, daß Peter große Stücke auf die Familie hält?«

»Adoptieren lasse ich mich nicht, sag ihm das. Auch einen Wodka?« Simone holte die Flasche aus dem Kühlfach und goß ein wenig in zwei Wassergläser. Sie prosteten sich zu und setzten sich an den Küchentisch.

»Peter hat irgendwas mit seinem Schwager laufen«, sagte Barbara im Ton größter Vertraulichkeit. »Ja, wenn ich es recht überlege, kommt es mir verdächtig vor. Als ich mal unangemeldet in sein Büro kam, telefonierte er gerade mit ihm. ›Grüß Marlies von mir‹, hat er nämlich zum Schluß gesagt. Und daß er ihm wichtige Papiere noch am selben Tag schicken wolle. Und vorher hat er sie vor mir versteckt.«

»Sicher etwas Privates. Laß uns schlafen gehen.«

»Unsinn, Kind, das war Papier mit diesem fiesen Blau, auf das du so gesteigerten Wert legst. Ich saß doch fast drauf.«

»Bist du sicher? Ist dir sonst noch was aufgefallen? Weißt du, wie der Schwager heißt?«

Barbara überlegte. »Es war ein schrecklicher Name. Krawulke oder so ähnlich, keine Ahnung. Ulf, glaube ich, Ulf und Marlies Prollulke mit zwei mißratenen Kindern und einem Straßenköter. Von denen steht ein Foto auf Peters heimischem Schreibtisch. Da bist du geschlagen, mit so einem Namen. Hilft dir das irgendwie?«

»Keine Ahnung. Ich weiß ja nicht einmal, ob etwas dran ist. Aber danke für den Tip.«

Yolanda und Arno kamen in die Küche, angeblich, um sich Mineralwasser zu holen. Simone vermutete, Arnos ausgeprägtes Harmoniebedürfnis veranlasse ihn, zwischen den Müttern zu vermitteln.

Wie sie mit Barbara am Küchentisch saß und sie sich beide einen Eisbeutel ins Gesicht drückten, sah wahrscheinlich ziemlich albern aus. Arnos Mund umspielte denn auch ein Lächeln.

»Könnten wir vielleicht in aller Ruhe miteinander reden?« fragte er.

»Auch einen Wodka?« fragte Simone, ihr Glas hochhaltend.

»Sie hat mich eine Schlampe genannt!« sagte Barbara, auf Yolanda zeigend.

»Das hat meine Mutter nicht so gemeint, stimmt's, Yolanda?« Arno stupste seine Mutter an.

»Ich sage es ihr sogar ins verbeulte Gesicht. Sie geht fremd«, Yolanda wies auf Simone, »kaum, daß du ihr den Rücken kehrst. Du läßt dich scheiden und lebst bei mir.«

Hatte Yolanda einen Dachschaden? Simone konnte sich nicht erinnern, daß sie auch k.o. gegangen war.

»Sie wissen genau, daß es nicht stimmt«, sagte Barbara. »Das war ein Mißverständnis, und ich lasse meine Tochter nicht von Ihnen beleidigen. Außerdem hat meine Tochter es nicht nötig, sich an das Vonhof-Bübchen heranzumachen.«

»Weil sie auf unser Geld scharf ist. Und überhaupt, wer redet hier von Viktor? Hatte sie mit dem etwa auch was? Während der Party war sie jedenfalls den halben Nachmittag verschwunden, und mein Geschäftsführer Herr Krüger wurde halbnackt in dieser Küche gesichtet.«

»Davon weiß ich ja gar nichts«, sagte Barbara irritiert zu Simone.

»Das war am Freitag!« antwortete Simone. »Als du dich mit Krüger im Wohnzimmer ...«

»Schlampen, alle beide! Ich sag's ja. Und Wodka aus Wassergläsern trinken, das paßt.«

»Yolanda, sprich nicht so von meiner Frau!« sagte Arno.

»Wie redest du denn mit deiner Mutter? Noch so eine Bemerkung, und ich behalte das Haus.«

»O ja, bitte«, sagte Arno.

Simone bedauerte, daß Arno seine Ansprüche auf die Villa so leichtfertig aufgab. Sie wünschte sich ein eigenes Haus. In dieser Umgebung ein ähnliches zu kaufen konnten sie sich vermutlich nicht leisten. Daran, daß Hansernst es ihnen geschenkt hätte, wenn er dazu noch gekommen wäre, durfte sie gar nicht denken.

»Du willst es nicht? Das schöne Haus mit den handgearbeiteten Einbauten? Weißt du eigentlich, was alleine das Grundstück wert ist?«

»Das von Vonhofs ist doppelt so groß!« warf Barbara ein.

Yolanda strafte Barbara mit einem bösen Blick.

»Dein Vater wollte dir das Haus noch zu seinen Lebzeiten überschreiben lassen. Wenn andere genauso besorgt um seine Gesundheit gewesen wären wie ich, dann würde er jetzt noch leben.«

»Fängst du schon wieder damit an«, sagte Simone.

»Heißt das, du willst nicht hier wohnen?« fragte Arno.

»Keine Angst«, sagte Yolanda affektiert, »ich werde euch nicht zur Last fallen. Übermorgen fliege ich zu Lore nach Marbella. Dort werde ich mir ein kleines Anwesen kaufen.«

»Ein Anwesen, so, so!« sagte Barbara. »Damit genug Platz ist für den Gigolo.«

»Was fällt Ihnen ein! Sie haben sich an Herrn Vonhof rangemacht, obwohl Sie genau wußten, daß seine Freundin ein Kind erwartet.«

»Wußte ich nicht!«

»Und Lore schamlos ausgenutzt!«

»Sie lügen!«

»Liebesurlaub in Marbella! Stand doch in der Illustrierten.«

»Ich bin eben eine ungebundene prominente Frau.«

»Und ich bin eine ungebundene reiche Frau.«

»Wir sollten uns endlich duzen. Einen Wodka, Yolanda?«

»Warum nicht, Barbara.«

Arno und Simone sahen sich verwundert an, nahmen sich bei der Hand und gingen zu Bett.

Blauer Montag

Vor lauter Nervosität zerriß Simone die Strumpfhose, die sie extra passend zu ihrem neuen hellgrauen Kostüm gekauft hatte, und suchte in der Kommodenschublade nach Ersatz. Arno verschlief den Beginn eines besonderen Tages. Heute würde sie endlich Geschäftsführende Gesellschafterin. Oder auch nicht. Aber so pessimistisch wollte sie nicht sein. Um ihr Ziel zu erreichen, hatte sie alles getan, was möglich war.

Ohne zu frühstücken, fuhr sie mit dem Beerdigungsauto zur Firma.

Jetzt lag ihr Schicksal vor allem in Roberts Hand. Und der würde sich nicht gegen sie entscheiden, weil er wußte, wieviel Hansernst daran gelegen hatte, sie in der Führung seines Unternehmens zu sehen. Andererseits war Yolanda dagegen und Robert mit ihr befreundet. Und dann gab es die peinliche Geschichte mit Barbara und ihrer angeblichen Affäre mit Robert. Barbaras Verhältnis mit Krüger sprach auch nicht unbedingt zu Simones Gunsten. Aber Robert und die beiden anderen Beiratsmitglieder würden sich bestimmt nicht von derart unsachlichen Kriterien beeinflussen lassen.

Als sie ihr Büro betrat, grüßte Attenfeldt ungewohnt lebhaft und winkte sie zu sich ins Kabäuschen.

»Ich habe Neuigkeiten!« sagte er mit glänzenden Augen. »Setzen Sie sich bitte. – Haben Sie sich am Kinn gestoßen?« Er räumte einen Stapel Zeitschriften von seinem Besucherstuhl. »Ich war am Wochenende mit einem alten Spezi kegeln. Und Sie glauben nicht, was der mir gesteckt hat.«

»Machen Sie es nicht so spannend, Herr von Attenfeldt. Ich brauche dringend einen Kaffee.«

»Gleich, gleich. Ich habe was viel Besseres zum Wachwerden. Also, mein Spezi, der Franz vom Schlappenmarkt – das ist eine Branchenzeitschrift, die nennt er scherzhaft so –, also der Franz kennt die Marlies Krüger noch von früher, aus der Realschule. Und die ist seit Jahren mit einem erfolglosen Geschäftemacher verheiratet. Hatte 'ne Tankstelle, die ging pleite, dann hat er im Außendienst Autos verkauft, und zuletzt war er Vertreter eines Schuhherstellers. Die Stelle hatte ihm der Franz besorgt. Also, im Grunde hat er das nur für seine Schulfreundin Marlies getan, und er sagt, er ärgert sich noch heute. Das seien schließlich Kunden von ihm, und wie stünde er nun da.«

»Attenfeldt, bitte! Ich bin nicht in Stimmung für Familienschicksale. Habe selbst genug zu leiden.«

»›Franz‹, hat die Marlies zu Franz gesagt, ›wenn ich meinen Bruder nicht hätte, wüßte ich überhaupt nicht mehr, wie ich die Miete aufbringen soll.‹ Aber es kommt noch besser. Jetzt, hat sie Franz erzählt, gibt er dem Ulf noch 'ne Chance. Und wer ist der Wohltäter? Na, raten Sie!«

»Ihr Bruder?«

»Nein. Doch, natürlich. Sie bringen mich ganz durcheinander.«

»Ich habe Ihnen gleich gesagt, ohne Kaffee läuft bei mir nichts.«

»Unser Herr Krüger. Der Mann von Marlies ist seit einem Jahr arbeitslos. Nun will er was Eigenes aufziehen, angeblich den Import von Badeschlappen aus Fernost.« Von Attenfeldt schaute sie vielsagend an. »Na, klingelt's bei Ihnen?«

»Geht mein Telefon?«

Opa machte eine wegwerfende Handbewegung. »Da muß man nur eins und eins zusammenzählen. Unser Krüger hält seinem Schwager den Rücken frei. Wahrscheinlich hat er ihm schon eine schriftliche Zusage gegeben, daß Wolff seine Schlappen vertreibt. Mit so einem Vertrag in der Tasche kann man sich leicht selbständig machen.«

Sie war hellwach. Wenn das stimmte … Über ihre Idee mit den Fitneßsandalen machte sich Krüger lustig; ›Wolffiletten‹ hatte Prinz sie genannt und Krüger sich schlappgelacht. Und nun schaltete er seine Schwester als Zwischenhändlerin ein, um ihr ein sattes Einkommen zu sichern.

Attenfeldt lehnte sich zufrieden in seinem Schreibtischstuhl zurück. »Jetzt habe ich aber was bei Ihnen gut.«

»Was ist mit Ihrem Kinn passiert?« fragte Ellen, als sie Simone Kaffee eingoß.

»Ich brauche ganz dringend eine vertrauliche Unterlage aus Krügers Büro. Falls es sie überhaupt gibt. Können Sie mir die besorgen?«

»Kein Problem«, sagte Ellen und fuhr mit den Fingern durch ihre Haare.

Solche Mitarbeiter waren Goldes wert.

»Ich habe übrigens endgültig mit Viktor Schluß gemacht«, sagte Ellen, bevor ihr Simone erklären konnte, um was es ging. »Mit diesem intriganten Schnulli will ich nichts mehr zu tun haben! Holt seine Mutter zu Hilfe, um die Freundin seines Vaters zu vergraulen! Eklig. Dafür, als gelangweilte reiche Schnalle in einer Villa zu leben, gebe ich meine Prinzipien nicht auf!«

»Recht so«, sagte Simone, die darauf brannte, Ellen zu erklären, daß sie einen Vertrag über Fitneßsandalen auf den Namen Ulf oder Marlies Krawulke, Pomulke oder so ähnlich suche.

»Ich brauche bloß das Paßwort«, sagte Ellen. »Tanja, die Sekretärin von Krüger, wechselt es jede Woche. Deshalb kann sie es sich nicht merken und schreibt es sich auf.«

»Und?«

»Ich weiß natürlich nicht, wo.«

»Verdammt!«

»Sie müssen Krüger in seinem Büro festhalten, wenn Tanja zum Frühstücken in der Kantine ist, dann kann ich ein bißchen schnüffeln gehen.«

»Das würden Sie tun?«

»Aber wenn sie es in ihrer Handtasche aufbewahrt, haben wir Pech gehabt.«

»Sie bekommen eine Gehaltserhöhung!«

»Oder die Kündigung«, sagte Ellen.

Krügers Vorzimmer war leer. Simone klopfte an, betrat Krügers Büro und sah ihn ein belegtes Brot aus einer Plastikdose essen. Offensichtlich brachte er sich seine Stullen von zu Hause mit. Sparsamer Mensch.

»Was ist denn mit Ihrem Kinn?« fragte Krüger, wie üblich hemdsärmelig. »Versehentlich in eine Faust gelaufen?«

»Wir haben Sie gestern auf dem Fest vermißt«, sagte Simone.

»Und weiter?«

Simone hatte gehofft, Krüger so in ein Gespräch verwikkeln zu können. Wieso ging der Blödmann darauf nicht ein? Und nun?

»Ich meinte bloß«, sagte sie, um Zeit zu gewinnen.

»Deswegen stören Sie mich beim Frühstück?«

»Ich dachte, wir Führungskräfte arbeiten durch«, sagte Simone.

»Also, was wollen Sie?«

Jetzt hieß es improvisieren. »Ja, ich dachte, wir müßten was zum Thema Blasenpflaster machen. Sommerzeit, Sandalettenzeit, Blasenzeit. Also, ich bekomme ganz leicht Blasen, wenn ich Schuhe ohne Strümpfe trage.«

»Das ist ja rasend interessant!« sagte Krüger. »Aber jetzt, wo Sie's sagen, fällt mir ein, daß mir der Hölprich eine Zeitschrift reingereicht hat, in der ein guter Artikel über Fußpflege stand.« Krüger durchforstete seine Ablagekörbchen. »Hervorragend gemacht. So was sollten Sie auch mal veranlassen. Ach, ich glaube, die Müllerin hat sie sich ausgeliehen.« Er stand auf.

Simone trat der Angstschweiß auf die Stirn.

»Ich kann sie mir geben lassen, wenn ich rausgehe«, sagte sie rasch. »Was war es denn für eine Zeitschrift? Bestimmt meinen Sie die Sache in *Luise*. Da habe ich ohnehin einen Beleg bekommen, denn der Artikel ist auf unsere Bemühungen hin erschienen.«

»Dann kennen Sie das also schon.« Krüger setzte sich.

Simone atmete auf.

Über dem Sofa glänzte der Fischkopf in der Sonne.

»Wollten Sie meine Mutter nicht mal mit zum Angeln nehmen?« fragte sie.

»Fischen!« sagte Krüger, schloß die Plastikdose und gab dem blauen Deckel einen Klaps. »Und jetzt entschuldigen Sie mich, gleich tagt der Beirat, wie Sie wissen.«

Sie durchquerte Krügers Vorzimmer. Tanja Müller saß an ihrem Schreibtisch und las in einer Illustrierten.

Ob Ellen das Paßwort entdeckt hatte? Wie lange würde es dauern, das Dokument zu finden? Der Beirat traf sich schon um zehn Uhr, anschließend gingen die Herren essen, um fünfzehn Uhr folgte die Gesellschafterversammlung.

»Keine Chance«, sagte Ellen auf Simones Frage nach dem Erfolg ihrer Mission. »Ausgerechnet heute hat sie nicht in der Kantine gefrühstückt. Gerade als ich reingehen wollte, kam sie mit einem Brötchen in der Hand an. Ich versuche es in der Mittagspause.«

»Verdammt, mir läuft die Zeit davon.«

Die Erotik des Geldes

Kurz vor der Mittagspause stand Simone im Vorzimmer und las einen Brief, den Ellen geschrieben hatte. Die Tür ging auf.

»Schönen guten Tag, die Damen.«

»Arno, was machst du denn hier?« Sie war wirklich überrascht. Sein Auftritt erinnerte sie für den Bruchteil einer Sekunde an Barbara. Ihre Familie gab sich hier die Klinke in die Hand! Sie mußte sich erst vergegenwärtigen, daß Arno als Hauptgesellschafter jedes Recht der Welt hatte, hier einfach reinzuschneien.

Simone stellte ihm Ellen vor, und Arno wechselte ein paar nette Worte mit ihr.

Ellen sah Arno an und wurde rot.

Vermutlich übten Firmenerben – trotz des Reinfalls mit Viktor – nun einen unwiderstehlichen Reiz auf sie aus: die Erotik des Geldes.

Attenfeldt hatte den Hörer aus der Hand gelegt und seine Tür aufgerissen. Simone stellte auch ihn Arno vor.

Attenfeldt klackte die Hacken zusammen. »Ich kannte Sie schon, da waren Sie noch so klein.« Er zeigte eine mittlere Hundehöhe.

»Als mein Vater dieses Gebäude bezog, war ich sieben oder acht«, sagte Arno. »Dann sind Sie also von Anfang an dabei?«

»Seit über dreißig Jahren. Ich bin Träger des goldenen Ehrenrings!«

Arno sah Simone schmunzelnd an. »Na, da hat meine Frau ja einen erfahrenen Mitarbeiter an ihrer Seite.«

Arno redete fast wie sein Vater, stellte Simone zu ihrem Erstaunen fest.

»Werden wir die Freude haben, Sie zukünftig öfter zu sehen?« fragte Attenfeldt. »Kennen Sie denn überhaupt schon unser neues computergestütztes Lager?«

»Würde ich gerne mal sehen«, sagte Arno.

»Das könnte ich Ihnen zeigen«, sagte Ellen aufspringend.

Simone glaubte, sie höre nicht richtig.

»Sie«, sagte Simone mit deutlicher Betonung, »müssen noch die Sache mit Frau Müller erledigen.«

Schmollend setzte sich Ellen wieder an den Schreibtisch.

»Das Lager sehe ich mir demnächst an«, sagte Arno. »Im Moment möchte ich nur meine Frau zum Essen abholen.«

»Ich kann jetzt aber ganz schlecht weg«, sagte Simone und ging vor in ihr Büro. »Wie kommt es, daß du schon so früh hier bist? Die Gesellschafterversammlung ist erst um drei.«

»Wie geht es dir denn? Tut's noch arg weh?«

»Das Kinn ist mein geringstes Problem. Hast du eine Ahnung, wie der Beirat entscheiden wird?«

»Wir sind mit den Herren zum Reibekuchenessen verabredet.«

»Arno! Das ist ja toll! Dann hat es also geklappt!« Sie fiel ihrem Mann um den Hals. »Wie wäre es mit einer Gratulation?«

»Zu früh. Vielleicht wollen sie sich mit uns auf neutralem Boden treffen, um dir die Ablehnung schonend beizubringen.«

»Mach doch nicht immer solche Witze!«

Stammtisch

Arno ging vor in das Brauhaus. Die Herren saßen in einem Erker vorm Altbier. Robert Vonhof, die beiden anderen Mitglieder des Beirats und – Peter Krüger! Er nickte in ihre Richtung.

Robert stellte Arno und Simone zwei steife Herren mit

ausdruckslosen Gesichtern vor, der eine Jurist, der andere Wirtschaftsprüfer. Auch aus Krügers Miene war nichts abzulesen, kein Ärger, kein Triumph. Wieso war er überhaupt eingeweiht?

Simones Zunge schien am Gaumen festzukleben. Ihr Mund war so trocken, daß sie vermutlich kein Wort herausbringen würde.

Robert wies ihr den Platz rechts von sich an. Rechts neben Simone saß Arno; links von Robert die beiden Beiratsmitglieder; Robert und Simone gegenüber Krüger, den sie nun leider angucken mußte. Arno hatte Glück, zwischen Krüger und ihm war ein Stuhl frei.

Simone griff nach einem Bierdeckel und spielte damit. Ungefragt brachte der Köbes frischgezapftes Alt im typischen kurzen Glaszylinder.

»Zum Wohl!« sagte Robert in die Runde.

In einem Zug trank sie das Glas fast leer. Das kalte, herbschmeckende Bier tat ihr tatsächlich gut.

»Sie haben da noch ...«, sagte Robert zu ihr.

»Was?« fragte Simone verunsichert.

»Du hast Schaum auf der Oberlippe«, erläuterte Arno.

Robert mußte sie für begriffsstutzig halten. Vorsichtig, um den Lippenstift nicht zu verschmieren, tupfte sie mit einem Taschentuch über ihre Oberlippe.

Und anstatt ihr endlich zu sagen, was sie beschlossen hatten, ließ sich Robert in ein Gespräch mit dem Juristen ein.

Sie zerbröselte den Bierdeckel.

Arno legte beruhigend seine Hand auf ihren Arm.

Krüger lächelte sie süffisant an. Was für ein selbstgefälliges Arschloch! Nein, dachte sie entschlossen, mit dem würde sie nicht zusammenarbeiten.

Sie sah auf die Uhr. Die Mittagspause in der Firma war vorbei.

»Entschuldigen Sie mich einen Moment«, sagte sie im Aufstehen. Bestimmt dachten die Herren, sie renne vor Nervosität aufs Klo. Draußen vor dem Lokal zog sie ihr Telefon aus der Handtasche und wählte Ellens Nummer. Sie kannte das Paßwort! Doch das belastende Dokument hatte sie unter den vielen Dateien noch nicht gefunden.

Als sie zum Tisch zurückkehrte, stand bereits ein frisches Bier auf ihrem Platz. Simone winkte dem Kellner und bestellte ein Wasser.

»Nun sagen Sie schon, was Sie beschlossen haben!« wandte sie sich, um ein Lächeln bemüht, an Robert.

»Nicht hier!« antwortete er. »Ich verstehe ja, daß Sie neugierig sind, aber bis zur Gesellschafterversammlung müssen Sie sich schon gedulden.«

»Mach dir keine Sorgen«, sagte Arno. »Wird schon alles gutgehen.«

Beruhigend war das nicht.

Yolanda traf ein und ließ sich ausführlich von allen Herren begrüßen. Sie belegte den Stuhl zwischen Arno und Krüger.

Simones Telefon klingelte. Sie verließ erneut den Tisch.

»Aber gleich kommen die Reibekuchen!« rief ihr Krüger hinterher.

Ellen hatte einen Vertrag mit der Marlies Pachulke KG gefunden. Simone wartete neben dem Fax im Büro der Brauerei und nahm die Seiten in Empfang. Was sie vermutet hatte: Die Schlappen sollten in Fernost nach den Maßgaben von Dr. Wolff von der Pachulke KG produziert werden.

Als Simone zurück an den Stammtisch kam, saß

Yolanda neben Arno. Unentschlossen blieb sie hinter dem freien Stuhl zwischen Yolanda und Krüger stehen.

»Wo warst du denn?« fragte Arno. »Deine Reibekuchen werden kalt.«

Krüger wies mit der Gabel auf seinen Teller. »Mit Lachs. Sehr lecker.«

»Entschuldige, Yolanda, aber ich muß dringend mit Arno sprechen.«

»Das wird Zeit haben bis nach dem Essen.«

»Was ist denn so eilig?« fragte Arno.

Das konnte sie ihm nun schlecht vor aller Ohren sagen.

»Ach, nichts.« Sie setzte sich und knabberte an einem Kartoffelplätzchen.

»Keinen Appetit?« fragte Krüger. »Zu nervös, wie? Bin auch gespannt, wie die Sache mit Ihnen ausgeht. Obwohl man sich's ja denken kann.«

»Ich verstehe nicht ganz«, sagte Simone. »Woher wissen Sie davon?«

»Ich bitte Sie!« sagte Krüger. »Sie haben wirklich noch einiges zu lernen. Als Geschäftsführer muß man über alles im Bilde sein. Ich werde übrigens bei der Sitzung zur Sprache bringen, daß Sie den Etat für die Fernsehwerbung komplett für Product Placement in einer Fernsehserie ausgeben.«

»Das ist doch gar kein Thema für die Gesellschafterversammlung. Außerdem: Was spricht dagegen?« antwortete Simone. »Der Etat für die Fernsehwerbung war frei, und ich habe einen sinnvollen Verwendungszweck gefunden. Andere Unternehmen wären froh, wenn sie so eine Chance bekämen.«

»Eine Serie, in der Ihre Mutter die Hauptrolle spielt.«

»Sie haben den Vertrag unterschrieben. Nicht ich.«

»Was ist hier eigentlich los?« fragte Yolanda.

»Sie sollten wissen, daß Ihre Schwiegertochter mit Firmengeldern die Karriere ihrer Mutter sponsert«, sagte Krüger. »Ich sage das nur, damit es hinterher nicht heißt, ich hätte das veranlaßt, um meine Verlobte zu unterstützen.«

»Sie sind mit Barbara Roderich verlobt?« fragte Yolanda erstaunt.

»So gut wie«, antwortete Krüger.

»Das ist Unsinn«, sagte Simone zu Yolanda. »Das hat Barbara nicht nötig.«

»Ich bitte Sie, Frau Doktor Störmer«, sagte Krüger entrüstet.

Unbeirrt erklärte Simone weiter: »Vor jeder Folge wird ein kurzer Spot gesendet, in dem es heißt: Dr. Wolff – Wohlsein für die Füße – wünscht Ihnen viel Vergnügen bei ›Stadt mit Herz‹. Und ab und an sieht man eine Fußpflegerin, die wir natürlich mit unseren Produkten ausstatten.«

»Das Promoten von Fußpflege in einer Fernsehserie ist ganz im Sinne unseres Unternehmens«, sagte Arno.

»Und die Familie muß schließlich zusammenhalten«, ergänzte Krüger hämisch.

»Noch«, sagte Yolanda zu Krüger, »gehören Sie nicht zur Familie!«

Die Pfründe

Im allgemeinen Aufbruch nach dem Essen nahm Simone Arno beiseite und erzählte ihm von ihrer Entdeckung.

»Rede am besten mit Robert. Wenn er die Sache zur Sprache bringt, ist das sowieso besser, als wenn du damit herausplatzt. Du bist viel zu aufgeregt.«

Arno arrangierte dann, daß Simone mit Robert zurück in die Firma fuhr, und lud die Beiratsmitglieder ein, sich ihm und Yolanda anzuschließen. Krüger sagte, auf seinen Mercedes weisend: »Ich habe auch noch Platz«, aber niemand stieg bei ihm ein.

»Was ist denn los?« fragte Robert, als Simone neben ihm im Jaguar saß. »Arno glaubt hoffentlich nicht, ich würde unter vier Augen vorab sagen, wie die Entscheidung ausfiel.«

»Es geht nicht um mich«, sagte Simone, »sondern um das Unternehmen. Krüger ist ein Betrüger!«

»Na, na! Übertreiben wir da nicht ein wenig? Ich weiß ja, daß Sie und Krüger sich nicht grün sind, aber gehen solche Anschuldigungen nicht zu weit?«

»Kennen Sie die Pachulke KG?«

»Sollte ich?«

»Allerdings!« antwortete Simone. Robert hätte sich mehr um die Firma und weniger um seine Freundin kümmern sollen.

»Ist das die Firma, mit der wir den Vertrag über die Fitneßsandalen geschlossen haben?«

»Ganz genau, die Wolffiletten. Als Sandale und Schlappe mit einer Imprägnierung gegen Fußpilz. Was übrigens meine Idee war. Dann wissen Sie also Bescheid?« fragte Simone. »Und Sie billigen das?«

»Was spricht dagegen?«

»Daß Marlies Pachulke Krügers Schwester ist, was ich zufällig durch Barbara weiß. Und daß die mit einem windigen Geschäftemacher verheiratet ist, Ulf Pachulke, der unter anderem eine Tankstelle hatte und jetzt arbeitslos ist. Das weiß ich von Attenfeldt, meinem Mitarbeiter.«

»Sie haben sich ja regelrecht als Detektivin betätigt, nur um Krüger eins auszuwischen.«

»Hier geht es nicht um niedere persönliche Interessen, sondern darum, daß Krüger nicht direkt importiert, sondern über die Pachulke KG, um seiner Schwester etwas Gutes zu tun. Und das ist ja wohl kaum vertretbar, oder? Es wird höchste Zeit, daß Krüger endlich gefeuert wird.«

»So einfach ist das nicht, liebe Simone.«

»Uns gehört die Firma!«

»Trotzdem können Sie nicht über die Abbestellung von Geschäftsführern entscheiden. Bei der Dr. Wolff GmbH liegt dies eindeutig in der Kompetenz des Beirates. Hinzu kommt, daß nichts nachgewiesen ist. So was ist außerordentlich schwierig. Und dann läuft es darauf hinaus, daß wir Krüger eine Abfindung zahlen müssen, die uns erheblich belastet. Sicher mehr als die kleine Unkorrektheit, die er zum Nachteil der Firma möglicherweise begangen hat.«

Das sagte Robert doch bloß, weil er sich bei der Aussicht, in seinem Alter noch mal Vater zu werden, keinen Ärger mit der Dr. Wolff GmbH aufhalsen wollte.

»Das darf nicht wahr sein! Sie meinen, Krüger kann munter weitermachen wie bisher?«

»Sie stellen sich das alles zu einfach vor. Ein Geschäftsführer ist nicht irgendein Angestellter. Er repräsentiert das Unternehmen gegenüber Kunden und Lieferanten. Hansernst genoß großes Vertrauen, und es war schwierig, dies auf Krüger zu übertragen. Einen erneuten Wechsel können wir uns gar nicht leisten.«

»Sie glauben doch nicht im Ernst, daß ich mit einem faulen Ei wie Krüger zusammenarbeiten werde?«

»Ich kann Ihnen versprechen, daß ich mir genau ansehen werde, wie es zum Abschluß des Vertrags mit der Pachulke KG kam. Noch ist er nicht in Kraft getreten. Und sollte er zum Nachteil der Dr. Wolff GmbH geschlossen sein, wird Krüger das nicht nur erklären, sondern auch korrigieren müssen.«

»Meine Mutter bekommt also einen Mann in sicherer Position, nämlich quasi unkündbar, und mit großen finanziellen Ressourcen, denn die Dr. Wolff GmbH ist seine Pfründe. Wie schön!«

Robert bog auf das Firmengelände ein, auf dem mit Absperrband Parkplätze für den hohen Besuch freigehalten worden waren.

»Sie sehen das zu emotional.«

»Was hatte ich Illusionen, als wir das letzte Mal zusammen im Auto saßen!«

»Tut mir leid, daß ich sie Ihnen rauben mußte. Sagen Sie: Will Ihre lebenslustige Mutter tatsächlich Krüger heiraten?«

»Ich glaube, sie sucht eine feste Beziehung«, sagte Simone und stieg aus. »Sie gründen ja auch eine zweite Familie.«

Die Entscheidung

Der Jahresabschluß der Dr. Wolff GmbH war zur allgemeinen Zufriedenheit ausgefallen. Als letzter Tagesordnungspunkt, der im mit einem Blumengesteck aufgemöbelten Großen Sitzungssaal verhandelt werden sollte, blieb die Entscheidung über Simones Bestellung zur Geschäftsführenden Gesellschafterin.

»Frau Doktor Störmer«, sagte Robert im Namen des Beirats, »wir haben uns gründlich mit Ihnen befaßt.«

Simone fühlte sich, als stünde sie vor dem Jüngsten Gericht. Alle schauten sie an, als erwarteten sie von ihr eine unpassende Reaktion.

»Sie haben sich, wie uns auch Herr Krüger bestätigen konnte, sehr gut in die Materie eingearbeitet.«

Sie hatten Krüger nach ihr gefragt? Ausgerechnet! War nicht vereinbart gewesen, die Sache diskret zu behandeln?

»Wir hatten den Wunsch des verstorbenen Inhabers gegen die Interessen des Unternehmens abzuwägen. Ihr Werdegang über ein Kunstgeschichtsstudium, Redaktion einer Wohnzeitschrift, PR-Managerin in einer Fleischwarenfabrik ist nicht das, was wir die idealen Voraussetzungen nennen würden für die Übernahme einer so verantwortungsvollen Tätigkeit wie der Geschäftsführung eines erfolgreichen mittelständischen Unternehmens.«

Gleichmütig und stetig nickten die beiden anderen Beiratsmitglieder zu Roberts Worten wie Wackelhundefiguren auf der Hutablage in einem Auto.

Hansernst hilf! schickte Simone als Stoßgebet zur Decke. Du wolltest, daß ich Geschäftsführerin werde, also tu was!

»Wir müssen daher im Interesse der Firma davon absehen, Sie in die Geschäftsführung der Dr. Wolff GmbH zu berufen.«

Mit einem Satz vernichtete Robert Vonhof ihre Träume, besiegelte ihre Karriere, setzte sich über Hansernst Wolffs Wünsche hinweg.

Krügers Lächeln erinnerte an die Fitneßsandalen: reintreten und sich wohl fühlen.

Wie stand sie jetzt vor Krüger da? Robert hatte Krügers Meinung über sie bestätigt: Das Simonchen war für eine Führungsaufgabe nicht geeignet.

Simone merkte, wie ihr die Tränen in die Augen stiegen. Rasch trank sie einen Schluck Wasser. Und Arno machte bei diesem unwürdigen Spektakel auch noch mit!

»Sie sind jetzt verständlicherweise enttäuscht«, sagte Robert in einem väterlichen Tonfall, den sie gänzlich unangemessen fand. »Wir meinen auch, daß die Dr. Wolff GmbH besser auf die bisherige Weise geführt werden sollte, weil wir interne Komplikationen verhindern wollen.«

Er sah Simone eindringlich an. Ja, sie hatte ihre Aversion gegen Krüger deutlich genug geäußert.

»Eine Geschäftsführungsposition speziell für den Bereich Kommunikation halten wir bei der Größe des Unternehmens für nicht angemessen. Gleichwohl müssen wir anerkennen, daß Sie einige gute Ideen eingebracht haben und durchaus eine gewisse Befähigung zu unternehmerischem Denken erkennen lassen.«

»Woher wollen Sie das wissen?« sagte Simone mit heiserer Stimme. »Meine Idee, das ›Wohlsein für die Füße‹ auf die Kompetenz für das Bein auszuweiten, hat sich der Productmanager unter den Nagel gerissen. Meine Idee mit den bunten Fitneßsandalen setzt Herr Krüger mit einer gewissen Firma Pachulke um«, sie sah, wie Krüger trocken schluckte, »und meinen anderen Vorschlägen hinsichtlich der Einführung einer Dr. Wolff-Schuhkollektion steht Herr Krüger ablehnend gegenüber, um es vorsichtig auszudrükken. Aber dafür wird er sicher gute Gründe haben.«

»Davon bin ich überzeugt«, sagte Robert. »Für die Dr. Wolff GmbH ist das eine riskante Unternehmung. Immerhin, und das muß ich Ihnen nicht erklären, steht der gute Name mit auf dem Spiel. Aber«, Robert schaute zu Arno, »wir beabsichtigen, eine kleine Tochterfirma zu gründen. Schuhe gehören immerhin mit zur Kompetenz für das Bein, wie Sie so treffend sagten. Und im Rahmen unserer Diversifizierung ist dies eine gangbare Richtung. In den Telekommunikationsmarkt wollen wir jedenfalls nicht einsteigen.«

Die Herren amüsierten sich köstlich über diesen Scherz.

»Arno hat mir berichtet, daß Sie gemeinsam Schuhfirmen in Italien besichtigt haben. Ein kleiner Familienbetrieb steht zum Verkauf, weil es keine Erben gibt.«

Sie schaute Arno verwundert an. Entwickelte er jetzt Unternehmerqualitäten?

»Wir reden hier«, sagte Simone, »von einer unabhängigen Schuhkollektion? Unter anderem Namen?«

»Wir beantragen morgen den Eintrag der Simonetta GmbH als hundertprozentige Tochter der Dr. Wolff GmbH mit Ihnen als Geschäftsführerin ins Handelsregister.«

»Ohne mich zu fragen?«

»Wir fragen dich ja jetzt«, sagte Arno. »Es sollte eine Überraschung sein.«

Ihr Mann schenkte ihr eine Firma, oder was?

»Reizende Idee«, sagte Yolanda. »Hoffentlich mindert das nicht unsere Gewinne.«

»Äh, ja«, sagte Simone konfus, »und wie sieht das technisch-praktisch aus?«

»Wir«, Robert wies auf die nickenden Beiratsmitglieder, »stellen uns übergangsweise zur Verfügung, um die Sache ins Laufen zu bringen. Und genau wie bei der Dr. Wolff GmbH wird es dann ein vierteljährliches Forecast geben, bei dem wir gemeinsam das Erreichen der gesteckten Ziele überprüfen. Die Schuhfabrik hat noch einen Bestand an Aufträgen, so daß sie sich trägt. Allerdings dürfte da ein kleines Verständigungsproblem auftreten. Oder spricht von Ihnen jemand italienisch?«

Yolanda und alle Herren außer Arno lachten, als sei das völlig abwegig.

»Ich habe, wie Sie wissen, Kunstgeschichte studiert«, sagte Simone. »Dann ist das, was Sie zu meinem Nachteil auslegten, wenigstens zu etwas nütze.«

Robert sah sie verständnislos an.

»Italienisch war mein Wahlpflichtfach. Außerdem habe ich insgesamt ein Jahr in Venedig zugebracht. Das hätten Sie meinem Lebenslauf entnehmen können.«

Nachdem er ihr mangelnde Qualifikation vorgehalten hatte, freute es Simone, Robert eine kleine Schlamperei nachweisen zu können.

»Dann sind wir uns einig?« fragte Robert.

»Und ich bin nur dem Beirat Rechenschaft schuldig?« fragte Simone.

»Selbstverständlich. Wir wünschen Ihnen viel Erfolg in Ihrer neuen Position als Geschäftsführende Gesellschafterin der Simonetta GmbH.«

Robert war wirklich ein Meister der Diplomatie: Yolanda konnte zufrieden sein, daß Simone nicht in die Dr. Wolff GmbH hineinregierte, sie hatte die Simonetta GmbH und war bald Krüger los, Arno mußte sich nicht zwischen ihren und Yolandas Interessen entscheiden. Überdies war alles zum Besten der Firma geregelt.

»Und wer wird sich um die Werbung und PR der Dr. Wolff GmbH kümmern?« fragte Simone.

»Das ist doch ganz klar«, sagte Krüger. »Attenfeldt kann wieder die Presseabteilung leiten, wo Sie sich ja nun anderweitig betätigen, und die Werbung kommt zurück ins Marketing. Simonetta GmbH, wie hübsch. Das hat sich bestimmt Ihr Herr Gatte ausgedacht.«

Alles, was sie mühsam aufgebaut hatte, würde wieder verschwinden. Die ganze Arbeit für nichts und wieder nichts. Wenn sie sich das ausmalte, fing sie gleich an zu heulen. Dann besann sie sich darauf, daß sie nicht einfach bloß Angestellte, sondern Gesellschafterin war.

»Das sehe ich aber anders, werter Herr Krüger. Über meine Nachfolge wird jetzt zu reden sein.«

»Auch darüber haben wir uns Gedanken gemacht«, sagte Robert. »Wir möchten Sie bitten, vorläufig weiterhin die Abteilung CPR zu leiten. Wenn die Simonetta GmbH sich so entwickelt, wie wir hoffen, suchen wir für Ihren bisherigen Aufgabenbereich rechtzeitig eine Nachfolgerin.«

Simone hätte zu Krüger am liebsten »Ätsch!« gemacht, riß sich aber zusammen.

»Ich weiß nicht«, sagte Arno, »ob ich dieser Doppelbelastung meiner Frau zustimmen kann.«

»Es ist ja nur vorübergehend«, sagte Robert.

»Schon okay«, sagte Simone, »vorausgesetzt, Herr Krüger behandelt die Entscheidung des Beirates mit Diskretion und ist zu einer reibungslosen Zusammenarbeit bereit.«

»Da bin ich mir sicher«, sagte Robert und sah Krüger an.

»Selbstverständlich, es ändert sich vorerst nichts«, sagte Krüger.

Beim Verlassen des Großen Sitzungssaales fragte Arno: »Freust du dich? Jetzt kannst du deine Schuhentwürfe realisieren. Ist das nicht viel besser, als die Fußpuder-Queen zu sein?«

»Ich kann es noch nicht so recht glauben. Ein Traum wird wahr. Danke, Hansernst!«

»Hey, ich heiße Arno!«

»Das erkläre ich dir später.«

Abschied

»Bist du sicher, daß du alles dabeihast?« fragte Simone, auf die drei Koffer zeigend, die der Gepäckträger vor sich auf einer Karre liegen hatte. »Hat sich ja ganz schön was angesammelt!«

»Ich habe Übung im Packen!« versicherte Barbara, elegant in ein neues weißes Kostüm gekleidet und mit Hut. »Bis zum nächstenmal dann. Ach ja, beinahe hätte ich es vergessen.«

Sie durchwühlte ihre prallgefüllte neue Handtasche, zog eine Briefmappe heraus und reichte Simone eine Kreditkarte.

»Die brauche ich jetzt nicht mehr. Danke. War eine schöne Zeit. Auch wenn ich mir innerhalb weniger Wochen gleich zweimal einen Mann von einer jüngeren Schwangeren habe ausspannen lassen. Na ja«, sie lachte, »daß ich ausgerechnet an Peter hängenbleiben würde, hätten wir beide nicht gedacht, was, Simonchen?«

»Willst du ihn denn wirklich heiraten?«

»Nun habe ich erst mal den Ring. Und der ist sehr schön. Alles weitere wird man dann sehen. Krüger will uns eine gemeinsame Wohnung in Berlin einrichten. Jetzt werde ich endlich populär!«

»Wie schön. Dann seht ihr euch öfter.«

»Ja, er sponsert die Sendung. Nur deshalb war er einverstanden, daß ich nach Berlin gehe. Weißt du, Simone, ich dachte erst, Peter sei ein echter Achtundsechziger, aber inzwischen glaube ich, an dem ist die Frauenbewegung wirklich spurlos vorbeigegangen.«

Simone lächelte nur und dachte, Krüger und Barbara hätten einander verdient.

Die Ankunft des Zuges wurde durchgesagt.

Arno kam mit einer Illustrierten, die er für Barbara besorgt hatte, den Bahnsteig entlanggelaufen.

Simone umarmte ihre Mutter. »Du wirst mir fehlen«, sagte sie zu ihrer eigenen Verwunderung.

»Halt dich tapfer. Du hast viel vor, aber du wirst das schon hinkriegen. So wie immer. Ich bin richtig stolz auf dich.«

Es war das erste Mal, daß Barbara ihr Anerkennung aussprach.

»Danke«, sagte Simone mit feuchten Augen und drückte ihre Mutter an sich.

»Laß uns jetzt nicht sentimental werden!« sagte Barbara und befreite sich aus der Umarmung. »Sonst muß ich heulen, dann verschmiert meine Wimperntusche, und wie sehe ich dann aus?«

»Schon gut, Mutti!«

»Und vergiß nicht, mir deine erste Schuhkollektion zu schicken. Größe neununddreißig.«

»Vierzig einhalb«, verbesserte Simone.

Arno reichte Barbara die *Farbige.*

»Steht wieder was über mich drin?«

»Ich hatte noch keine Zeit, sie zu lesen«, sagte Arno. »Alles Gute in Berlin und viele Grüße von Yolanda. Du sollst sie besuchen kommen, wenn sie ein Haus gefunden hat.«

»Du meinst ein Anwesen!« konterte Barbara. »Mache ich gerne. Ich rufe sie bald einmal an. Die Nummer von Lore habe ich ja noch.«

Der Zug fuhr ein.

»Tschüs, Arno«, sie umarmte ihren Schwiegersohn. »Wünsch mir Glück, Simonchen!«

Simone brüllte »toi, toi, toi« gegen den Lärm und spuckte Barbara über die Schulter.

Während sie warteten, bis alle ausgestiegen waren, fragte Simone: »Bist du wirklich in Peter verliebt?«

»Danke für die Fahrkarte erster Klasse.«

Barbara lächelte einen Herrn im dunklen Anzug an, der ihr den Vortritt ließ, blieb dann stehen, um Arno und Simone zuzuwinken. Dem Gepäckträger zeigte sie das Abteil, in dem der Grauhaarige verschwunden war.

»Typisch Barbara!« sagte Simone.

»Was habe ich für ein Glück, daß du überhaupt nicht nach deiner Mutter schlägst.«

»Aber gleich schlage ich nach dir! Wie bist du nur auf die Idee gekommen, die Firma ›Simonetta‹ zu nennen? Klingt wie Eis am Stil.«

»Das war nicht meine Idee«, sagte Arno und legte den Arm um sie.

»Sondern?«

Sie winkten dem abfahrenden Zug hinterher.

»Die stammte von Hansernst. An seinem letzten Tag hat er ›Simonetta GmbH‹ in seinen Terminkalender notiert.«

»Ich wußte, er hat seine Hand im Spiel. Danke, Hansernst. Ich hoffe, du bist jetzt im Himmel über Havanna.«

»Frau Zeitz, Frau Zeitz!« rief Hella Schmitzke aufgeregt. »Nun kommen Sie schon, gleich geht es los!«

»Ich werde noch wahnsinnig«, stöhnte Edith Zeitz und goß den Putzeimer aus. »Das ist schon der fünfte! Ich kann ja verstehen, daß die junge Frau einen bequemen Zugang zur Küche will, aber wenn diese Umbauarbeiten noch lange dauern, kündige ich.«

»Unsinn, meine Beste! Wir wollen nicht übermütig werden, nur weil wir eine Glückssträhne hatten. Wir legen unser Geld schön auf die hohe Kante, sonst geht's uns noch wie der jungen Frau Vonhof. ›Frau Schmitzke‹, hat sie erst, kurz bevor sie nach Venedig gefahren sind, zu mir gesagt, ›womit soll ich mich den ganzen Tag beschäftigen, wenn Sie mir alles abnehmen?‹«

»Am Arbeitabnehmen bin ich aber mitbeteiligt!« sagte die Zeitz und wrang den Aufnehmer. »Doch das ist alles nichts gegen die Renovierung bei Wolffs! Toll sieht das Haus jetzt innen aus. So hell und frisch. Ich habe der Frau Störmer gleich gesagt, die große Glasfront im Dachgeschoß putze ich nicht. Da ist jetzt ein Atelier drin. Sie hat dann gemeint, das wolle sie mir keinesfalls zumuten, da käme ein Fensterputzer. Und ihr Mann will mich jedesmal fotografieren; im Kittel und ohne daß ich vorher beim Friseur war. Stellen Sie sich das vor!«

»Ich versuche es gerade«, sagte die Schmitzke und wandte ihr das Profil zu. »Ich bin ja sehr fotogen.«

»Seit drei Wochen die Handwerker! Das hält doch kein Mensch aus! Aber ich tröste mich damit, daß wir diese Luxusreise gebucht haben. Es ist wirklich sehr gütig von

Ihnen, mich mitzunehmen. Meinem Alten habe ich noch kein Wort gesagt, daß wir zusammen eine Kreuzfahrt machen. Wenn mir Frau Störmer bei der Haushaltsauflösung nicht all die totschicken Kostüme ihrer Schwiegermutter geschenkt hätte und dazu die nagelneuen Mustermodelle ihrer Schuhe, ich wüßte gar nicht, was ich da anziehen soll. Sie haben sie gut weggehängt, oder?«

»Als ob Sie nicht jeden Tag nachsehen gingen. Jetzt aber Tempo! Die Serie mit der Roderich fängt gleich an.«

»Sie ist jetzt richtig berühmt! Und wir kennen sie persönlich. Neulich stand in *Farbige*, sie hätte ein Verhältnis mit dem Regisseur. Ich habe ihre Tochter gefragt. Sie meinte, ihre Mutter sei zwar mit Herrn Krüger dauerverlobt, aber möglich sei alles. Spannend, nicht?«

Edith Zeitz eilte, der Schmitzke hinterher, die Treppe zu deren Apartment hinauf. »Wußten Sie eigentlich, daß die Wohnung in Venedig in einem echten Palast ist?«

»Sie meinen in einem Palazzo«, verbesserte sie die Schmitzke. »Die gehört einer reichen Amerikanerin. Die Wolffs dürfen sie benutzen, wenn sie in der Schuhfabrik zu tun haben. Daß sie unsere Herrschaften eingeladen haben mitzukommen, ist ja nur recht und billig, wo sie während ihres Umbaus bei uns gewohnt haben. Jetzt, wo der kleine Lukas da ist, wäre das nicht mehr gegangen.«

»Ist er nicht goldig? Die Augen und der Mund ganz wie unser Herr Doktor. Ich glaube übrigens, daß es nebenan bei Wolffs auch Nachwuchs geben wird.«

Die Schmitzke schaltete das TV-Gerät an. »Das wüßte ich aber.«

»Was Sie nicht sagen! Ob die alle in Venedig vor dem Fernseher sitzen und das auch gucken?«

»Pscht jetzt, Frau Zeitz. Es geht los!«